Christa Canetta
Kastanienmond

Christa Canetta studierte Psychologie und Sozialpädagogik und begann ihre journalistische Laufbahn beim SWR in Baden-Baden. Nach einem längeren Aufenthalt in der Schweiz und in Italien lebt sie nun seit vielen Jahren in Hamburg. Sie schrieb zahlreiche erfolgreiche Romane, die im Buchhandel erhältlich sind.

Christa Canetta

KASTANIEN-MOND

ROMAN

Christa Canetta: Kastanienmond
Lizenzausgabe für die
Naumann & Göbel Verlagsgesellschaft mbH
Emil-Hoffmann-Straße 1, D–50996 Köln

Gesamtherstellung: Naumann & Göbel
Verlagsgesellschaft mbH, Köln

ISBN 978-3-625-21150-1
www.naumann-goebel.de

Prolog

Plötzlich war sie da, die Katastrophe. Es gab keine Warnung, keinen ohrenbetäubenden Krach, keine Explosion, keinen Knall, es gab nur ein unheimliches Grummeln und Beben und eine angsteinflößende Stille – dann erst stürzten Regale um, zerbarsten Flaschen, verloschen Kerzen. Finsternis und Staub und ein atemberaubender Alkoholdunst erfüllten die Luft.

Lisa und Leon kauerten dicht nebeneinander an die Felswand gelehnt auf dem Boden. Das ist das Ende, dachte Lisa und Tränen rannen über ihre Wangen. Wie, um Himmels willen, bin ich in dieses Chaos geraten? Da legte sich ein Arm schützend um ihre Schultern und Leon sagte: »Nicht weinen, Lisa, alles wird gut.«

1

Aufmerksam und neugierig fuhr Doktor Elisabeth Farmsen die Autobahn zum St. Gotthard hinauf. Noch zwei Stunden und ich bin im Tessin, überlegte sie. Interessiert betrachtete sie die Berge, die sich rund um das fast dreitausend Meter hohe St.-Gotthard-Massiv auftürmten. Ein Wahnsinn wäre das, wenn sie zerfallen würden, dachte sie und starrte auf die Autobahn vor sich, an deren Rändern überall kleine Gesteinsbrocken lagen. Obwohl die Felsen rechts und links mit Maschendraht gesichert waren, kam es immer wieder zu kleinen und größeren Abbrüchen, die der Draht nicht verhindern konnte. Erst vor Kurzem hat ein tonnenschwerer Felsbrocken zwei Touristen auf dieser A 2 getötet und weiter südlich, bei Biasca, wurde eine Autofahrerin von einem Erdrutsch erfasst und verschüttet, erinnerte sie sich und konzentrierte sich wieder auf den Verkehr, der dicht und unübersichtlich diese Route in den Süden nutzte. Früher, dachte sie, mussten wir in Andermatt das Auto verladen und bis Airolo mit dem Zug fahren, wenn der Gotthard oben noch gesperrt war. Heute erspart uns die A 2 diese Tortur und man kann bei jedem Wetter die Straße nutzen – wenn nicht gerade wieder einmal eine Mure abgegangen ist oder die Felsen sich vom Massiv lösen.

Na ja, dachte sie, genau wegen dieser Gefahren bin ich ja unterwegs. Mit dem Gotthard habe ich zwar nichts zu tun, die Untersuchungen führen die Geologen aus Zürich durch, aber etwas weiter im Süden fängt meine Arbeit an.

Mein Gott, grübelte sie, was wird aus den Alpen, wenn der Klimawandel seine Spuren hinterlässt, wie man in den kompetenten Expertenkreisen befürchtet?

Dann konzentrierte sich die Geologin wieder auf den Verkehr. Vor der Einfahrt in den Tunnel gab es einen kurzen Stau, dann ging es weiter durch die endlos lange Tunnelröhre, die von den Autofahrern höchste Konzentration forderte.

Das Wetter war wie umgewandelt, als Lisa in Airolo den fast siebzehn Kilometer langen Tunnel verließ. Sonnenschein hatte den grauen Regentag auf der nördlichen Seite des Bergmassivs abgelöst und Wärme strömte durch das Fenster herein, das Lisa geöffnet hatte, um den Benzindunst der Tunneldurchfahrt aus dem Auto zu verbannen. Jetzt ging es immer bergab und je weiter sie nach Süden kam, umso grüner wurden die Almen rechts und links an den Berghängen und umso bunter wurden die Blumen in den Gärten der Dörfer, an denen sie vorbeifuhr.

Endlich erreichte sie das Tal des Ticino dort, wo die Autobahnen vom St. Bernardino und vom St. Gotthard zusammentrafen. Jetzt heißt es aufpassen, dachte sie, denn hier muss ich die Autobahn verlassen und über Landstraßen die Hochebene von Valle di Vargoletto erreichen. Die Straßenkarte, die ich in Hamburg gekauft habe, ist nicht sehr genau. Mit den Autobahnen und Landstraßen hatte ich keine Schwierigkeiten, aber Feldwege sind leider nicht eingezeichnet. Außerdem war Lisa jetzt müde von der langen Fahrt, denn seit dem nächtlichen Schlafstopp hinter Basel war sie durchgefahren, um bei Tageslicht im Tessin anzukommen. Und die ungewohnte Hitze hier machte ihr zusätzlich zu schaffen.

Lisa verließ die A 2, fuhr durch Bellinzona, dann weiter in Richtung der Hochebene von Valle di Vargoletto, hielt schließlich, als die Asphaltstraße endete und in einen breiten, steinigen Weg überging, und parkte den Wagen am Rand des Weges. Ich muss ein paar Schritte gehen und dann die Karte noch einmal studieren, überlegte sie und legte den Plan vor sich auf die Motorhaube. Aber wie sie das Blatt auch drehte und wendete, sie fand sich nicht zurecht. Dabei hatte sie die richtige Autobahnausfahrt bei

Bellinzona genommen und war auf die ausgeschilderte Landstraße nach Camorino eingebogen, das wusste sie genau.

Erschöpft und ratlos sah sie sich um. In einem Weinberg weiter vorn arbeiteten Männer und befestigten Reben an langen Drähten. Vielleicht können sie mir weiterhelfen, dachte sie erleichtert und fuhr bis zur Feldsteinmauer, die den Weinberg zur Straße hin begrenzte. Ein paar anerkennende Pfiffe begrüßten sie, und als sie sich nach dem Weg erkundigte, erhob sich ein freundlich geschwätziges Durcheinander, so dass sie trotz ihrer ziemlich guten italienischen Sprachkenntnisse kaum verstand, was die Männer sagten. Es ist hier im Tessin genauso wie in Deutschland: Auf dem Lande spricht man Dialekt und hätte ich als Hamburgerin in einem bayerischen Dorf nach dem Weg gefragt, hätte ich wohl auch nicht sehr viel verstanden, dachte sie nachsichtig. Aber wie sich dann doch zum Glück herausstellte, war es gar nicht mehr weit bis zu ihrem Ziel und wenige Kilometer später sah sie auch schon die Kastanienallee, die zur Villa der Amarenis führte. Endlich angekommen, dachte sie und freute sich auf ein kühles Zimmer, ein Bad und frische Kleidung.

Auch hier hatten sich die Besitzer, wie in so vielen ehemals aufwendig geführten Herrenhäusern, längst dazu entschlossen, zahlende Feriengäste aufzunehmen und das traditionsreiche Ambiente mit Fremden zu teilen. So war hier ein vornehm-rustikaler Feriensitz entstanden, den Lisa als Domizil gewählt hatte, um während ihrer Arbeit in den Bergen eine angenehme Unterkunft zu haben. Zwei Wochen würde sie hier wohnen, um von dem Hochplateau aus die Klimaschäden in den angrenzenden Bergen zu untersuchen. Das war jedenfalls ihr Plan. Wie sehr ihre Pläne sich noch ändern sollten, ahnte sie zu diesem Zeitpunkt natürlich nicht.

Während sie nach einem Schattenplatz für ihren Wagen suchte, kam der Hausdiener, der sich als Sandro vorstellte, und versprach, das Auto in der Tiefgarage, einem umgebauten Kellergewölbe neben der Villa, abzustellen. Er war ein etwas rundlicher, höflicher Mann, der mit leiser Stimme sprach, aber durchaus eine seiner Stellung entsprechende angemessene Kompetenz ausstrahlte. Dann half er Lisa, die Fototaschen und Stative, die Messgeräte und Fernrohre, die Kiste mit den Gläsern und Behältern für Bodenproben, das persönliche Gepäck und das Notebook ins Haus zu tragen.

Dunkel und angenehm kühl war es in der großen Eingangshalle, was zweifellos an den dicken Mauern und den geschlossenen Fensterläden lag, die die Hitze und das Sonnenlicht nicht hereinließen. Sandro passte in seiner dezenten Kleidung, bestehend aus weißem Hemd, schwarzer Hose mit Weste und blank geputzten schwarzen Schuhen ebenso in dieses Haus wie der große Buchara-Teppich mit den Adlermotiven auf dem gefliesten Hallenboden und die Bodenvasen voller Herbstblumen. Er führte Lisa durch die Halle und über die breite Marmortreppe hinauf in ein reserviertes Zimmer und öffnete die Fenster und die Holzläden, bevor er ging, um den Rest des Gepäcks zu holen.

»Gegessen wird um neun Uhr, Signora, dann lernen Sie auch die Hausherren und die anderen Gäste kennen. Ab acht Uhr treffen sich die Herrschaften zum Cocktail auf der Gartenterrasse. Wenn Sie einen Wunsch haben, erreichen Sie uns über das Telefon, die Nummern sind angegeben. Ich wünsche Ihnen einen schönen Aufenthalt, Signora.«

»Danke, Signore Sandro, ich denke, ich komme zurecht.«

»Bitte sagen Sie nur Sandro, so bin ich es gewohnt.«

»Gerne, wie Sie wünschen.«

Lisa sah sich um. Das Zimmer war schlicht, aber geschmackvoll eingerichtet: ein harmonisches Ensemble Tessiner Bauernmöbel, die durch wenige antike Einzelstücke ergänzt wurden. Das Bad nebenan war neu, modern und komfortabel und lockte mit einem dezenten Duft von Herbstastern und frischen, an der Luft getrockneten Tüchern. Die beiden Fenster boten eine herrliche Aussicht auf die dicht bepflanzten Weinberge und die nahen Zweitausender, die das versteckte Hochplateau umringten. Lisa beugte sich etwas weiter hinaus und sah rechts vom Haus den Wirtschaftshof. Hier befand sich wohl auch die Cantina, das Herz des Weingutes. Weit mehr als diese Cantina aber interessierten sie die Berge, die die Hochebene umgaben und vom Klimawandel extrem bedroht waren. Wie sehr, das sollte ihre Untersuchung ergeben, denn Doktor Elisabeth Farmsen war mit einer Gruppe von zwanzig Geologen aus Zürich und Berlin aufgebrochen, um die immensen Schäden, die der Klimawandel in den Alpen bereits verursacht hatte, zu prüfen.

Lisa füllte Wasser in die Wanne und zog sich aus. Welche Wonne, die verschwitzte Kleidung und den Straßenstaub abzustreifen, dachte sie zufrieden und ließ sich behaglich in das lauwarme Wasser gleiten. Später wickelte sie sich in das Badetuch und legte sich aufs Bett, nicht ohne vorher den Wecker auf sieben Uhr zu stellen. Den Cocktail auf der Terrasse wollte sie nicht versäumen. So ein Beisammensein ist immer wichtig für die ersten Kontakte, für ein zwangloses Kennenlernen und den ersten allgemeinen Eindruck, überlegte sie und schlief ein, bevor sie noch weitere Vorzüge des ersten Kennenlernens aufzählen konnte.

Dann kam es ihr vor, als seien nur Minuten vergangen, als der Wecker sie aus tiefstem Schlaf riss. Benommen sah sie sich um, dann war sie mit einem Schlag hellwach. Himmlisch, freute sie sich, ich bin im Süden, in der Villa der Amarenis, der bekanntesten Winzer im ganzen Tessin, und Hamburg mit seinen schon grauen Septembertagen ist weit fort. Hier war immer noch Sommer.

Schnell stand sie auf und warf einen Blick aus dem Fenster. Die Sonne stand schon weit im Westen und warf lange Schatten über die Berge. Noch immer war es sehr warm. Lisa zog ein leichtes Sommerkleid an, bürstete das inzwischen trockene Haar und holte ihre Pumps aus dem Koffer.

Mal sehen, wie es hier mit der Kleiderordnung steht, überlegte sie. Trifft man sich in zwangloser Garderobe oder legt man großen Wert auf Etikette? Da muss ich erst einmal meine Fühler ausstrecken. Dann blickte sie in den Spiegel, und was sie sah, gefiel ihr: eine große, schlanke Frau Anfang dreißig, weder zu dick noch zu dünn, ein ebenmäßiges Gesicht und kurz geschnittenes dunkles Haar.

Es ist schon recht so, wie es ist, dachte sie lächelnd. Zu dem Kleid passt die Glasperlenkette, die ich mir vor Jahren aus Murano mitgebracht habe: schlicht, schön und einmalig! Auf kleine, dezente Einmaligkeiten legte Lisa in vielen Dingen wert, Dutzendware war nicht ihr Ding.

Langsam ging sie die Treppe hinunter und sah sich um. Mit den Ahnenbildern und Wappen, mit den Jahreszahlen und Jagdtrophäen werde ich mich beschäftigen, wenn ich Zeit dafür habe. Jetzt geht es erst einmal um die Sicherheit der ganzen Anlage, dazu bin ich schließlich hergekommen, lächelte sie den alten Greis auf dem untersten Porträt an. Heute aber will ich nur genießen und mich wohlfühlen, Leute kennenlernen, den wunderschönen Spätsommerabend auf mich wirken lassen und mit den anderen fröhlich sein.

Irgendwo hörte Lisa Stimmen, Türen wurden geöffnet und geschlossen. Die Fenster standen jetzt weit offen und ließen das späte Sonnenlicht herein. Vor dem Haus wurde gehupt, dann war es wieder ganz still. Etwas zögernd ging sie weiter. Ein gemütliches Kaminzimmer mit Terrakottafliesen und orientalischen Teppichen grenzte an die Halle. Danach kam sie in ein Speisezimmer, in dem die Tische stilvoll für das Abendessen gedeckt waren. Eine breite Glastür führte auf die Terrasse – daher also kamen die Stimmen. Zehn, zwölf Personen standen in Gruppen zusammen, unterhielten sich, lachten, sprachen und tranken sich zu.

Eine zierliche, weißhaarige Frau löste sich aus einer Gruppe und kam zu ihr. Das muss Maria D'Amareni sein, die Hausherrin, mit der ich ein paar Mal telefoniert habe, dachte Lisa. Sie kam einfach auf die junge Frau zu und nahm sie in die Arme. »Herzlich willkommen, Elisabeth, wie schön, dass Sie da sind. Ich bin Maria, das genügt. Sandro sagte mir, dass Sie recht müde gewesen seien, und da wollte ich nicht stören.«

Maria war eine sehr mütterliche Frau mit Lachfältchen im Gesicht und tiefbraunen Augen, die fröhlich in die Runde blickten. Völlig ungeniert sah sie den neuen Gast prüfend an, musterte Lisa von Kopf bis Fuß, nickte beifällig und sagte ganz ungezwungen: »Sie werden sich hier sehr wohlfühlen, ich spüre das.«

Lisa war ziemlich überrascht von ihrer direkten Art, aber ihre Warmherzigkeit war so ausgeprägt, dass sie sich diese Offenheit wohl erlauben durfte.

Sie dankte ihr für das freundliche Willkommen: »Ja, ich habe tief und fest geschlafen, und wenn der Wecker nicht gewesen wäre, hätte ich das alles hier versäumt. Und bitte sagen Sie einfach Lisa zu mir.« Sie sah sich um, man hatte sie beobachtet, winkte ihr zu oder hob ihr die Gläser entgegen.

»Herzlich willkommen«, hörte sie von mehreren Seiten. Dann wurde ihr ein Tablett mit verschiedenen Getränken gereicht. Sie wählte einen Prosecco, sicherlich gab es zum Essen Wein, und sie wollte nicht zu viel durcheinander trinken. Maria D'Amareni führte sie herum und machte sie mit den anderen Gästen bekannt: deutsche, englische, italienische Namen – unmöglich, sie alle zu behalten.

»Mein Mann und mein ältester Sohn sind heute in Mailand, die kann ich Ihnen erst morgen vorstellen, aber mein jüngerer Sohn wird wohl gleich kommen«, erklärte die Hausherrin.

Sie schlenderten langsam weiter, man sprach über das Wetter, vergangene und geplante Ausflüge, ein Fest in Lugano am kommenden Wochenende und über einen Adler, den jemand beobachtet hatte.

»Früher gab es hier mehrere Adlerpaare, aber das war in grauer Vorzeit«, erklärte Maria, und während sie weiterging und in ihrer herzlichen Art andere Gäste begrüßte, blieb Lisa bei der Gruppe stehen, die sich über die Vögel unterhielt.

Und dann sah sie ihn. Er lehnte an der Terrassenbalustrade, in einer Hand ein Glas, die andere lässig in der Hosentasche. Er sah sehr gut aus, doch er wirkte überaus gelangweilt, arrogant und desinteressiert. Sein Anblick traf Lisa wie ein Schlag. Sie hatte ihn nicht kommen sehen, sie wusste nicht, wer er war – er stand plötzlich da und beobachtete die Menschen. Da er sehr groß war, blickte er auf fast alle herab, was den Eindruck von Hochmut noch verstärkte. Dann stand Maria neben ihr.

»Leonardo ist da, kommen Sie, ich mache Sie bekannt, mit ihm werden Sie viel zu tun haben. Er ist der Arbeiter hier bei uns, sein Bruder ist der Kaufmann.«

Sie gingen zu ihm hinüber. Er bewegte sich überhaupt nicht, nur in seinem dunklen, taubenblauen Seidenhemd und in seinem Haar spielte der Abendwind.

»Lisa, das ist mein Sohn Leonardo, Leon, das ist Doktor Elisabeth Farmsen aus Hamburg.« Er nahm die Hand aus der Tasche, sah die Fremde an und verbeugte sich leicht. »Ich bin gespannt auf die Zusammenarbeit«, erklärte er höflich, aber die Hand reichte er ihr nicht.

Wenig später wurde zu Tisch gebeten. Die Gäste waren unter sich. Die Familie D'Amareni aß in den privaten Räumen. Es wurde eine sehr lustige Mahlzeit, in deren Verlauf die etwas steife Höflichkeit, die auf der Terrasse geherrscht hatte, einer angenehmen Ungezwungenheit wich.

Die Gespräche gingen kreuz und quer von Tisch zu Tisch. Es waren insgesamt sechzehn Gäste und für die Unterhaltung sorgten vor allem zwei amerikanische Paare, die mit einer Reisegruppe nach Europa gekommen waren, sich dann aber abgesondert hatten, um die Alte Welt alleine zu entdecken.

Das Essen war vorzüglich. Es gab Antipasti und später Frascarelli, eine spätzleartige Speise, und als Hauptgericht Wildschweinrücken in Tessiner Kräuterkruste mit Maronencreme und verschiedenen Salaten. Dazu wurden zwei elegante, ausgewogene Weine aus dem Hause D'Amareni gereicht. Auf die Nachspeisen verzichtete Lisa, zu gut hatte alles andere geschmeckt. Nur den abschließenden Espresso nahm sie mit Vergnügen. Es war kurz vor elf, als alle den Speiseraum verließen, fröhlich, satt und sehr zufrieden. Einige verabschiedeten sich und gingen zu Bett. Ein paar Gäste ließen sich im Kaminzimmer nieder, wo ein kleines Feuer gegen den kühlen Abend ankämpfte, andere wollten in der Bibliothek nach einer Bettlektüre suchen.

Lisa schlenderte noch einmal auf die Terrasse. Eine wunderbare, leicht herbe Luft wehte von den Bergen herunter. Es war dunkel, aber für einen kurzen Spaziergang auf den Gartenwegen würde das Licht der Hauslaternen noch reichen. Der Himmel war sternenklar, aber vom Mond war noch nichts zu sehen. Leicht fröstelnd in ihrem dünnen Kleid sah sie zum Haus zurück. Warm und gemütlich schien das Licht aus den Fenstern. Wie schön es hier war. Im nahen Wald zirpten Zikaden, ab und zu rief ein Käuzchen, in weiter Ferne läutete eine Glocke. Es war elf Uhr. Lisa atmete tief ein. Diese wunderbare frische Luft mit ihren schwachen Gerüchen nach Erde und Wald und Herbst, wie gut das tat. Dann ging sie zurück, es wurde kühler, immerhin war es Mitte September.

In der Halle traf Lisa Leonardo, und wieder empfand sie gleichzeitig Erregung und Kälte, ein seltsames Nebeneinander, das sie sich nicht erklären konnte. Über dem Seidenhemd trug er jetzt einen Pullover und in den Händen hielt er einen Stapel Papiere. Als er sie bemerkte, blieb er stehen und sah sie abschätzend an.

»Sie werden sich erkälten.«

»Ich hoffe nicht.«

»Wollen Sie morgen mit Ihrer Arbeit anfangen?«

»Ja, das wäre mir recht.«

»Gut, dann treffen wir uns morgen früh um halb sechs auf dem Wirtschaftshof. Frühstück gibt es später im Berg. Buona notte.« Und weg war er. Lisa flüsterte ein ›Gute Nacht‹ hinterher, aber das hörte er schon nicht mehr. Welch ein seltsamer Mann. Und sie spürte, dass ihr Frösteln nur bedingt etwas mit der kühlen Nachtluft zu tun hatte.

In ihrem Zimmer legte sie sich alles zurecht, was sie morgen brauchen würde: die Fototasche mit allem Zubehör, die Utensilien für die Bodenproben, Kugelschreiber und Stenoblock, braune Leinenhosen und derbe Schuhe, eine Bluse und einen Pulli für die Morgenstunden. Dann wurde der Wecker auf halb fünf gestellt. Das fing ja gut an!

Am nächsten Morgen betrat Lisa fünf Minuten vor halb sechs den Wirtschaftshof. Mit ihr warteten etwa vierzig Arbeiter neben einem Traktor mit zwei Anhängern. Genau um halb sechs kam Leonardo. In seinen blauen Jeans, seinen schwarzen Stiefeletten, einem blau-weiß karierten Hemd und seinem dunkelblauen Pulli wirkte er, als sei er einem Journal für Country-Style entstiegen. Jetzt bei Tageslicht sah Lisa, dass er braun gebrannt war und älter, als sie gedacht hatte. Ein Hauch von Grau lag über seinem dunkelblonden Haar und ein Schatten über seinem Gesicht. Zu ihrer Überraschung begrüßte er alle Arbeiter mit Handschlag und erkundigte sich bei jedem, wie es ihm ging. Zweimal lachte er laut auf, aber sie konnte nicht feststellen, ob es ein herzliches Lachen war oder nur ein aufgesetztes. Der Mann war ihr ein Rätsel. Als er ihr die Hand gab, eine kühle, schlanke Hand mit festem Druck, sagte er nur: »Also, dann wollen wir mal, Sie können Leon zu mir sagen«, und ging zum Traktor hinüber.

Mit einem Kopfnicken wies er ihr einen provisorischen Sitz über dem rechten Hinterrad zu, auf den sie klettern sollte. Und während die Männer sich auf die flachen Anhänger setzten, nahm er auf dem Traktor Platz und ließ den Motor an. Sie fuhren kreuz und quer durch die Weinberge immer bergauf. Fast eine halbe Stunde waren sie unterwegs, als sie ein Plateau mit einem Schuppen erreichten. Die Arbeiter stiegen ab und holten sich Arbeitsgeräte aus dem Verschlag. Leonardo gab seine Anweisungen, aber von all den italienischen Fachausdrücken verstand Lisa kaum etwas. Die Männer verteilten sich und sie blieb vor dem Schuppen stehen. Leon zeigte ihr die wunderschöne Umgebung: die zum Teil schon mit Schnee bedeckten Gipfel der nahen Zweitausender, kleine, ockergelbe Ortschaften, hingewürfelt in die typischen Landfarben Grau und Grün, Hügel und Täler in der Nähe, den blauen Dunst über dem fernen Lago Maggiore, Kastanienwälder, Olivenhaine, und natürlich die Weinberge der Umgebung, die zum Gut der D'Amarenis gehörten.

Und während er mit offenkundigem Stolz auf die Schönheit seiner Heimat hinwies, spürte Lisa zum ersten Mal so etwas wie menschliche Wärme bei diesem Mann. Dann zeigte er auf einige Hügel im Süden und erklärte: »Da beginnen die Weinberge von Montefalco, unserem großen Nachbarn und größten Konkurrenten.« Die Milde in seiner Stimme hatte sich in eine geschäftsmäßige Härte verwandelt, die sie sogleich auf den Boden der Realität zurückholte.

Auch während der Wanderung durch die zahllosen Weinrebenreihen behielt er diesen kühlen Ton bei. Lisa lernte verschiedene Bodenbeschaffenheiten und Felsformationen kennen, zerkrümelte Hände voller Erde und zerbröselte Ton und Lehm, sie verglich Steine und Mineralien und machte sich ständig Notizen. Dabei ging es bergauf und bergab und wieder hinauf und wieder hinunter, bis ihr vor Erschöpfung die Beine zitterten und sie kaum noch schreiben konnte. Oft standen sie ganz eng beieinander, weil der Hang zu abschüssig oder die Rebenreihen so dicht waren, aber niemals berührten sie sich und niemals richtete Leon ein persönliches Wort an sie. Immer war seine Stimme kühl und neutral und absolut emotionslos. Diese Distanziertheit ärgerte sie sehr, zumal er eine Anziehungskraft besaß, die sie in ziemliche Unruhe versetzte. Natürlich verbot es ihr Stolz, Gefühle zu zeigen, und so reagierte sie mit entsprechender Zurückhaltung und knappen Antworten.

Nach einem kargen Frühstück, das aus Ciabatta, Ziegenkäse und schwarzem Kaffee bestand, wollte Lisa zu den in der Nähe aufragenden Felsen gehen, um erste Gesteinsproben zu nehmen. Und während sie durch die Rebenreihen ging, fotografierte sie die steil aufragenden Felsen, die Männer bei ihrer Arbeit und heimlich auch Leon, wenn er mit ihnen sprach. Zum Mittagessen, bei dem sich alle im Schatten eines kleinen Kastanienhaines niederließen, gab es kalte Linsenpfannkuchen mit Oliven, Tomaten und eingelegten Auberginenscheiben. Einige der Männer aßen rohe Zwiebeln dazu, andere kauten auf Pfefferminzblättchen herum, die hier wild wuchsen. Diesmal gab es einen leichten Wein zum Essen, der Lisa sehr müde machte.

Zum Glück blieb Leon mit ihr in den nächsten zwei Stunden im Schatten des Kastanienwaldes. Er führte sie zu Stellen, wo im Winter schwarze Trüffel wachsen, zeigte ihr den Bau eines Stachelschweines und einige Dachshöhlen und kommentierte das alles mit der trockenen Rhetorik eines Professors in einem Hörsaal voller gelangweilter Studenten. Lisa hingegen kämpfte nur noch mit der Müdigkeit und war so erschöpft, dass sie sowieso nichts mehr aus ihrer stumpfen Lethargie gerissen hätte. Als sich alle um fünf Uhr am Schuppen trafen, konnte sie sich nur noch mit Mühe auf den unbequemen Sitz ziehen und auf eine sanfte Rückfahrt hoffen, denn Kraft zum Festklammern hatte sie nicht mehr.

Während der Fahrt sah sie an sich hinunter. Sie war verstaubt und ihre Kleidung trug überall Spuren der verschiedenen Erdsorten, die an diesem Tag durch ihre Hände gerieselt waren. Ihr Haar war zerzaust und voller Spinnweben vom Kriechen durch die Weinreben und ihr Gesicht war in der Sonne knallrot geworden. Leon dagegen sah perfekt aus, nicht einmal seine Stiefeletten hatten ein Körnchen Staub abbekommen. Jedenfalls kam es ihr so vor. Sie hoffte inständig, sich nach der Ankunft in der Villa von den anderen Gästen unbemerkt in ihr Zimmer schleichen zu können.

2

An diesem Abend ging Lisa nicht zu dem Cocktailtreff, sie war müde und alles tat ihr weh. Als sie schließlich zum Essen hinunterging – darauf wollte sie nach den kargen Mahlzeiten im Berg natürlich nicht verzichten, traf sie die Familie D'Amareni in der Halle: die drei Herren in weißen Dinnerjackets, Maria in einem rustikalen Kaminkleid.

»Lisa, schön, dass Sie gerade kommen. Das ist mein Mann und das ist mein Sohn Enrico.«

Beide reichten ihr die Hand und lächelten. Die Ähnlichkeit zwischen Vater und Sohn war unverkennbar. Beide waren groß gewachsen, aber im Gegensatz zu dem schlanken Leonardo von stämmiger Statur. Beide hatten volles, gelocktes Haar und trugen einen gepflegten Sechstagebart. Aber während beim Hausherrn Haar und Bart weiß waren, zeigten sich bei Enrico nur wenige graue Strähnen. Sie sprachen kurz über das Wetter, über Gäste, die noch erwartet wurden, baten darum, in den nächsten Tagen Einzelheiten über die geologischen Untersuchungen mit ihr besprechen zu dürfen, und trennten sich dann mit guten Wünschen für das Abendessen.

Während die Familie in die Privaträume ging, suchte Lisa ihren Platz im Speisezimmer auf. Selbst das Hinsetzen tat ihr weh. Die Tischnachbarn hatten sie belustigt beobachtet und die Fragen blieben nicht aus.

»Wie man sieht, hatten Sie einen anstrengenden Tag.«

»Ja, das Auf und Ab in den Bergen bin ich nicht gewöhnt. Und die Sonne auch nicht.«

Während alle eine gekühlte Gemüsesuppe aßen, schilderte Lisa ihren Tagesablauf und ließ auch die Rücksichtslosigkeit ihres Begleiters durchblicken.

»Ja, Leonardo ist etwas schwierig«, bestätigte Linda, eine Londonerin, die mit ihrem Mann David schon zum dritten Mal hier Urlaub machte. »Er ist sehr introvertiert und es heißt, er habe sich entschieden dagegen gewehrt, die Villa für Feriengäste zu öffnen. Wir kennen niemanden, der einen engeren Kontakt zu ihm hätte. Außer der Familie natürlich.«

»Und außer den Arbeitern, die gehen für ihn durchs Feuer«, fügte David hinzu.

»Ja, das ist mir auch aufgefallen«, bestätigte Lisa, »im Umgang mit ihnen war er wie ausgewechselt.«

»Und außerdem«, fügte Angela, eine korpulente ältere Dame aus Mailand, hinzu, die mit ihren leicht geröteten Wangen und den verschmitzt blitzenden schwarzen Augen sehr sympathisch wirkte, »außerdem hat er für uns Frauen überhaupt nichts übrig.«

»Es soll ja Frauen geben, die verbringen nur seinetwegen jedes Jahr ihre Ferien hier«, fügte ihre Tochter, eine gut aussehende junge Frau ohne Trauring, hinzu.

Lisa unterdrückte ein Lächeln und die Frage, ob sie auch dazugehöre. Aber Linda nahm ihr die peinliche Frage ab: »Woher wissen Sie das?«

»In gewissen Kreisen spricht man darüber, und so weit weg ist Mailand ja auch nicht.«

»Ach ja«, bestätigte Linda, »und seit wann kennen Sie die D'Amarenis?«

»Wir sind von Anfang an hier, vor fünf Jahren wurde die Villa für Gäste geöffnet«, erwiderte sie, ohne zu zögern.

Mutter und Tochter nickten sich zu und Lisa griff nach ihrer Serviette, um hinter ihr ein Lachen zu verstecken.

Verstohlen sah sie sich im Raum um, wer von den Damen mochte noch dazugehören?

Und dann sah Lisa die Fremde. Sie stand an der Terrassentür und unterhielt sich mit Enrico. Eine große, sehr schlanke Frau mit dem schönsten kastanienroten Haar, das Lisa je gesehen hatte. Hätte ihr Gesicht nicht die Blässe Florentiner Marmorstatuen gehabt, hätte sie dieses Haar für gefärbt gehalten. Aber ihr Teint unterstrich die Echtheit und damit die Schönheit dieser Frau, die zudem ungemein dominierend wirkte. Sie strahlte Willenskraft, Unabhängigkeit und Kompetenz aus, und obwohl Lisa sie nicht kannte, wusste sie, dass sie sie nicht mochte. Eine Frau, die plötzlich da war, sehr professionell in ihren Gesten wirkte und ein fast arrogantes Desinteresse an den Gästen zeigte.

Angela, die ihrem Blick gefolgt war, zwinkerte ihr zu. »Das ist Lola Molinari, die Schwester von Enricos Frau. Sie gehört sozusagen zur Familie.«

Lisa nickte und widmete sich wieder ihrem Teller. Aber Angela ließ nicht locker, und so ein bisschen Klatsch und Tratsch amüsierten sie schon.

»Lola hat sozusagen eine Option auf Leonardo und die Villa, jedenfalls glaubt sie das.«

»Und – glaubt sie es mit Erfolg?«

»Da bin ich nicht sicher. Leonardo ist ein harter Brocken mit einer Aversion gegen Frauen und sie kämpft schon seit Jahren.«

»Sie kämpft? Um einen Mann, der Frauen nicht ausstehen kann?«

»Um einen sehr begehrten Mann mit Villa und Weingut und mit einem Ambiente, das sich sehen lassen kann. Lola darf man nicht unterschätzen, die weiß, was sie will.«

»Und was tut sie hier, wenn sie nicht gerade kämpft?«

»Sie versucht, sich nützlich zu machen. Zumindest soll es in den Augen von Maria so aussehen. Außerdem folgt sie Leonardo auf Schritt und Tritt und sie malt. Sie meint, nirgendwo gebe es schönere Landschaftsmotive und besseres Licht als hier. Mehr oder weniger lebt sie hier. Und den D'Amarenis ist das recht. Sie bringt Freunde und Künstler her und Maria gefällt es, wenn das

Haus voll ist und wenn in Mailand über die Villa gesprochen wird. Sie will Bewegung hier haben und vor allem zahlende Gäste. Und das alles gegen den Willen von Leonardo D'Amareni.«

Das Gespräch hatte viele von Lisas Fragen geklärt. Vor allem wusste sie nun, weshalb dieser Leonardo so kühl und distanziert war. Erstens war sie ein zahlender Gast, den er hier nicht haben wollte, zweitens würden ihre geologischen Untersuchungen und Veröffentlichungen dazu führen, die Villa weithin bei interessierten Leuten bekannt zu machen, was gegen seinen Willen geschah, und drittens war sie eine Frau. Wie sollte da eine Zusammenarbeit überhaupt funktionieren?

Während Lisa in den inzwischen servierten Bandnudeln mit Trüffelsoße herumstocherte, erzählten die anderen weiter: Ein paar Missernten vor einigen Jahren, erhöhte Steuerauflagen, die keine Rücksicht auf die Ernteverluste nahmen, und die durch einige Panscher ausgelöste Krise im europäischen Handel mit südländischen Weinen hatten das Gut an die Grenze des Ruins gebracht.

Die D'Amarenis hatten ums Überleben kämpfen müssen, bis es Leonardo und seinem Vater nach mühsamen und zeitintensiven Experimenten schließlich gelungen war, den ›Vino Amareni‹ zu entwickeln, mit dem das Gut wieder bekannt und berühmt wurde. Jenen Wein, der auch in Deutschland einen ausgezeichneten Ruf genoss und der Lisa unter anderem dazu bewogen hatte, dieses zwischen den Zweitausendern versteckte Weingut als Standort für ihre geologischen Untersuchungen auszusuchen.

Zwar war der ›Vino Amareni‹ inzwischen ein Inbegriff Tessiner Weinkultur, aber aus dem finanziellen Dilemma hatte dieser Wein die Familie, die Arbeiter und die Anlagen noch nicht entlassen. Aus diesem Grund hatte die Familie die Villa vor fünf Jahren in ein Gästehaus umgewandelt, erfuhr Lisa.

Während man den Gästen gefüllte Ente mit gratinierten Kartoffeln und Salaten servierte, begann Lisa, Leonardo zu verstehen. Vielleicht erklärten diese Umstände den verbitterten Ausdruck in seinem Gesicht und diesen Hauch von Trauer um die Augen, der ihr aufgefallen war.

Nach dem Dessert nahm Lisa ihren Espresso und schlenderte auf die Terrasse. Der sanfte Abendwind, die Stille rundum taten ihr gut. Sie setzte sich auf einen Stuhl an der Hauswand, die noch die angenehme Sonnenwärme des Tages zurückstrahlte. In kleinen Schlucken trank sie diese Winzigkeit von Kaffee und ließ den Rest mit dem Zuckersatz genüsslich im Munde zergehen.

Sie spürte ihn, bevor sie ihn sah. Dann kam er ins Licht der Terrassentür, ein dunkler Umriss nur, und doch schon vertraut. »Darf ich mich zu Ihnen setzen?«, fragte er förmlich.

»Natürlich, es ist ja Ihre Terrasse, auf der wir uns befinden«, erwiderte Lisa so kühl wie möglich. Die Ablehnung, die sie den ganzen Tag gespürt hatte, verstimmte sie immer noch, auch wenn sie nun die Gründe dafür kannte.

»Sie sind verärgert?«

»Ja.«

»Weshalb?«

»Es war ein sehr anstrengender Tag für mich und ich denke, ganz so strapaziös hätte er nicht sein müssen.«

»Ja, das stimmt.« Er sagte das ohne eine Spur von Reue oder Verständnis. »Ich möchte Ihnen etwas zeigen.«

»Welche Kraftanstrengung ist dafür nötig?«

»Sie müssten mit mir zur Cantina gehen.«

»Jetzt? Es geht auf Mitternacht zu.«

»Ich weiß.«

Mühsam stand Lisa auf und stellte ihre Tasse ab. Vielleicht war das, was immer auch kommen mochte, seine Art, sich zu entschuldigen? Sie verließen die Terrasse, durchquerten einen Teil des Gartens und gingen über den Wirtschaftshof. Es war sehr dunkel, die Sterne und zwei einsame Hoflaternen spendeten kaum Licht. Dann standen sie vor der Kellerei. Leonardo öffnete die große, massive Holztür und ließ der Frau an seiner Seite den Vortritt. Auch hier drinnen gab es nur spärliches Licht. Sie gingen eine breite Steintreppe mit alten, ausgetretenen Stufen hinunter und standen in einem weiten Kellergewölbe.

»Die ersten Lagerhallen hat mein Urgroßvater in den Berg schlagen lassen«, erklärte Leonardo, »später kamen immer mehr dazu, man ist weiter und tiefer in den Berg vorgestoßen und hat auch ein paar vorhandene Höhlen mit einbezogen. Inzwischen haben wir den halben Berg unterhöhlt, bessere Lagerungsmöglichkeiten gibt es nicht. Die Luft, die Temperatur, die Feuchtigkeit, das ist alles optimal.«

Er sah auf die Uhr. »Kommen Sie«, und weiter ging es. Sie kamen in eine Art Halle, bestiegen einen kleinen Elektrokarren und fuhren durch tunnelartige Gewölbe, von denen immer wieder andere Räume abgingen. So groß hatte Lisa sich das alles nicht vorgestellt. Schließlich hielt Leonardo.

»Um Mitternacht fangen wir mit dem Abfüllen des vorjährigen Weines an. Für uns ist das so eine Art heilige Handlung. Alte Männer, die sich genau auskennen, bestimmen in jedem Jahr das Datum und die Zeit und ich wollte, dass Sie das miterleben. Heute um Mitternacht ist es wieder so weit. Dann kommt der Wein in die Flaschen, in denen er sieben Jahre schläft.«

»Schläft?«

»Ja, so nennen wir das.«

Sie kamen in eine weitere Halle. Hier herrschte emsige Betriebsamkeit, aber in völliger Stille. Mehrere Männer standen an den Fässern, die zu beiden Seiten des Ganges aufgereiht waren, ein paar hielten Schläuche und andere Geräte in den Händen und alle sahen immer wieder auf ihre Uhren. Carlo, der Kellermeister in Leinenkittel und grüner Arbeitsschürze, kam auf sie zu. Leonardo stellte die beiden einander vor. Er war ein kleiner, auf plumpe Art hübscher Mann mit einer zu großen Nase und sehr dunklen Augen. Seine Stimme war leise und liebenswürdig, aber er strahlte absolute Kompetenz aus und wusste das auch.

»Wir sind so weit.«

»Dann fangt jetzt an, Männer«, sagte Leonardo und Lisa sah,

dass es Mitternacht war. Einige zündeten dicke Kerzen an, die auf Fässern standen oder in Haltern an der Wand steckten. Dann wurden die Leuchtstoffröhren an der Decke ausgeschaltet. Irgendwie feierlich ist das schon, dachte Lisa und sah zu, wie die Männer Spunde in die Fässer trieben, Schläuche an den Zapfen befestigten und erste Schlucke in kleine Gläser füllten. Alle kosteten, sahen sich an und beobachteten Leonardo. Als er nickte, ging ein Aufatmen durch das Gewölbe und die Arbeit begann. Niemand sprach, es war sehr still. »Warum muss das so leise geschehen?«, fragte Lisa nun ebenfalls flüsternd.

»Wir wollen den Wein ja nicht erschrecken«, kam die Antwort, und zum ersten Mal sah sie ein leichtes Lächeln, das ihr galt. »Probieren Sie«, Leon gab ihr ein Glas, und sie nahm einen Schluck. Fragend sah sie ihn an, außer Säure schmeckte sie nichts. Er hatte es sofort bemerkt.

»Macht nichts«, erklärte er, »es gehört schon jahrelange Erfahrung dazu, diesen jungen Wein richtig einzuschätzen.«

Sie gingen von Fass zu Fass weiter. Die schweren Eichenbehälter, Seite an Seite auf Gestellen gelagert, wirkten gewaltig auf Lisa. Über Schläuche lief der Wein nun in die bereitgehaltenen Flaschen, die von Hand verkorkt und in Regalen gelagert wurden.

»Ich dachte, diese Arbeiten würden längst maschinell gemacht.«

»Bei uns nicht«, klärte sie Leon auf, »Handarbeit ist das Geheimnis eines guten Weines, zuerst im Berg, dann bei der Ernte und schließlich im Keller.«

Nun wusste sie, weshalb seine Weine allererste Klasse waren – und seine Preise auch.

Nach etwa einer Stunde verließen sie die Kellerei. Es wurde Zeit für Lisa, an die frische Luft zu kommen. Die Probeschlückchen, die sie aus Höflichkeit immer wieder nahm, und die Luft, die so wunderbar nach Wein duftete, hatten sie ganz schön schwindelig gemacht. Auf dem Hof war es jetzt, weit nach Mitternacht, kalt. Lisa fröstelte und Leon legte ihr sein immer noch blütenweißes Dinnerjackett um die Schultern. Eine wohlige Wärme umgab sie. Sie gingen durch einen Nebeneingang ins Haus. In der Halle verabschiedeten sie sich.

»Sind Sie um halb sechs wieder dabei?«

»Ja, wenn es mir gelingt, meine müden Beine in Bewegung zu setzen«, versuchte Lisa zu scherzen.

»Gut, dann bis nachher«, sagte er kurz angebunden und ging. Die alte Kruste der Reserviertheit war also wieder da. Und sie hatte schon gedacht, die finge an zu bröckeln. Als Lisa in ihrem Zimmer stand, merkte sie, dass sie noch immer seine Jacke trug. Zu dumm, hier muss sie ja nun nicht gerade gefunden werden, überlegte sie, ging mühsam noch einmal hinunter und hängte das Jackett in der Halle auf. Der bescheidene Reiz der vergangenen Stunden mit Kerzenschein und Weinduft und der kleinen Intimität einer geliehenen Dinnerjacke waren vorbei. Es war zwei Uhr, als Lisa endlich im Bett lag – viel Zeit zum Schlafen blieb ihr nicht mehr!

Aber am Morgen stand sie pünktlich bei den Arbeitern auf dem Hof. Auf dem Traktor, so stellte sie erfreut fest, lag eine gefaltete Decke auf ihrem Sitz. Sie fuhren in den gleichen Weinberg wie am Vortag. An diesem Morgen verließ Lisa sofort die arbeitenden Männer und machte sich mit ihren Werkzeugen auf in die Richtung der überhängenden Felswände, die sie untersuchen wollte. Sie musste Bohrungen ausführen, um festzustellen, ob das Abschmelzen der Permafrost-Schichten hier eine Verschiebung des Untergrundes befürchten ließ.

Wäre Lisa nicht so müde gewesen, hätte die Arbeit ihr Interesse geweckt. So aber arbeitete sie nur aus Pflichtgefühl, setzte den kleinen Bohrer ein, wo sie es für angebracht hielt, und füllte die Gesteinsproben sorgfältig in die mitgebrachten Behälter. Sie verließ die Gegend der schroff überhängenden Felsen und ging zu den Arbeitern in dem Weinberg zurück, um die Behälter zu beschriften und sich Notizen zu machen. Abends im Zimmer würde sie mit dem Mikroskop arbeiten und erste Untersuchungen vornehmen. Die Ergebnisse würde sie dann per E-Mail nach Hamburg schicken.

Die Männer im Weinberg lachten viel und scherzten und man spürte das Pflichtgefühl und die Liebe zur Arbeit, die sie erfüllte. Leonardo sah sie selten. Er war mit anderen Arbeitern in einem anderen Weinberg. Mittags kam ein Motorradfahrer und brachte in einem kleinen Anhänger das Essen: heißes Risotto mit Salsiccie, den berühmten Tessiner Schweinswürstchen, dazu Pecorino, den klassischen Schafskäse, und natürlich Wein, der Lisa wieder sehr müde machte.

Und er brachte Lola Molinari mit. In ihrem karierten Bauernkleid mit passendem Kopftuch war sie durchaus eine attraktive Erscheinung, die von den Männern mit leisen Pfiffen begrüßt wurde. Das reservierte Gesicht von Leonardo übersah sie und setzte sich mit Grazie auf eine Decke, die sie für ihn und sich mitgebracht und ausgebreitet hatte. Fröhlich mit den Männern scherzend und dennoch auf absolute Distanz bedacht, nahm sie teil an dem gemeinsamen Essen und übersah die fremde Deutsche voll und ganz.

Während sie mit spitzen Fingern an Krumen naschte, Leonardos Becher benutzte und jede Möglichkeit nutzte, ihn zu berühren, sprach sie ständig leise auf ihn ein, brachte ihn zum Lachen und dann dazu, mit ihr wegzufahren. Schließlich nahm er das Motorrad, ließ den Motor an, nachdem sie sich zurechtgesetzt hatte, rief den Arbeitern zu: »In zwei Stunden bin ich zurück«, und fuhr davon. Lisa war das recht. Sie holte die Decke vom Traktor und setzte sich in den Schatten, um weitere Notizen zu machen. Aber sie konnte sich nicht konzentrieren. Immer wieder glitten ihr die Gedanken davon und machten sich selbstständig. Sie legte sich hin, sah hinüber zu den schneebedeckten Bergen in Richtung St. Bernardino und in den wolkenlosen Himmel.

Als Lisa die Augen öffnete, weil sie jemand berührt hatte, stand die Sonne schon weit im Westen und Leonardo vor ihr.

»Ich nehme an, Sie wollen mit uns zurückfahren?«, fragte er amüsiert und reichte ihr die Hand, um ihr beim Aufstehen zu helfen. Meine Güte, ist das peinlich, dachte sie, ich habe tatsächlich den ganzen Nachmittag verschlafen! Aber sie fühlte sich wunderbar erholt, sammelte ihre Papiere und die Decke ein und kletterte auf den Traktor, während Leonardo bereits den Motor anließ.

Für den Rückweg wählte er eine andere Strecke. Hin und wieder zweigten durch Brombeerhecken begrenzte Bergpfade ab, die scheinbar ins Nirgendwo führten. Sie kamen an einem baufälligen alten Schuppen vorbei. In seinem Schatten saß eine alte Frau in einem schwarzen Kleid und in schwarzen Strümpfen. Leon winkte ihr zu und die Arbeiter grüßten sie mit fröhlichen Rufen. Ihre Beine ruhten auf einem zerbeulten Korb voller Grünzeug und ihre dunklen Augen funkelten, als sie die Grüße erwiderte. Sie kaute genussvoll auf einem Stück Brot und hielt nur inne, um ein paar Krümel von ihrem Kleid zu wischen. Einer der Arbeiter sprang ab und nahm ihren Korb mit auf den Hänger.

»Anna ist unsere Kräuterfrau«, erklärte Leon, »ohne sie läuft in der Küche gar nichts. Ihren Korb dürfen wir mitnehmen, aber sie selbst würde nie aufsteigen, Motoren sind für sie Teufelszeug.«

»Sie haben einen guten Kontakt zu all diesen Leuten.«

»Ich bin zwischen ihnen groß geworden. Viele sehen in mir noch den Knirps von damals.«

»Aber sie respektieren Sie.«

»Das mussten sie lernen. Nicht allen ist das leicht gefallen.« »Ich habe den Eindruck, Sie sind der Herr im Hause.«

Leonardo sah Lisa eher verärgert als erstaunt an. »Einer muss die Zügel in der Hand halten.«

»Das dürfte nicht ganz einfach sein.«

»Vieles läuft nicht so, wie ich es will.«

»Ja, ich weiß.«

Wütend sah er Lisa an. »Gar nichts wissen Sie, sonst wären Sie nämlich überhaupt nicht hier.«

»Pardon, ich wollte Ihnen nicht zu nahe treten.«

»Keine Sorge, mir kommt man nicht zu nahe.« Verärgert jagte er den Motor hoch und der Traktor zog mit einem heftigen Ruck an. Schweigend setzten sie den Rückweg fort. Arroganter Miesmacher, dachte Lisa und setzte sich aufrecht hin. Abschütteln lass ich mich noch lange nicht, dachte sie.

Lisa hatte vor, am folgen Morgen allein ein kleines Seitental zu durchstreifen und zu untersuchen. Sie durfte sich nicht auf die Stellen verlassen, die Leonardo ihr zeigte. Wer weiß, vielleicht war er längst über die Gefahren informiert, die seinem Tal drohten, wenn es plötzlich zu größeren Abgängen kam, wollte aber vermeiden, dass Lisa die Gefahren untersuchte und meldete. Sie durfte sich nicht auf ihn verlassen, sie musste selbst auf die Suche gehen.

Lisa stand bereits in der Morgendämmerung auf, was ihr schon immer sehr schwergefallen war, denn sie war kein Morgenmensch, wie man die Frühaufsteher gern nennt, sondern eher ein Abendmensch. Heute riss sie sich aber zusammen und stand mit ihren nötigen Sachen und einem kleinen Proviant versehen bereits vor dem Haus, als die Sonne gerade über die Kastanienwälder am Monte Lungo kletterte.

Sie ging, mit ihren Werkzeugen bepackt, die Auffahrt hinunter und wollte gerade in den kleinen Weg nach Camogelle einbiegen, als ihr ein fremder Wagen entgegenkam. Etwas verwundert blieb sie stehen, wer so früh schon unterwegs war, musste bereits in der Nacht irgendwo abgefahren sein. Auch der Fahrer des Range Rovers hielt, als er die Frau mit dem Rucksack sah. Und zu ihrer Verblüffung rief er: »Hallo, Lisa, schön dich zu sehen, gerade das hatte ich heute vor.«

Lisa ging ein paar Schritte näher an den Wagen und dann erkannte sie den Fahrer. »Ja, Klaus, was machst du denn hier? Hast du dich verfahren?«

Lisa kannte Klaus Kaufmann seit Jahren, sie hatten zusammen studiert, dann hatten sie sich aus dem Augen verloren und vor einiger Zeit in Hamburg wiedergetroffen. Er war noch immer als Geologe unterwegs und ab und zu, aber wirklich nur sehr selten, trafen sich die beiden per Zufall irgendwo wieder.

Lisa mochte Klaus nicht besonders, er war ein unzuverlässiger Kumpel, und einmal hatte sie sogar gedacht, allein mit ihm möchte ich nicht unbedingt zusammen sein. Aber dann verlobte er sich mit einer jungen Studentin und die Sache war für Lisa erledigt.

Und nun stand er plötzlich wieder vor ihr.

Er hatte den Wagen verlassen und wedelte mit einer Landkarte herum. »Ich suche das Hotel der Amarenis, man sagte mir, dass du dort wohnst.«

»Das stimmt, zwei Kurven weiter und du stehst davor«, erklärte sie, »aber die Kurven kannst du dir sparen, ich bin dir ja, wie du siehst, schon entgegengekommen.«

»Und wo willst du in aller Frühe hin? Du siehst nach Arbeit aus, wenn ich mir dein Gepäck ansehe.«

»Ich möchte mir ein paar Abhänge im Val d'Arpina ansehen.«

»So ganz allein und zu Fuß?«

»Mit dem Wagen komme ich nicht dorthin und ich wollte unbeeinflusst arbeiten.«

»Unbeeinflusst?«

»Ja, die Eigentümer dieser Gegend sind sehr hilfsbereit und führen mich überall herum, aber ich fürchte, sie zeigen mir nur Abhänge und Steilwände, die sie für richtig halten und die nichts mit meinen Befürchtungen von Schäden durch den Permafrost zu tun haben.«

»Aber die sollten doch froh und dankbar sein, wenn sie jemand auf Gefahren aufmerksam macht.«

»Ich fürchte, die Bewohner einzelner Gegenden leben lieber mit der Gefahr als mit der Gewissheit. Ihnen ist das Heute wichtiger als das Morgen und deshalb finden wir bei unseren Untersuchungen so wenig Unterstützung.«

»Wie kurzsichtig.«

»Oder wie geschäftstüchtig. Wenn die Gäste der Amarenis wüssten, welche Gefahr ihnen vielleicht droht, würden sie kaum hier ihren Urlaub verbringen. Heute fließt viel Geld in die Hotelkasse, bei der Verkündung von Gefahren wäre der finanzielle Strom sofort versiegt, und das können sich die Einheimischen nicht erlauben. Auch die Amarenis nicht.«

»Und was willst du dagegen tun? Musst du das überhaupt?«

»Meine Zentrale in Zürich erwartet eine gewissenhafte Untersuchung. Ich muss also sehr gründlich vorgehen und nicht nur Felswände untersuchen, die mir die Amarenis zeigen.«

»Und jetzt bist du still und heimlich auf dem Weg dahin?«

»So ist es. Aber was tust du hier, wenn ich fragen darf?«

»Ich bin auf der Suche nach dir«, Klaus lachte, »und wie du siehst mit größerem Erfolg als du, denn ich habe mein Ziel erreicht, du noch nicht.«

»Und was willst du von mir?«

»Die Rank-Over-Stiftung in Wien möchte geologische Untersuchungen im Vorarlgebiet durchführen lassen und man ist aufgrund deiner Berichte in Zürich davon überzeugt, dass du mit meiner Gruppe gemeinsam diese Untersuchungen durchführen sollst. Lisa, du hast einen guten Namen, das weißt du doch?«, fragte er ganz ernsthaft.«

»Ich muss meinen Auftrag hier beenden, dann können wir darüber sprechen.«

»Das ist mir klar. Aber ich wollte die neuen Aufgaben schon einmal andeuten, bevor du andere Aufträge annimmst.«

»Und deshalb kommst du in aller Frühe hierher? Wo hast du denn geschlafen?«

»Ich habe in Bellinzona übernachtet und bin extra zeitig losgefahren, um dich nicht zu verpassen.«

»Na, das hat ja auch geklappt. Und nun?«

»Ich begleite dich. Wir können doch gemeinsam zu deinen Untersuchungsfelsen gehen.«

»Na, dann stell deinen Wagen zur Seite und übernimm meinen Rucksack, mit dem Auto kommen wir hier nicht weiter.«

Klaus Kaufmann fuhr seinen Range Rover in den Schatten einiger Esskastanienbäume, holte einen eigenen Rucksack aus dem Wagen, schulterte beide Gepäckstücke, einen vor der Brust und einen auf dem Rücken, und erklärte lachend: »Dein Packesel ist bereit.«

Die Sonne hatte die Wand des Monte Lungo überstiegen und schien mit voller Kraft ins Tal. Der steinige Pfad führte steil nach oben und bog nach etwa zweihundert Metern scharf nach links ab. Lisa verglich die Route mit ihrer Karte und sah, dass sie die Klamm, die sie erreichen wollte, direkt vor sich hatten. Nach etwa zehn Minuten tauchten sie ein in den Schatten der steilen Felsen, die hier beängstigend eng zusammenrückten.

»Wir können hier anfangen«, rief sie Klaus zu, der noch immer gut trainiert vor ihr hermarschierte.

Er drehte sich um und ließ die Rucksäcke zu Boden gleiten. Lisa legte ebenfalls die Taschen mit ihren Werkzeugen ab und sie sahen sich, leicht außer Atem und doch zufrieden, an. »Erst einmal eine kleine Pause zum Verschnaufen«, erklärte Klaus und holte eine Thermosflasche mit heißem Tee und eine Dose mit Butterbroten aus seinem Rucksack.

Lisa hatte nichts gegen eine Verschnaufpause. Der Tag war noch lang genug und der Anstieg hier herauf ziemlich steil gewesen.

Die beiden legten ihre Jacken auf einen kleinen Streifen Gras und setzten sich, die Gesichter der Sonne zugewandt, die nur durch einen winzigen Spalt bis hinein in die Klamm leuchtete.

Nachdem der erste Hunger gestillt war, wollte Lisa eigentlich mit ihrer Arbeit anfangen, aber Klaus rührte sich noch nicht.

»Langsam, Mädchen«, lachte er, »wir haben Zeit bis zur Dämmerung, die Arbeit läuft uns nicht davon.«

Na ja, dachte sie, eigentlich hat er recht. Mir tun noch die Knochen von gestern weh, warum also nicht noch eine kleine Pause einlegen. Aber dann fing er an, sie auszufragen, und das gefiel ihr gar nicht. »Klaus, was interessiert dich meine Vergangenheit. Wir haben uns seit fast zehn Jahren nicht mehr gesehen, jeder ist seinen Weg gegangen und das war gut so.«

»Aber ich habe dich nie vergessen. Hast du einen festen Partner?«

»Das geht dich gar nichts an«, versuchte sie leichthin abzuwinken. Aber der Mann blieb stur. »Natürlich interessiert mich, was aus meiner besten Freundin geworden ist.«

»Ich bin und ich war niemals deine beste Freundin. So viel ich weiß, hast du dich mit Henriette Demut verlobt und ihr seid ein sehr attraktives Paar gewesen. Was ist aus euch geworden?«

»Wir haben geheiratet.«

»Wie schön.«

»Und wir sind längst wieder geschieden.«

»Wie schade. Warum denn?«

»Daran bist du schuld.«

»So ein Blödsinn. Ich habe keinen von euch jemals wiedergetroffen.«

»Eben, du hast mir gefehlt, ich konnte ohne dich nicht zurechtkommen.«

»Also, so viel Dummheit ist mir selten begegnet.«

»Das hatte nichts mit Dummheit zu tun, sondern mit Sehnsucht.«

»Klaus, es wird Zeit, dass du auf den Grund der Tatsachen zurückkommst. Ich bin seit Jahren mit einem Mann liiert und ich gedenke, daran festzuhalten.«

»Meinst du etwa diesen Sportreporter, der in der ganzen Welt unterwegs ist und überall kleine Heulsusen hinterlässt, wenn er abreist?«

»Was fällt dir ein. Du kennst Alexander doch gar nicht.«

»Er interessiert mich deinetwegen und es fällt nicht schwer, seinen Spuren zu folgen.«

»Blödsinn.«

»Du willst nichts verstehen, nicht wahr?«

»Ich habe keine Lust, mir solchen Schwachsinn anzuhören. Los, komm, ich muss an die Arbeit.«

»Was ist dir wichtiger, dieses Steinebeklopfen oder die Wahrheit über deinen zweifelhaften Freund zu hören?«

»Meine Arbeit hat Vorrang.« Lisa stand auf, sie hatte wirklich keine Lust auf dieses Geschwätz. Dass ihr Alex nicht immer treu war, damit musste sie rechnen, zu lang waren die Trennungszeiten zwischen den wenigen vergnüglichen gemeinsamen Tagen, Aber um mir das zu sagen, musste nicht dieser geschwätzige Klaus Kaufmann mit mir hier in den Bergen herumkraxeln, dachte sie verärgert. Sie suchte Hammer, Feilen, Bohrer und Probenbecher zusammen und wollte in die Klamm hineingehen, aber Klaus hielt sie fest. »Lisa, ich bin nicht hier heraufgeklettert, um mit dir Steine zu beklopfen, sondern um mir dir zu reden. Und zwar ein ernstes Wörtchen.«

»Ich wüsste nicht, was wir zu bereden hätten. Und jetzt lass mich los, ich habe zu tun.«

Aber anstatt sie loszulassen, packte er sie noch fester und zwang sie auf die Jacke zurück.

»Ich will, dass du mir zuhörst und zwar jetzt und hier.«

»Ich denke gar nicht daran.«

»Lisa, ich liebe dich, ich habe dich schon immer geliebt und ich weiß, dass wir zusammengehören. Vergiss diesen Alexander, er passt nicht zu dir, und komm zu mir zurück.«

»Was heißt hier zurückkommen? Ich war noch niemals mit dir zusammen und ich gedenke auch jetzt nicht, an deiner Seite weiterzulaufen. Schlag dir das aus dem Kopf.« Lisa war wütend, aber sie wusste gleichzeitig nicht, wie sie sich verhalten sollte. Was konnte sie tun, wenn er zudringlich wurde? Sie kannte ihn kaum, sie konnte nicht berechnen, wie er sich verhalten würde, wenn sie ihn konsequent ablehnte. Früher erzählte man sich, dass er manchmal sehr jähzornig sein konnte, aber war das auch heute noch der Fall?, überlegte sie. Ich bin keine ängstliche Person, aber der Mann ist einen ganzen Kopf größer als ich und nicht gerade ein Schwächling. Und es ist verdammt einsam hier oben.

Ich werde also erst einmal ruhig hier sitzen bleiben, überlegte sie und besah sich ihre Füße. Zum Glück habe ich meine derben Bergstiefel an, mit denen kann ich ganz gut zutreten, wenn es nötig werden sollte. Und sonst?

Sie legte ihre Werkzeuge zur Seite, nur die Feile behielt sie und versteckte sie in einem Blusenärmel.

»Also, ich höre?«, versicherte sie ihm und setzte sich so, dass sie ihm direkt ins Gesicht sehen konnte.

»Lisa, wir haben uns immer gut verstanden, warum soll sich daran etwas ändern?«

»Klaus, ich habe mich nie gut mit dir verstanden, weil wir nämlich gar nicht zusammen gesprochen haben. Wir haben freundliche Grüße ausgetauscht, nach dem Ergehen und nach dem Vorhaben des anderen gefragt und das war dann schon alles.«

»Du warst es, die so kurz angebunden war. Ich hätte gern länger mit dir geredet – und so dies und das mit dir unternommen.«

»Du hast dich verlobt, damals, als sich unsere Wege hin und wieder kreuzten.«

»Ich wollte dich eifersüchtig machen.«

»Wie kann man eifersüchtig werden, wenn einer den anderen kaum kennt.«

»Du hattest alle Chancen, mich besser kennenzulernen.«

»Ich hatte keine Zeit für private Gefühle. Ich hatte gerade meinen Doktor gemacht, ich fing gerade mit der Geologie an. Ich wollte die Praxis kennenlernen und mich auf neue Aufgaben vorbereiten. Ich hatte doch keine Zeit für Gefühle.«

»Gefühle hat man oder man hat sie nicht. Warum hattest du keine Gefühle für mich?«

Er stand auf und setzte sich zu Lisa auf deren Jacke. Jetzt, so eng neben ihr, hatte sie keine Chance mehr, ihn zu beobachten. Was hatte er vor? Wozu war er fähig? Ihr Herz begann schneller zu klopfen. War sie ihm wehrlos ausgeliefert, wenn er zudringlich wurde?

Natürlich war sie das. Ich muss ruhig bleiben, nahm sie sich vor. Ich muss auf ihn eingehen, ihn hinhalten.

Plötzlich strich er mit der Hand Lisas Haare aus der Stirn, eine raue und keineswegs zärtliche Geste. Aber der Wind wehte ihr Haar gleich wieder nach vorn und seine Hand strich ein zweites Mal über ihr Gesicht. »Lass das«, wollte sie sagen, schwieg dann aber, sie wollte ihn ja ruhig halten und nicht verärgern.

Er ließ seine Hand auf ihrer Schulter liegen. Sie rührte sich nicht. Dann begannen seine Finger mit ihrem Kragen zu spielen und dann öffneten seine Finger die obersten beiden Knöpfe ihrer Bluse.

»Was soll das, Klaus?«

»Nichts, mein ängstlicher kleiner Schatz, oder magst du meine Finger nicht?«

»Sie sind rau und kratzen auf meiner Haut.«

»Daran wirst du dich gewöhnen müssen.« Gleichzeitig öffnete er zwei weitere Knöpfe und steckte die Hand in ihre Bluse.

»Ich will nur nachsehen, ob noch alles da ist.« Er rückte so nah an Lisa heran, dass er seinen Schenkel gegen ihren pressen konnte.

»Schön so, diese Zweisamkeit«, grinste er und zog – noch immer lächelnd – die Feile aus ihrem Blusenärmel. »Ein hartes Ding, könnte uns stören«, murmelte er und öffnete die restlichen beiden Knöpfe der Bluse.

Lisa schwieg einen Augenblick, dann presste sie heraus: »Willst du mich vergewaltigen? Das brauchst du nicht. Hier ist es ungemütlich, lass uns hinunter ins Herrenhaus gehen, ich habe dort ein sehr gemütliches Zimmer mit Doppelbett.«

Er lachte laut heraus. »Vergewaltigen? Wofür hältst du mich. Ich brauche niemanden zu vergewaltigen. Ich bekomme immer mit Lust und Liebe und größtem Vergnügen, was ich will. Ich brauche keine Gewalt anzuwenden, ich brauche nur mit dem Finger zu schnippen und erobere die Frauen mit größter Lust – aber doch nicht mit Gewalt. Genauso wird es mit uns beiden sein.«

Er griff nach Lisas Brust und presste sie, bis sie vor Schmerz beinahe aufgeschrien hätte. Aber sie biss die Zähne zusammen. »Lass das, mit Lust hat das nichts zu tun, du tust mir weh.«

»Aber natürlich hat das was mit Lust zu tun. Je größer der Schmerz, umso größer die Lust. Du wirst es gleich spüren.« Er schnallte sich den Gürtel ab und schwenkte ihn durch die Luft, so dicht über Lisas Kopf hinweg, dass sie sich bücken musste, um nicht getroffen zu werden. Jetzt hatte sie wirklich Angst. Sollte sie schreien, aber wer würde sie hören? Und während sie ihre Angst damit verriet, würde sie seine perverse Lust nur noch steigern.

»Schön ist es, dich so liebevoll und willenlos neben mir zu haben. Ich genieße deine Art, aber ein paar kleine lustvolle Schreie würden meine Lust vergrößern«. Jetzt presste er ihre andere Brust und sie konnte ein Stöhnen nicht mehr unterdrücken. »Recht so, ich muss doch hören, wie glücklich du bist.«

Er begann gerade am Reißverschluss ihrer Hose zu zerren, als sie ihn sah.

Leandro, der Kellermeister, stand mit schussbereitem Gewehr am Abhang und zielte auf Klaus. »Hände hoch!«

Klaus sprang auf und griff gleichzeitig nach der Feile, die neben ihm lag. In dem Augenblick, als er sich, die Feile drohend auf ihren Hals gerichtet, über sie beugte, knallte der Schuss und Klaus ließ schreiend das Werkzeug fallen. Blut tropfte aus seiner Hand direkt in Lisas Gesicht.

Voller Ekel und entsetzlich erschrocken kroch sie zur Seite, fort von diesem wimmernden Mann. Sie bebte am ganzen Körper und wollte aufstehen, aber ihre Beine versagten ihren Dienst und sie blieb kauernd am Boden hocken. Dann griff sie nach ihrer Jacke und zog sie an, um die nackte Brust zu verbergen. Dann erst drehte sie sich zu Leandro um und flüsterte »Danke.«

Der Kellermeister, das Gewehr noch immer auf den wimmernden Klaus gerichtet, nickte. »Alfredo sagte mir, dass ich Sie hier oben finde. Er sah Sie heute Morgen an der Kreuzung, als sie mit einem Fremden sprachen.«

»Gott sei Dank, dass Sie gekommen sind. Ich kenne den Mann von früher.«

»Wer ist er und was will er? Na ja, was er wollte, habe ich gesehen. Reißen Sie sein Hemd in Streifen, damit wir die Hand verbinden können, und leihen Sie mir Ihren Gürtel, damit ich ihn fesseln kann.«

Lisa zerriss das Hemd und umwickelte die stark blutende Hand. So viel sie sehen konnte, war es ein glatter Durchschuss, der natürlich fachgerecht behandelt werden musste. Als sie fertig war, übergab ihr Leandro sein Gewehr. »Halten Sie es auf ihn gerichtet«, bat er, nahm Lisas herumliegenden Gürtel und fesselte dem noch immer wimmernden Mann die Hände auf dem Rücken. Dann übernahm er sein Gewehr wieder und reichte Lisa seine Wasserflasche und ein unbenutztes Taschentuch. »Hier, Sie müssen sich Ihr Gesicht waschen, so können wir nicht unter die Leute gehen.«

Lisa war diesem für sie doch eigentlich fremden Mann sehr dankbar und rieb ihr Gesicht von dem ekligen Blut sauber, bis die Haut brannte.

»Abmarsch«, befahl Leandro dann, hängte Klaus den Rucksack um den Hals und zwang ihn aufzustehen und den Weg hinabzulaufen. Lisa folgte den beiden in einigem Abstand. Von Permafrost-Untersuchungen hatte sie für heute genug.

Als sie den Range Rover erreichten, ließ Leandro sich von Klaus die Autoschlüssel geben, bat Lisa, im Fond Platz zu nehmen und das Gewehr zu halten, und zwang Klaus auf den Beifahrersitz.

Er hatte aufgehört zu wimmern und redete jetzt auf Leandro

ein. »Wohin fahren Sie? Ich kann doch jetzt wirklich allein fahren.«

»Ich bringe Sie zur Polizei und dann zum Krankenhaus.«

»Um Gottes willen, nein, warum denn? Das Ganze ist ein Missverständnis, nicht wahr, Lisa. Wir sind doch Freunde, nun sag du doch endlich, dass das alles ein absolutes Missverständnis ist.«

Leandro startete und Lisa sagte: »Du wolltest mich vergewaltigen, das hat mit einem Missverständnis nichts zu tun.«

Und Leandro erklärte: »Ein Schuss muss gemeldet werden, und die Wunde muss behandelt werden, Schluss mit den Debatten.«

Er fuhr auf kürzestem Weg nach Bellinzona und hielt vor der Polizeistation. Lisa machte ihre Aussage und unterstrich die Tatsache, dass Leandro im letzten Augenblick gekommen sei und erst geschossen habe, als Klaus Kaufmann mit der Feile ihren Hals bedroht hatte.

Klaus schwieg und wollte sofort seinen Anwalt benachrichtigen, was aber von der Station aus nicht erlaubt wurde. Dann wurde Leandro verhört, was aber in einem anderen Raum geschah.

Als die Protokolle beendet waren, brachte ein Beamter Klaus Kaufmann zum Krankenhaus. Lisa bekam ihren Gürtel zurück, denn der Polizist nahm die Fessel ab, und Klaus verabschiedete sich mit den Worten: »Und ich wollte dir so viel Freude schenken und eine Lust, die du noch nie erlebt hast.« Dann war er fort.

Lisa setzte sich erschöpft auf die hölzerne Bank in der Polizeistation und Leandro setzte sich neben sie. Jetzt erst sah sie, wie erschöpft er aussah. Diese ganze gefährliche wie peinliche Angelegenheit war auch an ihm nicht spurlos vorübergegangen.

Sie reichte ihm die Hand. »Danke, Leandro, vielen Dank, Sie sind gerade noch rechtzeitig gekommen.«

Er lächelte. »Eigentlich wollte ich Wildkaninchen schießen.

Die Köchin will heute Abend ein Wildkaninchenragout servieren und ich kenne die Gegenden, wo die Tiere in Massen auftreten. Nun wird sie ein anderes Ragout servieren müssen.«

Einem Wildkaninchenragout hatte Lisa also vermutlich ihr Leben zu verdanken. Wäre das alles nicht so schrecklich ernst gewesen, hätte sie laut gelacht.

Sie spürte, wie sich ihr Körper beruhigte und wie sie wieder zu Kräften kam. Vorsichtig stand sie auf.

»Ich glaube, ich kann jetzt wieder gehen, wollen wir nach Hause fahren?«

Leandro nickte. »Den Wagen werden wir hier lassen müssen, aber der Bruno ist ein Freund von mir, er wird uns zum Schloss zurückbringen.«

Er nickte einem der Beamten zu und eine knappe halbe Stunde später waren sie wieder auf dem Weingut der Amarenis.

Als sie allein vor dem Haus standen, bat Lisa Leandro: »Ich wäre Ihnen sehr dankbar, wenn Sie niemandem von dem Unfall etwas erzählen würden. Bitte, Leandro.«

»Einen Unfall nennen Sie das?«

»Ja, ich möchte kein Großereignis daraus machen. Ich habe festgestellt, dass die Gäste hier sehr begehrlich auf Neuigkeiten sind und gern über Dinge reden, die sie eigentlich nichts angehen. Ich möchte nicht gern zum Mittelpunkt eines solchen Gesprächs werden.«

Leandro nickte. »Das kann ich verstehen, ich muss aber mit Leonardo darüber reden. Er ist der Chef und es ist leicht möglich, dass die Polizei bei ihm noch um Rücksprache bittet, denn es war sein Grund und Boden, auf dem das Dilemma geschah.«

»Es ist mir sehr peinlich, Leandro.«

»Ich weiß, ich werde Leonardo bitten, die ganze Geschichte Ihnen gegenüber nicht zu erwähnen. Er ist ein rücksichtsvoller Mann, er wird Ihren Wunsch respektieren.«

Lisa bedankte sich noch einmal und schlich durch die Tiefgarage ins Haus. Ohne einem Menschen zu begegnen, erreichte sie ihr Zimmer. Sie verschloss die Tür, zog sich aus und lief unter die Dusche. In meinem ganzen Leben habe ich noch keine Dusche nötiger gehabt als heute, dachte sie und wechselte vom heißen Wasser zum kalten und wieder zum heißen und wieder zum kalten. Dann betrachtete sie sich im Spiegel. Ihre Brust war an einigen Stellen blutunterlaufen und ihr Gesicht leicht angeschwollen. Sonst aber war ihr nichts anzusehen. Sie föhnte und bürstete ihr Haar und zog einen Hausanzug an. Dann legte sie sich auf ihr Bett und schlief ein, bevor sie auch nur einen Gedanken an die Ereignisse des Vormittags verschwenden konnte.

Als Lisa später zum Mittagessen hinunterging, begegnete sie Leonardo in der Halle. Er sah sie an, nickte und sagte kurz angebunden: »Ich möchte Sie bitten, nicht allein im Gelände herumzulaufen.«

3

Diesen Abend wollte Lisa genießen. Sie war ausgeruht und fühlte sich richtig wohl. Nachdem sie sich frisch gemacht hatte, ging sie hinunter. Noch eine Stunde bis zum Aperitif auf der Terrasse, überlegte sie, da kann ich mir Haus und Hof etwas genauer ansehen.

Sie lief hinaus auf den Vorplatz und sah zum Haus zurück. Die alte, von hohen Zypressen umgebene Villa stammte aus dem frühen 19. Jahrhundert und war ein zweistöckiger Bau aus gelben, für die Landschaft typischen Lehmziegeln, mit flachem Dach und klarer Gliederung. In der Mitte, zu ebener Erde, die wuchtige Eingangstür aus dunklem Holz, rechts und links davon die hohen Fenster mit den hölzernen Läden, die bis zum Boden reichten. Darüber die Reihe kleinerer Fenster der oberen Etage. Während die linke Haushälfte für die Gäste bestimmt war, bewohnten die Amarenis den rechten Teil, in dem sich auch die Büros, die Küche und die Wirtschaftsräume befanden. Wilder Wein und Efeu bedeckten große Teile der Außenmauern und milderten die strenge Form des schlichten, klar gegliederten Hauses. Lächelnd dachte Lisa an den Ärger ihrer Mutter, die auch in einem mit Efeu bewachsenen Haus lebte und sich ständig über Spinnen und Mäuse ärgerte, die in diesem Efeu wunderbare Wanderwege in die geöffneten Fenster fanden.

Während der Weg links um das Haus herum in den Garten und zur Terrasse auf der Rückseite führte, ging Lisa rechts herum, wo sich in geringer Entfernung der Wirtschaftshof anschloss. Hier gab es in einem lang gestreckten Gebäude Wohnungen für die Familien der Landarbeiter und für das Hauspersonal. Blumenkästen mit Geranien, Kapuzinerkresse und Begonien an den Fenstern leuchteten in bunter Farbenpracht und milderten die Strenge des nüchternen Gebäudes. Eine Vielzahl kleinerer Häuser gruppierte sich im Hintergrund, sie waren für die Saisonarbeiter und ihre Familien bestimmt. Im rechten Winkel zum Arbeiterhaus gab es ein Gebäude mit leeren Stallungen, ihm schlossen sich Scheunen und Geräteschuppen an. Die dritte Seite der offenen Hofanlage nahm die Cantina mit angebauten Lagerräumen für Fässer und Flaschen, für Kisten und Gerätschaften ein. Ihre Mitte bildete die schwere Eichentür zur Kellerei, die Lisa von der Nacht her kannte. Auffallend war der schlechte Zustand aller Gebäude. Lisa sah, dass hier schon lange nichts mehr renoviert worden war und dass die Amarenis noch immer in einer finanziellen Krise steckten.

Langsam bummelte Lisa zum Haus zurück. Auf der Terrasse sah sie die ersten Gäste und im Garten spielten zwei kleine Kinder und eine junge Frau. Als sie näher kam, liefen die Mädchen auf sie zu, frisch, fröhlich und unbekümmert nahmen sie Lisa an die Hand.

»Komm und spiel mit uns«, bettelten sie. Es waren Zwillingsmädchen, drei oder vier Jahre alt. Lisa fragte sie nach ihren Namen. »Das ist Regina und das ist Renata«, sagte die hübsche dunkelhaarige Frau, die jetzt neben ihr stand und ihr die Hand reichte.

»Ich bin Isabella und wir drei gehören zu Enrico D'Amareni«, sagte sie mit nicht zu überhörendem Stolz.

»Ich freue mich. Ich bin Elisabeth Farmsen aus Hamburg«, stellte Lisa sich vor.

»Ich weiß, die Geologin, die unsere Berge untersucht. Sie müssen mir von Ihrer Arbeit erzählen, ich hätte auch gern studiert, aber dann lernte ich meinen Mann kennen und nun bin ich Mutter, und das ist ganz wunderbar.«

»Das freut mich für Sie«, und im Stillen rechnete sich Lisa aus, dass die junge Mutter mindestens zwanzig Jahre jünger als ihr Ehemann war.

»Haben Sie schon meine Schwester Lola kennengelernt?«

»Ich habe sie ein paar Mal gesehen.«

»Durch sie bin ich eines Tages hierhergekommen. Sie ist zehn Jahre älter und meinte immer, mich erziehen und überall herumzeigen zu müssen. Und dann hat sich Enrico in mich verliebt, das hat sie mir bis heute nicht verziehen.« Sie lächelte und zwinkerte Lisa zu. »Na, macht nichts, ich kann damit leben, sie tut sich schwerer damit.«

Die Kinder drängten, weiterzuspielen, und Lisa, ziemlich erstaunt über die Offenheit dieser sympathischen Frau, fragte, ob sie mitmachen dürfte. Sie hatten auf der Wiese eine Krocketbahn aufgebaut und versuchten, die hölzernen Kugeln durch die kleinen Tore zu schlagen. Alle bemühten sich sehr, doch der Boden war uneben und die Kugeln rollten überallhin, nur nicht durch die Tore. Dennoch hatten sie viel Spaß, und Lisa dachte daran, wie viele Kinder sich wohl heute noch bei dem Überangebot von Plastikwaren und Computerprogrammen mit so schönen alten Spielen unterhalten mochten. Auf der Terrasse trafen die letzten Gäste ein und sie verabschiedete sich.

»Wir müssen auch Schluss machen«, Isabella sammelte die kleinen Tore ein, die Kinder nahmen die Kugeln und die Schläger und gaben ihr die Hand.

»Spielst du morgen wieder mit uns?«

»Mal sehen, wenn ich Zeit habe, gern.«

»Warum hast du denn keine Zeit?«

»Ich muss arbeiten.«

»Was arbeitest du denn? Hier machen doch alle Leute Ferien.«

»Ich schreibe alles auf, was hier so los ist, und dann mache ich Fotos und zeige sie anderen Leuten, damit sie sehen, wie schön es bei euch ist.«

»Wo kommst du denn her?«

»Aus Hamburg, das ist eine sehr große Stadt, da gibt es keine Berge und keine Bäume, auf denen Kastanien wachsen, die man essen kann.«

Lachend griff Isabella ein. »Schluss jetzt, sonst kommen wir niemals hier weg und das Essen wird kalt.«

»Was esst ihr denn am liebsten?«

»Pasta«, kam es wie aus einem Munde, und die Frage war geklärt. Lachend gingen die vier auseinander.

Auf der Terrasse kam ihr Maria entgegen. »Wenn Sie morgen noch nichts vorhaben, könnte ich Ihnen das Haus zeigen und von seiner Geschichte erzählen«, erklärte sie, »meine Männer sind den ganzen Tag in Como.«

»Ja, gern. Immer, wenn ich durch die Halle gehe und die Bilder sehe, werde ich neugieriger.«

Die beiden Frauen stellten sich an die Balustrade und beobachteten die Gäste. Dann sah Lisa Leonardo. Er stand mit einem gut aussehenden jungen Mann etwas entfernt von ihnen und diskutierte mit einem amüsierten Lächeln und dezenten Handbewegungen. Der Fremde hatte ein Blatt Papier in der Hand, auf das er immer wieder hinwies. Lisa beobachtete Maria, aber sie zeigte in eine andere Richtung, während sie ihr die Herkunft einiger alter Bäume im Garten schilderte, die aus dem Nahen Osten stammten.

Dann verließen Leonardo und der jüngere Mann die Terrasse. Sie waren fast gleich groß und beide sehr schlank. Jetzt sah auch Maria hinüber, in ihrem Gesicht die Andeutung eines Lächelns. Als die beiden Männer durch die Tür gingen, legte Leonardo den Arm liebevoll um die Taille des Jüngeren und drückte ihn leicht an sich. Eine Geste absoluter Vertrautheit, wie sie selbst unter engen Freunden höchst selten ist. Und bei diesem Mann bekomme ich Herzklopfen und Gänsehaut, dachte Lisa und sah hinunter auf die alten, narbigen Marmorsteine zu ihren Füßen. Wohin sollte sie auch sonst sehen? Sie wusste, dass Maria sie beobachtete.

»Wir werden bald die Terrassenbeleuchtung brauchen«, lenkte die Hausherrin ab, »es wird ab Mitte September doch schon zeitiger dunkel.« Lisa drehte sich um. Das Rot der untergehenden Sonne lag wie ein samtener Hauch über den Bergen im Westen und dann merkte sie, wie tief enttäuscht sie war.

Der Gong rief die Gäste zum Abendessen. Im Speiseraum war es warm und gemütlich. Die Kerzen auf den Tischen und in den verspiegelten Wandleuchtern brannten und es roch wunderbar nach Kerzenwachs, Kräutern, Krustentieren und gegrilltem Fleisch.

Maria verabschiedete sich. »Wir sehen uns nach dem Frühstück, wenn es Ihnen recht ist. Ich finde Sie dann schon.«

Lisa nickte und reichte ihr die Hand und dann drückte sie ganz spontan einen leichten Kuss auf die faltige Wange dieser eigentlich fremden Frau. »Bis morgen!«

Ein paar der inzwischen vertrauten Gesichter fehlten, einige fremde waren hinzugekommen. Auch an ihrem Tisch gab es einen neuen Gast. Er war sehr höflich, stand auf, als Lisa kam, rückte ihren Stuhl zurecht und goss ihr später Wein ein. Sie bedankte sich, so viel Aufmerksamkeit war selten geworden, umso mehr genoss sie sie. Als alle am Tisch saßen, stellte er sich vor.

»Ich bin Nicolas Bronetti aus Ponteviglia und auf dem Weg nach Basel. Aber hier muss ich immer eine Zwischenstation einlegen. Ich liebe dieses versteckte Stückchen Land.«

Später stellte sich heraus, dass seine Familie einen Marmorbruch besaß und über ein Baseler Büro die kostbaren Steine in alle Welt verkaufte. So war es fast selbstverständlich, dass sich das Tischgespräch an diesem Abend um Marmor drehte, um weißen, blauen, roten und schwarzen Marmor, um griechischen und italienischen, um solchen aus Carrara und aus Apulien, und wenn man Nicolas richtig zuhörte, war der von der Ferse des italienischen Stiefels bei Weitem der beste. Es war sehr amüsant und alle lachten viel; und Lisa wunderte sich wieder einmal, wie bequem es war, dass alle sich der englischen Mode unterwarfen, sich sofort mit dem Vornamen anzureden. Nach dem Essen fragte sie der charmante Tischnachbar: »Wie wäre es mit einem kleinen Spaziergang – so zum Abschluss eines sehr schönen Abends?«

»Es ist stockdunkel, ich glaube kaum, dass es hier beleuchtete Wege gibt«, lachte Lisa, noch immer erheitert von den Gesprächen und natürlich von dem wunderbaren Wein.

»Wir könnten es doch versuchen.«

»Na schön, vielleicht kann man die Kastanienallee entlanggehen.«

Sie stand auf und nahm ihre Wollstola von der Lehne. So ein bisschen frische Luft nach dem reichhaltigen Essen würde ihr guttun. Und außerdem gefiel ihr der Mann. Er war geistreich, witzig und sah fabelhaft aus: groß, stark und sehr italienisch mit dem dunklen, gelockten Haar und den fast schwarzen Augen.

Sie gingen durch die Halle und Nicolas legte ihr das Tuch um die Schultern. Es war schön draußen, der klare Sternenhimmel versprach eine kühle Nacht und einen weiteren sonnigen Tag.

»Weiter oben in den Bergen, Richtung St. Bernardino, wird es schon Nachtfrost geben, aber hier unten dauert das noch vier Wochen, erklärte ihr Nikolas.«

»Es wäre gefährlich für den Wein, die Ernte hat noch nicht einmal begonnen.«

»Ja, es ist immer ein Risiko für die Weinbauern hier in den Hochtälern«, bestätigte er, »einerseits wollen sie die Sonne bis zum letzten Strahl ausnützen, andererseits würde eine einzige Frostnacht die ganze Ernte verderben.«

»Dann hätte man Eiswein.«

»Die hiesigen Sorten eignen sich nicht dafür. Ich weiß, in Deutschland experimentiert man gern mit diesem Risiko.«

»Mit Erfolg.«

»Mit großen Verlusten, wenn es danebengeht.«

»Ja, das stimmt. Woher wissen Sie so viel über den Weinanbau, ich denke, Ihr Spezialgebiet ist der Marmor?«

»Ich bin sehr oft hier. Enrico ist ein Studienfreund von mir, wir haben beide in Genf Betriebswirtschaft studiert und kaufmännische Seminare besucht. Wir wollen ja beide etwas verkaufen.«

In den Tälern unten blinkten die Lichter einzelner Gehöfte wie verloren gegangene Sternschnuppen auf. Die beiden hatten das Ende der Allee erreicht, als sie oben beim Haus Motorengeräusche hörten. Die Scheinwerfer kamen näher, sie traten zur Seite und ließen einen klapperigen alten Jeep vorbeifahren. Lisa konnte nicht erkennen, wer am Steuer saß, aber Nicolas sagte: »Das war Riccardo.«

»Und wer ist Riccardo?« War es dieser junge Mann, den Leonardo so intim an sich gedrückt hatte? Aber Nicolas ging nicht auf ihre Frage ein. Er sagte nur: »Der hat noch einen langen Weg vor sich, er wohnt in Varese.«

Die beiden drehten um, und während sie bergauf zum Haus zurückgingen, fragte er: »Ich darf doch?«, und ohne eine Antwort abzuwarten, nahm er Lisas Arm. Und sie hatte ein sehr angenehmes Gefühl, was nicht nur daran lag, dass sie in ihren für einen Spaziergang kaum geeigneten Pumps weniger stolperte.

Im Haus war es still. Nur aus dem Fernsehzimmer hörten sie noch ein paar Stimmen. Sie gingen nach oben und Nicolas brachte Lisa bis vor ihre Tür. Er nahm ihre Hand und sagte: »Das war ein sehr schöner Abend.« Dabei sah er sie so an, dass ein Prickeln ihren ganzen Körper überzog, und dann war sie allein. Etwas beunruhigt ging sie in ihr Zimmer und setzte sich in den alten Ledersessel am Fenster. Da war Leonardo, dieser arrogante Typ, der öffentlich seine Zuneigung zum gleichen Geschlecht bekundete, den Frauen die kalte Schulter zeigte und der dennoch eine unverständliche Anziehungskraft auf sie ausübte; und da war Nicolas, der ihr so deutlich sein Interesse zeigte und dessen Nähe so gut für sie war, dass ihr Körper unmittelbar darauf reagierte. Dabei war sie erst seit zwei Tagen im Tessin! Und Alexander gab es auch noch.

Der nächste Morgen begann mit einem wunderbaren Frühstück: Auf einer Tafel an der Wand war ein Büfett aufgebaut und zwischen köstlichen Speisen und bunten Aufschnittplatten standen Sträuße aus Herbstblumen, Wildbeeren und gelb gefärbtem Laub. Lisas erstes Frühstück hier im Haus – wenn sie da an die bescheidenen Mahlzeiten im Weinberg dachte –

Lisa war fast fertig, als Maria kam. Sie sah ausgeruht und fröhlich aus und holte sich eine Tasse Kaffee, bevor sie sich zu ihr an den Tisch setzte.

»Ehrlich gesagt genieße ich es, wenn meine Männer alle einmal weg sind. Leider ist das nicht oft der Fall.«

»Ja, ein Mann im Haus bedeutet immer Aufmerksamkeit und Mehrarbeit, und Sie haben gleich drei davon.«

»Sprechen Sie aus Erfahrung?«

»Nun, sagen wir mal, aus einer Wochenenderfahrung.«

»Dann sind Sie nicht verheiratet?«

»Nein, aber ich bin berufstätig, und das ist auch anstrengend.«

»Aber es gibt einen Mann in Ihrem Leben? Einen Wochenendmann sozusagen?«

»Ja«, lachte Lisa. Maria wollte sie also aushorchen. Sie tat ihr den Gefallen und sagte: »Ich bin verlobt, so richtig altmodisch verlobt, aber wir sind beide viel unterwegs, da bleiben uns nur die Wochenenden und manchmal nicht einmal die. Alexander ist Journalist beim Fernsehen«, fügte sie hinzu.

»Da haben Sie sich bestimmt viel zu erzählen, wenn Sie sich treffen.«

»Das stimmt, die paar gemeinsamen Stunden reichen oft nicht aus.«

»Aber Ihr Beruf macht Ihnen Spaß, das merkt man.«

»Ja, vor allem, weil ich viel herumkomme, Land und Leute kennenlerne und weil er sehr wichtig ist.« Sie legte ihrer Gastgeberin die Hand auf den Arm, schaute auf ihre Uhr und zeigte damit, dass ihre Zeit begrenzt war. Außerdem beendete sie so die Fragestunde. Maria wusste nun genug von ihr.

Während sie aufstanden, sagte Maria ganz beiläufig: »Könnte es sein, dass Sie sich für Leon interessieren?«

Oh, der Scharfblick einer Frau! Dummerweise gehöre ich zu den Menschen, die auch mit dreißig noch rot werden, dachte Lisa und umging vorsichtig diese intime Frage. »Er zeigt mir deutlich seine Abneigung und er ist ein sehr reservierter Mann, vielleicht wirkt das auf manche Frauen anziehend«, dann sah sie Maria an, »auf mich nicht! Und bei allem Respekt Ihnen gegenüber, ich denke nicht daran, mich durch ihn auf ein Abstellgleis schieben zu lassen. Ich mache hier meine Arbeit und die werde ich gut machen. Im Übrigen habe ich Interessen, die weiter reichen als bis in den Tessin. Ich hoffe, Sie verstehen mich, Maria.«

Unbeeindruckt sagte die: »Leon mag Sie.«

»Dann hat er eine seltsame Art, das zu zeigen.«

»Er hat Sie mit in die Cantina genommen.«

»Das war ein Dankeschön für einen verflixt anstrengenden Arbeitstag in den Bergen.«

Maria nickte leicht mit dem Kopf. »Mag sein.« Aber sie sagte es mit sehr deutlichem Zweifel in der Stimme und Lisa fragte sich, warum sie die offene Art der alten Dame nicht schockierte.

Dann gingen sie durch die Halle und Lisa dachte: Ich muss wirklich vorsichtig sein, die Signora hat die Augen eines Adlers und den Instinkt einer Mutter. Als sie in der Bibliothek waren, nahm Maria ihren Arm. »Nicht böse sein, Elisabeth, Sie sollten nur wissen, Leon ist ein ganz besonderer Mensch.«

Nun ja, das habe ich inzwischen auch bemerkt, dachte sie. Trotz dieser verständlichen Mutterliebe ging ihr das Gespräch aber zu weit und sie wechselte das Thema.

»Wie gut es hier riecht: nach Leder und altem Papier und Tabak.«

»Und nach Staub und abgestandener Luft und einem Kamin voller Asche, die man vergessen hat, zu entfernen«, lachte Maria und öffnete die Fenster und die Holzläden, so dass Licht und Luft hereinströmen konnten.

Zwei Wände des Raumes waren bis unter die Decke von Bücherregalen bedeckt. Meist waren es alte, in Leder gebundene Folianten, aber es gab auch moderne, bunte Buchrücken und ein ganzes Regal voller Taschenbücher. Vor einem Kamin standen bequeme Sessel. Maria zeigte auf die alten Bücher: »Generationen haben sie gesammelt, manche sind über 200 Jahre alt.«

Und damit waren sie mitten in der Geschichte des Hauses und seiner Bewohner. Es war faszinierend, Maria zuzuhören, und es fiel Lisa schwer, ihre interessanten Erzählungen mit Fragen zu unterbrechen.

Später gingen sie in die Halle, danach über die Treppe und den oberen Flur, und Lisa lernte die Gesichter zu den Geschichten kennen. Sie sah ihre Trophäen und Waffen, ihre gestickten und gemalten Stammbäume, aus Holz geschnitzte Wappen, Orden hinter Glas und Urkunden in Bilderrahmen. Maria war spürbar stolz auf die Geschichte der Familie, in die sie eingeheiratet hatte und zu der sie nun seit fast fünfzig Jahren gehörte. Sie selbst kam, wie sie erzählte, aus Florenz und war als junge Rot-Kreuz-Schwester im Krieg in dieser Grenzregion eingesetzt worden.

»Und dann bin ich hier hängen geblieben. Ich half in verschiedenen Krankenhäusern aus und hatte überhaupt keine Lust, in meine Familie mit ihrer Tradition zurückzukehren. Meine Mutter war entsetzt, weil ich mich um das körperliche Wohl fremder Männer kümmerte, und mein Vater wollte, dass ich Jura studierte und seine Mitarbeiterin wurde.« Sie lachte. »Ich habe Ernesto getroffen und damit war meine Zukunft besiegelt.«

Unten ertönte der Gong und rief zum Lunch. »Kommen Sie, heute Nachmittag hat Marisa Zeit für Sie und weiht Sie, wenn Sie Lust dazu haben, in die Geheimnisse der Tessiner Küche ein. Ab vier dürfen Sie ihr Reich betreten.«

»Danke. Ich schau mich gern einmal in der Küche um, die Gerichte, die ich hier kennenlerne, würden meinen Speiseplan sehr bereichern – wenn ich einmal Zeit zum Kochen habe«, lachte sie und dachte dabei an die primitiven Möglichkeiten zum Kochen, die sie hatte, wenn sie mit einer Gruppe von Geologen unterwegs in den Bergen war, wo sie oft genug in Zelten übernachten mussten und der Herd aus einem Spirituskocher bestand.

4

Auch zum Lunch war ein Büfett aufgebaut. Einen großen Teil davon nahmen die Platten mit Antipasti ein, aber auch warme Speisen standen bereit und ein sehr verlockendes Angebot mit süßen Naschereien und Kuchen.

Da auch auf der Terrasse unter den Sonnenschirmen Tische gedeckt waren, nahm Lisa ihr Essen und setzte sich nach draußen. Im Gegensatz zum Dinner am Abend waren nur sehr wenige Gäste im Haus. Angela und Carla fragten, ob sie sich zu ihr setzen dürften. Sie waren die Einzigen auf der Terrasse

Das Essen schmeckte vorzüglich, vor allem die gerösteten Brotscheiben mit Trüffelcreme hatten es Lisa angetan, und sie verzichtete lieber auf die Süßspeisen als auf die Bruschetta. Und im Stillen nahm sie sich vor, ihre Gäste in Hamburg demnächst damit zu verwöhnen.

Während Angela und Carla begeistert von einem Ausflug nach Locarno erzählten und den leichten Tischwein in durstigen Zügen kräftig genossen, blieb Lisa bei Mineralwasser und Zitronenstückchen, denn sie wusste inzwischen aus Erfahrung, was dieser Mittagswein so bei ihr anrichtete! Interessiert erkundigte sie sich nach den Straßenverbindungen und Sehenswürdigkeiten dieser bekannten Stadt am Lago Maggiore.

Dann fragten die beiden Tischnachbarinnen nach ihren Eindrücken von Land und Leuten und sie musste gestehen, dass sie davon noch nichts gesehen hatte. »Meine Erfahrungen beschränken sich auf das Haus, die Berge und das Weingut.«

»Na, das ist ja nicht gerade viel«, unterbrach sie Carla. »Kommen Sie doch mal mit uns mit, wir sind fast jeden Tag unterwegs.«

»Danke für die Einladung, das ist sehr nett von Ihnen, aber ich bin hier, um zu arbeiten, und mein Thema sind die Berge.«

»Sie sind Geologin, das haben wir schon gehört, was machen Sie denn so?«

Lisa lächelte. »Ich kontrolliere mit vielen anderen Geologen zusammen die Alpen. Der Klimawandel zerstört große Teile der Berge und wenn wir nicht aufpassen, dann zerfallen die Alpen.«

»Oh Gott«, entrüstete sich Carla, »das gibt es doch gar nicht.«

Lisa war ernst geworden. »In der Züricher Universität sprich man vom ›Zerbröseln der Alpen‹, das hört sich doch ziemlich gefährlich an, nicht wahr?«

»Aber die Alpen gibt es schon immer, wieso sollten sie jetzt plötzlich zerbröseln?«

»In den Alpen gibt es zahlreiche Berge, bei denen sich oberhalb der Waldgrenze der Untergrund infolge des Klimawandels verändert und verschiebt. Die Gefahr droht durch das Abschmelzen der sogenannten Permafrost-Schichten.«

»Was ist das denn?«, fragte Angela besorgt.

»Das ist der Dauerfrostboden, der Boden mit ständig gefrorenem Porenwasser, und dieses Wasser taut bei der wachsenden Klimaerwärmung.«

»Und was bedeutet das für unsere Berge?«

»Die obere Bodenschicht kann im Sommer bis zu mehreren Metern Tiefe auftauen. Bei steilen Berghängen gerät der Boden dann ins Rutschen.«

»Dann haben wir Geröllawinen und Muren.«

»Dann brechen Felsbrocken ab.« Die beiden Frauen waren entsetzt.

»Um das zu vermeiden oder die Menschen davor zu warnen, sind wir Geologen unterwegs«, versuchte Lisa sie zu beruhigen. »Der Bodenfrost ist wie Kitt, der die Berge zusammenhält. Der versiegelt sie wie Beton. Das Schweizer Bundesamt für Umwelt hat für gefährdete Gebiete extra eine Gefahrenkarte erstellt.«

»Kann man die einsehen?«

»Ich glaube nicht, es würde die Menschen beunruhigen und den Tourismus einschränken.«

»Aber es wäre doch besser, die Leute wüssten Bescheid«, meinte Carla.

»Wir bringen Messgeräte an, die uns früh genug warnen.«

»Auf der Gotthardstraße hat es öfter Unfälle ohne Warnung gegeben.«

»Ja, ich weiß, auch deshalb sind wir alarmiert worden.«

»Ist das eine gefährliche Arbeit, die Sie da machen?«, fragte Carla besorgt.«

»Ich bin vorsichtig. Aber in den Bergen muss man immer aufpassen«, beruhigte Lisa die beiden Frauen.

»Sind Sie hier, weil die Berge rundherum gefährdet sind?«, fragte Angela ängstlich?«

»Nein, ich bin hier, weil wir überall die Berge kontrollieren. Das Hochtal hier ist keine Ausnahme.«

»Dann bin ich ja beruhigt«, lächelte Carla, »aber ich finde, wir sollten jetzt diese Sorgen verbannen, der Tag ist viel zu schön, um sich Gedanken über Geröllawinen und Muren zu machen.«

»Sprechen wir lieber über etwas Erfreulicheres«, stimmte Angela ihr zu. »Das Essen war doch wieder köstlich. Ich bewundere die Köchin, die immer etwas Neues auf den Tisch zaubert. Wir kommen nun schon so lange hierher, aber die Überraschungen reißen nicht ab.«

»Ich liebe diese regionale Tessiner Küche«, nickte Carla.

»Wenn ich an diese Küche hier denke, dann sehe ich nicht nur die bekannten Maronen dieser Gegend vor mir, sondern auch die herzhafte Polenta, die verschiedensten Bergkäse und die unterschiedlichsten Schweinewürstchen, für die das Tessin bekannt ist.«

»Und deshalb kommen Sie hierher, seit Jahren schon, wie Sie neulich sagten?«, erkundigte sich Lisa.

»Mein Mann hat eine Weingroßhandlung in Mailand und wir beziehen viele Weine von diesem Gut. Die Bestellungen verbinden wir mit ein paar Urlaubstagen. Und wir mögen die Amarenis.«

»Eine interessante Familie, ich habe heute früh viel über ihre Geschichte erfahren, ich …«

»Und eine ziemlich geheimnisvolle Familie dazu«, unterbrach sie Carla. »Wir versuchen seit fünf Jahren herauszubekommen, weshalb …«

In diesem Augenblick kam Nicolas Bronetti zu ihnen auf die Terrasse. »Hallo, das Haus ist ja wie ausgestorben. Wo sind denn all die Gäste?«

»Mittags ist es hier immer leer. Wer einen Ausflug machen will, muss schon den ganzen Tag einplanen, die Entfernungen auf diesen Nebenstraßen sind ziemlich weit«, bemerkte Angela und stand auf: »Ich denke, ich werde jetzt ein Nickerchen machen.«

»Und ich schließe mich an«, auch Carla stand auf.

»Bis später dann«, winkte Lisa und sah auf die Uhr. Noch zwei Stunden bis zu dem Küchen-Debüt. Sollte sie sich auch hinlegen? Eigentlich schade um die schöne Zeit, dachte sie.

Nicolas hatte sie beobachtet.

»Zeit für die Siesta?«

»Nein«, Lisa stand auf. »Ich laufe lieber ein Stück. Im Wald ist es kühl genug dafür.«

»Darf ich mich anschließen? Ich bin ein guter Führer.«

Sie gingen die Stufen hinunter, überquerten den Rasen und tauchten ein in den wohltuenden Schatten eines kleinen Kastanienwaldes.

»Kennen Sie sich hier aus?«

»Sie dürfen mir vertrauen, ich habe schon als Student mein Unwesen in diesen Bergen getrieben.«

Es ging leicht bergab und es gab nur einen Trampelpfad. Nicolas ging voraus, um ihr über schwierige Stellen hinwegzuhelfen. Er war ein athletischer Mann, aber seine geschmeidigen Bewegungen und die Sicherheit seiner Schritte verrieten den Sportler, der, dem

Bürostuhl zum Trotz, Wert auf einen durchtrainierten Körper legte.

Der Waldboden war dicht mit Büschen und mannshohem Farn bewachsen. Je tiefer sie kamen, umso feuchter wurde der Untergrund. Nach einer Weile verließen sie den Kastanienwald und kamen in ein lichtes Pinienwäldchen. Ein alter graugesichtiger Mann mit einem zerfransten Strohhut und einem Korb voller Fische kam ihnen entgegen und grüßte fröhlich.

»Heute Abend gibt es Barsche für die Gäste, ganz frisch gefangen«, erklärte er und zeigte ihnen den Korb, in dem, von frischen Blättern bedeckt, wirkliche Prachtexemplare lagen.

»Das war Neno, der Pescatore, der Fischer der Amarenis«, erklärte Nicolas und zeigte auf eine spiegelnde Wasserfläche vor ihnen im Tal. Sie erreichten einen Teich, der von einem wilden Flüsschen durchzogen wurde und an dessen Ufer sich ein Schuppen mit zwei Booten und einem Landesteg befanden. »Das hätte ich hier in diesem Hochtal nicht erwartet«, sagte Lisa überrascht und betrat den Steg.

»Vorsicht, ich weiß nicht, wie haltbar der noch ist, er war schon vor zwanzig Jahren einsturzgefährdet.«

Nicolas hielt sie am Arm fest und Lisa trat zurück auf den sumpfigen Boden und ließ seine Hand, wo sie war. Er war ein Mann, der ihr Herz durchaus schneller schlagen ließ. Sein Charme, seine Aufmerksamkeit und sein Aussehen gefielen ihr. Er war attraktiv und er wusste es, und er war genau der Mann, den sie in diesem Augenblick gern neben sich hatte. Aber während er ihr den Arm um die Schulter legte, schämte sie sich, denn ihr gefiel zwar seine Nähe, aber die wollte sie nicht wirklich, sie fühlte sich geborgen und sehnte sich doch eigentlich nach einer ganz anderen Umarmung.

Und dann trat Lisa zur Seite und löste die Spannung, die sich aufgebaut hatte. Ablenkend fragte sie: »Was bedeuten diese Schnüre, die so kreuz und quer über den Teich gespannt sind?«

»Sie sollen die Fischreiher abhalten, sich hier zu bedienen.

Neno gibt sich viel Mühe, den Fischbestand zu erhalten und immer wieder zu erneuern, aber die Reiher sind sehr gefräßig. Und gegen Kormorane muss Neno auch kämpfen.«

»Hier oben zwischen den Zweitausendern?«

»Die Vögel sind sehr talentiert, wenn es um die Futtersuche geht.«

»Wurde der Teich extra für die Fischzucht angelegt?«

»Ja, Neno hat ihn vor vielen Jahren aufgestaut, er wird von dem Wasserfall gespeist, der da drüben hinein- und weiter unten hinausfließt. Da hat Neno ganz spezielle Siele angebracht, damit die Fische, auch die jungen, im Teich bleiben. Wenn Sie wollen, gehen wir einmal rundherum, es ist nicht weit und einen schmalen Weg gibt es auch.«

Lisa sah auf ihre Uhr. »Ich muss um vier in der Küche sein, schaffen wir das?«

»Nein, dazu ist es zu weit. Und der Rückweg dauert auch länger, weil es bergauf geht.«

»Dann könnten wir uns doch dort drüben noch ein bisschen hinsetzen.« Sie zeigte auf eine wackelige Bank an der Schuppenwand. »Es ist so friedlich hier.«

Nicolas holte aus dem Schuppen ein Stück Segeltuch und legte es über die grün bemoosten Bretter. »Kommen Sie, so wird Ihr Kleid nicht schmutzig.«

Und Lisa war wieder einmal überrascht von seiner Fürsorge und davon, wie gut ihr dieser Mann gefiel. Nicht nur seine liebenswerte, rücksichtsvolle Art, sondern auch seine körperliche Nähe, in der ich mich wohlfühle, bringen mich ganz durcheinander, stellte sie erstaunt fest. Ich kenne ihn kaum, eigentlich weiß ich gar nichts von ihm, von seinem Leben, von seiner Familie. Ist er verheiratet? Ist er anderweitig gebunden? Ich weiß nur, dass er Marmor verkauft und gern bei den Amarenis ist, und das ist nun wirklich nicht viel! Und ich mit meinen Gefühlen, kenne ich mich denn noch?

Durch ihre langjährige Bindung an den weltgewandten, unbekümmerten und sehr selbstbewussten Alexander hatte Lisa nicht viel Gelegenheit, Männer kennenzulernen oder gar Vergleiche anzustellen. Und nun war sie ganz plötzlich in dieses Durcheinander von Gefühlen geraten.

Schön war es in diesem kleinen Tal. Hin und wieder hörte man einen Vogel zwitschern. Fische sprangen silbrig glänzend aus dem Wasser und hinterließen kreisrunde Wellenspuren. Nicolas nahm Lisas Hand und küsste sie behutsam. »Ich danke Ihnen für diesen schönen Nachmittag.«

Verwirrt überließ Lisa ihm ihre Hand, die er behielt und mit seinen kräftigen Fingern umschloss.

»Ich muss mich bedanken. Ohne Sie hätte ich diesen bezaubernden Ort nie kennengelernt.«

»Ich würde Ihnen gern noch mehr von der Umgebung zeigen.«

»Leider bin ich zum Arbeiten hier.«

»Nicht immer nur an Arbeit denken, Lisa. Ich müsste längst in meinem Büro in Basel sitzen, aber ich denke, Stunden wie diese sind wichtiger.«

»Und sie sind so selten, viel zu selten.«

Er hatte recht. Hier kann man Stress und Probleme vergessen, hier gab es noch dieses liebliche dolce far niente der Südländer, dieses süße Nichtstun, mit dem wir Deutschen so wenig anzufangen wissen, dachte Lisa.

Dann standen sie auf, es wurde Zeit für den Rückweg. Als der Pfad zum Ende hin breiter wurde, gingen sie nebeneinander und Nicolas legte ihr den Arm um die Schulter. Es gab keinen Grund, diese behutsame Zärtlichkeit abzuschütteln, und so erreichten sie die Villa, vor der Maria schon auf sie wartete.

Sie kam ihnen mit leicht amüsiertem Lächeln entgegen. »Nicolas, willst du etwa auch die Küche besichtigen?«

»Nein, nein, ich genieße die Küche lieber auf meinem Teller«, lachte er und verabschiedete sich. »Wir sehen uns später«, und mit einer leichten Verbeugung ging er davon.

»Ein netter Mann und ein guter Freund, ich mag ihn sehr, er

gehört fast zur Familie und war auch Enricos Trauzeuge«, erklärte Maria.

Sie gingen durch die Halle und einen kleinen Flur entlang, dann waren sie im Wirtschaftstrakt und standen vor der Küche.

»Maria, ich müsste meine Sachen noch aus dem Zimmer holen, einen Augenblick bitte«, bat Lisa.

»Ja, natürlich, ich warte hier.«

Sie lief schnell nach oben, wechselte die schmutzig gewordenen Schuhe, wusch sich Hände und Gesicht und ging mit ihrem Notizblock und einem Kugelschreiber wieder hinunter.

»Werden Sie auch in der Küche sein?«

»Nein, das ist allein Marisas Reich. Sie duldet keine Einmischung und ich respektiere das, denn sie ist eine hervorragende Köchin. Und hier oben gutes Personal zu finden, ist fast unmöglich.«

»Das glaube ich gern«, bestätigte Lisa.

»Wir planen einmal in der Woche in groben Zügen den Speiseplan und rechnen einmal im Monat ab, sonst mische ich mich nicht ein.«

Die beiden Frauen erreichten die Anrichte, die zugleich die Verbindung zwischen Küche und Speiseraum war, und dann die große, helle, weiß gekachelte Küche mit Herd und Arbeitstisch in der Mitte und den modernsten Geräten und Einrichtungen rundum an den Wänden. Marisa, eine große, gewichtige Frau und ganz in Weiß gekleidet, begrüßte sie und stellte Lisa ihre kleine Mannschaft vor. Sie arbeitete mit drei Küchenfrauen zusammen, von denen zwei auch bedienten, und hatte einen Jungkoch zur Seite, der hier seine praktische Ausbildung machte. Lisa begrüßte alle und legte ihre Sachen auf einem Tisch ab. Maria ließ sie allein und eine der Frauen reichte ihr einen weißen Kittel, den sie überzog.

Das Erste, was Lisa dann sah, waren die Fische, denen sie schon auf dem Waldweg begegnet war. Jetzt lagen sie geputzt und gewaschen, mit Kräutern und Limettenscheiben gefüllt auf Tüchern auf der Arbeitsplatte.

»Das Geheimnis unserer Küche sind die frischen Kräuter«, erklärte Marisa. »Unsere gute alte Anna ist nur damit beschäftigt, uns täglich frische Wildkräuter zu suchen. Sie glauben gar nicht, welch ein Unterschied zwischen Wild- und Gartenkräutern besteht. Zum Glück gibt es in diesem Klima hier fast das ganze Jahr frische Pflanzen. Und Anna ist sehr vorsichtig beim Sammeln, sie beschädigt nie das Gewächs, so dass es immer wieder nachwachsen kann.«

Lisa war beeindruckt und lobte die appetitlich angerichteten Fische. »Sind die Kräuter Ihre Spezialität?«

»Sagen wir mal, eine von mehreren«, lachte Marisa und ging mit ihr zu den Töpfen und Pfannen auf dem Herd, in denen es duftend und bunt vor sich hin brutzelte. Lisa sah rote Möhren und grüne Soße, gelbe Rübchen und weiße Wurzeln, goldgelbes Öl und braun gebratenes Fleisch.

»Und das alles ist für das heutige Abendessen bestimmt?« Sie war sehr beeindruckt und zeigte das auch und Marisa freute sich. Sie ließ Lisa putzen und schälen und reiben und rühren und die hatte kaum Zeit für ihre Notizen. Platten wurden zurechtgestellt, Schüsseln gewärmt und Dekorationen gerichtet. Die Fische waren in Folie gehüllt in einem Fischbratofen verschwunden. »Wegen des Geruchs«, erklärte Marisa und zog aus einem anderen Ofen ein Blech mit honiggelbem Kuchen heraus, der mit Mandeln, Rosinen und Ingwerstückchen verziert war. Mehrere Kochuhren tickten leise vor sich hin, während Marisa mit dem Jungkoch zusammen die Liste der verschiedenen Garzeiten verglich.

»Alles in der Zeit«, seufzte sie erleichtert. »Jetzt haben wir ein paar Minuten zum Ausruhen.« Alle versammelten sich um den Mitteltisch und dann gab es für alle Eiskaffee und kleine Brotscheiben mit verschiedenen Aufstrichen. Lisa war froh, dass sie für ein Weilchen sitzen konnte. Die letzten drei Stunden waren wie im Fluge vergangen und ihr tat der Rücken weh. Marisa, die sie beobachtete, zwinkerte ihr zu: »Aber Spaß macht es trotzdem, nicht wahr?«

»Und wie«, bestätigte Lisa und konnte ein Gähnen nur mit Mühe unterdrücken.

Während des Abendessens kamen die Amarenis in den Speiseraum, alle, auch Isabella mit den Kindern und Lola, die sich bei Leonardo eingehakt hatte. So ein Besuch kam so selten vor, dass die Gespräche verstummten und sich alle zu ihnen umwandten. »Wir möchten, dass Sie alle morgen Abend unsere Gäste sind«, sagte Maria und Ernesto fügte hinzu: »Übermorgen beginnen wir mit der Weinlese und es ist bei uns Tradition, am Abend vorher ein Fest mit allen, die daran beteiligt sind, zu feiern. Und wenn Sie Lust haben, dürfen auch Sie gern bei der Weinlese mithelfen.«

»Das Vergnügen beginnt um 20 Uhr auf dem Wirtschaftshof und das Abendessen hier fällt dann aus. Wir würden uns freuen, wenn Sie alle dabei sein könnten«, beendete Maria die Einladung. Die Gäste applaudierten und dann gingen Fragen und Antworten kreuz und quer durch den kleinen Saal.

Lisa musste sich anstrengen, nicht ständig Leonardo anzusehen. Er sah umwerfend gut aus: Zu schwarzen Hosen, Schuhen und Gürtel trug er ein weitgeschnittenes auberginefarbenes Hemd mit üppig fallenden Ärmeln, die von den Manschetten elegant zusammengehalten wurden. Er stand an einem entfernten Tisch, die Hände auf zwei Stuhllehnen gestützt, und beugte sich weit vor, um mit den Gästen zu sprechen. Und neben ihm stand Lola, einen Arm um seine Taille gelegt.

Lisa bemühte sich, Nicolas anzusehen. »Waren Sie schon einmal dabei?«

»Ja, und es war ganz großartig. Viele Arbeiter bringen ihre Familien mit – die Frauen helfen ja auch – und die, die mit Familien von außerhalb kommen, wohnen in den kleinen Häusern, die anderen kampieren in provisorischen Schlafsälen in den ausgeräumten Schuppen. Aus Arbedo kommt eine Küchenmannschaft. Die richten eine Kochstelle in einem der Wirtschaftsräume ein und versorgen die Erntehelfer während der ganzen Weinlese. Ein kolossales Aufgebot und ein großer Rummel, aber die Feriengäste merken davon nicht viel.«

»Ich dachte immer, so ein Fest feiert man nach der Ernte«, fragte Lisa erstaunt.

»Die Amarenis sorgen im Voraus für gute Stimmung. Die Arbeiter und die Küchencrew müssen sowieso morgen anreisen, warum dann nicht ein bisschen Spaß am ersten Abend? Das richtige Erntefest findet natürlich später statt.«

»Und was passiert morgen?«

»Oh, da wird gegessen und getrunken und getanzt. Eine kleine Kapelle aus Carbena hier in der Nähe sorgt für die Musik und um Mitternacht ist Schluss.«

»So früh schon?«

»Ja, weil es am nächsten Morgen um halb sechs in den Berg geht. Erst wird auf dem Hof eine Andacht gehalten, dazu kommt extra ein Kaplan, und dann beginnt die Arbeit.«

»Das hört sich nach sehr alter Tradition an.«

»Ja, die Amarenis bemühen sich sehr, die alten Sitten beizubehalten. Es gibt noch erstaunlich viele Tessiner Weingüter, in denen es so traditionell zugeht.«

»Ich finde das schön«, gestand Lisa und widmete sich ihrer Zabaione, dieser feinen Weinschaum-Creme, die inzwischen serviert worden war. Sie freute sich auf das Fest und die Weinlese, solche Ereignisse bereicherten ihre Erfahrungen in fremden Ländern. Die Gäste standen auf und Enricos Kinder kamen an Lisas Tisch. Sie begrüßten sie mit wohlerzogenen Knicksen, hängten sich dann aber an Nicolas' Arme und bettelten: »Du erzählst uns doch heute die Geschichte vom Bär in den Abruzzen«, forderte Regina, »ja, bitte, du hast es versprochen«, ergänzte Renata.

Nicolas sah Lisa Hilfe suchend an und sie bestätigte: »Versprochen ist versprochen.« Strahlend nickten ihr die beiden Mädchen zu.

»Treffen wir uns später noch?«

»Ich weiß noch nicht, lassen wir es darauf ankommen.«

Die Kinder zogen ihn fort.

Zögernd stand Lisa auf. Was sollte sie mit dem angebrochenen Abend machen? Als sie sich umdrehte und nach ihrer Stola greifen wollte, stand Leonardo hinter ihr, den Umhang bereits in der Hand. »Wollen Sie mitkommen?« Und ohne eine Antwort abzuwarten, fasste er sie am Ellenbogen und führte sie auf die Terrasse. Draußen reichte er ihr das Tuch. »Das ist aber hart und kratzig«, stellte er fest.

»Es ist ein Geschenk schottischer Freunde«, erklärte Lisa, »und Shetlandwolle ist nun mal hart. Dafür ist es schön warm.«

Sie gingen hinüber zum Wirtschaftshof. »Was haben Sie eigentlich vor?«

»Wir füllen heute die letzten Flaschen ab, ich dachte, Sie würden vielleicht gern dabei sein.«

»Danke, ja«, erwiderte Lisa erfreut, konnte aber ihr loses Mundwerk nicht halten und sagte: »Und wo ist Signora Lola?«

Abrupt ließ er sie los und blickte sie gereizt an: »Wollen Sie mir den Abend verderben oder was soll diese dumme Frage?«

»Na, so dumm ist meine Frage nun auch wieder nicht. Man sagte mir, die Dame gehöre sozusagen zur Familie, und das zeigt sie ja auch sehr deutlich«, konterte Lisa fröhlich, sehr zufrieden damit, ihn geärgert zu haben. Warum sollte sie immer allein leiden?

»Hören Sie weniger auf das Geschwätz anderer Leute und gebrauchen Sie Ihre Augen, dann wüssten Sie, um was es wirklich geht.«

»Das stimmt, gesehen habe ich auch ganz andere Dinge.«

»Na also – kommen Sie nun mit?«

»Aber gern, sagte ich doch schon«, erklärte sie und stolperte mit ihren Sandaletten über das Kopfsteinpflaster.

»Vielleicht ist es doch besser, ich halte Sie fest«, und schon hatte er ihren Arm wieder im Griff.

Inzwischen kannte Lisa sich hier aus. Die schwere Tür, die ausgetretenen Steinstufen, die höhlenartigen Hallen, der Elektrokarren und der Tunnel mit den Fässern. Nur wenige Männer hantierten hier noch mit Spunden, Schläuchen und Flaschen. Sie ließen sie hinter sich und kamen in eine Halle mit zahllosen Flaschengestellen, die vom Boden bis zur Decke reichten.

»Unsere Ernte der letzten zwei Jahre«, erklärte Leonardo stolz und führte sie durch einen Teil der Anlage. Jede Gestellreihe verfügte über genaue Angaben über den Weinberg, die Weinsorten, das Datum, die Anzahl der Flaschen und über Notizen, mit denen wohl nur der Kellermeister etwas anfangen konnte.

Sie kamen zurück in das Gewölbe mit den Fässern. Alle Arbeiter hatten sich um ein Fass gestellt, aus dem die letzte Flasche gefüllt wurde. Alle bekamen ein Glas in die Hand und dann floss der allerletzte Rest nicht mehr in eine Flasche, sondern in die Gläser. Die letzten Schlucke bekam Leonardo. Alle stießen miteinander an, es wurde geredet und gelacht und es war keineswegs mehr so still wie an jenem Abend, als die Abfüllung begann und sie den Wein nicht wecken durften. Lisa freute sich sehr, dass sie dabei sein durfte.

Etwas später kamen Maria und Ernesto mit kleinen Körben voller goldbraun gebratener Polentascheiben, Käsestückchen, harten Eiern und Salami, von denen man sich Stücke abschneiden konnte. Und dann wurden alte, staubige Flaschen aus einem Regal geholt und der Wein floss in Strömen. Irgendwann sah Lisa auf die Uhr und stellte fest, dass es weit nach Mitternacht war. Als Maria sich verabschiedete, schloss sie sich an und gemeinsam verließen sie die fröhliche Runde.

Sie hatten die hintere Haustür fast erreicht, als Maria sagte: »Ich habe Leon selten so fröhlich erlebt wie heute.«

»Ja, es war eine schöne Stimmung. Die Männer haben eine Arbeit beendet, die viel Aufwand und Feingefühl verlangte.«

»Und viel Erfahrung«, ergänzte Maria und hielt Lisa die Tür auf. »Trotzdem, heute war es anders als sonst.«

Lisa wusste darauf keine Antwort und verabschiedete sich. Als sie fast oben auf ihrem Flur war, rief Maria leise hinterher: »Ich freue mich sehr, dass Sie da sind.«

Lisa winkte kurz und ging in ihr Zimmer. Was sollte sie darauf antworten? Sie wusste nicht, woran sie bei der alten Dame war. Gestern kam es mir vor, als wollte sie verhindern, dass ich ihrem Sohn zu nahe trat, dachte sie, heute scheint das Gegenteil der Fall zu sein. Für mich – auch heute Abend habe ich ihn daraufhin beobachtet – steht ziemlich fest, dass Leonardo ein introvertierter, schwieriger und vermutlich homosexueller Mann ist, der keine näheren Kontakte wünscht. Sein reserviertes Benehmen, diskrete Bemerkungen der Gäste, Marias Bemerkung, er sei ein besonderer Mensch, alles deutet darauf hin, stellte sie fest.

Lisa war tief enttäuscht, aber das änderte nichts, aber auch gar nichts an ihren Gefühlen für ihn. Allerdings: Für mich wird es Zeit, dass ich meine Arbeit hier beende. Die letzten Bohrungen noch, die letzten Messungen weiter oben und dann: »Ciao, bel Ticino!«, nahm sie sich vor.

Der nächste Tag gehörte also ihrem Notebook und dem Drucker. Lisa musste endlich ihre Notizen ordnen und mit den E-Mails beginnen, bevor sie alles durcheinanderbrachte und die Hälfte vergaß. Sie ging nur zweimal zum Essen hinunter, ließ sich von niemandem aufhalten und arbeitete diszipliniert bis gegen vier. Dann war sie zufrieden mit ihren Berichten und Angaben. Vielleicht musste sie später noch einiges korrigieren oder hinzufügen, aber erst einmal war es gut so, wie es war.

Sie sah aus dem Fenster und bemerkte, dass auf dem Wirtschaftshof emsiges Treiben herrschte. Es wurde gehämmert und geschraubt, ein kleines Podium stand schon, und von zwei Feuern flackerten die Flammen hoch bis zu den Spanferkeln, die sich an Spießen drehten. Tische und Stühle wurden aufgestellt, Weinlaubgirlanden aufgehängt und Geschirr nach draußen getragen. Eigentlich wäre sie gern dort hinunter gegangen und hätte mitgemacht, aber sie war müde, richtig ausgelaugt nach dem stundenlangen Schreiben und entschloss sich zu einer Siesta, aber nicht, ohne den Wecker zu stellen.

Gegen sieben nahm sie ein Bad und zog sich an. Sie entschied sich für einen weiten, rustikalen Wollrock aus Finnland, zu dem auch ihre Stola passte. Statt eleganter Pumps suchte sie ihre derben Wanderschuhe aus dem Schrank, mit denen sie schon in den Bergen unterwegs gewesen war, und statt einer Seidenbluse einen leichten Pullover.

Als sie um das Haus herum zum Hof ging, sah sie den alten Jeep wieder, der ihnen neulich nachts begegnet war. Also wird auch dieser Riccardo an dem Fest teilnehmen. Vielleicht macht er sogar die ganze Weinlese mit, überlegte sie enttäuscht.

Mindestens hundert Menschen hatten sich auf dem Hof versammelt, die Kinder, deren Eltern hier arbeiten würden, nicht mitgerechnet. Lisa musste sich etwas umsehen, bevor sie andere Hausgäste fand, denen sie sich anschließen konnte. Pünktlich um acht spielte die Vier-Mann-Kapelle einen Tusch. Ernesto stellte sich auf das Podium, hielt eine kurze, witzige Ansprache und endete mit den Worten: »La festa puo' cominciare.« Das Fest kann beginnen.

Der Koch und seine Helfer wetzten lautstark die Messer und nahmen Aufstellung neben den Spanferkeln und zwei Grillfeuern, über denen Schweinewürstchen wie Lianen an hohen Stangen hingen. Gelegentlich platzte eins von ihnen und das Fett tropfte auf Hühnchenbeine und Kaninchenteile, auf Hackfleischrollen und Wildschweinstücke, die auf den Grillgittern unter ihnen vor sich hin rösteten. Es roch wunderbar und der duftende

Dunst hüllte alle ein wie hauchzarter Nebel. Meine Kleidung wird tagelang lüften müssen, dachte Lisa amüsiert.

Eine Hand legte sich auf ihre Schulter und schob sie zu einem Tellerstapel. »Was möchten Sie zuerst probieren?« Nicolas nahm Teller und Bestecke und schob sie mit dem Arm in die Nähe der Grillfeuer.

»Ich hätte Lust auf Spanferkel«, und schon steuerten sie auf den Koch zu, dessen hohe Mütze wie ein Signal über allen Köpfen schwebte. Sie bekamen zarte rosa Fleischstückchen und frische, noch warme Ciabattascheiben auf den Teller gelegt und suchten sich einen Tisch am Rande des Geschehens, wo sie etwas entfernt vom Dunst und vom Gewühl in Ruhe essen konnten. Auf allen Tischen standen Weinflaschen und Gläser, und Nicolas schenkte ein und sie prosteten sich fröhlich zu.

Später wurde getanzt. Trotz der Laternen, die überall aufgestellt und aufgehängt waren, gab es nicht viel Licht, und an dem Gekicher junger Frauen merkten Lisa und Nicolas, dass da so manche Männerhand Gelände erkundete, das eigentlich tabu war. Weder Leonardo noch Lola waren zu sehen, während alle anderen Amarenis und sogar die Kinder fröhlich mitfeierten.

Nicolas war ein guter Tänzer. Kraftvoll nahm er Lisa in die Arme und führte sie schwungvoll und sicher über die Tanzfläche aus Gras und Kopfsteinpflaster. Nicht viel größer als sie, war er ein idealer Partner, und seine dunklen Augen blitzten vor Vergnügen, wenn er sie ansah. Aber meistens tanzten sie Wange an Wange, und Lisa genoss den Duft eines gepflegten, sehr sympathischen Mannes, der ihre Gefühle ganz schön in Wallung brachte.

Gegen elf begann die kleine Kapelle Bauerntänze zu spielen, von denen die Frauen ausgeschlossen waren. Die Männer bildeten einen großen Kreis, ähnlich wie beim griechischen Sirtaki, und die Frauen standen drum herum und klatschten zum Rhythmus. Jetzt sah Lisa auch Leonardo. Er tanzte mit den anderen Männern, die sich gegenseitig an der Taille umfasst hielten. Und Seite an Seite mit ihm tanzte Riccardo.

5

Der Tag begann schon herbstlich kühl und sehr neblig. Lisa zog sich warm an, aber so, dass sie später, wenn die Sonne durchkam, ein paar Sachen ablegen konnte.

Sie trafen sich alle auf dem Wirtschaftshof, von den Hausgästen war allerdings niemand zu sehen. Nach einer kurzen Andacht zogen alle in einer langen Kolonne in den Weinberg. Der Weg begann gleich hinter der Kellerei. Seine Ränder waren dicht mit Brombeergestrüpp und wilden Feigenbäumen bewachsen. Dicke dunkelblaue Früchte hingen an den Zweigen und Lisa hatte große Lust, davon zu probieren.

Als sie höher kamen, wurde der Nebel dünner und schließlich gingen alle im Sonnenschein. Die Kuppen niedriger Hügel schwammen unter ihnen wie grüne Hauben auf dem Weiß. Dann hatten sie den Weinberg erreicht, der abgelesen werden sollte. Einige Lastwagenanhänger mit Kippvorrichtungen, speziell für die Weinlese konstruiert, standen auf einem breiten Weg. Lisa stellte sich in eine Reihe mit den wartenden Frauen und bekam einen Korb und ein rundlich gebogenes Messer. Leonardo stand auf einem der Hänger und erteilte seine Anweisungen. Die Frauen verteilten sich an den Anfängen der einzelnen Rebenreihen und Lisa spürte, dass sie es mit einem eingespielten Team zu tun hatte.

Unschlüssig sah sie sich um, bis einer der Männer zu ihr kam und sie ebenfalls zu einer Reihe führte. Er zeigte ihr, wie sie die Traube halten und das Messer ansetzen musste. Nach ein paar Proben konnte sie es und ließ die geernteten Trauben in den Korb fallen, den sie hinter sich herzog. Dann stürzte sie sich in die Arbeit, sie wollte schließlich Schritt halten mit den Frauen neben sich, die mit viel Gelächter und fröhlichem Geschnatter schon ein paar Meter vorgerückt waren.

Nach einiger Zeit kamen Männer und tauschten die vollen Körbe gegen leere aus und Lisa hatte schon den größten Teil der warmen Kleidung abgelegt. Eine knappe Stunde später bereits spürte sie ihren schmerzenden Rücken, nach zwei Stunden konnte sie kaum noch die Arme heben und hatte die ersten Blasen an der Hand, die das Messer hielt. Sie wickelte ein Taschentuch darum. Das Auf und Ab an jedem Rebstock, das tiefe Bücken zu den Trauben ganz unten und das Recken nach den Früchten, die oben wuchsen, war für sie kaum noch zu ertragen. Und ihr Ehrgeiz, mit den Frauen Schritt zu halten, war lange vor dem Frühstück verflogen.

Lisa beschloss, langsamer und planvoller zu arbeiten, und begann, hoch aufgerichtet, alle Beeren der nächsten fünf Stöcke oben abzuschneiden. Dann nahm sie die mittlere Schicht in Angriff und kroch anschließend in gebückter Haltung durch ihre Reihe, um ganz unten zu ernten. Als sie sich mühsam aufrichtete, um die nächsten fünf Weinstöcke in Angriff zu nehmen, stand Leonardo vor ihr. Er zupfte ein paar Blätter aus ihrem Haar, nahm ihr das Messer ab und besah sich ihre Handfläche.

»So geht das nicht, kommen Sie mit.« Obwohl er sehr kurz angebunden sprach, hatte Lisa doch den Eindruck, dass er sie in den vergangenen Stunden beobachtet hatte. Sie gingen zurück zum Weg, er winkte einen Arbeiter heran, gab ihm ihr Messer und zeigte auf ihre Reihe.

Neben seinem Jeep angekommen, zog er den Verbandskasten heraus, streute Penicillinpuder auf die Blasen und umwickelte die Hand mit einer kleinen Mullbinde. Lisa war weder beschämt, weil sie ihr Pensum nicht schaffte, noch erfreut über seine Fürsorge, ihr tat nur einfach alles weh.

»Ruhen Sie sich aus. In einer halben Stunde wird das Frühstück heraufgebracht, dann können Sie beim Verteilen helfen.«

Während er fortging, ließ sie sich mühsam auf den Grasrand neben dem Weg nieder. Und langsam verstand sie, weshalb sie keinen der Hausgäste gesehen hatte. Als der Koch mit seiner

Mannschaft anrückte, half sie, Brote und Getränke in den Reihen auszuteilen, und als er wieder abrückte, fuhr sie mit.

Im Haus wartete ein Telefax auf Lisa und obwohl es diskret in einem Umschlag steckte, war sie doch sicher, dass es gelesen worden war. Immerhin ist so ein Fax ein offenes Stück Papier und etwas Deutsch sprach man hier schon. Lisa nahm an, dass es vom geologischen Institut kam, und ging damit nach oben. Aber es kam aus Chile, es war von Alexander. Er schrieb:

»Liebling, ich konnte dich telefonisch nicht erreichen, deshalb die Mitteilung per Fax. Wir fliegen heute nach Prince George/Kanada. Die Trainingsbedingungen sind hier zu schlecht. Spätestens am 22. Oktober bin ich wieder in Europa, am 24. beginnen die Abfahrtsläufe mit dem Riesenslalom in Tignes/Frankreich. Wann und wo sehen wir uns? Ich umarme dich, Alex.«

Es wird also noch mindestens vier Wochen dauern, bis wir uns wiedersehen, überlegte Lisa, und wer weiß, wo ich dann schon wieder bin. Vielleicht im Kaukasus, dort sind die Berge genauso in Gefahr wie hier.

Sie setzte sich auf den Bettrand und starrte auf das Fax. Was ist das eigentlich für eine Beziehung geworden?, dachte sie Und es würde immer so weitergehen. Selbst wenn ich meinen Beruf aufgebe, ich kann nicht ständig mit Alex durch die Welt ziehen, ich würde zu Hause sitzen und auf ihn warten müssen und das ist unmöglich für mich. Ich liebe meinen Beruf, er ist eine Art Verpflichtung für mich, und ich möchte helfen, indem ich Berge bewache. Oder wie immer man das nennen will. Schön, ich habe gewusst, worauf ich mich einlasse, als wir uns kennenlernten. Wir waren beide jung, voller Pläne und voller Zuversicht, dass wir die Zukunft in den Griff bekommen. Wir hatten unsere Berufe, aber wir würden unsere Freizeit zusammen verbringen, wann immer es ging, und eine glückliche Beziehung führen.

Aber so, wie wir uns das ausmalten, lief es dann doch nicht, und die ersten Enttäuschungen schlichen sich ein: die vielen Trennungen, die unterschiedlichen Freundeskreise, oft gegensätzliche Interessen. Dann das erste kleine Misstrauen, Verständnislosigkeit hier und da, Vertrauensbrüche sicherlich auch – Ängste, Eifersucht und zu viele Fragen ohne Antworten. Wohin treiben wir eigentlich, dachte sie enttäuscht. Wir treiben auf jeden Fall auseinander und nicht zueinander, aber wie soll man das ändern?

Lisa faltete das Papier, wand es um ihre Finger und wusste, dass sie ein Problem hatte, ein sehr großes.

Sie zog sich aus und nahm ein Bad. Das duftende Wasser tat ihrem erschöpften Körper gut. Ich will, ich muss eine Lösung finden. Alles Hinauszögern hilft nichts. Ich bin dreißig Jahre alt, seit fünf Jahren mit Alexander befreundet, seit zwei Jahren mit ihm verlobt und ein Ende dieser irgendwie vagen Verlobungszeit ist nicht abzusehen. Er muss doch ähnlich empfinden, überlegte sie. Seine Nachrichten werden immer förmlicher, seine Grüße weniger herzlich und von einem Bedauern wegen langer Trennungszeiten ist schon längst keine Rede mehr. Ist es da nicht besser, eine klare Linie zu finden, ehrlich zu sein und ein Ende zu machen?

Die Leidenschaft der ersten Jahre – wo ist sie geblieben? Heute bestimmen Müdigkeit, Stress, Gedankenlosigkeit und die Probleme der nächsten Aufgaben die wenigen Stunden unserer Zweisamkeit. Wir sind zusammen und planen doch schon die nächsten Reisen; wir lieben uns und packen im Geist schon die Koffer, wir nehmen Abschied und haben Angst vor einem unbefriedigenden Wiedersehen irgendwann. Und das alles schon viel zu lange. Dabei sollte es so anders sein, so wie hier, wo ich spüre, dass ich eine Frau bin, dass es noch nicht zu spät für einzigartige Gefühle und wildes Herzklopfen ist.

Natürlich, auch hier gibt es Probleme, denn der Mann, der mich interessiert, ignoriert mich und hat ganz andere Vorlieben – aber die kleinen Zärtlichkeiten, mit denen Nicolas mich verwöhnt, bleiben nicht ohne Resonanz. Dieses Gefühl von Geborgenheit und Begehren, wann habe ich das bei Alex jemals gehabt? Vielleicht waren wir zu jung damals, zu naiv, zu unerfahren und zu stürmisch. Aber jetzt, wo ich diese Empfindungen erlebe, weiß ich, was mir all die Jahre gefehlt hat: die Sicherheit einer wunderbaren Beziehung, die Zärtlichkeit einer Zuwendung, die von Herzen kommt, die Aufmerksamkeit und Fürsorge eines Mannes, der zwar verhalten, aber offen zeigt, dass er mich mag.

Aber bei aller Dankbarkeit für Nicolas' Zuneigung sah Lisa sich noch nicht als die Frau eines Marmorhändlers zwischen Bari und Basel hin- und herpendeln. Er hatte ihr geholfen, Empfindungen zu entwickeln, die sie bisher nicht kannte, und dennoch waren es Gefühle ohne große Chancen für die Zukunft. Das alles war wirklich verwirrend!

Sie stieg aus der Wanne und zog sich an. Dann ging sie zu ihrem Wagen in die Tiefgarage und suchte den Verbandskasten. Die Blasen an der Hand waren aufgeweicht und aufgeplatzt und mussten neu versorgt werden. Dann setzte sie sich kurzerhand in das Auto und ließ den Motor an. Sie hatte Zeit, sie hatte eine Straßenkarte und sie hatte Lust, die Gegend zu erkunden.

Ein schönes Land, lieblich und sanft zwischen den sonnigen Bergen, rau und ruppig, je näher man den Zweitausendern kam – ein Land voller Gegensätze, das die Künstler schon immer inspiriert hatte. Die Luft war erfüllt mit dem Duft von Thymian und wilder Minze. Lisa kam durch blaue Täler mit schwarzen Schatten, wo die tiefer stehende Sonne nicht mehr hinreichte, und sie kam über lichte Höhen mit kleinen Gehöften, deren gelbe Mauern von der Sonne vergoldet wurden.

Sie traf auf Ziegen, die auf Bäume kletterten und Oliven naschten, und auf Schafherden, die selbst auf kargen Hängen noch Futter fanden und den köstlichen Pecorino lieferten. Hirtenjungen rösteten Kastanien in Pfannen an langen Stöcken über kleinen Feuern;

und einmal trottete ein einsamer Esel vor ihr über die Straße, mit Reisigbündeln bepackt. Die Hügel wurden karg und steinig und nur noch selten sah sie terrassierte, den Hängen abgetrotzte Weinkulturen. Das Wispern der Kiefern, als der Wind an ihren Zweigen zerrte, erinnerte sie daran, dass der Abend kam, denn mit ihm kam immer der leichte Wind vom Pizzo Paglia herunter. Wollte sie pünktlich zum Essen in der Villa sein, wurde es allmählich Zeit umzukehren. Lisa fuhr zurück, brachte ihren Wagen in die Garage und sah, dass der klapperige Jeep vom Vorplatz verschwunden war. Vom Fenster aus beobachtete sie das Gewimmel der Arbeiter auf dem Wirtschaftshof. Die Weinleser waren zurück. Zwei Traktoren fuhren mehrere Kipphänger voller Trauben vor die Kelterei, wo im Boden geöffnete Schächte die blaurote Fracht aufnahmen.

Später bei Tisch galt die erste Frage ihrer Nachbarn ihrer verbundenen Hand und Lisa erzählte von ihrem Versuch, Wein zu ernten.

Angela sah sie nur mitleidig an: »Aber Lisa, das ist doch nichts für uns.«

»Ich wollte es wenigstens versuchen, aber ich habe nicht mal bis zum Frühstück durchgehalten«, dabei sah sie neidvoll auf die gepflegten Hände der Mailänderinnen, die mit langen gelackten Nägeln elegant mit Messer und Gabel hantierten.

Marisa hatte sich wieder einmal selbst übertroffen und mit Genuss verzehrte Lisa erst die köstliche Zuppa Pavese und dann den gebratenen Schinken kleiner, nur mit Kastanien gefütterter Schweine. Dazu gab es in Butter und Käse geschwenkte Fenchelstückchen.

Ziemlich verspätet kam Nicolas an den Tisch. Er entschuldigte sich und erzählte, dass er Isabella und die Kinder nach Hause gefahren habe. Ihr Wagen sei nicht angesprungen, Enrico sei mit dem anderen unterwegs gewesen und Lola habe gemalt und sich nicht von ihren frischen Farben und dem gerade so günstigen Licht trennen können.

»Isabella wohnt bei ihren Eltern in Campione, dieser italienischen Enklave am Luganer See, und kommt im Sommer nur besuchsweise hier herauf. Im Winter lebt auch Enrico dort und macht von da aus seine Geschäfte. Er hilft ja auch seinem Schwiegervater bei der Verwaltung der großen Schweinezuchtbetriebe, die er neben seinen Olivenplantagen in der Poebene hat«, erklärte er uns.

»Ist das nicht sehr umständlich? Die Familie ist dann doch oft auseinandergerissen«, erkundigte sich Lisa.

»Nein, eigentlich nicht. Man hat sich arrangiert und für Enricos Geschäfte ist es sehr günstig. Er hat dort sein komplettes Büro und ist für die Geschäftspartner viel leichter zu erreichen als in dieser abgelegenen Hochebene. Ab November sind die kleinen Straßen oft unpassierbar und Enrico muss viel unterwegs sein, um die Kundenkontakte zu pflegen.«

»Und warum ist Isabella jetzt schon gefahren? Es ist doch noch so schön hier oben«, wollte Carla wissen.

»Oh, sie kommt wieder, aber für morgen hat sie einen Arzttermin für die Kinder, einen Friseurtermin für sich und außerdem den Eltern versprochen, mit ihnen an einem Empfang in Locarno teilzunehmen.«

»Der arme Enrico«, schaltete sich Angela ein, »so eine Frau auf Wanderschaft ist ja nicht gerade ideal.«

Nicolas nahm eine Gabel voll Fleisch in den Mund und ersparte sich die Antwort. Später sagte er: »Problematisch wird es, wenn die Kinder in die Schule kommen, aber auch das Thema haben sie längst besprochen.«

»Die Leute werden wissen, was sie tun, sie sind schließlich alt genug, um ihre Lebensweise zu regeln.« Lisa beendete das Gespräch. Es wurde ihr zu intim und auch Nicolas fühlte sich unwohl.

Während er seinen Nachtisch serviert bekam, holte sie sich ihren Espresso und setzte sich wieder zu ihm, weil sie es unhöflich fand, ihn so allein am Tisch sitzen zu lassen.

»Wie weit ist es bis Campione?«

»Etwas mehr als eine Stunde, wenn man gut durchkommt. Aber wenn, so wie heute, überall die Traubentransporter unterwegs sind, dann ist es eine endlose Strecke, man kann kaum überholen.«

»Hoffentlich ist Isabellas Wagen nicht ernsthaft kaputt, hier ist man ja wirklich auf die eigenen vier Räder angewiesen.«

»Ich weiß es nicht. Wir haben den ganzen Vormittag auf einen Monteur gewartet. Aber die haben natürlich jetzt alle Hände voll zu tun. Es ist so typisch: Immer zum Anfang der Weinlese stellen die Winzer fest, welche Geräte nicht in Ordnung sind, dabei haben sie ein ganzes Jahr Zeit dafür.«

Jetzt erst bemerkte er ihre verbundene Hand. »Was haben Sie denn gemacht, Lisa?«

»Ich habe versucht, bei der Ernte zu helfen.«

»Und nun ist die Hand voller Blasen!« Er nahm sie und küsste die Fingerspitzen. »Wie dumm, ich habe nicht gut genug auf Sie aufgepasst«, erklärte er und sah Lisa mit seinen schönen braunen Augen nachdenklich an. »Müssen Sie denn alles selbst ausprobieren, um Erfahrungen zu sammeln?«

Lisa lachte. »Besser ist es auf jeden Fall.«

»Erzählen Sie, was haben Sie, um Erfahrungen zu sammeln, sonst noch alles angestellt?«

»Nun, ich bin in einem Segelflugzeug geflogen, im Roten Meer getaucht, in Kärnten mit einem Drachen geflogen, ich habe Gold gewaschen in Alaska und einen Viehtrieb in Texas begleitet. Na ja, so dies und das eben.«

»Du meine Güte«, er sah richtig erschrocken aus. »Können Sie das denn alles, ich meine reiten und fliegen und tauchen und ich weiß nicht, was noch?«

»Nur reiten, alles andere habe ich mit zusammengebissenen Zähnen und geschlossenen Augen ängstlich hinter mich gebracht«, sagte sie lachend. »Aber eigentlich war es dann doch immer schön und hat großen Spaß gemacht. Und man hat auch gut auf mich aufgepasst.«

»Mir fehlen die Worte.«

»Ach, Nico – «

»Aber reiten können Sie?«

»Seit meiner Kindheit.«

»Ich wollte Sie schon immer fragen, woher Sie so gut Italienisch können.«

»Mein Vater war Diplomat und wir haben zehn Jahre in Rom gelebt. Ich musste zwar die deutsche Schule dort besuchen, aber vom ersten Tag an auch Italienisch lernen.«

In diesem Augenblick kam Enrico an ihren Tisch. Er begrüßte sie und erkundigte sich dann bei Nicolas nach der Fahrt und seiner Familie. Lisa stand auf und brachte ihre Espressotasse weg. Dann ging sie zur Terrassentür und sah hinaus. Es war dunkel und kühl. Auf dem Platz, auf dem sie vor einigen Abenden gesessen hatte, saß Leonardo. Er war noch in seiner Arbeitskleidung, hatte die Beine auf einen zweiten Stuhl gelegt und den Kopf an die Hauswand gelehnt. Seine Augen waren geschlossen und er sah erschöpft aus. Lisa drehte sich um. Einen schlafenden Mann zu beobachten, fand sie nicht sehr höflich. Aber er hatte sie bemerkt.

»Ich habe auf Sie gewartet. Sie konnten sich ja lange nicht von Ihrem Abendessen trennen.«

»Sind die Zeiten hier vorgeschrieben?«

Er nahm die Beine vom Stuhl, wischte ihn ab und stellte ihn neben sich. »Setzen Sie sich – bitte.«

»Nein danke, es ist mir zu kalt und ich habe mein kratziges Tuch, wie Sie es bezeichnen, nicht bei mir.«

»Was macht Ihre Hand?«

»Alles in Ordnung, morgen mache ich den Verband wieder ab.

Haben Sie nur auf mich gewartet, um nach meiner Hand zu fragen?«

»Natürlich nicht. Ich muss morgen nach Morcote, möchten Sie mitkommen?«

»Jetzt, mitten in der Weinlese müssen Sie fort?«

»Die Arbeit läuft nun auch ohne mich.«

»Morcote, wo ist das?«

»Am südlichen Ufer vom Luganer See. Wir haben dort in jedem Jahr zum Ende der Touristensaison eine Konferenz zwischen Winzern und Hotelbesitzern, eine Manöverkritik, würde man in Deutschland sagen.«

»Und um was geht es dabei?«

»Die Hoteliers üben Kritik an den Weinen, den Preisen, den Lieferbedingungen, an allem, was ihnen nicht passt. Da geht es ganz schön hart zur Sache. Hin und wieder, wenn auch selten, loben sie auch mal. Ja, und wir Winzer kritisieren natürlich auch: die verspäteten Lieferaufträge, die falsche Lagerung der Weine, die verkehrte Kühlung, je nachdem, was uns so zu Ohren kommt.«

»Und Sie müssen sich die ganze Kritik gefallen lassen?«

»Wir verteidigen uns natürlich, aber wir versprechen auch Änderungen, neue Kalkulationen, wir bieten neue Sorten und bessere Lieferbedingungen an und wir lernen natürlich auch viel aus den Kritiken. Und wir nehmen neue Bestellungen entgegen – wenn denn welche kommen. Wir sind auf die Abnahme durch die Hoteliers angewiesen, das wissen die Herren genau.«

»Aber ist das nicht eher eine Konferenz für den Kaufmann, für Ihren Bruder?«

»Es geht in der Hauptsache um die Qualität, da muss ich meinen Kopf hinhalten.«

»Und Sie meinen, ich sollte mir das anhören?«

»Ja, wenn Sie an unserer Arbeit interessiert sind. Sie könnten allerlei über diese internen Geschäfte erfahren.«

»Ich bin eigentlich mehr an den Bergen hier interessiert als am Weinverkauf.«

»Aber hier gehört alles zusammen. Die Berge, die uns vor den Nordwinden schützen, und der Wein, den wir in den Norden exportieren.«

»Lisa lachte. »Ja, so kann man es natürlich auch sehen. Und weshalb findet die Konferenz in Morcote statt?«

»Der kleine Ort liegt günstig für die Winzer aus dem Süden und die Hoteliers aus dem Norden. In Morcote endet die Kette der Touristenhochburgen im Tessin. Wir Tessiner gehören eigentlich zu Italien. Wir sprechen diese Sprache, wir gehörten früher zum Herzogtum Mailand, wir haben Verwandte dort und auch von der Mentalität her zählen wir eher zu Italien als zur Nordschweiz. Für uns sind die Alpen die natürliche Grenze.«

Lisa brauchte nicht zu überlegen, alles was er sagte, interessierte sie, und wenn sie schon unterwegs war, um die Weinberge zu schützen, wollte sie auch wissen, warum ... »Gut, ich komme mit. Wann fahren wir?«

»Nach dem Frühstück. Die Konferenz beginnt gegen Mittag.«

»Bis morgen dann.« Sie drehte sich um und hatte die Terrasse fast verlassen, als er sagte: »Richten Sie sich auf eine Übernachtung ein.«

Ihr Herz machte einen Satz und sie musste tief durchatmen, bevor sie sehr reserviert sagte: »Ich werde daran denken.«

Um niemanden mehr sprechen zu müssen, ging sie schnell in ihr Zimmer. Mit dieser Mitteilung musste sie erst einmal fertig werden. Sie konnte viel bedeuten oder auch gar nichts. Und dann überlegte sie, typisch Frau: Was ziehe ich an? Unterwegs ein knitterfreies Sommerkleid, für die Konferenz mein helles Kostüm und für den Abend – wer kann schon wissen, was mich da erwartet – mein kleines, dunkelblaues Cocktailkleid. Und die Stola für kühle Stunden. Ja, das würde genügen.

Lisa warf noch einen prüfenden Blick auf die Sachen, aber alles war in Ordnung und der Kleiderbeutel, in dem man die Sachen im Auto aufhängen konnte, würde für einen knitterfreien Transport sorgen.

6

Am nächsten Morgen saß Lisa mit Angela, Carla und Nico beim Frühstück, als Leonardo an ihren Tisch kam. Er stellte sich hinter ihren Stuhl, aber auch ohne ihn zu sehen, wusste sie, dass er es sein musste, denn sie spürte ein wohliges Prickeln am ganzen Körper. Dann begrüßte er mit Handschlag die Tischrunde. Carla genoss es sichtlich, als er ihre Hand nahm. Sie flirtete mit ihm, schäkerte, schmeichelte und tat in wenigen Sekunden all die Dinge, von denen sie meinte, damit seine Aufmerksamkeit erregen zu können. Gleichzeitig wusste sie nicht, ob sie aufstehen oder sitzen bleiben sollte, woraus dann ein angedeuteter Knicks wurde. Und Nico, der gerade dabei war, die Frauen in seine Pläne für den Tag einzuweihen, brummte etwas von unliebsamer Unterbrechung.

Aber Leonardo klopfte ihm nur auf die Schulter und sagte: »Ein andermal, mein Freund.« Dann wandte er sich an Lisa und fragte, ob sie fertig sei. Von gegenüber blickten sie zwei große Augenpaare an und spitze Lippen formten ein lautloses ›Oh‹.

Lisa trank ihren Kaffee aus, legte die Serviette zusammen und stand auf. »Wir können gehen.«

Dann legte sie Nico den Arm um die Schulter, wünschte ihm einen schönen Tag und verließ mit Leonardo den Frühstücksraum.

»Ich hole nur meine Sachen.«

»Gut, ich warte draußen.«

Als sie auf den Vorplatz kam, stand er an ein schwarzes Rover-Cabrio älteren Baujahres gelehnt und unterhielt sich mit seinem Vater. Der helle Jeansanzug stand ihm gut und die ins Haar gerückte Sonnenbrille verlieh ihm ein flottes Aussehen.

Als er Lisa sah, kam er ihr entgegen, nahm ihr Gepäck und legte alles in den Kofferraum.

»Aufhängen können wir die Sachen im Cabrio nicht, aber ich lege sie obenauf, dann passiert nichts.«

Noch ein paar Worte zwischen Vater und Sohn, dann hielt der alte Herr die Tür für Lisa auf und fragte, wie sie sich nach der Arbeit im Weinberg fühle. Sie überlegte kurz, ob er die Frage ironisch meinte, entschloss sich dann aber, sie als ehrliche Anteilnahme zu betrachten, und war gerührt, dass er davon wusste. Und wieder einmal war sie erstaunt, wie gut der Informationsfluss in dieser Familie funktionierte.

Dann fuhren sie ab. Lisa spürte sofort, dass Leonardo ein zügiger, couragierter, aber sicherer Autofahrer war, und genoss die Fahrt.

»Wir fahren in Richtung Süden bis Bellinzona hinunter auf der kleinen Landstraße, dann weiter über die alte Fernstraße in Richtung Lugano. Hier gibt es kaum noch Verkehr, denn seit der Fertigstellung der Autostrada ersparen sich die Fernfahrer die Fahrt über den Monte Generi und durch die vielen kleinen Dörfer an der Wegstrecke«, erklärte ihr Leonardo.

Es war eine angenehme Fahrt und da sie keine Staus hatten, konnten sie die Strecke mit der schönen Aussicht bis hinüber zum Lago Maggiore genießen. »Ich denke, dass wir, wenn wir Lugano hinter uns haben, in Melide zum Mittagessen einkehren können und dann pünktlich in Morcote ankommen«, erklärte Leonardo.

Der Wagen war bequem, der Wind spielte in Lisas Haaren und neben ihr saß ein Mann, wie sie ihn bestimmt nur einmal in ihrem Leben treffen würde. Und sie dachte: Ich brauche nur die Hand auszustrecken, um ihn zu berühren! Dieser Gedanke erschien ihr äußerst verführerisch und natürlich streckte sie ihre Hand nicht aus. Sie wusste genau, dass sie damit alles verdorben hätte – sofort und für immer, und das wollte sie natürlich nicht. Immerhin betrachtete sie diese Reise als erstes kleines Zeichen von Sympathie und Entgegenkommen und das wollte sie sich auf keinen Fall verscherzen.

So saß sie steif und etwas verkrampft auf ihrem Platz und sah geradeaus. Sie sprachen wenig, der Fahrtwind war so laut, dass sie hätten schreien müssen, nur manchmal machte Leonardo sie auf kleine Besonderheiten aufmerksam: Ein letztes erntereifes Sonnenblumenfeld, Obstplantagen voller rotbäckiger Äpfel, fremde Weinbauern, die den typischen Tessiner Wein, den roten Merlot, ernteten und eine abgebrannte Waldfläche, die einem Sommergewitter zum Opfer gefallen war. Leonardo bemühte sich, ein guter Fremdenführer zu sein, musste sich dann aber schnell auf den Verkehr konzentrieren, als sie die engen Straßen der Luganer Innenstadt erreichten. Er fuhr bis zum See hinunter, damit sie den schönen Blick auf den Monte Caprino am gegenüberliegenden Ufer genießen konnte, und erklärte ihr den Ursprung von Campione, jener kleinen italienischen Enklave auf der anderen Seite vom See, die bei deutschen Wohnungsinteressenten sehr beliebt war, weil sie steuerliche Vorteile bot. In Melide verließen sie die Durchgangsstraße und fuhren auf eine kleine Landstraße, die direkt am See entlang nach Süden führte.

»Wir könnten hier essen. Mögen Sie Fisch? Ich kenne ein originelles Lokal direkt am Wasser.«

»Ja, sehr gern.«

Leonardo parkte den Wagen vor einem alten, unscheinbaren Haus, das sich nirgends als Restaurant auswies, und führte Lisa in einen kleinen, rustikalen Speiseraum. Die grob gezimmerten Tische und Stühle sahen eher unbequem aus und der ganze Raum wirkte ziemlich unwirtlich. Dicke Seile unterteilten ihn und deuteten Nischen an. Leonardo bemerkte ihre kritischen Blicke.

»Die ganze Einrichtung stammt von einem alten Schiff, das vor vierzig Jahren hier vor dem Haus untergegangen ist. Die Tische sind aus den Deckplanken gezimmert und man kann davon ausgehen, dass so mancher Fischer darübergelaufen ist.«

Lisa dachte zuerst, er würde scherzen, aber er sah ganz ernsthaft aus, als er ihr einen Platz anbot. Sie setzten sich an einen der wenigen noch freien Tische und zu Lisas eigenem Erstaunen empfand sie die Atmosphäre in diesem kleinen Restaurant schon bald als sehr freundlich und gemütlich. Der Koch persönlich kam an ihren Tisch und empfahl eine Platte gemischter, gegrillter Fische mit Brot und Salat.

Als Vorgericht bestellte Leonardo Schnecken in Weinschaumsoße, eine Delikatesse des Hauses, wie er ihr erklärte. Sie mussten noch etwas warten und sahen hinaus auf den See. Kleine Fährschiffe zogen in der Ferne vorbei, Kinder tobten mit Hunden am Ufer und Leon erzählte ihr vom Leben der Fischer an diesem Teil des Sees. Die Schnecken, vor denen sich Lisa eigentlich ekelte und die sie nur probieren wollte, um Leonardo nicht zu beleidigen, waren dann doch sehr köstlich, ebenso das leicht geröstete Brot mit dem Hauch von Olivenöl. Dann kam der Koch mit einer riesigen Platte voller duftender, gegrillter Fische, die Lisa nicht einmal dem Namen nach kannte.

Leonardo nahm ihren Teller, legte verschiedene Fische darauf, zerteilte sie, nahm die Gräten heraus und reichte ihr den Teller mit mundgerechten Stückchen. Lisa, die seine geschickten Hände beobachtet hatte, bedankte sich. »Noch niemals hat mir jemand den Fisch so wundervoll zerlegt und serviert.«

»Dann wurde es höchste Zeit«, erwiderte Leonardo lächelnd, mischte den bunten Salat mit Olivenöl und Balsamico aus Modena und richtete ihn appetitlich auf den Tellern an. Zum Nachtisch gab es frisches Obst und auch die Früchte wurden mit Messer und Gabel geteilt, geschält und entkernt. Aber das kannte Lisa schon und wusste, dass man Obst in den südlichen Ländern nie mit den Fingern isst. Dass allerdings ein Mann ihr auch diese Stückchen mundgerecht servierte, war eine neue, eine schöne Erfahrung.

Wenig später erreichten sie Morcote am südlichsten Zipfel des Luganer Sees. Sie fuhren auf der kleinen Straße parallel zum See und Lisa beobachtete, wie die Strandvermieter damit begannen, die Liegestühle und Sonnenschirme, die auf dem schmalen Uferrand für die Touristen bereitgestanden hatten, zu säubern, zu verladen und abzutransportieren. Die Saison war zu Ende. Spaziergänger und fußballspielende Jungen nahmen ihren schmalen Strand wieder in Besitz.

Das Hotel ›Europa Congress‹, in dem sie angemeldet waren, lag direkt an der Promenade. Der neue Bau sah sehr gepflegt und teuer aus und bot mit seiner großen, hellen Halle einen netten Empfang. Leonardo nannte ihre Namen und ließ sich die Zimmerschlüssel geben. Etwas enttäuscht stellte Lisa fest, dass die beiden Zimmer weit auseinander lagen. Was hab' ich mir denn vorgestellt, dachte sie beschämt und lief zum Lift. Ein Page half ihr mit ihrem Gepäck und sie verabredeten sich für kurz vor vier Uhr unten in der Halle.

Die Konferenz fand in einem Saal mit einem großen, ovalen Tisch statt, an dem etwa dreißig Personen saßen: rechts die Winzer, links die Hoteliers. Auch ein paar Frauen waren unter den Teilnehmern, die kompetent und zum Teil sehr aggressiv ihre Ansichten verteidigten.

Leonardo setzte sich ans Kopfende des Tisches und bat Lisa, neben ihm Platz zu nehmen. Bei der Begrüßung hörte sie erstaunt, dass er Präsident der Vereinigung Tessiner und norditalienischer Weinbauern war und dass ihn die anderen respektvoll mit Dottore anredeten. Wieder einmal stellte Lisa fest, wie wenig sie doch über diesen Mann wusste, der ihr immer geheimnisvoller und attraktiver erschien.

Die Gespräche verliefen sehr hart, temperamentvoll, laut und kontrovers. Und Lisa lernte diesen Dottore als einen kompromisslosen Verhandlungspartner kennen, der lebhaft, aggressiv und hartnäckig für die Belange der Winzer eintrat. So unverhohlen er seinem Ärger Luft machte, so liebenswürdig lenkte er auch ein, wenn sich zeigte, dass sein Kontrahent im Recht war.

Ihn so zu erleben, lohnt bereits diese Reise, dachte Lisa und genoss die Diskussionen, obwohl sie kaum etwas von den schnell geführten Gesprächen und den verschiedensten Dialekten verstand. Gegen 18 Uhr gab es eine kurze Pause mit Kaffee und Gebäck, um 20 Uhr war alles vorbei und um 21 Uhr wollte man sich zu einem Abendessen mit anschließendem Tanz treffen.

Lisa verließ schnell und ungesehen das Hotel, um nach den Stunden im verrauchten Konferenzsaal noch etwas frische Luft zu schöpfen. Langsam ging sie unter den Arkaden entlang und schlenderte dann durch die Seitenstraßen. Hier erlebte sie eine hübsche Überraschung: An den kleinen, bergauf und bergab führenden Straßen standen alte, geschichtsträchtige Häuser und stilvolle Palazzi mit schönen Gärten voller tropischer Pflanzen.

Schließlich musste Lisa umkehren. Sie wollte sich frisch machen und für den festlichen Abend umziehen. Gut, dass ich mein Cocktailkleid mit den passenden Accessoires mitgenommen habe, dachte sie und freute sich auf den geselligen Teil dieser kleinen Reise. Dabei überlegte sie: Ob Leonardo wohl heute Abend mit mir tanzt? Zumindest ist dieser junge Mann, um den er sich immer so intensiv kümmert, hier nicht dabei.

Die Stimmung beim Essen war ausgezeichnet und alle Kontroversen waren vergessen. Das ist eben dieses ›dolce far niente‹, das ich am Süden so liebe, dachte sie begeistert.

Jetzt waren auch zahlreiche Damen im Saal, die Ehefrauen der Konferenzteilnehmer, die den Nachmittag mit Shopping in Lugano verbracht und an der Konferenz nicht teilgenommen hatten.

Nach dem Essen wurde getanzt. Eine kleine Band spielte moderne und klassische Tänze und Lisa genoss den Abend sehr. Leon war bei Weitem der bestaussehendste Mann in dieser Runde und er war ein guter Tänzer, der elegant und gefühlvoll führte, aber nie vergaß, einen kleinen, diskreten Abstand zwischen sich und der Partnerin zu halten. Da er als Präsident auch mit den anderen Damen tanzen musste, holten deren Männer Lisa aufs Parkett. Da ging es dann meist recht temperamentvoll und südländisch-stürmisch zu. Leonardo gefiel das nicht, denn lange vor dem Ende des Festes schlug er Lisa einen Abendspaziergang durch das alte Morcote vor.

7

Lisa fuhr mit dem Lift in ihr Zimmer, um andere Schuhe anzuziehen und ihre Stola zu holen. Als sie wieder in die Halle kam, ließ sich Leon von dem Portier eine elegante Einkaufstüte geben und reichte sie ihr. »Bitte, Lisa, nehmen Sie das.«

Neugierig nahm Lisa ein in Seidenpapier gehülltes Päckchen aus der Tüte und während sie es auswickelte, steckte Leonardo ihr eigenes Tuch in den Beutel und gab ihn dem Portier mit der Bitte, ihn bis nachher aufzubewahren. Lisa aber hielt eine wunderbare, federleichte Cashmerestola in den Händen, weich und wollig und warm.

»Ist die für mich?«, fragte sie ungläubig, »woher haben Sie dieses wunderbare Stück?«

»In einer reichen Stadt wie Lugano gibt es natürlich auch Telefone, gute Geschäfte und einen schnellen Lieferservice«, lachte er und legte ihr die breite, naturgraue Stola um die Schultern.

»Danke, vielen Dank.«

»Ich hoffe, sie ist nicht so kratzig wie Ihr Umhang.«

Sie gingen ein Stück am See entlang, dann in die Stadtmitte und an einer alten Stadtmauer vorbei. Als sie an einen trotz der späten Stunde recht belebten Platz kamen, erklärte Leonardo: »Es ist wohl besser, ich führe Sie hinüber«, nahm ihre Hand und ging mit ihr über die Piazza. Die Berührung durchfuhr Lisa wie ein Schlag und sie fragte sich, ob Leonardo das auch empfunden hatte. Traf so ein Blitz gleichzeitig beide Menschen oder nur den, der besonders empfänglich dafür war? Ich werde es wohl nie erfahren, dachte sie und passte sich seinen Schritten an.

»Halten Sie mich für so hilflos?« Lisa bemühte sich, ihr Gefühl zu verstecken.

Er sah sie lächelnd an. »Manchmal ist es ein gutes Gefühl, einen Menschen zu beschützen. Man muss sich natürlich erst daran gewöhnen«, erklärte er und behielt ihre Hand auch, als sie durch ruhige Straßen weitergingen. Sie kamen wieder ans Ufer, diesmal aber dort, wo die schmale Uferstraße auf der Landseite von Arkaden begrenzt war. Zu dieser späten Stunde waren sie der Treffpunkt alter Männer. Da, wo am Tag die Touristen Andenken kauften, Weine probierten oder den Schatten suchten und einen bescheidenen Einkaufsbummel absolvierten, trafen sich nun Greise und lamentierten und hofften wohl immer noch, die Welt verändern zu können.

Vor einer kleinen Taverne neben einem alten Kastanienbaum blieb Leonardo stehen. Das Lokal war kaum breiter als die Tür, die hineinführte, und nur eine Etage hoch. Auf den Tischen unter dem Bogengang brannten Windlichter und einige Stühle waren besetzt. »Wollen wir uns draußen hinsetzen oder lieber hineingehen?«, fragte Leonardo. Lisa entschied sich für draußen. Die dunklen Gemäuer rundum, die wenigen alten Lampen in den Gassen, leise Stimmen von anderen Gästen, das feine Klingen von Gläsern und hin und wieder Schritte auf dem Pflaster. Sie war wie benommen vom Zauber dieser Stunde und fragte sich, ob der Mann an ihrer Seite auch etwas von dieser überaus romantischen Stimmung spürte. Oder gingen ihm noch die harten Verhandlungen des Nachmittags durch den Kopf?

Als ein Kellner kam, bestellte Leonardo eine Flasche Moet & Chandon, und zusammen mit den Getränken wurden ihnen auf einem Tablett mehrere Schälchen mit gut gewürztem Kleingebäck angeboten. Leonardo reichte ihr ein Glas und sie stießen an.

»Auf unsere kleine Reise und danke, dass Sie mitgekommen sind.«

Doch seine nächsten Worte rissen sie aus allen romantischen Gefühlen. Er fragte: »Würden Sie darauf verzichten, die Ergebnisse Ihrer Untersuchungen in unseren Bergen an das geologische Bundesamt weiterzugeben?«

Eine Ohrfeige hätte Lisa nicht heftiger treffen können. »Haben Sie mich mitgenommen, um mir das zu sagen?«

»Wo hätte ich sonst ungestört mit Ihnen sprechen können? In der Villa etwa, wo hinter jedem Möbelstück Augen und Ohren lauern?«

»Jedes Gespräch darüber erübrigt sich. Ich habe meinen Auftrag, ich mache meine Arbeit und ich liefere sie auch ab.«

Aber er war entschlossen und zielbewusst und er war zäh. »Ich könnte die Weitergebe der Ergebnisse verhindern.«

»Versuchen Sie es.«

»Müssen Sie denn gleich so aggressiv werden? Es ist doch nur eine Bitte.«

»Wenn es um meine Arbeit geht, bin ich sehr empfindlich. Und als Bitte habe ich Ihre Aufforderung nicht verstanden, sondern eher als bereits beschlossene Sache. Das geologische Institut, für das ich arbeite, hat viel Zeit und Geld in diese Untersuchungen gesteckt, sie sind wichtig, für viele Menschen sogar lebenswichtig. Wie kommen Sie auf die Idee, ich könnte meine Untersuchungen verheimlichen?«

»Über Geld könnten wir reden.«

»Nicht mit mir. Meine Arbeit bedeutet mir mehr als irgendein Bestechungsgeld …«

»Sind Sie so gut situiert?«

»Das hat nichts mit meinen finanziellen Möglichkeiten zu tun, sondern mit Verlässlichkeit und meinem guten Ruf als Geologin, und ich denke nicht daran, den aufs Spiel zu setzen.«

»Dann muss ich meine Anwälte bitten, die Angelegenheit zu regeln.«

»Versuchen Sie es. Ich habe Verträge, die hieb- und stichfest sind.«

»Wollen Sie sich nicht wenigstens die Gründe anhören, die mich zu der Bitte zwingen?«

»Nein, Ihre Gründe interessieren mich nicht. Es wird ja nicht gerade um Leben und Tod gehen, nicht wahr?«

Wütend stand sie auf. »Ich bin müde, ich gehe zurück ins Hotel.«

Unsicher sah Lisa sich um. Aus welcher Gasse waren sie gekommen? Auch Leonardo stand auf und legte einen Geldschein auf den Tisch. Sie hatten zwar leise, fast flüsternd gesprochen, aber man hatte sie doch beobachtet und der Kellner kam sofort, um zu kassieren und den Geldschein zu wechseln. Aber Leonardo winkte ab, nahm Lisas Arm und schob sie in die Richtung der Gasse, durch die sie gehen mussten.

»Dass Sie gleich so ausrasten müssen!«

»Wirklich wütend haben Sie mich noch gar nicht erlebt«, konterte Lisa und schüttelte seinen Arm ab. »Bitte, wo geht's lang?«

»Müssen wir denn gleich streiten?«

»Unbegründete Angriffe auf meine Arbeit regen mich eben auf.«

»Sie wollten ja keine Gründe hören.«

»Dann sagen Sie mir einen einzigen stichhaltigen Grund.«

»Ich dulde keine Veröffentlichungen über die eventuelle Gefahr durch Klimaveränderungen. Sie würden den Katastrophentourismus ankurbeln. Ich bin Weinbauer und mein Gut trägt sich durch die Qualität meiner Weine, nicht durch Menschenmassen, die durch meine Weinberge streunen, in der Hoffnung, aufgetaute Permafrost-Brocken zu finden. Ich hasse diese Fremden, die sich an der Angst anderer ergötzen.«

Ungläubig starrte Lisa ihn an. »Sind Sie verrückt geworden? Mein … mein … mein …, es ist doch gar nicht Ihr Haus und Ihr Gut. Sie sind doch nur ein Teil einer Familie, die ums finanzielle Überleben kämpft. Ein kleiner vierter Teil – und dann so größenwahnsinnig!«

»Nennen Sie es, wie Sie wollen. Ich bin es, der den Wein anbaut, verarbeitet und verkauft, ich bin es, der die Verantwortung trägt, niemand sonst und das wissen alle. Mein Vater und Enrico sind Marionetten und froh, dass sie die Last der Verantwortung los sind, meine Mutter ist wunderbar und liebenswert und das ist auch schon alles. Ich habe zehn Jahre gebraucht, um aus der finanziellen Misere gepantschter Weine herauszukommen, mit denen ich nie etwas zu tun hatte, ich allein habe das geschafft. In so einem Betrieb kann nur einer bestimmen und das bin ich. Ich dachte, das hätten Sie inzwischen bemerkt. Und ich will keinen Katastrophentourismus auf meinem Gut, ist das deutlich genug?«

Himmel, was für ein arroganter Kerl. Sprachlos sah Lisa ihn an. »Mir fehlen die Worte.«

»Na endlich, dann können wir ja gehen.«

Abrupt drehte Lisa sich um. »Ich finde allein zurück.« Wütend ging sie los. Zum Glück hatte sie die richtige Gasse erwischt und war kurz danach auf der breiten, beleuchteten Hauptstraße, die hinunter zum See führte. Jetzt kannte sie sich wieder aus und ging schneller. Zu all der Wut, die sich in ihr staute, kam eine tiefe Enttäuschung, denn sie hatte die Einladung zu dieser Fahrt als kleine Geste der Entschuldigung für so manche Unhöflichkeit gesehen, aber sie hätte wissen müssen, dass dieser eingebildete Mensch nur eigene Interessen verfolgte, und denen stand sie mit ihrer Arbeit und als Frau absolut im Weg. Ich habe diesen Mann total unterschätzt, dachte sie, und diese Dummheit ärgerte sie am meisten. Ich habe meine Arbeit, meine Aufgabe und eine große Verantwortung und kein Mensch wird mich daran hindern, diese Arbeit gewissenhaft zu machen und meine Untersuchungsergebnisse pflichtgemäß zu melden.

Irgendwo hinter ihr ging Leonardo. Ich glaube, wenn er noch einmal versucht hätte, mich anzufassen, hätte ich ihn geohrfeigt, dachte sie wütend. Aber er kam nicht näher und erreichte sie erst, als sie vor den breiten Glastüren des Hotels stehen blieb. Sie drehte sich zu ihm um und reichte ihm die Stola, die sie bis hierhin gewärmt hatte.

»Danke für das Tuch, aber jetzt brauche ich es nicht mehr.« »Es ist ein Geschenk und ich nehme grundsätzlich keine Geschenke zurück.«

»Von Ihren Grundsätzen habe ich für heute genug.« Lisa hielt ihm das kostbare Tuch am ausgestreckten Arm mit spitzen Fingern hin und als er es nicht nahm, ließ sie es langsam auf seine Füße gleiten. Es tat ihr in der Seele weh, aber diese Genugtuung brauchte sie jetzt.

Während sie in die Halle ging und ihren Schlüssel holte, sah sie im Spiegel der Glastüren, wie er sich bückte, die Stola aufhob, ordentlich zusammenfaltete und über den Arm legte. Als er die Halle betrat, schlossen sich hinter Lisa die feuerfesten Fahrstuhltüren.

Obwohl es schon drei Uhr morgens war, konnte Lisa nicht einschlafen, zu vieles ging ihr durch den Kopf. Vor allem ihre Arbeit. Wie sollte sie in diesem Haus bleiben und ihre Untersuchungen im Weinberg und den angrenzenden Berghängen durchführen, wenn sie ständig damit rechnen musste, diesem arroganten Wichtigtuer zu begegnen und von ihm behindert zu werden? Eine Zusammenarbeit mit diesem Mann war nicht mehr möglich, das war ganz klar, aber einfach aufgeben und dem Institut mitteilen, dass sie in der Arbeit behindert wurde? Was also sollte sie tun? Und dann siegte doch ihre Empörung. Ich werde nicht nachgeben, dachte sie. Jetzt erst recht nicht. Beruflich kann er mir nichts anhaben und menschlich? Das werde ich durchstehen, auch ich kann zäh und aggressiv sein. Dieses Gefühl von Wohlbehagen in seiner Nähe und dieses Prickeln im Bauch, das ist vorbei, das ist klar, aber das ist auch gut so, dachte sie, ich muss nicht einem Mann nachlaufen, der meine Arbeit hasst. Und dieser Abstand wird meinen Untersuchungen nur guttun: Emotionslose Berichterstattung ist immer besser als eine mit Gefühlen beladene Geschichte, versicherte sie sich selbst.

Dann war Lisa doch noch eingeschlafen. Als die Rezeption um acht Uhr anrief, um sie zu wecken, schreckte sie aus konfusen, unruhigen Träumen auf.

Sie hatten bei der Ankunft vereinbart, um neun Uhr zu frühstücken und um zehn Uhr zu fahren, damit sie am frühen Nachmittag wieder auf dem Weingut waren. Als Lisa ihre Kleidungsstücke herumliegen sah, fiel ihr der vergangene Abend wieder ein: die Party, ihr hübsches Cocktailkleid, die wunderbare Stola, der Spaziergang und dieser ganze verdammte Ärger.

Sie ging unter die Dusche, zog sich schnell an und packte ihre Sachen. Auf keinen Fall wollte sie unpünktlich sein. Im Frühstücksraum, der sich mit seiner breiten Fensterseite zum Lago di Lugano hin öffnete und die Morgensonne voll einfing, saßen schon einige der Konferenzteilnehmer mit ihren Frauen. Es gab ein fröhliches Hin und Her von Guten-Morgen-Wünschen und als die Kellnerin Lisa fragte, was sie trinken wolle, setzte sie sich an einen Zweipersonentisch und bestellte Kaffee und frisch gepressten Grapefruitsaft. Kurz nach ihr kam Leonardo, begrüßte einige Leute mit Handschlag, winkte anderen zu und setzte sich zu ihr. Er sah schlecht aus, so, als hätte er keinen Augenblick geschlafen. Müde sah er sie an. »Wie geht es Ihnen?«

»Die Nacht war ziemlich kurz, aber ein Kaffee wird mich aufrichten.«

»Ja, den kann ich jetzt auch gebrauchen«, und ohne Worte waren die beiden sich einig, höfliche Umgangsformen zu wahren.

8

Während der Rückfahrt unterhielten sie sich kaum. Sie waren beide erschöpft und immer noch verärgert. Leonardo hatte diesmal gleich die Autobahnauffahrt in Melide genommen und es ging zügig nach Norden. Er hatte eine Kassette in den Rekorder geschoben, so dass eine leise Musik die Fahrt begleitete. Als sie bei Riviera die Autobahn verließen und auf die Landstraße nach Westen abbogen, stellte er die Musik ab. Wenig später bog er in einen Feldweg ein und machte den Motor aus. Er drehte sich zu Lisa um und sagte: »Ich möchte, dass wir den Streit der letzten Nacht beenden.«

»Sie haben sich nicht gerade wie ein Kavalier benommen. Dabei könnte man das von einem Mann ihrer Herkunft doch eigentlich erwarten.«

»Die Grandezza habe ich mir vor zwanzig Jahren abgewöhnt, als ich Hals über Kopf die Ärmel aufkrempeln und ein bankrottes Weingut retten musste. Aber wie soll es jetzt mit uns weitergehen?«

»Nun, wie bisher, nehme ich an. Ich mache meine Arbeit und Sie sind weiter unhöflich. Man gewöhnt sich daran.«

»Es gefällt mir nicht, dass Sie mich für unhöflich halten.«

»Ach, wissen Sie, zwischendurch hielt ich Sie auch schon mal für einen Gentleman, wenn Sie das tröstet, Dottore.«

»Lassen Sie den Dottore weg, der gehört nicht hierher.«

»Wieso nicht?«

»Ich habe ihn in Theologie gemacht.«

»Was?«, platzte Lisa heraus. »Der Touristenhasser als Doktor der Theologie?«

Als er nicht antwortete, sagte sie leise: »Verzeihung.«

Erst nach einer Weile meinte er: »Es war eine verdammt harte Ausbildung und sie war vollkommen unnötig.«

Als Lisa nichts erwiderte, stieg er aus, ging um den Wagen herum und öffnete ihre Tür.

»Kommen Sie, laufen wir ein Stück, ich möchte Ihnen etwas erzählen.«

Lisa zögerte. Aber was sollte sie machen? Sie war auf ihn als Fahrer angewiesen, von hier aus konnte sie nicht, wütend wie in der Nacht, zu Fuß irgendwohin gehen.

»Na los, kommen Sie schon. Die Gänseblümchen am Feldrand beißen nicht.«

»Ihre Geschichten interessieren mich nicht.«

»Wir werden sehen.«

Schließlich stieg Lisa aus. Aufsässigkeit wirkte in ihrem Alter eher lächerlich, das wusste sie. »Und? Bekomme ich jetzt die Geschichte eines Menschenhassers erzählt?«

»Mein Hass ist durchaus begründet. Ich dachte, Sie wüssten Bescheid.«

»Ich mische mich nicht in die Intimsphäre anderer Leute, noch dazu in die eines Mannes, der Frauen so vehement verachtet, wie Sie es tun.«

»Dass ich Frauen nicht mag, hat seinen Grund. Ich habe eine Erfahrung hinter mir, die mein Leben, meine Karriere und meine Selbstachtung zerstörte.«

»Von einer gestörten Selbstachtung kann bei Ihnen doch wohl kaum die Rede sein, nicht wahr?«

»Könnten Sie bitte Ihren Ärger hinunterschlucken, bevor wir weitersprechen? Ich möchte Sie etwas fragen.«

»Fragen Sie.«

»Wofür halten Sie mich wirklich?«

»Für einen homosexuellen Mann, der mit seinem Problem nicht fertig wird.«

»Das war deutlich.«

»Klare Frage, klare Antwort.«

»Bei allem, was Sie von mir denken, aber das bin ich nicht.«

»Und wer ist Riccardo?«

»Riccardo ist mein Sohn.«

Erschrocken von der eigenen Dreistigkeit, fragte Lisa leise: »Und warum dann diese Aversion gegen Frauen? Immerhin hat eine Frau Ihnen diesen Sohn geboren.«

»Ich sagte es doch schon, ich möchte Ihnen etwas erzählen.«

Sie gingen den Feldweg entlang. Schafgarbe und Rainfarn blühten rechts und links im vertrockneten Gras am Wegrand. In der Ferne pflügte ein Bauer sein Feld. Als er den Traktor wendete, winkte er den beiden Spaziergängern zu. Sie grüßten zurück und gingen nebeneinander, jeder in einer Fahrspur des staubigen Weges.

Leonardo erzählte: »In unserer Familie war es seit Generationen üblich, wie in vielen anderen Familien auch, dass der älteste Sohn den Hof, die Fabrik, das Geschäft, oder, wie bei uns, das Weingut übernimmt. Die anderen Söhne erlernen andere Berufe. In meiner Familie stand fest, Enrico übernimmt das Gut, ich schlage eine kirchliche Laufbahn ein. Ich hatte nichts einzuwenden, im Gegenteil, mir gefiel das Leben zusammen mit Gleichaltrigen. Ich besuchte, dem Alter entsprechend, verschiedene Klosterschulen, lebte in Internaten, machte mein Abitur, besuchte kirchlich geprägte Universitäten, machte meinen Doktor und wechselte dann in ein Priesterseminar. Ein halbes Jahr vor der Priesterweihe nutzten drei Freunde und ich die letzten Ferien zu einem Skiurlaub im Berner Oberland. Wir liefen, wie alle anderen auch, in bunten Skianzügen herum, wir waren ausgelassen und vergnügt und es gab eine ganze Reihe hübscher Mädchen, denen wir gefielen. Eine von ihnen war Franca aus Rom. Wir hatten eine Menge Spaß miteinander und wir wurden intim. Als der Urlaub zu Ende war und wir wieder in Rom lebten, blieben wir heimlich zusammen. Und als sie mir mitteilte, sie sei schwanger, stand für mich fest, wir würden heiraten und eine Familie gründen.«

Er blieb stehen und sah sich um. Lisa hatte ihn mit keinem Wort unterbrochen. Vor ihnen lag ein kleiner Tümpel und sie setzten sich in das Gras an seinem Ufer. Rostrote und stahlblaue Libellen standen in der Luft und zuckten plötzlich davon. Ein paar Schwalben pflückten sich Insekten vom trüben Wasserspiegel.

Dann fuhr er fort: »Ich wusste natürlich, dass meine Priesterlaufbahn damit beendet war. Ich sprach mit meinem Seminardirektor und schließlich mit dem zuständigen Bischof. Man bot mir verschiedene Möglichkeiten an, als verheirateter Mann einen kirchlichen Beruf auszuüben. Aber auf Verhandlungen ließ ich mich nicht ein. Ich wollte, dass mein Kind im Tessin aufwuchs und in der Villa lebte, wo meine Familie seit Generationen zu Hause war.

Als diese Fragen geregelt waren, sprach ich mit meinen Eltern. Sie waren entsetzt, aber Sie machten mir keine Vorwürfe, sondern planten gemeinsam mit mir die Zukunft. Es hatte sich herausgestellt, dass Enrico zwar ein ausgezeichneter Geschäftsmann war, aber vom Weinbau nichts verstand – und vor allem, er interessierte sich auch nicht dafür. Er arbeitete lieber für den Besitzer großer Olivenplantagen und Schweinezuchtanlagen in der Lombardei – sein späterer Schwiegervater übrigens – als meinem Vater zu helfen, das zugrunde gehende Weingut zu retten. So stand fest, dass ich die Lücke ausfüllen würde. Ich sollte in Rom sechs Semester Weinbauingenieur studieren und in jeder freien Minute auf dem Gut arbeiten, um das Fach von der Pike auf zu lernen.

Da wir so schnell wie möglich heiraten und dann während meines Studiums in Rom leben wollten, sicherte mein Vater uns finanzielle Unterstützung zu. Franca selbst wollte bis zur Geburt arbeiten. Jetzt erst nahm ich sie mit in die Villa, um sie meinen Eltern vorzustellen. Sie war gebildet, gut erzogen, sehr hübsch, sehr reserviert und sehr anmaßend. Meine Eltern lehnten sie spontan ab und sagten mir das auch. Und Franca selbst wehrte sich sofort gegen ein Leben auf dem abgeschiedenen Gut. Sie arbeitete als freiberufliche Übersetzerin und war das Großstadtleben und die Freiheit, die damit zusammenhing, gewöhnt. Ich versuchte, diese Probleme zu ignorieren. Ich hoffte, dass das Kind und ein harmonisches Familienleben die Fragen von selbst regeln könnten. Es würde ja noch Jahre dauern, bis wir im Tessin lebten. Jetzt standen erst einmal die Hochzeit auf dem Programm und dann das Baby. Ich war damals fünfundzwanzig Jahre alt. Francas Eltern hatte ich bis dahin noch nicht kennengelernt.«

Leonardo legte sich auf den Rücken, starrte in den Himmel und schloss dann die Augen, während er weitersprach. »Vierzehn Tage vor der Hochzeit und sechs Wochen vor der Geburt erhielt ich einen Brief. Franca schrieb mir, dass man ihr eine Stelle als fest angestellte Übersetzerin in den USA angeboten und dass sie diese Stelle angenommen habe, weil ein Leben im Tessin für sie nie infrage käme. Wenn ich diesen Brief erhielte, sei sie bereits unterwegs. Eine neue Anschrift könne sie mir noch nicht mitteilen.

Ich war fassungslos. Die Nachricht hat mir einen Schock versetzt, der mein ganzes Leben veränderte. Ich fuhr natürlich sofort nach Rom und stellte Nachforschungen an, aber ihre Freunde, ihre Familie – keiner gab mir eine Auskunft. Mein Kind war entführt worden, bevor es geboren wurde.«

Er setzte sich wieder auf und sah Lisa an. »Kein Mensch kann nachfühlen, wie es in mir aussah, und die meisten verstehen mich bis heute nicht. Etwa zehn Wochen später bekam ich einen Brief aus Amerika. Er enthielt die Kopie einer Geburtsurkunde, die Mitteilung, dass mein Sohn Riccardo heiße, und das Foto von einem Säugling. Die Geburtsurkunde stammte von einem Standesamt in Boston.

Ich nahm die nächste Maschine und flog in die USA, um meinen Sohn zu suchen. Zwei Wochen später war ich wieder hier. Man hatte mir jede Auskunft verweigert mit dem Hinweis, dass mein Sohn amerikanischer Staatsbürger und ich nicht mit der Mutter verheiratet sei. Meine Eltern und ich haben alles versucht, um das Kind zu finden. Wir haben die Botschaften in Rom und Washington eingeschaltet, Anwälte beauftragt, einen Detektiv bemüht – alles ohne Ergebnis. Etwa sechs Jahre später kam noch einmal ein Brief von Franca. In ihm befand sich das Foto eines Schulanfängers, der mir sehr ähnlich sah, die Kopie seines ersten Schulzeugnisses und die Mitteilung, dass sie geheiratet habe und mit der Familie nach Kanada übersiedeln werde. Keine Anschrift – nichts.

Ich hatte mein Studium längst beendet, ich war über dreißig und ich vergrub mich total in meine Aufgaben, um dem Konkurs entgegenzusteuern, auf den das Gut zudriftete. Ich sprach auch mit niemandem über meine Probleme, nur die Arbeiter, mit denen ich oft Tag und Nacht zusammen war, wussten, wie es in mir aussah. Ihre Freundschaft hat mich davor bewahrt, verrückt zu werden. Sie haben mir in all den Jahren wirklich geholfen. Und langsam, ganz langsam, tauchte ich auf aus dieser Verzweiflung und begann meinen Verlust und damit mein Leben wieder zu akzeptieren.

Und dann, vor vier Jahren, stand mein Sohn plötzlich vor mir. Er hatte seinen Pass bei sich, seine Geburtsurkunde, ein Bild seiner Mutter, ein paar Schulzeugnisse und zwanzig Dollar, das war sein ganzes Gepäck. Am Tag seiner Volljährigkeit war er zu Hause ausgerissen.

Ich fuhr sofort mit ihm nach Rom, ließ durch Anwälte die rechtliche Lage klären und durch Mediziner die Vaterschaft. Als das alles geregelt war, teilten wir der Mutter mit, dass Riccardo hier bei mir war und bleiben würde. Zum Glück gab sie ihre Zustimmung ohne jeden Einspruch. Riccardo machte in Lugano seinen Schulabschluss und wohnte während dieser Zeit bei Isabellas Eltern. Er ist fasziniert von italienischer Geschichte, Kultur und Kunst und wir kamen überein, dass er Kunstgeschichte in Rom studieren soll.«

Lisa unterbrach ihn. »Sie sind in allem sehr in Richtung Rom und Italien ausgerichtet. Wie kommt das, Sie sind doch Schweizer.«

»Wir Tessiner haben die Alpen im Norden. Diese von der Natur geschaffene Barriere trennt uns von der Schweiz, wir fühlen uns zum Süden gehörig. Wir sprechen italienisch, wir haben viele verwandtschaftliche und freundschaftliche Bindungen nach Italien, uns verbindet die gleiche Mentalität und schließlich gehörte das Tessin ja auch zum Herzogtum Mailand, bis es die Eidgenossen im 15. Jahrhundert eroberten. Es gibt Tessiner, die im Norden studieren, aber die meisten gehen an die Universitäten in Mailand, in Bologna und in Rom, schon der Sprache wegen. Auch Riccardo wird in Mailand studieren, sobald er die Sprache beherrscht. Aber zurzeit ist er beim Militär und leistet seinen Wehrdienst. Die Einheit ist in der Nähe vom St. Bernardino stationiert und er kommt oft, um uns zu besuchen. Das, Lisa, ist meine Geschichte.«

Lisa war sehr betroffen und entschuldigte sich. Aber Leonardo winkte ab. »Es ist meine Schuld. Ich habe meine Aversion an Ihnen ausgelassen, das tut mir leid.«

»Aber müssen Sie denn gleich in allen Frauen Betrügerinnen sehen, die es nur darauf abgesehen haben, Ihre Gefühle mit Füßen zu treten?«

»Ich habe noch keine getroffen, die mich vom Gegenteil überzeugt hätte.«

»Sie lassen ja niemanden an sich heran. Wie können Sie dann beurteilen, wer es gut und wer es schlecht mit Ihnen meint? Wissen Sie, Selbstmitleid steht Ihnen überhaupt nicht!«

»Das hat nichts mit Selbstmitleid zu tun, sondern mit schlechten Erfahrungen und Menschenkenntnis, und ich habe in langen Jahren gelernt, mich zu schützen.«

»Ja, durch Arroganz und Verachtung. Das, Signore, ist nicht der richtige Weg, glauben Sie mir.«

Plötzlich streifte die beiden ein kalter Luftzug. Sie blickten nach Nordwesten und sahen, dass eine bedrohliche, blauschwarze Schlechtwetterfront über die Berge am St. Gotthard auf sie zukam.

Sie standen auf, gingen zum Wagen zurück und fuhren weiter. Und Lisa wusste, an diesem Nachmittag am Ufer eines namenlosen Tümpels mit Libellen und Gänseblümchen hatte sich etwas in ihr verändert. Sie wusste nicht, was, sie spürte nur, dass ihr Zorn sich in Gelassenheit verwandelt hatte.

Je weiter sie fuhren, umso stürmischer wurde es. Der Wind verdrehte die schmalen Blätter der Olivenbäume und sie kamen hinter dem Monte Generi durch silbern schimmernde Haine, die immer heller leuchteten, je dunkler die entfernten Wolkenmassen wurden.

Ohne ihn direkt anzusehen, beobachtete Lisa Leonardo. Sie war keineswegs gewillt, Frieden zu schließen und ihre Arbeit aufzugeben, aber sie war bereit, seine Probleme anzuerkennen. Sie wusste jetzt, dass er Schmerz und Enttäuschungen ertragen hatte, die ihn – vielleicht für sein ganzes Leben – gezeichnet hatten. Sie sah aber auch, dass er kämpfte, um damit fertig zu werden – wenn auch auf Kosten anderer. Über seinem Gesicht lag wieder jener Schatten, der ihr schon mehrmals aufgefallen war; jetzt kannte sie die Ursache, oder wenigstens jenen Teil davon, den zu erzählen er bereit gewesen war.

Kurz vor der Ausfahrt Bellinzona Süd hatten sie die Wolken erreicht. Die Sonne war hinter den grauen Massen verschwunden und Windböen fegten die ersten Herbstblätter durch die Luft.

Leonardo hielt an, schloss das Verdeck und sah in die grau verhüllten Berge. »Hoffentlich haben meine Leute den Himmel beobachtet und sind mit der ersten Weinlese fertig geworden. Wenn jetzt das Wetter umschlägt, kann es lange dauern, bis wir wieder ernten können«, sagte er besorgt, als sie Bellinzona erreichten und die Autostrada verließen.

Vom Castello Grande bewacht, lag die alte Landeshauptstadt, einst von italienischen Bischöfen gegründet, am Treffpunkt der

St.-Gotthard-Autobahn und der Schnellstraße zum St. Bernardino in der Ruhe des späten Nachmittags. Die Häuser unterhalb der Burg bestanden, wie es schien, meist nur aus Ecken und Kanten, die Farbe blätterte von den Mauern und die großen, hölzernen Fensterläden waren geschlossen. Über dickbäuchigen Brüstungen hingen Wäschestücke, was zwar den malerischen Effekt verdarb, andererseits jedoch einen ganz eigenen Charme entwickelte. Leonardo umrundete eine staubige Piazza, auf der alte Männer im Eingang zu einem Friseurgeschäft herumstanden und dem Wind mit Lachen trotzten.

Ab Gubiasco regnete es. Die Berge zerflossen in konturenlosem Grau und die Scheibenwischer schlugen zum Rhythmus des Regens. Als sie in die Kastanienallee einbogen, sagte Leonardo: »Ich fahre direkt in die Garage. Sandro kann Ihnen die Sachen nach oben bringen.«

Der Vorplatz des Hauses war vom Regen überspült und Lisa war wieder einmal erschrocken über die Heftigkeit mediterraner Regenfälle, die in gewaltigen Massen auf die Erde prallten. Aber durch die grauen Ströme hindurch sah sie auch die erleuchteten Fenster der Villa, die Behaglichkeit und Sicherheit versprachen.

Als die beiden durch eine Nebentür die Halle erreichten, empfing sie wohlige Wärme und eine angeregte Stimmung. Der Cocktailtreff war von der Terrasse ins Haus verlegt worden und alle plauderten über das Open-Air-Konzert mit José Carreras in Ascona, zu dem die meisten heute Abend fahren wollten und das nun ausfallen musste.

Nico und Maria standen zusammen und winkten ihnen zu. Maria beruhigte ihren Sohn und versicherte ihm, dass der erste Weinberg planmäßig abgeerntet sei, und Nico sah Lisa an. Seine Augen wurden vor Trauer ganz dunkel und sein Gesicht verlor alle Farbe. Er drehte den anderen den Rücken zu und sagte zu ihr: »Er hat Sie verletzt und ich habe es nicht verhindern können. Es tut mir so leid, aber ich habe es befürchtet.«

»Ach, Nico«, Lisa wollte ihn nicht beunruhigen und lächelte.

»Als ich hierherkam, habe ich eben nicht gewusst, was mich erwartet. Ich wollte hier einfach nur arbeiten und nebenbei ein paar schöne Tage genießen – aber man macht so seine Erfahrungen und wird oft, ob man will oder nicht, sehr schnell auf den Boden der Tatsachen zurückgestoßen. Hauptsache ist doch, dass man auf die Füße fällt.«

»Und wie sind Sie gelandet?«

»Hart, aber aufrecht.«

»Leon hat sich in den letzten Jahren so verändert, ich kenne ihn kaum wieder. Früher war er ein liebenswerter, hilfsbereiter Freund, heute ist er nur noch ein Kämpfer.«

»Dadurch hat er viel erreicht.«

»Ja, aber er ist außerordentlich unbeliebt geworden. Nur seine Leute, die stehen absolut hinter ihm. Sind Sie sehr enttäuscht von ihm?«

Was sollte sie darauf antworten? Sie hatte die letzten Ereignisse noch gar nicht verarbeiten können, aber sie schuldete Nico eine Antwort, weil er sich ernsthaft Sorgen zu machen schien.

»Nico, es ist einfach passiert. Wir haben uns furchtbar gestritten und wir haben keine Basis mehr für eine Zusammenarbeit. Ich weiß noch nicht, was ich machen werde. Ich möchte bleiben und arbeiten, jedem Einwand zum Trotz – und ich möchte so schnell und so weit wie möglich wegfahren.«

»Begleiten Sie mich, wir können morgen früh abreisen.«

»So einfach ist das nicht.«

»Sie lieben ihn trotz allem, nicht wahr?«

»Nein, Nico, einen solchen Mann kann man nicht lieben. Der zertritt jedes Gefühl mit den Füßen, bevor es sich entwickeln könnte, und entschuldigt sich nicht einmal dafür.«

»Was hält Sie dann noch hier?«

Wie schwer es war, etwas Nettes zu sagen, einem Freund zu erklären, dass man ihn sehr mochte, aber nicht liebte, und dass die Gefühle für eine tiefe Beziehung nicht ausreichten. Wie kann man einen Mann trösten, der das genau weiß, aber nicht wahrhaben will, der um eine Liebe kämpft, die nicht erwidert wird? Denn dass Nico tiefe Gefühle für sie hegte, daran zweifelte Lisa keinen Augenblick. Aber ausgerechnet jetzt war sie müde und gereizt, sie wollte eigentlich nur ihre Ruhe haben und schließlich sagte sie: »Nico, ich möchte jetzt nicht mehr darüber sprechen, aber ich werde eine Lösung finden, denn ich habe hier eine Aufgabe, die mich zwingt zu bleiben.«

Dann kamen Carla und Angela zu ihnen. Beide hatten leicht gerötete Wangen, weil sie ihren Cocktail am prasselnden Feuer des Kamins eingenommen hatten, und wollten nun mit Nico und Lisa den Abend verplanen, der nicht allzu viele Möglichkeiten für abwechslungsreiche Stunden bot. Aber Lisa winkte ab und entschuldigte sich mit Müdigkeit, denn sie war sicher, dass das Thema des Abends ihre kleine Reise mit Leonardo sein würde, und darüber wollte sie nun wirklich nicht sprechen. Außerdem musste sie endlich allein sein, um in Ruhe über das nachzudenken, was in diesen Tagen mit ihr geschehen war. Ihre Gefühle waren arg durcheinander geraten. Am schlimmsten waren ihre Wut und ihre Enttäuschung, mit denen sie nicht fertig wurde. Lohnte es sich, für einen Menschen Gefühle zu entwickeln, obwohl man weiß, dass man total abgelehnt wird, überlegte sie. Wie kann ich annehmen, dass dieser Mann sich ändern wird, solange er mit den Problemen seiner Vergangenheit, mit seiner Sturheit, seinen ganz persönlichen Unsicherheiten und Selbstzweifeln, ja, auch mit seinen Ängsten kämpft? Der muss erst einmal zu sich selbst finden, damit er frei und offen für neue Gefühle und Beziehungen wird.

Ein Mann, der seine Verachtung für Frauen seit zwanzig Jahren wie einen Panzer vor sich herträgt, kann seine Empfindungen nicht von einem Tag zum anderen wechseln oder ignorieren, nicht ein so introvertierter Mann wie dieser Leonardo. Der braucht Zeit, Vergleiche und natürlich sehr viel Liebe und Wärme, dachte sie. Das, was ich für ihn empfinde, hat damit überhaupt nichts zu tun. Ich wollte ganz einfach mein Recht und einen starrköpfigen, eingebildeten Menschen besiegen. Ja, ich werde bleiben, ich werde das Feld nicht freiwillig räumen, versicherte sie sich selbst. Und dann stellte sie fest, dass es ihr eigentlich gar nicht mehr um ihre Arbeit und um ihre Pflichten ging, sondern einfach darum, stärker zu sein als dieser aufgeblasene Gentleman.

Im Speisesaal war es heute besonders gemütlich. Überall brannten Kerzen und die hölzernen Fensterläden, die das schlechte Wetter zwar ausschlossen, den Duft des regennassen Gartens und das Rauschen des Wassers aber hereinließen, sorgten für eine stimmungsvolle Atmosphäre.

Marisa hatte sich mit dem köstlichen Essen wieder selbst übertroffen. Als Vorspeise gab es gebackene Goldbrassen mit Zucchinicreme und als Hauptgericht einen marinierten Lammbraten ›alla abruzzese‹ mit kleinen Kartoffeln, die in der Fettpfanne des Bratens mitgegart worden waren. Die Weine der Amarenis sorgten bald für eine heitere Stimmung. Nur Nico ließ sich nicht zerstreuen. Er vergaß seine exquisiten Tischmanieren, schob sein Essen lustlos auf seinem Teller hin und her und versuchte seine Traurigkeit hinter halb geschlossenen Lidern zu verbergen. Lisa nahm sich vor, morgen noch einmal mit ihm zu sprechen und ihm ihre Freundschaft anzubieten. Auch wenn sie befürchten musste, damit seinen männlichen Stolz noch mehr zu verletzen.

Zum Glück spürten die anderen Gäste an ihrem Tisch nichts von den Spannungen. Carla erzählte begeistert von ihrem Ausflug mit Neno an den Fischteich, wo er die Goldbrassen für das Essen gefangen hatte und sie den Kescher bedienen durfte, und keiner von ihnen ahnte, dass es Nenos letzter Fang in seinem geliebten Fischteich war.

Lisa berichtete von dem alten Fischrestaurant am Luganer See, wo sie an Tischen aus Decksplanken gesessen hatten, über die einst Matrosen gelaufen waren. Außerdem hatte sich ein neuer Gast zu ihnen an den Tisch gesetzt, eine nette, bleichgesichtige Schottin namens Betty. Sie war angereist, um hier ein paar Tage die Sonne zu genießen, und unterhielt alle mit Anekdoten aus ihrer Heimat, wobei sie sich überaus geistreich bemühte, die Späße der anderen über den Geiz der Schotten zu widerlegen.

Als sich nach dem Essen alle Gäste im Kaminzimmer trafen, verabschiedete Lisa sich. Sie wollte endlich allein sein. Doch kaum war sie in ihrem Zimmer, klopfte Sandro an ihre Tür und übergab ihr einen Brief von Leonardo. Lisa bat Sandro zu bleiben, während sie las: »Der Tag sollte nicht zu Ende gehen, ohne dass wir uns noch einmal gesprochen haben. Ich warte um elf in der Halle auf Sie.« Sie legte den Brief beiseite.

»Bitte, Sandro, sagen Sie Signore D'Amareni, dass ich müde bin und zu Bett gehe. Danke.«

Lisa dachte gar nicht daran, sich jetzt noch auf mitternächtliche Diskussionen einzulassen. Immerhin war sie ein zahlender Gast und keine Angestellte, die man hierhin und dahin beordern konnte.

Sie zog sich aus und war auf dem Weg ins Bad, als erneut angeklopft wurde. Sie schlüpfte in ihren Morgenmantel und öffnete die Tür. Draußen stand Leonardo. Er sah ziemlich wütend aus, aber nachdem er sie von Kopf bis Fuß gemustert hatte, erklärte er: »Endlich ein erfreulicher Anblick.«

Als Lisa wortlos die Tür schließen wollte, hielt er sie mit der Hand auf.

»Fahren Sie nicht immer gleich aus der Haut, Lisa. Ich wollte Sie doch nur zu einem ganz besonderen Glas Wein einladen.«

»Wie Sie sehen, bin ich im Begriff, ins Bett zu gehen. Der Tag war anstrengend genug.«

»Eben darum. Kommen Sie mit, wir trinken einen der besten Weine, die wir haben, und vertragen uns wieder. Dazu können Sie doch nicht Nein sagen.«

»Na schön. Warten Sie unten, ich komme dann nach.«

Verärgert zwar, aber auch leicht amüsiert zog sie sich Hosen, einen Pulli und feste Schuhe an, die Cantina war schließlich kein Ballsaal.

Wie ein Tiger im Käfig lief der Mann in der Halle hin und her, als sie herunterkam. Er ist es offenbar nicht gewöhnt, auf irgendjemand oder irgendetwas zu warten, ging es ihr durch den Kopf, während sie ganz gelassen und langsam Stufe für Stufe hinunterging. So einen Menschen muss man eben erziehen, dachte sie amüsiert. Als sie bei ihm ankam, nahm er zu ihrer Überraschung ihre Hand und führte sie in die Küche. Hier saßen neben Marisa und ihrem Team alle im Haus beschäftigten Angestellten, vom Zimmermädchen bis zu Neno, um den großen Mitteltisch versammelt und diskutierten den Tagesablauf.

Offensichtlich gehörte es zu Leonardos Gewohnheiten, der Köchin für das ausgezeichnete Essen und den Angestellten für ihre Arbeit während des Tages an jedem Abend seinen Dank auszusprechen, wobei er genau über alle Einzelheiten informiert und zu Diskussionen bereit war. Man sah es den Leuten an, wie sie auf sein Kommen gewartet hatten und sich über sein Lob freuten.

Als Lisa das bemerkte, tat es ihr leid, dass sie durch ihr Zögern so lange hatten warten müssen, und ihr wurde klar, dass tatsächlich Leonardo der Herr in diesem Haus war. Nicht Maria, die freundliche Gastgeberin, die ihren Gästen die Wünsche von den Augen ablesen konnte, nicht Ernesto, der immer zu Späßen aufgelegte Hausherr, und nicht Enrico, der mit Mühe die finanziellen Geschicke der Familie in Händen hielt, steuerten dieses Haus, allein Leonardo war es, der die Zügel straff führte, weil sein Herz an dieser Heimat hing.

Wie Lisa beobachten konnte, behandelte er nicht nur seine vielen Arbeiter im Weinberg, sondern alle Angestellten, vom Fischer bis zur Kräuterfrau, von der Meisterköchin bis zum Stubenmädchen, mit großer Achtung. Nachdem er seine kleine Ansprache beendet hatte, tranken alle zusammen etwas Wein und stießen auf den Tag, die Arbeit und die Zukunft an, ohne zu ahnen, was diese Zukunft für sie bereithielt.

In diesem Augenblick, zwischen all den zufriedenen Menschen in dieser Küche, fühlte Lisa sich sehr wohl, weil sie so ein kleines bisschen dazugehören durfte. Und leicht amüsiert dachte sie daran, wie sehr Leonardos Verhalten hier im Gegensatz zu seinem Benehmen bei den Gästen stand, von denen er sich mit kaum verhohlener Arroganz und Gleichgültigkeit fernhielt. Leonardo öffnete die Tür, winkte allen zu und sie verließen die Küche.

Auf dem Weg durch die Halle begegneten sie Enrico, der seinen Mantel und eine Aktentasche unter dem Arm trug.

»Kommst du oder gehst du?«, wollte Leonardo wissen.

Enrico winkte den beiden aber nur flüchtig zu: »Ich habe es eilig, ich will nach Campione.«

»So spät noch?«

»Es ist nie zu spät, eine geliebte Frau zu besuchen«, lachte er.

»Sei vorsichtig unterwegs«, warnte der Bruder, »die Straßen sind zum Teil stark überspült.«

»Ich nehme den Landrover, der schwimmt zur Not«, scherzte Enrico und lief die Treppe zur Tiefgarage hinunter.

Leonardo brachte Lisa zum rückwärtigen Ausgang, wo in einer Kammer neben der Tür Regenmäntel und Schirme hingen, gab ihr eine viel zu große Gummijacke und lief mit ihr über den Hof zum Eingang der Cantina.

»Kommen Sie, es gibt hier einen Raum, der ganz besonderen Gästen vorbehalten ist. Vielleicht wundern Sie sich, dass ich immer wieder in die Kellerei gehe, aber für mich ist sie das Herz des Gutes, der Mittelpunkt meiner Arbeit, der Ort, der zu einen Teil meines Lebens geworden ist.«

Sie liefen die Steintreppe hinunter, legten die Regenjacken ab und fuhren mit dem Elektrokarren tief hinein in die Kellergewölbe. Hin und wieder sahen sie ein paar Arbeiter, die trotz der späten Stunde noch beschäftigt waren, aber die meisten Hallen waren verlassen und dunkel. Lisa war wieder einmal fasziniert von der Größe dieser Anlage, von der riesigen Menge der hier gelagerten Fässer und Flaschen und Leonardo, der sie beobachtete, sagte nicht ohne Stolz:

»Sie sehen hier die Ergebnisse von zwanzig Jahren Arbeit. Jetzt ist es endlich so weit, dass wir mit dem Verkauf der wirklich guten Sorten anfangen können. Im Oktober beginnt das Weihnachtsgeschäft, dann kommt der Jahreswechsel und danach fängt die Ballsaison an, die bis Ostern dauert – dann wird es hier leer, dann haben wir Platz für die neuen Jahrgänge. Aber erst mal werden wir jetzt einen großen Teil der Schulden los.«

»Warum erzählen Sie mir das alles?«

»Sie sollen verstehen, dass ich es geschafft habe. Sie sehen, wir brauchen diese zahlenden Fremden nicht. Gäste ja, aber solche, die auch Freunde sind, von denen sollte das Haus überquellen.«

Er lenkte den kleinen Karren weiter durch die Reihen der Gestelle, in denen Hunderte von Flaschen lagerten. Dann hielt er vor einer schweren Holztür, stellte den Karren ab und öffnete die Tür. Lisa sah ein kleines Gewölbe mit wenigen, deckenhohen Regalen und schmalen Gängen dazwischen. An einer Seite der Felswand stand ein Tisch mit brennenden Kerzen, Gläsern, einem Korb mit Ciabattastückchen und zwei Stühlen. Überrascht sah sie Leonardo an.

»Sie waren sehr sicher, dass ich mitkomme.«

»Natürlich.«

»Und wer hat das vorbereitet?«

»Ich habe so meine guten Geister«, lachte er und führte sie durch die Gestellreihen. »Hier lagern die Schätze meines Großvaters. Viele dieser Weine sind fünfzig Jahre alt oder noch älter.«

Voller Bewunderung betrachtete Lisa die alten, verstaubten, noch mit Wachs versiegelten Flaschen und strich vorsichtig über ihre vergilbten, kaum noch lesbaren Etiketten. Sie konnte verstehen, dass er stolz auf seine Arbeit und die seiner Vorfahren war. Vielleicht taut er mir gegenüber ja doch noch ein wenig auf, weshalb sonst hat er mich hierher gebracht?, dachte sie und freute sich nun doch über die spontane Idee.

Er nahm eine alte, grau bestaubte Flasche aus einem Regal.

»Ich glaube, diese hier ist die beste«, sagte er und entfernte behutsam die Wachsschicht am Flaschenhals. Dann zog er vorsichtig den Korken heraus und goss den ersten Schluck in sein Glas. Seine Augen glänzten, als er Lisa ansah und probierte. »Ja, das ist er, ich wusste es, das ist unser ›Rosso Cardinale‹.«

»Worauf wollen Sie hinaus mit Ihrer Großzügigkeit, Leonardo?«

»Wenn wir uns schon nicht einigen können, sollten wir wenigstens Frieden schließen«, erklärte er und sah sie herausfordernd an.

»Zu meinen Bedingungen?«

»Zu Ihren Bedingungen.«

»Ich arbeite weiter und gebe meine Berichte an mein Institut.«

»Ja.«

»Gut, darauf trinke ich mit Ihnen.«

Doch mit seinen nächsten Worten machte er alles wieder zunichte. Er verstand es einfach perfekt, jedes aufkommende Gefühl von Sympathie im Keime zu ersticken. »Ich werde allerdings jede Bau- und Schutzmaßnahme, die aufgrund Ihrer Berichte hier eintrifft, mit einer Absage beantworten«, sagte er und sah sie streitsüchtig an.

»Ich habe ein Abkommen mit Ihrer Mutter, die meinen Aufgaben hier schriftlich zugestimmt hat.«

»Meine Mutter ist eine liebenswerte Frau, aber sie langweilt sich in der Abgeschiedenheit des Gutes und will die Villa voller interessanter Gäste haben.«

»Sie ist die Hausherrin.«

»Und ich bin der Chef.«

»Kann ich nicht einmal an Ihre Fairness appellieren?«

»Fair wäre es, wenn Sie uns hier in Ruhe ließen.«

»Fair ist es, wenn man sich gegenseitig akzeptiert.«

»Ich akzeptiere Sie und Ihre Arbeit, ich will nur nichts mit den Forderungen, die danach vermutlich auf mich zukommen, zu tun haben. Ist das zu viel verlangt?«

»Ich bin hier, um zu helfen, um vorzubeugen, um Ihre Sicherheit zu garantieren. Warum unterstützen Sie meine Arbeit nicht, warum lehnen Sie alles ab, was mit diesen Vorsichtsmaßnahmen zu tun hat? Ich arbeite doch nicht meinetwegen hier, sondern, um Ihr Land, Ihren Besitz zu schützen.«

»Unsinn. Die Alpen sind die sichersten Berge, die es gibt. Sie stehen seit Millionen von Jahren hier und wenn einmal eine Mure abgeht oder ein Felsbrocken ins Tal rollt, dann hat das mit einer Katastrophe überhaupt nichts zu tun. Stellen Sie Ihre Bohrungen ein, sonst erzürnen Sie noch meine geliebten Berge.«

Lisa schüttelte den Kopf. »Sie drehen mir die Worte im Mund herum, Sie sind ein hinterhältiger Mensch.«

»Salute, trinken wir auf den hinterhältigen Menschen und auf die Fairness und auf die Akzeptanz und auf eine wunderbare Zukunft, Madame.«

»Mir ist die Lust vergangen, am liebsten würde ich Ihnen den edlen Tropfen ins Gesicht schütten.«

»Es wäre wirklich schade darum« – und dann verschob sich der Boden unter ihren Füßen und der Tisch glitt davon. Sie taumelten gegen die Felswand, die Flasche sah Lisa noch fallen, dann rollten die Kerzen vom Tisch und verloschen. Sie kauerten in völliger Finsternis auf dem Boden, die Rücken gegen die Felswand gepresst, und über ihnen senkte sich die Kellerdecke. Flaschen zerbrachen, Regale stürzten um, irgendwo brach eine Wand ein und die schwere Holztür zerbarst unter Geröllmassen. Die Felswände drohten nachzugeben und Lisa wusste, wenn nicht ein Wunder geschah, hatten sie beide das Ende ihrer Zukunft bereits erreicht. Und Leonardo flüsterte: »Nicht weinen, Lisa, alles wird gut.«

9

Leon hielt Lisa mit beiden Armen fest und versuchte, mit seinen Händen ihren Kopf zu bedecken. Aber wie kann man mit ein paar Fingern ein Leben schützen, wenn ein ganzer Berg ins Rutschen gerät? Lisa wusste natürlich, dass er dadurch selbst den herabfallenden Steinen und den Splittern der zerschlagenen Flaschen völlig ungeschützt ausgesetzt war. Aber sie war nicht in der Lage, etwas zu sagen oder sich zu bewegen.

Sie war gelähmt vor Schreck und hatte Todesangst. Immerhin ist es ein Unterschied, ob man sich theoretisch mit einem rutschenden Berg auseinandersetzt oder ob man ihn erlebt, dachte sie und versuchte, sich tiefer in die felsige Wand in ihrem Rücken zu drücken.

Das Unheimlichste an der Erdbewegung war, dass sie völlig lautlos war. Der Boden hob sich in absoluter Stille, kein Donner, kein Bersten, nichts kündigte diese Bewegungen an, der Lärm entstand ausschließlich durch die Schäden, die verursacht wurden: Mit kleinen Explosionen zersprangen die alten Flaschen, Steine prasselten zu Boden und das Holz der Regale zersplitterte laut krachend, als würde es von Äxten zerteilt.

Das Grauen schien kein Ende zu nehmen und mit jedem Beben verringerte sich die Chance von Lisa und Leonardo, lebend aus diesem verschütteten Gewölbe herauszukommen. Die Kavernen zwischen den beiden Menschen und dem Ausgang zum Hof würden genauso zerstört sein wie die kleine Höhle hier am hintersten Ende der Anlage.

Wie geht es Leonardo, wie fühlt er sich, welche Ängste muss er durchstehen, dachte Lisa voller Angst. Für ihn geht in diesen Sekunden eine Welt zugrunde. Ganz deutlich spürte sie seinen Herzschlag an ihrer Seite und seinen Atem in ihrem Haar.

Als die Abstände zwischen den Erschütterungen durch die Erdrutsche etwas länger wurden, löste er sich langsam von ihr und nahm die Hände von ihrem Kopf. Lisa versuchte sich etwas aufzurichten und atmete ein paar Mal tief durch, um mehr Luft zu bekommen. Doch die Luft war erfüllt vom erdigen Geruch der herabgefallenen Sandmassen und Steine, vom Staub und von dem kaum erträglichen säuerlichen Alkoholdunst der zerstörten Flaschen.

»Leonardo«, sie musste husten, »Leonardo, das ist ein Erdrutsch«, krächzte sie.

»Ja, Lisa, ich fürchte, unser Hausberg zerbricht.«

»Zerbricht? Aber wieso denn? Wir Geologen sind doch unterwegs, um das zu verhindern. Das heißt, verhindern können wir das nicht, aber wir können messen und feststellen, wann ein Berg ins Rutschen kommen könnte. Aber so weit sind wir doch noch gar nicht.«

»Die Universität für Geografie in Zürich warnt uns seit zwei Jahren vor so einem Erdrutsch, der Berg zerfällt innerlich, hat man uns mitgeteilt. Aber wir haben die Warnungen nicht ernst genommen.«

»Der Klimawandel ist schuld. Die Alpen zerbröseln.«

»Oh Gott, das darf doch nicht wahr sein. Das gibt es doch nicht wirklich. Wir hielten diese Vermutungen für übertrieben. Für Panikmache und Schwarzmalerei.«

Lisa schüttelte, wenn auch unsichtbar in der Dunkelheit, den Kopf. »Leonardo, der ungebremste Klimawandel führt nicht nur infolge der Gletscherschmelze zu Hochwasser und Dürre-Risiken. Die Hitze weicht auch diesen unsichtbaren Kitt auf, der wie Beton für die Standfestigkeit ganzer Gebirgszüge verantwortlich ist und sie versiegelt. Dieser Permafrost, also dieser permanente Frost, taut. Und jetzt schmilzt er weg. Leonardo, Sie wissen das und Sie leben hier?«

»Wo sollen wir denn hin, hier ist unser Zuhause, unsere Lebensgrundlage, das hier ist doch alles, was wir haben.«

»Aber Sie riskieren Ihr Leben und das Ihrer Gäste und der Arbeiter.«

»Ja, ich weiß«, flüsterte er.« Als vor zwei Jahren bei Biasca an der Gotthardstraße ein Erdrutsch niederging und Todesopfer forderte und wenig später auch die St.-Bernardino-Route gesperrt werden musste, haben wir ernsthaft nach einem Ausweg gesucht, weil die Katastrophe immer näher auf uns zukommt, aber wir haben keinen gefunden.«

Er drückte Lisa zaghaft ein wenig an sich, dann nahm er den Arm von ihrer Schulter und bat:

»Lisa, bitte sagen Sie Leon zu mir, wie meine Freunde das tun, und bitte bleiben Sie ganz ruhig hier sitzen, ich werde versuchen, die Kerzen zu finden. Haben Sie ein Feuerzeug?«

»Nein, aber auf dem Tisch lagen Streichhölzer. Sie müssen vorsichtig sein, die Scherben zerschneiden Ihre Schuhsohlen wie Papier. Ich habe das als Kind mal erlebt. Glauben Sie, wir haben eine Chance, hier herauszukommen?«

»Es gibt einen kleinen, versteckten Ausgang. Enrico und ich haben ihn entdeckt, als wir Kinder waren und verbotenerweise hier unten spielten. Es war unser erstes ganz großes Geheimnis und wir haben es nie jemandem erzählt, leider.«

»Leider?«

»Ja, sonst wüsste man jetzt, dass man einen zweiten Ausgang suchen muss.«

»Und Enrico?«

»Er ist fortgefahren, als wir hinuntergingen. Wer weiß, auf welcher winzigen Bergstraße ihn den Erdrutsch überrascht hat.«

»O mein Gott.«

»Ich darf gar nicht daran denken, was ihm passiert sein könnte.«

»Bitte sprechen Sie mit mir, wenn Sie jetzt aufstehen, damit ich weiß, wo Sie gerade sind.«

»Ja.«

Lisa hörte, wie er sich erhob und mit den Schuhen vorsichtig die Scherben beiseiteschob. »Ich stehe jetzt, aber die Decke hat sich gesenkt, ich stoße mit dem Kopf oben gegen die Felsen.«

»Wenn der Tisch nur zur Seite gerutscht ist, müssten die Streichhölzer noch auf der Platte liegen.« Sie hörte, wie er langsam weiterschlitterte.

»Jetzt fühle ich ein Tischbein. Der Tisch ist umgefallen, die Platte ist zerbrochen, aber die Hölzer müssten hier in der Nähe liegen.«

»Hoffentlich sind sie nicht nass geworden in all dem Wein.«

»Der Boden ist sehr feucht, aber der meiste Wein ist in der Erde versickert.« Lisa hörte, wie er vorsichtig weiterging.

»Leon, sprechen Sie mit mir.«

»Ja, jetzt habe ich eine Kerze, eine dicke Kerze, hoffentlich ist der Docht trocken geblieben.«

Sie hörte, wie er sich weitertastete. Zweimal gab die Erde noch nach und er fluchte leise vor sich hin. Dann endlich: »Ich habe die Hölzer. Die Schachtel fühlt sich sehr nass an. Sagen Sie etwas, damit ich Sie wiederfinde.«

»Ich bin hier. Ich stehe jetzt auch auf, aber ich bleibe an dieser Stelle stehen.«

Die Schritte kamen näher, dann stand er vor ihr. »Halten Sie bitte die Kerze.« Sie streckte die Hand aus und fühlte nach einigem Tasten das Wachslicht in seinen kalten Fingern.

»Ich versuche, die Streichhölzer anzuzünden, innen scheint die Schachtel trocken zu sein.«

Aber es gelang nicht, die Reibfläche außen an der Schachtel war zu feucht.

»Ich versuche es an der Felswand.«

Leon riss zwei Hölzchen an, nichts. Dann, ein erster kleiner Funke, nicht groß genug, um das Holz zu entzünden, aber groß genug für einen Hoffnungsschimmer. Dann, beim siebenten oder achten Versuch die erlösende Flamme. Schnell hielt Lisa die Kerze hin, aber Leon entzündete zwei weitere Hölzer an dem ersten, bevor er den Kerzendocht berührte. Der nasse Wachsfaden brauchte lange, bis er soweit trocken war, dass er die Flamme aufnahm. Endlich, sie hatten ein kleines, wenn auch sehr empfindliches Licht. Leon ging zurück zum Tisch. Während Lisa die Kerze hielt und die flackernde Flamme mit der Hand schützte, suchte er weiter. Er fand zwei Kerzen auf der Erde und zwei, die noch in den Wandhaltern steckten. Behutsam entzündete er eine zweite Kerze, dann sahen sie sich um. Aber die Zerstörungen überraschten sie nicht mehr, zu deutlich hatten sie sich das alles während dieser schier endlosen Schwankungen vorstellen können. Auch dass der Ausgang hoffnungslos zugeschüttet war, ahnten sie längst.

Leon ging in eine Ecke der Höhle und zog die Reste eines Flaschengestells von der Mauer. »Es sieht zwar alles verändert aus, aber hier irgendwo müsste es sein.«

Er versuchte, die Steine zu bewegen, aber nichts rührte sich, sie waren fest gepresst und wie mit Beton versiegelt. Seine an mehreren Stellen blutenden Hände konnten sie nicht um einen Millimeter bewegen. Und immer wieder polterten schwächere Erdmassen, die an den Felswänden rüttelten und jederzeit die restliche Decke zum Einsturz bringen konnten, gegen die alte Kaverne.

»Wenn ich nur wüsste, ob es die richtige Stelle ist«, stöhnte er. »Damals, vor dreißig Jahren, sah das alles ja ganz anders aus. Und es gab keine Regale an dieser Wand.«

Lisa stand dicht neben ihm, sie hatte die Reservekerzen und die Streichhölzer in ihren Hosentaschen in Sicherheit gebracht und versuchte, selbst irgendetwas an dieser Felswand zu finden, obwohl sie keine Ahnung hatte, was sie eigentlich suchte. Dann plötzlich bewegte ein Luftzug ihre kleine Flamme, er kam aus einem winzigen Riss und war doch so stark, dass er das Licht fast ausgelöscht hätte. Lisa zeigte Leon die Stelle.

»Das könnte der Anfang vom Ausgang sein«, flüsterte er. Dann nahm er ein abgesplittertes Holzstück von der Erde und versuchte, den Riss zu vergrößern. Sand rieselte heraus und bald war der Spalt so groß, dass er mit den Fingern hineinreichen konnte. Aber der Felsbrocken saß fest und rührte sich nicht. So begannen sie beide rund um den Stein in den Fugen zu kratzen und zu schaben und langsam, ganz langsam lockerte sich der Fels. Die Arbeit war mühsam, schmerzhaft und zeitaufwendig und die ersten beiden Kerzen waren zur Hälfte heruntergebrannt, als sie den Stein herauslösen konnten. Danach ging es etwas leichter. Die kleine Öffnung vergrößerte sich und war schließlich so groß, dass ein Mensch hindurchpasste.

Leon sah Lisa an: »Ich werde versuchen, dadurchzukriechen. Es ist ein langer, enger, gewundener Tunnel und ich weiß nicht, ob ich es schaffe. Ich möchte, dass Sie hier bleiben und auf mich warten.«

»Ich komme mit, ich bleibe auf keinen Fall hier«, protestierte Lisa.

»Die Gefahr, da drinnen in dem Spalt verschüttet zu werden, ist viel größer als hier, bitte seien Sie vernünftig.«

»Gerade weil ich vernünftig bin, komme ich mit. Sie schaffen das nicht allein. Sie brauchen Licht und bestimmt beide Hände, um zu graben.«

»Haben Sie Angst, allein hier zu bleiben? Vielleicht wühlt sich einer meiner Männer durch die verschüttete Kellerei, dann sind Sie schneller draußen als ich.«

»Wenn Sie das für wahrscheinlich hielten, würden Sie nicht versuchen, durch diesen Spalt da zu kriechen.«

»Man muss alles versuchen.«

»Machen wir uns doch nichts vor, Leon, wir sitzen hier ganz tief in der Falle, tiefer geht es nicht, und wir sollten gemeinsam hier herauskommen oder gar nicht«, fügte Lisa hinzu.

»Schon gut, schon gut.« Er sah sie müde an. »Ich habe Sie in diese Falle gebracht und ich bringe Sie auch wieder raus. Ich verspreche es.«

»Trotzdem komme ich mit.«

»Na gut, ich kann Sie nicht daran hindern. Wir werden jeder eine Kerze nehmen und ein breites Brett, mit dem wir eventuell Erde wegschaufeln können. Ich krieche voraus, bitte halten Sie zwei Meter Abstand und versprechen Sie mir, in die Höhle zurückzukriechen, wenn wir getrennt werden. Irgendwann hört der Rutsch auf und man wird alles versuchen, uns herauszuholen. Carlo weiß, dass wir hier unten sind, nur von dem Tunnel weiß außer Enrico niemand etwas.«

»Warum bleiben wir dann nicht hier?«

»Ich kann nicht, ich muss wissen, was draußen los ist. Ich mache mir solche Sorgen um all die Leute, die wir zur Weinlese hergeholt haben.«

»Und die Menschen im Haus?«

»Das hält. Wer da drin ist, ist sicher. Aber all die Arbeiter mit ihren Frauen und Kindern in den provisorischen Unterkünften und unsere Leute in dem Wohnheim, das ist schon so alt. Und die Felslawine wird die meisten im Schlaf überrascht haben. Ich hätte längst ein anderes Haus für sie bauen müssen, aber es war ja nie Geld da. Im nächsten Jahr wäre alles besser geworden, aber jetzt – «

»Ich weiß, Leon – «

»Ich muss wieder ganz unten anfangen, Lisa, ganz von vorn.«

»Ich weiß.«

Er drehte sich um und sah durch die kleine Öffnung, durch die sie kriechen mussten. Lisa reichte ihm seine Kerze: »Kommen Sie, fangen wir an«, und dann krochen sie hinein, in einer Hand das Licht, in der anderen das Brett.

Der kleine Tunnel war so niedrig, dass sie nur streckenweise kriechen konnten. Die meiste Zeit mussten sie auf dem Bauch robben. Sie kamen nur mühsam voran. Es ging leicht, aber stetig bergauf, und schließlich hatte Lisa den Eindruck, dass der Gang breiter und luftiger wurde.

Und dann war doch plötzlich alles vorbei. Der kleine Tunnel war zugeschüttet. Lisa sah auf ihre Uhr. Seit mehr als einer Stunde waren sie jetzt in dem Gang, wie sollten sie zurückkommen? Zum Umdrehen reichte der Platz nicht, und eine Stunde lang rückwärts kriechen? Ausgeschlossen! Lisa tat jeder Knochen in ihrem Körper weh. Ihre Ellenbogen und ihre Knie waren durchgescheuert, die Hände steif vom krampfhaften Halten des Lichtes und des Brettes. Sie hatten längst zwei neue Kerzen angezündet und auch die neigten sich dem Ende zu. Aber ihre Flammen flatterten ziemlich stark und das bedeutete, dass sich die Luft in dem Tunnel bewegte. Leonardo untersuchte die Erde, die den Weg versperrte.

»Der Lehm ist ganz locker, der liegt noch nicht lange hier. Ich versuche mit dem Brett zu graben. Sie müssen die Erde, die ich nach hinten schiebe, weiterbewegen, damit wir vorn Platz bekommen.«

Mühsam wühlten sie sich weiter. Aber sie kamen nur zentimeterweise voran und immer hatten sie Angst vor dem nächsten Erdrutsch, der sie endgültig verschütten konnte. Doch dann hatten sie es geschafft. Der Tunnel wurde breiter, höher, sie konnten schließlich gebückt gehen und ein kräftiger Luftzug verriet den nahen Eingang. Dann, endlich, eine letzte Biegung und der graue Himmel schickte sein erstes Tageslicht hinein. Keuchend und zitternd legte Lisa die letzten Meter zurück, bevor sie sich draußen in wild wucherndes Gestrüpp fallen ließ. Leon kniete neben ihr. Auch er hatte Mühe zu atmen und stoßweise kamen seine Worte hervor: »Wir haben es geschafft, Lisa, wir haben es wirklich geschafft.«

Dann streckte er sich neben ihr aus und sie lagen ganz still. Ein kalter Nieselregen hüllte sie ein und verbarg den Anblick der Erde rundherum. Nach einer Weile drehte Lisa sich auf den Bauch und legte ihr Gesicht in die Armbeuge. Sie musste jetzt erst einmal weinen und das sollte Leon nicht sehen. Auch er drehte sich um. Er legte seinen Arm über ihren Rücken und strich ihr mit der Hand übers Haar. »Ohne Sie hätte ich es nicht geschafft, danke, Lisa.«

Nach einigen Minuten hatte Lisa sich beruhigt und blickte hoch. Das Erste, was sie sah, waren ihre Hände: Die linke war vollständig mit Kerzenwachs verklebt, an der rechten waren alle Nägel abgebrochen, die Knöchel durchgescheuert und blutverkrustet. Sie besah die Innenfläche, die übersät war mit Holzsplittern. Leons Hände sahen noch schlimmer aus, die Schwerstarbeit hatte ja er geleistet.

Lisa und Leon waren nass bis auf die Haut, als sie sich so weit erholt halten, dass sie aufstehen konnten. Mühsam befreite Lisa ihre linke Hand von dem Kerzenwachs, um dann mit den Fingern wenigstens die größten Splitter aus der rechten Hand zu ziehen. Leon tat es ihr nach. Dann stand er auf. »Kommen Sie, nicht weit von hier gibt es einen Schuppen. Wenn er noch steht, finden wir dort Säcke oder Planen, die wir uns umhängen können.«

»Wie weit ist es denn bis zur Villa?«

»Etwa vierzig Minuten.«

Lisa sah auf die Uhr, es war kurz nach sieben. Sie stapften durch Gestrüpp, niedriges Gehölz und Unkraut und Lisa merkte, dass sie weit oberhalb des kultivierten Landes aus dem Berg gekommen waren. Aber vor lauter Nebel und Nieselregen konnte man kaum ein paar Meter weit sehen. Dann trafen sie auf einen schmalen Weg, eher ein Wildwechsel als ein Pfad, der aber breiter wurde und bergab führte. Sie folgten ihm, bis Leon vor einem grauen Bretterhaufen stehen blieb. An dieser Stelle hatte der Schuppen gestanden, den er suchte, doch die Lawine hatte von ihm nicht viel übrig gelassen. Leon versuchte zwischen den Steinen und Holzplanken irgendetwas zu finden, das ihnen nützlich sein konnte, aber es war hoffnungslos und Lisa drängte weiter.

»Kommen Sie, wir sind so nass, schlimmer kann es nicht mehr werden.«

»Sie haben recht, beeilen wir uns lieber.«

Und wieder einmal rutschte die Erde unter ihnen ein paar Meter weiter in die Tiefe und sie legten sich flach auf den Boden, um nicht mitgerissen zu werden. Es war ein eigenartiges Gefühl da draußen: Zwar bestand nun keine Gefahr mehr, im Berg verschüttet zu werden, stattdessen befürchtete Lisa ständig, die Erde könnte sich vor ihr öffnen und sie verschlingen. Sie hatte große Angst und am unheimlichsten war die trügerische Stille, die sie umgab. Ganz leise nur rieselte der Regen herab. Und nichts verriet, welch schreckliche Katastrophe sich hier gerade ereignet hatte.

Je tiefer sie kamen, umso deutlicher wurde das Ausmaß der Zerstörungen. Risse verliefen rechts und links vom Weg und manchmal quer darüber. Hin und wieder waren Teile des Weges abgerutscht und einmal versperrte ihnen eine Geröllhalde den Durchgang, so dass sie mühsam darüberklettern mussten. Dann erreichten sie die ersten Weinberge. Viel zu sehen gab es nicht in dem Nebel, aber sie erkannten doch, dass die terrassierten Abhänge kaum Schäden zeigten, während die längs zum Abhang verlaufenden Rebenreihen mitsamt ihrem Erdreich abgerutscht waren. Und es waren leider die wenigsten Reben, die auf Terrassen wuchsen.

Lisa sah Leonardo von der Seite an. Sein Gesicht war fahl und verkrampft, tiefe Schatten umgaben seine Augen. Hin und wieder reichte er ihr die Hände, um ihr über besonders schwierige Stellen hinwegzuhelfen.

Einmal, als er ihren Blick auffing, sagte er: »Es ist ein schrecklicher Rückschlag, Lisa, da brauche ich mir gar nichts vorzumachen. Hoffen wir, dass die Katastrophe keine Menschenleben gekostet hat, alles andere lässt sich irgendwann wieder richten.«

Lisa sagte nichts. Es gab keinen Trost und keine Lösung und der Optimismus, mit dem sie sich gestärkt hatte, als sie der Höhle entkommen waren, zerbröckelte in dem Maße, in dem die Zerstörungen sichtbar wurden. Dennoch, dachte sie, Weinberge und Häuser lassen sich reparieren, was aber ist, wenn Menschen bei dieser Katastrophe ihr Leben verloren haben? Eine Katastrophe, vor der Leonardo D'Amareni gewarnt worden war, eine Warnung, die er nicht beachtet hatte. Mit diesem Vorwurf würde er ein Leben lang fertig werden müssen.

Dann endlich, endlich tauchte die Villa schräg unter ihnen im Nebel auf. Soweit sie feststellen konnten, schien sie unbeschädigt zu sein. Auch das Wohnhaus der Angestellten stand noch. Aber die Ställe, Schuppen, Scheunen und der Eingang zur Kellerei waren zugeschüttet. Einen Augenblick blieb Leonardo ganz still stehen, dann rannte er los. Lisa folgte ihm, so schnell sie konnte. Als sie näher kam, sah sie, dass das lang gestreckte Arbeiterhaus an einem Ende zusammengefallen war und die restlichen Mauern tiefe Risse zeigten. Der nächste kräftige Erdrutsch konnte es zum Einsturz bringen.

Leon hatte den Hof erreicht. Ein paar Arbeiter sahen ihn und liefen ihm entgegen. »Gibt es Tote, gibt es Verletzte?«, waren seine ersten Fragen.

»Keine Toten, Chef, aber mindestens vierzig Verletzte, ein paar sind sehr schwer verletzt.«

Die Verletzten lagen mitten auf dem Hof auf Kisten und Brettern und von der Nässe durchweichten Matratzen, aber weit genug von den einsturzgefährdeten Gebäuden entfernt. An einem Gestell waren ein paar Planen zum Schutz gegen den Regen aufgehängt worden. Einige Verletzte stöhnten laut, Frauen wimmerten, Kinder weinten, Männer brüllten sich Kommandos zu – das Durcheinander war unbeschreiblich. Leonardo sprang auf einen abgestellten Leiterwagen und rief: »Ruhe, Ruhe, alles mal herhören! Alle Verletzten werden in die Villa gebracht, ins Kaminzimmer. Schnell, wer tragen kann, soll mit anfassen.«

»Sie wollen nicht ins Haus, sie haben Angst, dass es einstürzt«, rief einer der Männer.

»Unsinn, das Haus hält. Also los, worauf wartet ihr? Die Schwerverletzten müssen zum Transport auf Türen gebettet werden. Sucht Türen in den Trümmern! Alle Frauen und Kinder gehen in die Wirtschaftsräume, da sind sie sicher, beeilt euch!«

Zögernd setzten sich die Ersten in Bewegung, dann folgten andere, schließlich strömten alle zum Haus. Einige hatten ein paar Habseligkeiten zusammengerafft, die sie in Bündeln bei sich trugen, die meisten hatten jedoch nur Mäntel oder Jacken über ihre Nachthemden und Schlafanzüge gezogen und standen nass und frierend auf dem Hof.

Während Leonardo den Transport der Verletzten leitete, rannte Lisa ins Haus, um sich um die Frauen und Kinder zu kümmern. Sie mussten trockene Sachen haben und warme Getränke. Aber da fingen die Schwierigkeiten erst richtig an. Es gab keinen Strom und damit keine Kochmöglichkeit, keine Heizung, kein warmes Wasser und auch kein Licht. Lisa lief in die Küche und bat die Hausangestellten, die verstört und ängstlich um den Tisch herumsaßen, im ganzen Haus nach Decken zu suchen. Dann fragte sie Marisa, ob es irgendeine Möglichkeit gab, für die verstörten Menschen etwas Heißes zu kochen.

»Es gibt im Keller einen Notstromgenerator, aber keiner von uns kann ihn bedienen.«

»Was ist mit den Männern im Haus? Mit Signore D'Amareni, mit den Gästen?«

»Ach, Signora Lisa, der Hausherr liegt mit einem Herzanfall im Bett, die Signora ist bei ihm und die Gäste sind alle in der Bibliothek. Ein paar versuchen, mit Handys und Funkgeräten Kontakt nach draußen zu bekommen. Die Telefone sind ja auch gestört. Ohne Strom läuft eben nichts.«

Inzwischen füllte sich das Haus mit den Menschen vom Hof. Die Halle, die Flure, die Wirtschaftsräume waren bald so voll, dass man kaum noch hindurchkam. Lisa schob sich weiter in die

Bibliothek. Unterwegs traf sie Leonardo, der die Treppe hinauf zum Schlafzimmer seiner Eltern hastete.

»Lisa, helfen Sie mir«, rief er, »alle Hausgäste müssen ihre Zimmer räumen, sie sollen sich in unserer Privatetage verteilen, wir brauchen ihre Zimmer für die Obdachlosen. Auf dem Hof treffen die ersten Flüchtlinge aus den umliegenden Dörfern ein. Sie erwarten von uns Hilfe und Unterkunft.«

»Ich habe verstanden, ich kümmere mich darum.«

In der Bibliothek fand Lisa die Gäste. Sie waren bleich, übernächtigt und außerordentlich beunruhigt, denn noch immer gab es kleine Lawinen, die die Bücherwände wanken, die Lampen und Fensterscheiben klirren ließen. Nico starrte sie an, als wäre sie ein Geist.

»Mein Gott, Lisa, ich dachte, Sie seien tot. Wie, um Himmels willen, sind Sie aus der Kellerei herausgekommen? Wo ist Leon?«

»Das ist eine lange Geschichte, Nico, aber jetzt müssen Sie mir erst einmal helfen.« Sie wiederholte Leonardos Auftrag. Aber die Gäste reagierten ängstlich, zum Teil kopflos.

»Wir haben Angst, die Zimmer oben noch einmal zu betreten!«

»Wir wollen sofort abreisen!«

»Wer kommt für unsere Schäden auf?«

»Ich verlange Schmerzensgeld!«

»Wer hilft mir beim Koffertragen?«

»Wo sind denn die Zimmer, in die wir gehen sollen?«

Die Fragen schwirrten nur so durch den Raum und Lisa hatte größte Schwierigkeiten, sich Gehör zu verschaffen, und Nico machte deutlich, dass niemand abreisen könne, solange die Straßen nicht geräumt und gesichert seien. »Und jetzt beeilen Sie sich bitte und räumen Sie Ihre Zimmer. Das Haus ist der sicherste Ort, an dem Sie sich zurzeit befinden können, und in einer halben Stunde werden Obdachlose aus der Umgebung die Räume brauchen.«

Endlich kam Bewegung in die Gruppe. Lisa lief nach oben und suchte Leonardo. Als sie ihn traf, war er kreidebleich und sah um Jahre gealtert aus.

»Wie geht es Ihrem Vater?«

»Schlecht, aber er ist bei Bewusstsein. Wenn man doch nur einen Arzt rufen könnte.« Aber sie wussten beide, dass das aussichtslos war.

»Und Enrico, hat man etwas von ihm gehört?«

»Nichts, keine Spur, meine Mutter ist auch zusammengebrochen. Im Augenblick bin ich total ratlos.«

»Wir werden Wege finden und von draußen kommt bestimmt jeden Augenblick Hilfe. Man kennt das Gut doch, man lässt uns bestimmt nicht im Stich«, versuchte Lisa zu trösten.

Er atmete tief durch. »Ich hoffe, Sie haben recht. Bitte verteilen Sie die Gäste erst mal auf alle Zimmer hier oben. Nur das Schlafzimmer meiner Eltern und mein Zimmer ganz hinten rechts müssen frei bleiben. Bringen Sie bitte Ihre Sachen in mein Zimmer, ich möchte keine Fremden da drin haben. Ich muss runter und mich um die Verletzten kümmern.«

»Ich komme gleich nach, Erste Hilfe kann ich leisten und vielleicht finden sich auch noch andere Frauen, die helfen können.«

Lisa packte hastig ihre Sachen in die Koffer, erklärte Nico, welche Räume frei bleiben sollten, und brachte ihr Gepäck in Leonardos Zimmer. Es war ein wunderschöner, sehr elegant eingerichteter Raum. Eine Bücherwand, ein großer Kamin, ein breites Bett und ein exklusiver Teppich auf dem alten Holzfußboden – man kann eine Menge über einen Menschen lernen, wenn man sich in dem Zimmer umsieht, in dem er lebt, dachte sie. Aber dafür hatte sie natürlich jetzt keine Zeit.

Sie suchte sich als Erstes eine Pinzette aus ihrem Kulturbeutel und entfernte die schlimmsten Holzsplitter aus ihrer Hand, um überhaupt etwas anfassen zu können. Mit ihrem Parfüm desinfizierte sie die Stellen notdürftig, ging ins Bad, zog sich aus und stellte sich unter die Dusche. Das spärlich laufende, eiskalte Wasser schüttelte den letzten Rest Müdigkeit aus ihren Knochen und sie beeilte sich mit dem Abtrocknen. Als sie gerade angezogen war, flog die Tür auf und Lola kam herein.

»Was machen Sie hier?«

»Ich habe meine Sachen hereingestellt.«

»Sie haben sich in der Zimmertür geirrt.«

»Wenn es Leonardos Zimmer ist, bin ich hier richtig.«

»Es ist Leons Zimmer und ich teile es mit ihm.«

»Weiß er das?«

»Er wird es erfahren.«

»Ich habe jetzt keine Zeit, mich mit Ihnen zu streiten. Stellen Sie meine Sachen vor die Tür und helfen Sie unten bei den Verletzten.«

»Ich weiß selbst, was zu tun ist, und – lassen Sie die Finger von Leon.«

»Aber mit Vergnügen, Sie können ihn geschenkt haben.«

»Was erlauben Sie sich?«

»Ich erlaube mir, wütend zu sein. Da unten kämpfen Menschen ums Überleben und Sie kämpfen um das Bett eines Mannes.«

»Verschwinden Sie.«

»Nichts lieber als das.«

Dummes Weib, dachte Lisa, da hat sich Leon ja ein feines Früchtchen eingefangen. Wahrscheinlich brauchte er so ein Gegenstück. Mit ihrer Arroganz übertrifft sie ihn sogar noch.

Während Lola mit hasserfülltem Blick Lisas Bewegungen verfolgte, stopfte die ihre Sachen zurück in den Koffer und suchte ihren Autoschlüssel. Die schöne Lola mit dem wundervollen Haar ist ein richtiger Teufel, dachte Lisa. Ich hätte besser daran getan, ihr von Anfang an aus dem Weg zu gehen.

Sobald sie die Schlüssel gefunden hatte, ging sie wortlos an Lola vorbei aus dem Zimmer. Wenn die Tiefgarage nicht zerstört war, wollte sie alle Verbandskästen aus den Autos einsammeln, so hatten sie wenigstens etwas für die Erste Hilfe.

Auf dem Weg dorthin traf Lisa Angela und Carla. Die beiden wirkten sehr verstört, boten aber sofort ihre Hilfe an und sie bat sie, sie beim Einsammeln der Autoschlüssel zu unterstützen. An der Stahltür, die den Wohnbereich von der Garage trennte, traf Lisa Sandro. Der Hausdiener bemühte sich verzweifelt, die schwere Tür zu öffnen.

»Signore Leonardo hat gesagt, ich soll alle Autos auf den Vorplatz fahren. Die Garage liegt nur teilweise unter dem Haus, der andere Teil unter dem Garten könnte einstürzen, meint der Chef. Aber ich muss erst mal sehen, ob man überhaupt hineinkommt.«

Die Tür war so verklemmt, dass die beiden sie auch zu zweit nicht öffnen konnten, und Lisa spürte, wie die Panik, hier unten wieder verschüttet zu werden, Besitz von ihr ergriff.

»Versuchen wir von außen, in die Garage zu kommen, Sandro.«

Sie liefen zurück in die Halle. Überall saßen und standen Menschen, viele weinten, manche waren ganz still und starrten mit leerem Blick vor sich hin. Dann sah Lisa Neno. Der alte Fischer stand etwas abseits auf den Stufen der Treppe und rief alle Männer zusammen. Sie sollten helfen, die Frauen und Kinder auf die oberen Räume zu verteilen. Dieser alte, graugesichtige Mann mit dem ausgefransten Strohhut, den er wohl nie abnahm, wuchs über sich selbst hinaus. Seine Worte waren klar, seine Befehle nachdrücklich und eindeutig. Niemand wagte ihm zu widersprechen und verblüfft stellte Lisa fest, wie sich aus dem Chaos allmählich eine gewisse Ordnung herausbildete. Überhaupt kam langsam ein System in das fürchterliche Durcheinander, weil einer auch in dieser furchtbaren Lage einen klaren Kopf behielt: Leonardo!

Lisa lief hinter Sandro her. Es regnete noch immer und von allen Seiten, über die Allee, über kleine Feldwege, quer über die Wiesen und durch den Garten drängten Menschen heran, nass, schmutzig, kaum bekleidet, ungekämmt und in Decken oder Mäntel gehüllt. Manche hatten ein Wägelchen dabei, Fahrräder, Kinderwagen. Lisa sah ein paar Ochsengespanne, Milchkühe waren hinten angebunden, mehrere Eselskarren mit Ziegen und Schafen im Schlepptau. Es war eine stumme Menge, die da heranströmte und sich im Schutz der Mauern niederließ, grau im Grau des Tages.

Lisa sah Sandro an: »Die Wagen müssen in der Garage bleiben. Hier ist bald alles voller Menschen, woher kommen die?«

»Sie wohnen in der Nähe, in Gehöften, in Dörfern. Sie suchen Schutz in der Villa, das war schon immer so. Sie kommen, um zu helfen, wenn der Chef Hilfe braucht, und der Chef hilft, wenn sie in Not sind. Immer schon, seit Jahrhunderten.«

10

Wie ein rasender Kreisel drehten sich die Meldungen über die Gefahren der Klimaerwärmung in Lisas Kopf. Mit Entsetzen dachte sie an die Prophezeiungen anerkannter Wissenschaftler, die Katastrophen, wie sie sie gerade erlebte, vorausgesagt hatten.

Unter dem Titel ›Gletscher geht in den Sommerschlaf‹ wurde im Juni 2009 von der deutschen Presseagentur (dpa) berichtet, dass Deutschlands einziger Gletscher, der ›Schneeferner‹ auf der Zugspitze (2962 Meter) in den ›Sommerschlaf‹ versetzt werde. Zum Schutz vor Sonne, Regen und Wärme würden 80 000 Kubikmeter Eisfläche mit Matten und Planen ›eingepackt‹.

Eine Schutzmaßnahme, um eine Katastrophe zu verhindern, wie sie sich im Jahre 2002 im Kaukasus abgespielt hatte? Dort stürzten mehrere Millionen Kubikmeter Gestein auf den Kolka-Gletscher. Der Gletscher brach daraufhin vom Hauptkamm des Kaukasus ab und begann eine Höllenfahrt ins Tal. Die Lawine aus Eismassen, Schlamm und Geröll verwandelte ein ganzes Tal in eine Mondlandschaft und tötete zahlreiche Menschen.

Auch im Hochgebirge der Schweizer Alpen könne sich eine solche Kettenreaktion abspielen, sagte Geografie-Professor W. Haeberli von der Universität Zürich, »denn auf allen Alpengipfeln schmilzt es«, so der Berater der Schweizer Gletscherforschung.

Steigen die Sommertemperaturen um drei Grad Celsius, verlieren die Gletscher in den Europäischen Alpen 80 Prozent ihrer Eisfläche. Laut einer Studie vom 15. Juli 2006 sind die Alpen bei einer Erwärmung um fünf Grad Celsius Ende des 21. Jahrhunderts eisfrei. »Was uns Sorge bereitet, sind die Ausmaße der Felsstürze. Die gehen auch hier schon in die Kubikmeter-Millionen«, so der Professor, denn Ende der Neunzigerjahre gab es einen Permafrost-Unfall in der Ostwand des Montblanc. Zwei Millionen Tonnen

Fels krachten auf den darunterliegenden Gletscher, von dem dann aber zehn Millionen Tonnen Schnee, Eis und Geröll mit einer Spitzengeschwindigkeit von 360 Stundenkilometern ins Tal rasten.

Lisa wurde übel. Sie lief hinter eine Hecke und erbrach sich. Als sich ihr Magen beruhigt hatte, wischte sie sich den Angstschweiß von der Stirn. Was kommt da noch auf uns zu?, dachte sie entsetzt, und Leonardo hat so eine Warnung einfach ignoriert. Sie ging wieder zurück zu Sandro, der erschüttert auf die Menschenmenge starrte, die sich da ansammelte. Dann kamen Angela und Carla, gefolgt von Linda und David, aus dem Haus.

»Wir haben die Autoschlüssel, wer hat den Mut, die Verbandskästen da unten aus der Tiefgarage zu holen?«

Sandro und David meldeten sich sofort.

»Gut, dann fangen wir Frauen schon mal an, nach den Verletzten zu sehen«, Lisa hatte sich wieder gefasst.

Sie gingen ins Haus zurück. »Mein Mann wird uns suchen«, versuchte Angela die anderen zu trösten. »Alle Medien werden von dem Erdrutsch berichten und er weiß, wo wir sind.«

»Aber die Straßen werden erst einmal unpassierbar sein«, erwiderte Carla zweifelnd.

»Dann wird er einen Hubschrauber mieten, auf Roberto ist auf jeden Fall Verlass.«

»Wenn er doch gleich einen Arzt mitbringen würde oder wenigstens Pflegerinnen! Was wissen wir schon von der Behandlung Schwerverletzter?«

»Nico versucht mit dem Handy nach Lugano durchzukommen, ich habe ihm unsere Nummer gegeben, vielleicht erreicht er Roberto noch vor dem Abflug«, versicherte Angela.

»Das wäre wunderbar.«

»Ja, aber die Akkus sind schon ganz schwach und wir können sie nicht aufladen. Wer weiß, ob er ihn wirklich erreicht?« Trotzdem blieb ein Hoffnungsschimmer.

Lisa dachte an Leon und seinen todkranken Vater, an die verzweifelte Maria. Und Enrico, wo mochte Enrico sein? Sie kannte diesen Mann kaum, sie wusste nicht, wie er sich in Notsituationen verhalten würde, ob er so stark war wie Leonardo und ob er sich bei einem Unfall selbst zu helfen wusste. Aber er war Leons Bruder und um seinetwegen hatte sie Angst: Noch mehr Schicksalsschläge konnte der wohl kaum verkraften.

Im Kaminzimmer herrschte ein übler Geruch nach Schmutz, Schweiß, Angst, Staub und Blut. Lisa öffnete als Erstes die Fenster. Die Verletzten lagen auf Teppichen und Decken, auf Sesseln und Liegen und Kissen. Männer, Frauen und Kinder durcheinander. Sie wandte sich zunächst denen zu, die nur leicht verletzt schienen: Knochenbrüche, oberflächliche Quetschungen, Abschürfungen – das alles ließ sich mit den vorhandenen bescheidenen Mitteln notdürftig versorgen. Aber da waren auch Männer mit Schädelfrakturen, Wirbelverletzungen und inneren Blutungen.

Mein Gott, dachte Lisa, ich bin keine Medizinerin, ich habe nur einen Erste-Hilfe-Kursus bei den Johannitern absolviert, mit so schweren Verletzungen kenne ich mich nicht aus, überlegte sie. Ich weiß nur, dass diese Menschen auf keinen Fall bewegt werden durften. Und dabei sind sie bis jetzt ständig hin und her geschoben, getragen und vielleicht sogar geschleift worden, als man sie unter eingestürzten Mauern und schweren Holzbalken hervorgeholt, auf den Hof und dann hier herein geschleppt hatte. Den Verletzten können wir überhaupt nicht helfen, wir können sie nur zudecken und warm halten und vor weiteren Erschütterungen schützen.

Lisa bat Angela, bei ihnen zu bleiben, während Carla und Linda ihr halfen, den leichter Verletzten Verbände anzulegen und Knochenbrüche notdürftig zu schienen. Sandro kam mit einem ganzen Stapel von Verbandskästen aus der Garage, aber diese kleinen Erste-Hilfe-Behälter reichten bei Weitem nicht aus.

»Fragen Sie Marisa nach der Wäschekammer und bringen Sie

uns Betttücher her, die wir zerreißen können«, bat sie Sandro und zeigte Carla, wie man mit einem Druckverband eine Blutung stillt.

Ein erneuter heftiger Felsabgang ließ Putz von der Decke rieseln und ein paar Teile der hübschen Stuckverzierung rund um den Kronleuchter fielen herab. Entsetzt sah Lisa zu der schweren, schwankenden Lampe hinauf.

»Schnell, Linda, helfen Sie mit, die Leute hier fortzuziehen, bevor der Leuchter herunterkommt.«

Sie halfen den Männern und Frauen, die direkt darunter lagen, an die Seite zu kriechen. Nur ein kleines Mädchen mit einer Platzwunde an der Stirn blieb weinend sitzen. Lisa nahm sie auf den Arm. »Ist schon gut, meine Kleine, wo ist deine Mama?«

Aber sie schluchzte nur und verbarg ihr Gesicht an Lisas Schulter. Die sah sich um, niemand schien das Kind zu kennen. »Komm, ich bringe dich erst einmal hier heraus und dann suchen wir die Mami.«

Sie griff nach einer sauberen Mullbinde und ging mit dem Kind in die Küche. Hier war sie besser aufgehoben als in diesem Krankensaal. Als sie Marisa nach Wasser fragte, um die Wunde zu säubern, schüttelte die den Kopf. »Wir haben kein Wasser, auch die Pumpe funktioniert elektrisch, und ohne Strom – «, sie zuckte verzweifelt mit den Schultern.

»Aber ich habe doch vorhin noch geduscht.«

»Das war dann wohl ein Wasserrest in der Leitung. Jetzt kann ich Ihnen nur etwas Mineralwasser geben.« Während sie das Kind auf dem Schoß festhielt, säuberte Lisa die Wunde und legte einen Verband an. »Hübsch siehst du jetzt aus, mein Schatz. Nachher suchen wir einen Spiegel und dann kannst du sehen, wie schön du bist.« Langsam beruhigte sich das Kind und Lisa bat die Köchin, die Kleine in der Küche zu behalten.

Sie selbst musste unbedingt Leonardo finden, sie brauchten den Generator, sie brauchten Strom für die Wasserversorgung und für wenigstens einen Kochherd. Und ein paar Männer mussten unbedingt die schweren Kronleuchter im ganzen Haus abnehmen.

Als sie auf den Wirtschaftshof kam, hörte sie, wie Leonardo den etwa sechzig Männern, die um ihn herumstanden, Anweisungen gab: »Alle, die nach Hause gehen und sich um ihre Angehörigen kümmern wollen, können gehen. Ich habe vollstes Verständnis, die Familien gehen vor, das ist ganz selbstverständlich.« Er sah sich um. Etwa zwanzig Männer meldeten sich, er nickte ihnen zu. »Ich wünsche euch alles Gute und dass ihr durchkommt. Wenn ihr Unterstützung braucht, kommt her und gebt Bescheid.«

Dann sah er die anderen an. »Euch muss ich um Mithilfe bitten. Ich brauche einen Trupp, der mit Traktor, Anhänger und Werkzeug loszieht und die Straße kontrolliert. Wir können keine Hilfe von außen erwarten, wenn niemand zu uns durchkommt. Alfredo übernimmt die Leitung.« Er zeigte auf einen groß gewachsenen Mann, der sofort etwa fünfzehn Männer um sich gruppierte.

Lisa lief über den Hof und rief Leon zu: »Der Notstromgenerator im Haus muss angeworfen werden, die Frauen können das nicht.« Doch Leon hatte sich bereits seiner nächsten Aufgabe zugewandt, er hörte sie nicht. Oder ignorierte er sie? Jetzt, wo diese Lawine unseren Streit über meine Arbeit auf eine so schreckliche Art aktualisiert hat, bin ich für ihn vielleicht nur noch ein schlechtes Omen, dachte sie traurig. Aber jetzt war nicht die Zeit, darüber zu grübeln. Während Leon seine Anweisungen gab, wandte Lisa sich dankbar an Carlo. Er wenigstens hatte sie gehört und kam auf sie zu.

»Ich komme mit, wir haben den gleichen Generator in der Kellerei. Zeigen Sie mir, wo er steht.«

»Fragen Sie Marisa. Sie weiß Bescheid.«

Er lief zum Haus, während Lisa noch einen Augenblick lang Leon beobachtete. Er hatte sich noch nicht umgezogen, nur einen Regenmantel hatte er umgehängt. Man sah, dass er am Ende seiner Kräfte war, und doch war er es, der dieses ganze Chaos auffing mit seinen langen, schlanken Händen, die fast zu schön waren für einen Mann und die sie so gern auf ihrem Haar gespürt hatte. Alle anderen Männer hier auf dem Hof wirken so verstört und hilflos und ohne jede Eigeninitiative, dass man Angst um sie haben muss, dachte sie erschrocken. Doch nein, es gibt einen, dem ich Unrecht tue, wenn ich ihn mit den anderen gleichsetzte, stellte sie zufrieden fest, das ist Marco, der Koch. Er ist mit seinen Männern vor ein paar Tagen gekommen, um die Saisonarbeiter während der Weinlese zu versorgen, und nun will er versuchen, mit den wenigen Lebensmitteln und den primitiven Kochmöglichkeiten die Arbeiter und Flüchtlinge zu versorgen, und sie hörte, wie er sagte: »Jetzt kann man wirklich zeigen, was in einem drinsteckt. Ich bin für die Verpflegung der Leute eingestellt worden und jetzt werde ich sie auch versorgen.«

Er hatte an der Stelle, wo vor wenigen Tagen gefeiert, wo Spanferkel am offenen Feuer gegrillt und Schweinswürstchen mit Brot geröstet worden waren, Feuer gemacht und Kessel aufgehängt. Mit Öl, Safran, Reis und Gewürzen war er dabei, ein Risotto und über einem zweiten Feuer Kaffee zu kochen. Wasser holte sein Gehilfe aus einem Brunnen hinter dem Stall, aus dem wohl früher das Vieh getränkt wurde. Dieser Brunnen mit Winde, Seil und Eimer funktionierte ohne Strom und war jetzt die einzige Wasserquelle zum Kochen, Waschen und für die Hygiene.

Es war fast Mittag. Beunruhigt von dem Gedanken, überflüssig und unwillkommen zu sein, ging Lisa zum Haus zurück. Der Streit während der kurzen Reise, die gemeinsame Todesangst in der Kellerei und die Freude, aus dem Tunnel entkommen zu sein, was war davon geblieben? Hatte Lisa sich nur eingebildet, dass diese Erfahrungen sie und Leonardo einander näher gebracht hätten?

Als sie das Haus fast erreicht hatte, hörte sie ein fernes Motorengeräusch. Dann erkannte sie das Knattern der Rotorflügel eines Hubschraubers. Es kam aus dem Garten. Mein Gott, sollte Angela recht behalten haben? Lisa lief um das Haus herum. Auf der Wiese, auf der sie noch vor wenigen Tagen mit Isabella und den Kindern gespielt hatte, war ein Helikopter gelandet. Angela und Carla kamen über die Terrasse gelaufen, winkten, riefen. Die Tür wurde aufgeschoben und ein stämmiger, gutmütig und warmherzig wirkender Mann sprang heraus. Er winkte lächelnd.

»Roberto, ich wusste, dass du kommst!« Angela fiel ihm lachend um den Hals und auch Carla lief in seine ausgebreiteten Arme.

»Los, Mädchen, worauf wartet ihr noch, steigt ein«, hörte Lisa ihn sagen, als sie herankam. Formlos stellten sie sich vor: »Roberto Fiorelli«, »Elisabeth Farmsen«, und dann hörte Lisa erleichtert, wie Angela sagte: »Roberto, wir bleiben! Wir werden hier gebraucht. Nimm an unserer Stelle Signore D'Amareni mit, der muss sofort in eine Klinik.«

»Und seine Frau auch, Papa, sie ist völlig am Ende«, fügte Carla hinzu.

Fiorelli zögerte keinen Augenblick. »Selbstverständlich, bringt sie her.«

Ein paar Männer, die sich eingefunden hatten, liefen los, um Leonardo zu benachrichtigen. Wenige Minuten später wurden die Amarenis gebracht. Ernesto lag in Decken gehüllt auf einer provisorischen Trage, Maria ging neben ihm und hielt seine Hand.

»Es kann noch eine dritte Person mit«, erklärte Fiorelli, »ich bleibe auch hier und helfe.«

Dann gab er dem Pilot Anweisungen, zu welcher Klinik in Mailand er fliegen und an welchen Arzt er sich wenden sollte, weil er ein Freund von ihm sei. Und während die Männer einen der Schwerverletzten holten, notierte er für den Piloten, was er auf dem Rückflug mitbringen sollte: Verbandszeug, Medikamente, fertige Babynahrung, Decken, trockene Kleidung, aufgeladene Handys und wenn möglich einen zusätzlichen Generator.

Der Pilot zögerte: »Sie haben die Maschine nur für einen Flug gechartert, Signore, ich weiß nicht, was mein Chef zu weiteren Flügen sagen wird.«

Fiorelli zog einen Scheck aus der Brieftasche, füllte ihn aus und reichte ihn in die Kanzel. »Das wird Marinelli überzeugen, dass ich die Maschine in den nächsten Tagen brauche. Und nun fliegen Sie los, für die Kranken kommt es jetzt wirklich auf jede Minute an.«

Lisa war sprachlos über die schnellen Entschlüsse dieses Mannes und darüber, was Geld, sehr viel Geld wahrscheinlich, bewirken kann. Und sie staunte wieder einmal über diese sogenannten Freundschaften, hier im Süden. Die Leute kannten immer jemanden, der gerade helfen konnte, der einem etwas schuldete oder zu Dank verpflichtet war. Das war ihr schon oft aufgefallen.

Dann beobachtete sie, wie Leonardo traurig und bedrückt seinen Vater umarmte und die Mutter küsste. Minuten später war der Helikopter im Dunst der niedrigen Wolken verschwunden.

»In drei bis vier Stunden kann er zurück sein, wir sollten die nächsten Schwerverletzten für den Transport vorbereiten«, sagte Angelas Mann und bat alle, ihn einfach Roberto zu nennen.

Sie kamen zum Vorplatz des Hauses und Leon sah zum ersten Mal die Menschen, die hier lagerten. Mehr als hundert mussten es inzwischen sein: müde und verstört aussehende alte Männer, ängstliche und verzweifelte Frauen und viele kleine, weinende Kinder überall dazwischen.

»Es gibt hier nur wenige junge Männer, die uns helfen könnten«, stellte Roberto fest.

»Die sind seit Jahren in die größeren Städte abgewandert, wovon sollen sie hier draußen leben?«, erwiderte Leon. »Sie kommen höchstens als Saisonarbeiter für wenige Wochen zurück, wenn sie ihren Arbeitsplatz in der Stadt nicht dadurch gefährden.«

Leonardo begrüßte einige der alten Männer mit Handschlag. »Sorgt dafür, dass die Frauen und Kinder ins Haus kommen. Ihr könnt euch hinten auf dem Hof warmes Essen holen. Und dann versorgt eure Tiere. Sie können auf den Wiesen weiden, aber bindet sie an, damit sie nicht weglaufen, wir werden jeden Liter Milch brauchen. Der Rasen im Garten sollte aber frei bleiben als Landeplatz.«

Die Männer nickten. Einige nahmen die Kühe, Schafe und Ziegen und banden sie an Obstbäumen fest. Die anderen Männer halfen den Frauen und den Kindern und trugen die Bündel ins Haus. Dann gingen sie traurig und erschöpft zum Hof, um sich ihr Risotto zu holen. Sie waren seit vielen Stunden durch das Hochtal gezogen, um das Gut zu erreichen.

In der Halle kam ihnen Nico entgegen. »Ich habe Funkkontakt zu einer Militäreinheit am St. Bernardino. Sie werden uns Zelte und Lebensmittel schicken, wenn sie durchkommen. Wenn . . . .«

Alle starrten ihn entsetzt an und Roberto nickte: »Das wird auch in den Nachrichten betont, viele Straßen sind verschüttet, deshalb wollte ich meine Frauen hier herausholen. Aber sie haben natürlich recht, wenn sie bleiben und helfen wollen. Wie kann ich mich denn nützlich machen?«

Leon bat ihn, den Straßentrupp zu begleiten und die Strommasten zu kontrollieren. »Wir müssen die Wege reparieren, wenn wir Hilfe von außen erwarten. Und wir brauchen Strom.«

»Gut, ich bin dabei. Und ihr, passt gut auf euch auf«, rief er Angela und Carla nach, die schon wieder auf dem Weg ins Kaminzimmer waren.

11

Nico hatte mit seinen schlechten Nachrichten nicht übertrieben. Einer der Gäste besaß ein Transistorradio mit Batteriebetrieb und darin wurde bestätigt, was sie soeben gehört hatten. Zu all dem Chaos, mit dem Leon fertigwerden musste, kam nun auch noch die Sorge um seinen Sohn, der in der Nähe vom St. Bernardino-Pass stationiert war. Nico, der ihm die Sorgen ansah, sagte tröstend: »Ich glaube, du brauchst dir keine Sorgen um Riccardo zu machen. Der Abgang der Mure ist auf dieses Hochplateau begrenzt.«

»Das ist es nicht«, erwiderte Leon, »aber die Soldaten werden bei den Rettungsaktionen eingesetzt, bei der Bergung von Verschütteten und das bei den ständigen Abgängen; das ist es, was mir Sorgen macht.«

Nico nickte. »Das stimmt allerdings, aber was sollen wir machen? Willst du versuchen hinzufahren? Kann ich dir irgendwie helfen? Den Kontakt an dem Funkgerät kann jetzt auch ein anderer halten.«

Er zeigte in das kleine Büro, in dem drei Männer gedrängt zusammensaßen und mit Handys, Walkie-Talkies und eben diesem Funkgerät versuchten, Verbindung nach draußen zu bekommen.

»Ich kann hier nicht weg. Wir wissen ja auch noch gar nichts über den Straßenzustand.« Leonardo sah sich um und winkte eine junge Frau herbei, die Enrico für Büroarbeiten eingestellt hatte.

»Laura, bitte lassen Sie sich erklären, um was es geht, und halten Sie die Funkkontakte, es ist sehr wichtig, bitte.«

Laura, eine zierliche, dunkelhaarige Frau, war sofort bereit. Sie setzte sich an das Gerät und ließ sich die Funktionen erklären, bevor sie den Kopfhörer aufsetzte und zustimmend nickte. »Ich komme damit zurecht, keine Sorge, Signore D'Amareni.«

»Nico, du musst helfen, Lebensmittel aufzutreiben und einzuteilen. Es wird knapp werden, bei all den Menschen, die hier Hilfe suchen. Ich habe keine Ahnung, welche Vorräte die Köchin hat und was Marco mitgebracht haben könnte. Wer weiß, wann Nachschub kommt.«

Nico sah mich an. »Können Sie mir helfen, Lisa?«

»Natürlich, die Verletzten werden jetzt von anderen Frauen versorgt.«

Leon, der uns zugehört hatte, erinnerte: »Denkt daran, wir haben vorerst nur offene Feuerstellen draußen. Den Generator, wenn er überhaupt Strom liefert, müssen wir sehr behutsam einsetzen, vielleicht nur für Kranken- und Kinderkost.«

Als Leon und Roberto zum Ausgang liefen, rief Lisa hinterher: »Schicken Sie bitte ein paar Männer herein, die die Kronleuchter abnehmen und die schweren Wandregale abstützen.«

Leon winkte kurz zurück. »Machen wir.«

Lisa überlegte, wie sie Marisa möglichst diplomatisch um Dinge bitten konnte, die sie sonst in absoluter Alleinherrschaft erledigt hatte. Sie wollte sie auf keinen Fall bevormunden oder sich in ihre Kompetenzen einmischen.

Aber in der Küche hatte Lola die Sache in die Hand genommen. Während Marisa verärgert in einer Ecke stand und das Kind mit der Kopfwunde im Arm hielt, befahl Lola den beiden Küchenmädchen, Feuer in einem uralten Kohleherd zu machen, um Wasser abzukochen und Kaffee aufzubrühen.

Als sie Nico und Lisa sah, rief sie: »Machen Sie sich nützlich, wir brauchen Wasser und Holz, Zeit zum Herumstehen hat hier niemand.«

»Kommen Sie, Lisa.« Nico drehte sie an den Schultern herum und schob sie aus der Tür. Marisa kam hinter ihnen her. Aufgebracht sagte sie: »Die hat mir gerade noch gefehlt! Kann man die

Signora nicht draußen beschäftigen? Sie bringt alles durcheinander und verärgert mir die Leute.«

»Ich lass mir etwas einfallen«, beruhigte Nico die aufgebrachte Köchin und versicherte, »wenn sie weg ist, kommen wir wieder.«

Streit unter den Mitarbeitern war wirklich das Letzte, was sie jetzt brauchen konnten, aber Nico tat sein Möglichstes, um Schlimmeres zu verhindern. Er ging zu Leon, der noch am Hallenausgang stand: »Du musst Lola beschäftigen, sie macht das Küchenpersonal verrückt.«

»Was? Ich denke, sie ist längst abgereist. Ich habe sie seit dem Fest nicht gesehen.«

»Du warst ja auch nicht hier.«

»Und was soll ich mit ihr machen? Ich kann sie hier draußen weiß Gott nicht gebrauchen. Lass du dir etwas einfallen und verschone mich mit solchem Kleinkram.«

Mit diesen Worten stürmte er nach draußen. Nico grinste und auch Lisa konnte nicht verbergen, dass sie sich freute. Nur das Problem selbst hatten sie nicht gelöst.

»Sie wird niemals das tun, was wir ihr sagen.«

»Damit dürften Sie recht haben, Nico.«

Gerade als sie die Küche wieder betraten, kam Betty, die kleine Schottin, weinend hinter ihnen hergelaufen.

»Mein Gott, Betty, was ist denn los?«, fragte Lisa erschrocken.

»Meine ganzen Sachen sind weg, ich finde meine Sachen nicht mehr. Die Koffer, die Handtasche, meine Papiere und das ganze Geld, nichts ist mehr da.«

»Aber das ist ganz unmöglich. Hier stiehlt doch keiner.«

»Da oben herrscht ein furchtbares Durcheinander. Niemand weiß, in welches Zimmer er gehen soll, und unsere Räume sind bereits voller Flüchtlinge. Kann denn keiner für Ordnung da oben sorgen?«

Lola fühlte sich sofort angesprochen. Energisch strich sie ihr dichtes Haar zurück, nahm die weinende Frau an die Hand und erklärte: »Ich sorge für Ordnung. Das haben wir gleich erledigt.«

Lisa und Nico atmeten auf und Lisa überlegte, wie sie Marisa beruhigen und um eine Zusammenarbeit bitten konnte. »Marisa, Signora D'Amareni ist mit ihrem Mann in eine Klinik nach Mailand geflogen. Sie werden sie jetzt vertreten müssen. Würden Sie das tun?«

Sie nickte sofort. »Ich habe es schon gehört. Was machen wir als Erstes?«

Sie bezog Lisa mit ein, das war schon mal gut.

»Leon bittet um eine Liste der Lebensmittelvorräte. Er ist in Sorge, wie er die vielen Menschen satt bekommen soll.«

»Ja, das wird nicht ganz leicht sein. Wir haben uns schon Notizen gemacht.« Sie nahm dem Jungkoch ein Blatt Papier ab. »Reis, Mais, Mehl, Öl, Kaffee, Zucker und Gewürze haben wir reichlich und die Gefriertruhen sind voll mit Fleisch und Wurst, aber die Sachen verderben natürlich ohne Strom und müssen sofort verbraucht werden. Mit frischen Lebensmitteln werden wir Probleme bekommen. Milch, Eier, Gemüse und Kartoffeln fehlen.«

»Draußen gibt es ein paar Kühe, Schafe und Ziegen, sie werden uns Milch liefern, wenigstens für die Kinder.«

»Ein paar Arbeiterfrauen haben hinter den Stallungen Hühner gehalten, vielleicht gibt es die noch und sie bringen uns Eier.«

Lisa nickte. »Was ist mit Nenos Fischen?«

»Er ist unterwegs, um nach dem Fischteich zu sehen.«

»Allein? Ist das nicht zu gefährlich?«

»Ach, der kennt sich hier bestens aus«, beruhigte Marisa.

»Wie sieht es mit Teigwaren, mit allen Arten von Pasta aus?«, erkundigte Lisa sich.

»Die haben wir immer frisch zubereitet, da gibt es keine Reserven. Aber der Koch draußen, der müsste eine Menge mitgebracht haben, der hatte bestimmt nicht vor, die vielen Arbeiter mit handgemachter Pasta zu verwöhnen.«

»Zu ihm gehen wir gleich«, erklärte Nico und sah sich um. »Könnten Sie jemanden bitten, im ganzen Haus die Kerzen einzusammeln? Die brauchen wir spätestens heute Abend.« Marisa nickte und machte sich Notizen. »In einem der Schuppen standen Fässer mit Petroleum und irgendwo hingen auch Lampen herum, vielleicht gibt es die noch.«

»Das werden wir nachprüfen, wenn wir draußen mit dem Koch gesprochen haben. Was macht eigentlich der Generator?«

»Carlo arbeitet daran, aber ein Fachmann ist er ja auch nicht.«

»Wenn er funktioniert, Marisa, bitte versorgen Sie als Erstes die Kleinkinder«, bat Lisa.

»Mach' ich«, erklärte sie fast vergnügt und Lisa hatte den Eindruck, sie freute sich, das Zepter wieder in der Hand zu halten.

»Noch eine Bitte, Marisa: Alle Leute, die Lebensmittel haben, also Eier, Milch und was auch immer, müssen verpflichtet werden, die Sachen hier abzuliefern. Könnten Sie dafür sorgen?«

»Ich denke schon, wenn es bei den Fremden auch vielleicht nicht einfach sein wird.«

Auf dem Weg nach draußen trafen sie Betty wieder. Sie sah erleichtert aus und erklärte: »Ich habe meine Sachen wieder. Linda hatte sie mitgenommen, weil ich nicht da war, als die Zimmer geräumt wurden.«

Betty, die hierhergekommen war, um sich zu erholen, den regenreichen Spätsommer in Schottland zu vergessen und um hier Sonne zu tanken und nun in ein solches Chaos geraten war, hatte die Arme voller Kleidung und war im Begriff, die Sachen unter ein paar Frauen zu verteilen.

»Ich denke, das Zeug wird hier dringender gebraucht als oben in meinem Koffer.«

Lisa nickte begeistert. »Das ist eine gute Idee, Betty, bitte fragen Sie doch auch die anderen Gäste nach Kleidung, die sie entbehren können. Sie sehen ja, die meisten Fremden sitzen hier in Nachthemden.«

»Ich kümmere mich darum. Kann ich sonst noch helfen?«

»Ja, wir haben einige Mütter mit mehreren Kleinkindern, die brauchen dringend Hilfe.«

»Ich werde nach ihnen sehen, Lisa.«

Draußen hatte es endlich aufgehört zu regnen. Einige alte Männer versuchten, den Eingang zur Kellerei freizuschaufeln, andere waren bemüht, aus dem einsturzgefährdeten Wohnheim alles zu bergen, was sich bewegen ließ. Eine lebensgefährliche Angelegenheit, aber für viele war es der einzige Besitz, den sie und ihre Familie dort drinnen hatten.

Während der Koch-Gehilfe einen Kessel mit Risotto zu den Frauen und Kindern ins Haus tragen ließ, hatte sich neben dem Koch eine lange Schlange von Männern gebildet, die ihr Essen in Empfang nahmen. Lisa und Nico reihten sich mit ein und erhielten ihre Kelle voll Reis. Lisa ging in die Halle und setzte sich auf eine Treppenstufe, um ihr Risotto zu verzehren. Hier drinnen roch es schrecklich nach nasser Wäsche, Schweiß, Kinderwindeln und gekochtem Reis. Aber sie blieb sitzen. Ihr zitterten die Knie vor Erschöpfung. Nico war ihr gefolgt und ließ sich neben ihr nieder. Er sah sie nicht an, als er leise sagte: »Eine schreckliche Sache, in die wir da hineingeraten sind. Es tut mir so leid, Lisa.«

»Ach, Nico, ich weiß überhaupt nicht mehr, woran ich bin. Ich möchte weg und kann nicht. Ich weiß, dass ich nicht hierher gehöre, und man lässt es mich ja auch deutlich spüren. Es ist alles so schwierig geworden, alles hat sich geändert. Was gestern wichtig war, ist heute Nebensache, und wie die Zukunft aussieht, weiß überhaupt keiner.« Sie seufzte und wischte sich eine heimliche Träne fort. » Ich habe versucht, die Gefahr zu erkennen, aber ich habe es nicht geschafft. Inzwischen weiß ich, dass Leonardo gewarnt wurde, aber er hat die Warnung nicht ernst genommen und als ich gekommen bin, hat er mich als eine Person gesehen, die sich in Dinge einmischt, die sie nichts angehen, oder – was noch schlimmer ist, als Person, die sich in Dinge einmischt, die er verbergen wollte.«

»Ich glaube nicht, dass er eine Gefahr verbergen wollte, so

leichtsinnig ist Leon nicht«, versicherte Nico, der seinen Freund verteidigen wollte. »Ich glaube eher, dass er nur Zeit gewinnen wollte. Sein Weingut sollte erst wieder in die schwarzen Zahlen aufsteigen, dann hätte er sich auch die Zeit genommen, einer Gefahr entgegenzuarbeiten.«

»Aber er hätte nichts tun können. Ein auftauender und dadurch brüchig gewordener Berg ist nicht aufzuhalten.«

»Ich weiß, Aber er hat es gehofft und die Hoffnung stirbt immer zuletzt. Und jetzt ist es zu spät.« Er sah Lisa prüfend an. Sie wirkte so labil, so kaputt und müde. »Wollen Sie sich ein bisschen hinlegen? Im Augenblick ist hier etwas Ruhe eingekehrt. Sie können mein Bett benutzen. Ich bin mit zwei Gästen in Enricos Zimmer gezogen.«

»Danke. Leon hat mir zwar sein Zimmer angeboten, aber Lola hat mich hinausgeworfen.«

»Was hat sie gemacht?«

»Sie hat mich hinausgeworfen. Sie teile das Zimmer mit Leon und ich solle die Finger von ihm lassen.«

»Und was sagt Leon dazu?«

»Keine Ahnung, es ist mir auch ziemlich egal. Ich nehme Ihr Angebot gerne an.«

Sie gingen nach oben. Vor dem Zimmer von Leonardo lagen noch immer Reste von Lisas Sachen auf dem Boden. Hoffentlich hat Lola mir meinen Laptop und die Fotoapparate nicht zerschlagen, dachte Lisa, aber sie war viel zu müde, um sich aufzuregen. Nico half ihr beim Aufsammeln und brachte sie in Enricos Zimmer. Er sah, dass Lisa sich kaum noch auf den Beinen halten konnte. Dennoch fragte sie: »Nico, wo ist eigentlich Leonardo?«

»Ich glaube, er sucht Enrico.«

»Was? Allein? Wie konnten Sie ihn fahren lassen?«

»Ich sah ihn im Jeep, gleich hinter der Gruppe, die die Straße kontrollieren soll. Aufzuhalten war er nicht mehr.«

»Aber Enrico kann sonst wo sein, vielleicht ist er sogar bis Campione durchgekommen?«

»Ich weiß es nicht. Ich weiß nur, dass kein Mensch Leon hätte aufhalten können. Er ist vollkommen außer sich, müssen Sie wissen. Erst die Angst um die Eltern, dann um den Sohn und nun auch noch um Enrico – da bricht eine Familie auseinander, so etwas verkraftet man nicht so einfach.«

»Aber er kann uns doch hier nicht allein lassen!«

»Er kann! Er hat alles getan, was in seiner Macht stand. Er hat Ordnung in das Chaos gebracht, er hat die Aufgaben verteilt, die Menschen beruhigt, Hilfe angefordert – lassen Sie ihm jetzt Zeit für seine Verzweiflung. Ich fürchte, er wird Enrico nicht finden, und er muss eine Weile allein sein. Im Augenblick kann ihm keiner helfen.«

Lisa wurde übel und sie wusste nicht, ob es am Essen oder an der Angst lag.

»Ich muss mich etwas hinlegen, Nico, ich fühle mich nicht gut. Bitte wecken Sie mich in einer Stunde.«

»Kann ich sonst noch etwas für Sie tun?«

»Nein danke, aber vergessen Sie nicht, mich zu wecken.«

»Mach' ich, Lisa.«

Überall in der Privatetage der Amarenis standen die Türen offen und die Gäste unterhielten sich von Zimmer zu Zimmer, diskutierten, beurteilten die Lage und hatten Angst, das spürte Lisa ganz deutlich.

Sie zog die Schuhe und die nassen Sachen aus und rollte sich in dem Doppelbett unter der Decke zusammen. Sie war schon eingeschlafen, bevor ihr Kopf das Kissen berührte. Wach wurde sie, als jemand an ihren Arm stieß. Aber nicht Nico hatte sie geweckt, sondern Leonardo, der neben ihr lag und fest schlief. Er war also wieder da. Aber warum lag er in Nicos Bett und nicht in seinem eigenen? Einen Augenblick betrachtete Lisa ihn. Sein Atem ging gleichmäßig und sein Gesicht zeigte wieder die gesunde Bräune, die sie kannte. Vorsichtig schlüpfte sie aus dem Bett, suchte saubere Kleider aus dem Koffer und ging ins Bad. Draußen wurde es schon dämmerig. Sie hatte vier Stunden tief geschlafen. Sie zog sich leise an, bürstete ihr Haar und schlich auf den Flur. Hier war es inzwischen still geworden. Die meisten Türen waren geschlossen.

In der Halle war alles unverändert. Lisa hätte gern die Tür nach draußen geöffnet, um ein wenig frische Luft hereinzulassen, aber sie sah, wie die Leute in ihren immer noch nassen Sachen froren. Nico und Roberto fand sie in dem kleinen Büro neben dem Funkgerät.

»Leon hat nicht erlaubt, dass ich Sie wecke«, erklärte Nico entschuldigend und sah sie mit großen Augen fragend an. Lisa sah, dass er wusste, wo Leon schlief, und sie wusste auch, was er dachte, und beruhigte ihn: »Ich habe wunderbar geschlafen und Leon gar nicht gehört. Wieso kam er so zeitig zurück?«

»Nach knapp vier Kilometern ist die Straße dicht. Eine zweite Geröllawine hat sie versperrt. Jetzt arbeiten die Männer daran«, erklärte Roberto, »wir sind zusammen zurückgefahren. Es kann eine Weile dauern, bis dort jemand durchkommt. Leonardo hat zwar den Schneepflug hingeschickt, aber was kann der schon ausrichten?«

»War der Hubschrauber noch einmal da?«

»Ja, er hat zwei Sanitäter mitgebracht und Tragen, Medikamente und Decken. Auf dem Rückflug hat er wieder drei Verletzte mitgenommen. Die schwersten Fälle sind jetzt in Mailand gut versorgt. Morgen bringt er Trockenmilch, Babynahrung, Windeln und zwei oder drei kleinere Zelte mit. Gut, dass ich diesen kleinen Helikopter für uns chartern konnte. Ich habe inzwischen gehört, dass die meisten anderen Hubschrauber dem Katastrophenschutz unterstellt wurden.«

Lisa fand es wunderbar, wie dieser fremde Mann sich für das Haus einsetzte. Auch ihre Meinung über Angela und Carla musste sie revidieren. Sie hatte die beiden Frauen für oberflächlich und egoistisch gehalten und nun gehörten sie zu den wenigen, die sich vollkommen selbstlos für andere Menschen einsetzten. Aber auch Linda und Betty waren noch unermüdlich unterwegs, um Müttern und Kindern zu helfen. Durch die engagierte Hilfe aller kam allmählich eine gewisse Ordnung in das Chaos, entstand ein System und das Durcheinander wurde überschaubar.

Nicht nachgelassen hatten die Steinschläge. Mindestens einmal pro Stunde versetzte ein heftiges Rumpeln und Donnern alle in Angst und Schrecken. Lisa war gerade auf dem Weg in die Küche, als es wieder losging. Aber Angst hatte sie eigentlich keine mehr. Sie blieb stehen, stützte sich an der dicken Außenmauer ab und dann war der Schlag auch schon wieder vorbei. In der Küche kochte Marisa Kinderbrei, als sei nichts gewesen. »Der Generator läuft«, erklärte sie, »aber wir nehmen nur Strom für einen Herd und für die Trinkwasserpumpe. Alle anderen Leitungen hat Carlo abgeschaltet.«

Von der Decke hingen zwei Petroleumlampen und Lisa sah, dass auch das Lichtproblem gelöst war. Als sie auf den Hof kam, empfing sie ein Duft von Holzfeuer und frischem Brot. Neugierig ging sie näher. Aus herausgebrochenen Mauersteinen, Geröllbrocken und Lehm hatte der Koch einen Backofen zusammengebastelt, in dem nun die leckersten Brote braun und knusprig wurden. Mindestens zwanzig fertige Brote lagen bereits auf Brettern und kühlten ab. Und dann kam ihr Carlo auch noch mit einem Becher Wein entgegen.

»Wir haben eine kleine Öffnung in die Kellereimauer geschlagen. Ein paar Fässer vorn sind unbeschädigt, wie es weiter hinten aussieht, wissen wir noch nicht, Leon hat das Betreten der Gewölbe verboten. Aber vorne haben wir erst mal einen Fünfzig-Liter-Kanister abgefüllt, bevor er etwas dagegen sagen konnte. Hier, trinken Sie, Sie haben es verdient.«

Lisa bedankte sich und nahm den Wein und dann ließ sie sich ein Stück Brot abschneiden und setzte sich neben den wärmenden Ofen. Mit einem dicken Pinsel strich Marco Olivenöl über ihren Brotkanten und streute etwas Salz darüber. Es schmeckte köstlich. Und dann dachte Lisa an Leon und wie gut es ihm tun würde, dass er etwas zur Ruhe gekommen war. Da haben wir also zusammen geschlafen – etwas anders zwar, als ich mir das erste Mal so vorgestellt hatte, als es noch dieses Kribbeln im Bauch gab – aber das ist ja nun vorbei, dachte sie ernüchtert.

Und dennoch, in diesem Augenblick fühlte Lisa sich wunderbar. Leider dauerte das Gefühl nicht lange, denn die profane Wirklichkeit überdeckte alles: Nicht weit von ihr besprach Carlo mit einigen Männern den Bau von Latrinen im Gehölz hinter der Cantina. Eine Anlage zum Waschen sollte dann in der Nähe der alten Pumpe entstehen und sie merkte erst jetzt, wie groß das Problem fehlender sanitärer Anlagen war. Auch für die Frauen und Kinder im Haus gab es noch keine Lösung, denn die Toiletten in den Gästezimmern und in den Wirtschaftsräumen hatten kein Wasser.

Dann erinnerte einer der Männer Carlo an die Chemietoiletten, die für die Zeit der Ernte in den Weinbergen aufgestellt worden waren, und Carlo beauftragte einige Männer, sie am nächsten Morgen mit einem der Traktoren einzusammeln und für die Frauen aufzubauen.

Als er an Lisa vorbeikam, fragte sie: »Was glauben Sie, wie viele Menschen sind jetzt hier?«

»Schwer zu sagen, Lisa, ein- bis zweihundert vielleicht. Aber es kommen ständig mehr. Es ist ja nicht nur der Bergrutsch, der die Gehöfte zerstört, viele Häuser sind abgebrannt, weil die Feuer, mit denen die Leute gekocht und geheizt haben, außer Kontrolle geraten sind. Nachts ist es weiter oben schon recht kalt, da bleiben die Öfen an.«

Lisa hörte die Verzweiflung und das Mitleid in seiner Stimme und er tat ihr sehr leid.

»Haben Sie Angehörige, die betroffen sein könnten?«

»Es gibt Verwandte in den Bergen weiter oben, aber man kommt ja nicht hin. Außerdem, hier bin ich zu Hause und hier werde ich jetzt gebraucht.«

»Ja, Carlo, ein Glück für Leon, dass Sie da sind.«

»Danke.«

Dann drehte er sich um und erklärte schmunzelnd: »Ich glaube, ich muss jetzt den Latrinenbau beaufsichtigen. Keiner von uns hat eine Ahnung, wie so etwas angelegt werden muss.«

12

Es war unglaublich, welche Talente die Not freisetzte und wie diese Menschen über sich selbst hinauswuchsen. Lisa dachte, ich muss mir unbedingt Notizen machen. Diese Katastrophe, die uns so zusammenschweißt, werde ich mein Leben lang nicht vergessen, aber die Einzelheiten, die unzähligen Kleinigkeiten, die das hier zusammenhalten und so Großes bewirken, die werden eines Tages vergessen sein und das wäre ein wirklicher Verlust: Carlo, der Kellermeister, der jetzt aus Holz einfache Latrinen für die Flüchtlinge baut, Marco, der Koch, der aus Trümmern seinen Backofen bastelt, Roberto, der ein Vermögen zahlt, um Freunden zu helfen, Angela und Carla, die mit hübsch lackierten Fingernägeln Bettpfannen leeren und Knochen schienen, und Betty, die ihren Koffer ausräumt, um nackte Menschen einzukleiden, das alles darf nicht vergessen werden.

Dabei fiel Lisa ein, dass sie ihre eigenen Sachen auch sortieren musste. Viel war es nicht, was sie fortgeben konnte, die wenigen warmen Sachen hatte sie an und ihre dünnen Sommerkleider würden kaum jemandem helfen. Nur ihre Wollstola, die konnte sie weggeben.

Dabei fiel ihr wieder das Cashmeretuch von Leon ein und die Streiterei in Morcote. Mein Gott, wie überflüssig das doch alles gewesen ist, dachte sie. Wir haben inzwischen gemeinsame Todesangst ausgestanden, gemeinsam ums Überleben gekämpft. Mich haben diese Erfahrungen verändert, das spüre ich genau. Aber Leonardo? Er ist so fremd geblieben wie vorher, so abweisend und unnahbar. Warum nur? Kann nicht mal ein ins Rutschen gekommener Berg den Panzer um seine Seele durchbrechen, oder hat er tatsächlich keine intimen Gefühle mehr? Ein freundliches Wort, ein Händedruck, ein Blick hätten doch schon genügt, um das Gefühl, irgendwie zusammenzugehören, zu bestätigen. Aber von Leon kommt nichts dergleichen. Nicht die kleinste Geste zeigt, dass uns etwas verbindet – oder verbunden hat. Zweimal hat er mich direkt um Hilfe gebeten, das war aber auch alles. Lisa dachte an die vergangenen Stunden, an die reservierten Worte, die zwischen ihnen ausgetauscht wurden, denn von Gesprächen konnte kaum die Rede sein.

Kann er nicht vergessen, was ich ihm an den Kopf geworfen habe?, dachte sie. Schließlich ist er mit mir ja auch nicht gerade zimperlich umgegangen. Ist er so nachtragend, so wenig bereit, persönliche Konsequenzen zu ziehen, so stur, dass er nicht einmal angesichts dieser Tragödie von seiner Arroganz ablassen kann? Weshalb lehnt er mich so sehr ab? Was habe ich falsch gemacht, jetzt und hier, wo das Chaos uns alle in ein und dasselbe Boot zwingt? Habe ich zu viel Eigeninitiative entwickelt? Habe ich mich in Dinge gemischt, die mich nichts angehen, oder Anweisungen gegeben, die nur er hätte geben dürfen? Habe ich ihn vor den Kopf gestoßen, indem ich selbstständig gehandelt habe, hätte ich ihn öfter fragen müssen?

Lisa wusste es nicht. Sie war ein Mensch, der zupackte, wenn er gebraucht wurde, der schnell und selbstständig reagierte, und das konnte doch in dieser Situation kein Fehler sein. Wir haben hier ohnehin keine Zeit für lange Diskussionen. Aber wenn Selbstständigkeit der Grund für Leon ist, mir aus dem Weg zu gehen – und das tut er –, dann werde ich mich eben in Zukunft zurückhalten, überlegte sie und nickte konsequent und ging hinauf, um ihren Koffer nach Kleidung für die Frauen zu durchsuchen.

Drinnen im Haus waren Kerzen aufgestellt, die Halle und Flure in spärliches Licht tauchten. Enricos Zimmer war leer, das Bett frisch bezogen, Lisas Koffer ausgepackt und ihre Kleidung in einem Schrank aufgehängt. Anscheinend hatte eines der Hausmädchen hier aufgeräumt. Lisa bewunderte Marisa, die in dem ganzen Chaos versuchte, ohne die eigentliche Hausherrin einen funktionierenden Haushalt aufrechtzuerhalten.

Lisa nahm die Wollstola und ging hinunter. Inzwischen war es spät geworden, fast Mitternacht. Sie schenkte die Stola einer alten Frau, die ein kleines Kind auf dem Schoß wiegte, und ging nach draußen. Sie setzte sich auf die Terrassenstufen und sah in den Garten. An einigen Stellen brannten kleine Feuer, da wärmten sich wohl ein paar Männer, die dort lagerten. Die Wolkendecke war aufgerissen und hin und wieder war ein Stern zu sehen.

Trotz der vielen Menschen, die sich hier draußen aufhielten, war es sehr still. ›Die Stille vor dem Sturm‹, ging es ihr durch den Kopf, aber sie schüttelte den Gedanken schnell wieder ab, er war zu grässlich. Es war zu kühl, um lange hier zu sitzen. Sie stand wieder auf und schlenderte um das Haus herum zum Hof. Auch hier war es ruhig geworden. Die Männer hatten sich auf Säcke und Decken und Planen gelegt, zwei kleine Zelte waren aufgebaut worden, in denen Marco, der Leihkoch, seine Vorräte gestapelt hatte, und nur vom Brunnen wehten noch einige Stimmen herüber.

Bedrückt ging Lisa ins Haus zurück, vielleicht konnte sie trotz der ständigen Angst etwas schlafen.

Sie nahm das kleine Feuerzeug aus der Hosentasche, das ihr Alexander vor Jahren aus den USA mitgebracht hatte, und zündete die Kerze auf dem Nachttisch an. Sie hatte in der Höhlennacht gelernt, was es heißt, kein Licht zu haben. Jetzt trug sie dieses Feuerzeug, das sonst in ihrer Kulturtasche mitreiste, stets bei sich. Sie zog nur Schuhe, Hose und Jacke aus und legte sich, in den Morgenmantel gehüllt, ins Bett.

Die Steinabgänge hielten an, wenn die Abstände zwischen ihnen auch immer größer wurden. Die Sorge, auch dieses Haus könnte verschüttet werden, war trotzdem bei allen sehr groß, auch bei Lisa. Sie konnte lange nicht einschlafen, ihre Nerven waren zum Zerreißen gespannt. Aber was sonst sollte sie tun in dieser neuen Schreckensnacht? Sollte sie im Haus herumgeistern und dabei müde Menschen wecken? Nein, dachte sie, ich werde die Stille und die gewisse Ordnung, die eingekehrt ist, nicht stören. Die anderen kümmern sich jetzt um alles: Leon, Nico, Carlo, Marisa, Marco, Lola – und sie spürte, dass sie nicht wirklich dazugehörte. Es war deren Heimat, es waren deren Landsleute, es war deren Haus – sie war nur ein zugereister Gast, sonst nichts und sie wusste, dass sie, wenn sie die Möglichkeit gehabt hätte, noch in dieser Nacht und in dieser Stimmung abgereist wäre.

Und dann war sie doch noch eingeschlafen.

Am nächsten Morgen hatten sie herrlichstes Wetter. Die Sonne schien vom blank geputzten Himmel und die Welt sah gleich ganz anders aus. Lisa stand schnell auf, zog ihre schmutzige Hose wieder an und eine saubere Bluse, wusch ihr Gesicht mit etwas Eau de Toilette und bürstete das Haar in alle Richtungen, um den Sand darin loszuwerden. Sie würde sich jetzt irgendwo hinsetzen und sich Notizen machen. Da sie vergessen hatte, die Akkus von ihrem Laptop aufzuladen, musste sie mit der Hand schreiben und das konnte sie auch draußen in der Sonne.

Einen Katastrophen-Bericht würde man auf jeden Fall von ihr verlangen. Irgendwann würde auch wieder eine Übermittlung per Telefon oder E-Mail möglich sein, aber bis dahin hätte sie sicher viele Einzelheiten vergessen.

Lisa nahm ihren kleinen Block, ein paar Kugelschreiber und ging in die Küche. Vielleicht gab es dort ja einen Schluck Kaffee. Im Haus herrschte das typische Durcheinander, ein quirliges, lautes Gewirr. Aber diesmal würde sie sich nicht einmischen, wenn es ihr auch schwerfiel. Sie trat über sitzende und liegende Frauen hinweg, drängte sich durch die herumstehenden Menschen und warf einen Blick hinüber zum Büro, aber die Tür war geschlossen.

Marisa hatte es tatsächlich geschafft, Kaffee zu kochen. Zwar fielen ihre elektrischen Maschinen für Espresso oder Cappuccino aus, aber was sie anbot, war ein wohlschmeckender, von Hand aufgebrühter Kaffee, zu dem Lisa sogar ein bisschen Milch und Zucker bekam. Sie setzte sich in eine Ecke und aß ein Stück mit Sirup beträufeltes Brot.

Ihr fiel auf, dass in der Küche eine sehr gedrückte Stimmung herrschte. Es wurde kaum gesprochen, die Köchin gab nur sehr leise kurze Anweisungen und selbst ihre Bewegungen kamen Lisa verhalten vor. Schließlich fragte sie: »Marisa, ist etwas passiert?«

Sie zuckte mit den Schultern. »Ich weiß es nicht, ich hoffe nicht.«

»Aber irgendetwas stimmt doch hier nicht.«

»Ach Lisa, es ist nur so, Neno ist nicht zurückgekommen. Er ist gestern Vormittag zum Teich gegangen und bis jetzt nicht wiedergekommen. Und die Leute erzählen, gerade in dem Gebiet hat es viele kleine Muren gegeben.«

»Aber gestern sagten Sie doch, er kennt sich da bestens aus, man brauche sich keine Sorgen zu machen.«

»Ja, das dachten wir auch, aber einer der Männer, die in der Gegend vorbeikamen, fand Nenos Hut am Rande einer Geröllhalde.« Sie zog den ausgefransten alten Strohhut aus einer Schublade. »Und von dem trennt er sich doch niemals.«

Lisa war erschüttert. »Sucht man denn nach ihm?«

Bedrückt schüttelte Marisa den Kopf. »Alle arbeitsfähigen Männer sind heute früh losgezogen, um die Straße zu reparieren. Da wusste noch niemand etwas von Nenos Hut.«

Ratlos sah Lisa die Köchin an. »Was könnte man denn tun, Marisa?«

»Ich weiß es nicht, wir müssen wohl warten. Vielleicht taucht er ja plötzlich wieder auf. Oder Leon kommt zurück und unternimmt etwas. Er hat immer eine Idee.«

Lisa nickte, obwohl sie sah, dass Marisa selbst nicht an ihre Worte glaubte. Gleichzeitig wusste sie, dass sie nicht darauf warten würde, dass irgendjemand irgendetwas unternimmt oder eine

Idee hatte. Sie hatte Zeit, sie konnte doch wenigstens versuchen, den alten Mann zu finden, der so glücklich mit seinem Teich und seinen Fischen war.

Lisa sagte Marisa nicht, was sie vorhatte, sie wollte sich ja nicht schon wieder einmischen. Aber so ganz ohne Nachricht konnte sie auch nicht verschwinden. Sie wollte nicht auch noch das Objekt einer Suchaktion werden und Vorwürfe gemacht bekommen, weil sie davongeschlichen war. Sie ging noch einmal in Enricos Zimmer, schrieb auf einen Zettel Ich bin unterwegs zum Teich und legte ihn auf ihren Nachttisch. Suchte man sie ernsthaft, würde man die Nachricht finden.

Draußen war es wunderbar warm und Lisa freute sich für die Menschen, die endlich ihre nassen Sachen aufhängen konnten. An Ästen und kleinen Leinen trockneten Hosen und Kleider, Nachthemden und Mäntel, Decken, Jacken, Unterwäsche und Säcke in buntem Durcheinander.

Block und Stifte hatte Lisa im Zimmer gelassen, stattdessen hatte sie derbe Schuhe angezogen, Handschuhe und auch ein paar Mullbinden für alle Fälle eingesteckt. Unbemerkt kam sie durch den Garten und in den kleinen Kiefernhain, in dem der Weg zum Teich begann. Sie fand ihn mit Leichtigkeit wieder und dachte an die netten Stunden, die sie mit Nico hier verplaudert hatte. Wie unkompliziert und einfach das alles gewesen war. Und jetzt?

Langsam wurde der kleine Pfad schlechter. Umgestürzte Bäume, angehäufte Steine, kleine Risse, durch die jetzt Wasser strömte, immer öfter musste sie Umwege machen. Dann kam ein Stück freies, mit Gestrüpp bewachsenes Land. Von hier aus konnte sie einen Teil der Weinberge sehen. Sie erschrak. Wie bei einem Dominospiel waren die Rebstöcke reihenweise umgebrochen und lagen, fast säuberlich geschichtet, quer über den Hügelrücken, so weit man sehen konnte. Sicherlich waren die schweren Früchte mit daran schuld, dass die Stöcke umgebrochen waren. Hätte man die Trauben jetzt noch abschneiden können, wäre vielleicht ein großer Teil der Ernte gerettet worden – aber wer dachte jetzt an die Rettung einer Weinernte, wenn es um Menschenleben ging?

Dann bedeckte ein größeres Geröllfeld den Weg und Lisa musste einen weiten Umweg machen. Danach fand sie den Pfad nicht wieder. Obwohl sie meinte, genau unterhalb des unterbrochenen Weges zu sein, war da nicht die geringste Spur. Aber es musste ja bergab gehen und so lief sie in das nächste Gehölz, immer bemüht, die Sonne so im Rücken zu behalten wie am Anfang des Weges. Hier in diesem Waldstück wurde der Boden immer feuchter, manchmal lief ihr Wasser oben in die Schuhe und sie erinnerte sich an ihren Weg mit Nico, der ihr über manche nasse Stelle hinweggeholfen hatte. Lisa musste inzwischen kurz vor dem Teich sein, da war sie sich ganz sicher. Sie rief in Abständen immer wieder nach Neno, aber außer einem schwachen Echo hin und wieder bekam sie keine Antwort.

Und dann plötzlich stand sie am Ufer. Aber wo war das Wasser? Da war zwar der Schilfgürtel, dort der zerbrochene Bootssteg, weiter hinten der eingestürzte Schuppen und etwas tiefer in einer Schlucht lag das zertrümmerte Boot. Aber das Wasser schien abgeflossen zu sein. Ganz tief unten rauschte mit mächtigem Getöse der vom Regen aufgeblähte Wildbach über die Felsen.

Lisa ging etwas näher an den Rand, hatte aber Angst, auszurutschen oder abzustürzen. Der harmlose Teich war so viel tiefer gewesen, als sie gedacht hatte. Vorsichtig ging sie am Ufer entlang nach Süden, dorthin, wo der See endete und Neno seinen kleinen Damm und die Schleusen hatte. Nico hatte von einem Trampelpfad gesprochen und sie fand ihn auch. Sie war vielleicht zweihundert Meter gelaufen, als sie über sich das Brechen von Holz und das Poltern von Steinen hörte. Im gleichen Augenblick bewegte sich die Erde unter ihr und sie warf sich auf den Boden. Mit über dem Kopf verschränkten Armen rollte sie sich zusammen und wartete darauf, von Sandmassen verschüttet oder erschlagen zu werden. Aber die Erde rutschte wenige Meter hinter ihr den Berg hinab und weiter hinunter in das Flussbett.

Zitternd stand sie auf und sah sich um. Ihr Rückweg auf dieser Seite der Schlucht war abgeschnitten. Sie würde versuchen müssen, auf die andere Seite zu kommen und um den ehemaligen See herumzulaufen, wollte sie den Weg zurück finden und sich nicht total verlaufen. Erst einmal aber musste sie von dem Steilhang über sich fort, bevor der Rest abrutschte. So schnell wie möglich lief sie weiter bis zum Ende des ehemaligen Teiches.

Dann sah sie Neno. Er kauerte am Rand einer Felsspalte, durch die der ehemals kleine Fluss jetzt brausend in tieferes Gelände rauschte, und hatte die Hände vors Gesicht geschlagen. In dem Getöse hatte er ihre Rufe natürlich nicht gehört.

Langsam ging sie näher. Sie wollte ihn nicht erschrecken. Dann sah sie, wie seine Schultern zuckten, und sie nahm an, dass er weinte. Was sollte sie machen? Würde es ihm peinlich sein, wenn sie ihn so sah? Oder war er verletzt und froh, dass Hilfe kam? Lisa ging etwas näher an ihn heran, drehte ihm aber den Rücken zu und rief wieder seinen Namen, so, als hätte sie ihn noch nicht gesehen. Aus den Augenwinkeln beobachtete sie, wie er den Kopf hob und aufstand.

»Ich bin hier, Signora«, winkte er und wischte sich mit einem Tuch durchs Gesicht.

»Gott sei Dank, Neno, ich habe Sie so gesucht. Wir haben Sie alle vermisst und uns große Sorgen gemacht.«

»Wo sollte ich schon sein, wenn nicht hier?«

»Jemand hat Ihren Hut gefunden, von dem Sie sich doch sonst nie trennen.«

»Ich habe ihn verloren.«

»Neno, was ist mit dem Teich geschehen?«

»Er ist weg, Signora. Die Lawine hat meinen Damm und die Schleusen zerstört und alles fortgespült.«

Wieder liefen dicke Tränen über seine faltigen Wangen und er drehte sich um, um sie zu verbergen.

»Neno, wenn das alles vorbei ist, können Sie neue Schleusen bauen und das Wasser wieder anstauen.«

»Niemals, Signora, als ich sie vor vierzig Jahren gebaut habe, war ich ein junger Mann und habe es doch kaum geschafft. Jetzt bin ich siebzig und ein alter Mann mit kaputten Knochen.«

»Aber Neno, man wird Ihnen helfen.«

»Nein, das glaube ich nicht. Schon damals hieß es: Der Teich ist Nenos ganz privates Hobby, lassen wir ihm den Spaß und mischen wir uns nicht ein. Ich war ja nur ein ungelernter Hilfsarbeiter ohne festen Job. Nur die beiden Jungs, Enrico war acht und Leon war sechs, die kamen manchmal, um mir zu helfen, wie sie sagten. Und ich war jedes Mal froh, wenn sie wieder weg waren, weil ich die ganze Zeit aufpassen musste, dass sie nicht ins Wasser fielen, wo ich doch nicht schwimmen kann.« Die Erinnerung zauberte ein kleines Lächeln auf sein Gesicht.

»Sie können nicht schwimmen? Und das bei der Tiefe des Teiches?«

»Na, wo soll man das denn hier in den Bergen lernen? Und weiter als bis Bellinzona bin ich nie gekommen.«

»Neno, Sie beliefern seit vierzig Jahren das Gut mit den wunderbarsten Fischen, glauben Sie etwa, darauf will man in Zukunft verzichten? Man hat sich daran gewöhnt, man braucht Sie und den Teich und die Fische.«

»Ja, mit dem Teich, da war ich jemand. Da war ich Neno der Fischer, und in den ersten Jahren hat mir sogar Signore D'Amareni Jungfische zur Aufzucht und das nötige Futter gekauft. Später hat sich die Zucht selbst getragen, ich bekam etwas Geld aus der Wirtschaftskasse und konnte davon dann alles selbst bezahlen. Außerdem hatte ich Kost und Logis frei. Aber jetzt, Signora, ich kann jetzt nicht noch einmal von vorn anfangen. Jetzt bin ich ein Hilfsarbeiter ohne Job. Ich gehe nicht mehr zurück ins Haus, ich schäme mich.«

»Aber Neno, die Mure ist doch nicht Ihre Schuld! Außerdem ist die Villa Ihr Zuhause. Natürlich kommen Sie mit zurück.«

»Und was soll ich da? Mein Zimmer im Wohnheim ist zerstört und meine Arbeit bin ich los, was soll ich denn da noch?«

»Nein, Neno, so einfach ist das nicht. Sie sind doch nicht der Einzige, der alles verloren hat. Leon wird für Sie sorgen, er sorgt für alle.«

Der alte Mann schüttelte nur den Kopf und Lisa ertappte sich dabei, dass sie sich schon wieder einmischte. Die Familie Amareni, die Villa, die Arbeiter, das waren schließlich nicht ihre Probleme. Aber konnte sie diesen verzweifelten, alten Mann hier so sitzen lassen? Unmöglich!

Sie setzte sich neben ihn und erklärte: »Neno, das Weingut ist voller Menschen, die alles verloren haben. Ganz bestimmt gibt es viele Männer, die keine Arbeit mehr haben, weil ihre Gehöfte und ihr Land zerstört sind. Die alle brauchen Arbeit und möchten etwas tun, wenn die Katastrophe überstanden ist. Leon könnte ein paar von ihnen bitten, Ihnen zu helfen, die Schleusen und den Damm neu zu bauen. Sie erklären, wie es gemacht wird, und die anderen machen die schwere Arbeit.

Und im Frühling, bevor die Männer anfangen können, ihre eigenen Häuser wieder aufzubauen, gibt es vielleicht schon wieder einen Teich und Sie können die ersten Jungfische aussetzen. Kleine Brassen, Neno, kleine Karpfen und die winzigen, bunten Regenbogenforellen, was meinen Sie?«

Sie beobachtete, wie er den Kopf hob, tief einatmete und den Blick umherwandern ließ.

»Meinen Sie, Signora?«

»Ich bin überzeugt davon, Neno. Zeigen Sie mir doch mal, wo der kleine Damm verlaufen müsste und wo die Schleusen hinkommen.«

»Na ja, da drüben links neben dem Vorsprung.« Er stand auf, lief lebhaft hin und her und erklärte ihr die Anlage.

Die Zeit verging wie im Flug, und als Lisa auf die Uhr sah, stellte sie erschrocken fest, dass es fast fünf war. Wenn wir nicht die Nacht hier verbringen wollen, müssen wir uns dringend auf den Weg machen, dachte sie und sagte es Neno und er nickte. »Gehen wir, Signora.«

So machten sich der Fischer und die Geologin auf den Heimweg, Neno vorneweg, Lisa dicht hinter ihm.

Es war ein mühsamer Weg, der sie querfeldein führte. Manchmal sahen sie den alten Trampelpfad und konnten ihn ein Stück weit benutzen, dann wieder mussten sie Umwege machen und verloren ihn über weite Strecken. Aber Neno kannte sich wirklich gut aus und musste nicht ein einziges Mal die Richtung korrigieren. Schließlich erreichten sie den Garten. Die Sonne war bereits untergegangen und die ersten kleinen Lagerfeuer brannten, als sie vor der Villa ankamen.

»Vielleicht sollten wir erst einmal Marisa Bescheid sagen, dass wir zurück sind«, schlug Lisa vor.

»Sie wird wütend sein.«

»Aber nein, sie freut sich, sie war so in Sorge, als man Ihren Hut brachte und keiner wusste, wo Sie geblieben waren.«

»Ein Windstoß hat ihn mir vom Kopf gerissen und als ich hinter ihm herlaufen wollte, kam der Abhang ins Rutschen und trennte uns. Ich dachte, er sei von der Erde begraben worden.«

»Ein Bauer, der zur Villa flüchtete, hat ihn gefunden und mitgebracht.«

Während Neno zur Küche ging, lief Lisa zum Wirtschaftshof. Vielleicht gab es schon etwas zu essen. Sie hatte großen Hunger, denn außer dem Stück Brot mit Sirup am Morgen hatte sie nichts gegessen. Sie sah, wie Marco und sein Helfer an den Kesseln hantierten, die über kleinen Flammen an Eisenketten hin und her schaukelten. Da wurde noch nichts ausgeteilt und sie zog sich in den dämmerigen Schatten der Hausmauer zurück, um zu warten.

Dann hörte sie Motorengeräusch und sah, wie der Traktor mit zwei Anhängern auf den Wirtschaftshof einbog. Auf dem vorderen Wagen saßen dicht gedrängt die Arbeiter, auf dem hinteren wurde das Arbeitsgerät befördert. Sie kamen also vom Straßenbau zurück. Dann kam der Jeep mit Leon, Roberto, Nico und Carlo um die Ecke. Gleichzeitig tauchte Angela neben Lisa auf.

»Hallo, Lisa, wo waren Sie denn, wir haben Sie schon vermisst.«

»Ich habe Neno gesucht.«

»Und? Gefunden?«

»Ja, auch gefunden und mitgebracht.«

»Kommen Sie mit, fragen wir die Männer, was die Straße macht.«

Aber Lisa winkte ab. »Mir tun die Füße weh, ich bin den ganzen Tag unterwegs gewesen. Lassen Sie mich ein Weilchen hier sitzen.«

»Nun gut«, und schon eilte Angela über den Hof davon.

Und dann beobachtete Lisa Lola, wie sie Leon umarmte, auf ihn einredete, sich an ihn schmiegte. Zuerst schien er verblüfft, dann lächelte er, zeigte auf seine Kleidung und schob sie vorsichtig zur Seite.

Er trug ein schweißnasses Hemd, war unrasiert und von Kopf bis Fuß mit einer Staubschicht bedeckt. Und während Lisa da so saß und das Techtelmechtel der schönen Lola beobachtete, verspürte sie wieder dieses Prickeln in ihrem Bauch, das sie längst überstanden zu haben glaubte. Was ist bloß mit mir los? Seit wann kann ich meine Gefühle nicht mehr unter Kontrolle halten? Bin ich etwa eifersüchtig?, überlegte sie lächelnd. Und dann wusste sie es plötzlich: Es war die Kraft, die dieser Mann ausstrahlte, die Kompetenz, der sie sich ausgeliefert fühlte, und sie konnte sich ihr nicht entziehen.

Dieser Mensch stand, obwohl er bis zum Umfallen erschöpft war, kerzengerade inmitten seiner Leute, hielt den Kopf erhoben und gab mit klarer Stimme seine Anweisungen für den nächsten Tag und niemand wagte zu widersprechen oder Einwände zu erheben. Dann ging er in Richtung Stall und Waschanlage davon.

Ihn umgab ein Charisma der Macht, wie sie es noch nie erlebt hatte und dem sie ganz einfach verfallen war. Als Lisa das erkannte, gab sie allen Widerstand auf. Mochte daraus folgen, was wollte, sie akzeptierte dieses Gefühl und sie würde sich nicht mehr dagegen wehren. Nur würde sie es niemals zeigen oder zugeben!

Dann kam er zurück mit tropfnassem Haar. Gesicht und Arme trocknete er mit einem Taschentuch ab und ging ins Haus.

Langsam stand Lisa auf. Neben dem Koch bildete sich eine Schlange von Männern, die auf ihr Essen warteten. Sie reihte sich ein. Es gab goldgelbe Polenta mit geriebenem Romano-Käse und großen Hammelfleischstücken aus Marisas Gefriertruhe.

Lisa setzte sich mit ihrem Napf auf die Terrasse. Noch immer standen die weißen Stühle dort, jetzt zwar nicht mehr in der hübschen bunten Beleuchtung eines Sommerabends, aber dennoch einladend, so, als sei gar nichts geschehen. Aus dem ehemaligen Speisesaal, in dem nun Frauen und Kinder campierten, drang der kleine Schein einiger flackernder Kerzen nach draußen. Einmal kamen Carla und Betty vorbei und erzählten, dass die Sanitäter mit dem letzten Schwerverletzten abgeflogen seien und dass man mitgeteilt habe, auch der kleine Hubschrauber würde jetzt für den Katastrophenschutz beschlagnahmt. Das war sehr schlecht, denn sie würden keinen Nachschub mehr an Lebensmitteln und Kleidung bekommen.

Später kam Nico, auch er mit einer Schüssel voller Polenta. Er wirkte sehr niedergeschlagen. »Ich habe Sie schon gesucht, Betty sagte mir, wo Sie sind.«

»Es ist so friedlich hier draußen.«

»Ja, man möchte am liebsten alles vergessen.«

»Was ist los?«

»Ich habe eine gute und eine schlechte Nachricht.«

»Die gute bitte zuerst.«

»Wir haben seit ein paar Stunden Funkkontakt zu einer Militäreinheit. Jetzt hat man uns mitgeteilt, dass man statt der Lastwagen, die noch nicht durchkommen, zwei große Transporthubschrauber mit Zelten und Feldbetten und ein paar Männern für den Aufbau schickt, die abends wieder abgeholt werden. Mit dieser Abendmaschine bekommen wir dann noch eine Wasseraufbereitungsanlage und einen zusätzlichen Generator sowie ein paar Fässer Dieselöl.«

»Aber das ist ja großartig!«

»Ja, aber es ist die letzte Hilfsmaßnahme für uns. Es gibt zu viele Stellen, wo alles weit schlimmer ist als hier, das hat man klipp und klar gesagt.«

»War das die schlechte Nachricht?«

»Nein. Man hat Enricos Wagen gefunden. In einer Schlucht, zertrümmert und ausgebrannt.«

»Mein Gott! Und Enrico?«

»Ich weiß es nicht. Wegen der lockeren Steinmassen kann man nicht hinunter.«

»Aber das gibt es doch gar nicht. Man wird doch jemanden hinunterschicken können, und sei es am Seil eines Hubschraubers.«

»Lisa – was bedeutet ein Menschenleben im Rahmen einer Katastrophe, in der es mit Sicherheit viele, viele Tote gibt?«

»Weiß Leon es schon?«

»Ja, er hat es gerade erfahren.«

»Wo ist er?«

»Ich weiß es nicht.«

»Soll ich ihn suchen, mit ihm reden?«

»Nein, Lisa, er muss jetzt erst einmal allein sein.«

»Nico, immer sagen Sie ›Nein‹, wenn es um Leon geht. Er ist doch auch nur ein Mensch und jeder braucht mal Zuspruch und Hilfe und eine Hand zum Festhalten.«

»Leon nicht. Ich kenne ihn besser als Sie. Er ist ein Mann, der einfach keine Schwäche zeigen kann. Er ist viel zu introvertiert, um Hilfe zu akzeptieren. Sie würden sich verletzt und zurückgestoßen fühlen und er würde es nicht einmal merken. Nein, Lisa, lassen Sie ihn allein, er wird damit fertig.«

»Und was ist mit der Straße?«

»Ehrlich gesagt: Es ist hoffnungslos! Aber das sage ich natürlich nicht laut.«

»Das würde ich dir auch nicht raten. Wenn alle so denken, sind wir ja großartig dran.«

Lisa fuhr erschrocken herum. Leon stand neben ihnen. Sie hatten ihn in der Dunkelheit nicht gesehen. Noch nie hatte sie ihn so wütend erlebt.

»Nico, du weißt genau, dass diese Straße unsere einzige Chance ist. Also halte deinen Mund!«

Bevor Lisa oder Nico etwas sagen konnten, war er weg. Erschrocken und peinlich berührt sahen sich die beiden an. Wie lange hatte er schon neben ihnen gestanden? Er hatte natürlich recht. Dieses bisschen Hoffnung, das die Flüchtlinge mit der Straße verbanden, durfte nicht zerstört werden. Man hatte sie hier oben nicht vergessen, aber man hatte ihnen auch geraten, jetzt selbst mit der Situation fertigzuwerden; und da war nun mal die Straße ihre einzige Chance. Also musste man daran weiterarbeiten, mit allen Kräften und mit jedem nur möglichen Maß an Hoffnung. Und dennoch, Nico war ein Realist, der sich nichts vormachen ließ. Lisa glaubte ihm.

Müde stand sie auf. »Ich werde ins Bett gehen, mir tut alles weh von der Kletterei.«

»Von welcher Kletterei?«

»Ich habe Neno und seinen Teich gesucht.«

»Ach ja, Neno, der wurde ja gestern Abend schon vermisst.«

»Ich habe ihn gefunden, den Teich allerdings nicht. Und weil er den verloren hat, kam er nicht zurück.«

»Jetzt verstehe ich gar nichts mehr.«

»Neno sieht seine Daseinsberechtigung nur in Verbindung mit den Fischen, die er liefern kann. Und nun ist der Teich ausgelaufen, die Schleusen sind kaputt und die Fische weg. Und der alte Mann kann das nicht mehr reparieren.«

»Der arme Kerl, und nun?«

»Ich habe ihm ein bisschen Mut gemacht und gesagt, es gebe jetzt genug arbeitslose Männer, die ihm helfen könnten.«

»Und das hat er geglaubt?«

»Warum nicht?«

»Sie haben recht. Vielleicht klappt es tatsächlich. Und Marisa ist ja auch noch da.«

»Marisa?«

»Neno liebt Marisa seit vielen Jahren. Eine kleine, intime Beziehung, die er sich da aufgebaut hat.«

»Dann wird sie ihm jetzt helfen.«

»Natürlich, sie musste ihn nur erst wieder in ihrer Küche haben.«

Lisa wünschte Nico eine gute Nacht und fragte ihn, wo er und die beiden Gäste nun schliefen, die ja eigentlich Enricos Zimmer bewohnten.

»Keine Sorge, Lisa, wir haben andere Möglichkeiten gefunden.«

Dann ging sie hinein. Die Sonne hatte tagsüber mächtig eingeheizt und so war auch die Abendluft sanft und warm und angenehm. Die hohen Fenster und das Portal der Eingangshalle standen weit offen und ließen endlich frische Luft in die Räume. Oben auf dem Flur traf Lisa Roberto und seine beiden Frauen. Sie gingen in das Schlafzimmer der Amarenis, das sie jetzt anscheinend bewohnten.

Als Lisa weiterlief, kam Leon aus seinem Zimmer, im Arm einen Stapel mit Kleidung und Kissen.

»Ziehen Sie um?«, fragte sie und dachte an Lola in seinem Bett.

»Haben Sie gedacht, ich könnte zwischen Samt und Seide schlafen, wenn Kinder in meinem Haus auf Säcken liegen?«

»Sagen Sie mir wenigstens, wo Sie zu finden sind.«

»Weshalb?«

»Man weiß doch nie, was im nächsten Augenblick geschieht.«

»Ich schlafe mit Carlo und einigen Arbeitern neben der Kellerei. Und wo sind Sie zu finden? Ich habe Ihnen mein Zimmer angeboten, aber Sie ziehen Nicos Bett anscheinend vor.«

»Ihr Zimmer war besetzt, als ich kam.«

»Und deshalb haben Sie in Nicos Bett geschlafen?«

»Warum nicht? Es ist doch immerhin erstaunlich, wo man sich so wiedertrifft«, erklärte sie leicht ironisch und in der Erinnerung, ihn schlafend neben sich gefunden zu haben.

»Lisa, seien Sie nicht schon wieder so boshaft. Und bitte laufen Sie nicht allein hier im Gelände herum, es ist zu gefährlich.«

»Sie wissen wohl alles?«

»Natürlich, es gehört zu meinen Aufgaben.«

»Leon, der Unfall von Enrico, ich ...«

»Sagen Sie nichts, ich kann das jetzt nicht hören. Und noch etwas: Fragen Sie nicht Nico, ob ich Ihre Hand brauche, fragen Sie mich selbst.«

Damit drehte er sich um und ließ sie stehen.

13

In Lisas Zimmer war es dunkel. Sie machte ihr Feuerzeug an und sah im Schein der kleinen Flamme auf ihrem Nachttisch eine dicke Kerze, einen kleinen Krug mit Wein und einen leeren Becher stehen. Der Zettel mit ihrer Nachricht, auf dem sie mitgeteilt hatte, dass sie Neno suchen wolle, war fort. Sie zündete den Kerzendocht an und setzte sich auf den Rand des breiten Bettes. Irgendjemand hier mag mich und sorgt sehr liebevoll für mich, dachte sie dankbar, goss den Wein in den Becher und trank ihn hastig aus. Der Wein tat gut, er half ihr, ihre Gedanken und Gefühle zu ordnen. Dabei dachte sie auch an den verunglückten Enrico und brach unvermittelt in Tränen aus.

Als Lisa sich wieder beruhigt hatte, stand sie auf und ging ins Bad. Auf einem Hocker lag ihre Kleidung, frisch gewaschen und sorgfältig zusammengelegt. Das Hausmädchen hat wohl meinen Wäschebeutel gefunden und die Sachen in Ordnung gebracht, überlegte sie dankbar. Die gute Marisa, überall spürt man ihre ruhige, ordnende Hand.

Neben dem Waschbecken stand ein Eimer mit Wasser. Lisa zog sich aus und wusch sich. Dann suchte sie sich saubere Sachen heraus, zog sich wieder an und löschte die Kerze. Sie war viel zu aufgewühlt, um ins Bett zu gehen. Leise lief sie nach unten, durch die Halle und um das Haus herum. Sie wusste genau, wohin sie wollte, und fand Carlo sofort.

»Wo ist Leonardo?«, flüsterte sie, um niemanden zu wecken.

»Dort hinten irgendwo.«

Er zeigte in die Nacht und Lisa tastete sich durch taunasses Gras und Gestrüpp, dann sah sie ihn. Er saß auf einer kleinen Böschung und starrte in die Dunkelheit. Sie setzte sich neben ihn. »Brauchen Sie jetzt meine Hand?«

»Ja.«

Und er nahm ihre Hand, legte sein Gesicht hinein und weinte, still und lange.

Dann standen sie auf, kein Wort war gesprochen worden. Leon legte seinen Arm um Lisas Schultern und führte sie um den Wirtschaftshof herum zum Hintereingang des Hauses. Vor der Tür nahm er ihren Kopf in seine Hände und flüsterte ein ›Danke‹ in ihr Haar. Dann ging er zurück und Lisa schlich durch die schlafenden Menschen hinauf ins Zimmer und ging zu Bett.

Ein furchtbarer Krach weckte sie. Sie flog förmlich aus dem Bett, nicht nur vor Schreck, sondern weil das Bett so stark schwankte. Gleichzeitig zersprangen Fensterscheiben, die Tür flog auf und wieder zu und im Bad zerbrachen die Spiegel. Ein viele Tonnen schwerer Felsbrocken war gegen die Villa geprallt und hatte das ganze Haus ins Wanken gebracht. Bei Lisa im Zimmer war der große Kleiderschrank umgestürzt. Zitternd tastete sie nach ihren Sachen, zog sich an und suchte nach den Schuhen, die durch das Zimmer gerutscht waren.

Im ganzen Haus setzte ein furchtbares Geschrei ein. Lisa lief auf den Flur. Von allen Seiten strömten die Menschen in Richtung Treppe, alle wollten ins Freie. Aber kurz vor den Stufen versuchte David, die Leute aufzuhalten. »Stopp, stopp, nicht weiter, die Treppe ist kaputt. Bleibt stehen, geht in die Zimmer zurück.«

Linda stand neben ihm und hielt zwei Kerzen hoch. In ihrem Schein sah Lisa, dass die elegant geschwungene, frei schwebende Treppe durch einen Riss diagonal geteilt war. Der untere Teil hatte sich nach links, der obere nach rechts verschoben. Diese Treppe, die oben in der hölzernen Balustrade mit den kunstvoll gedrechselten Säulen endete, konnte weiß Gott niemand mehr benutzen.

Unten flohen die Menschen in Panik durch die Tür und die zersplitterten Fenster nach draußen. Hier oben drängten David und jetzt auch Roberto alle zurück in die Zimmer. »Weg von der Balustrade, die trägt das Gewicht nicht«, riefen sie, aber die Flüchtlinge im Gästetrakt waren in Panik. Sie stießen und drängten und schrien und dann brach das hölzerne Geländer. Ein paar Frauen, die von hinten geschoben wurden, stürzten hinunter, dann brach die ganze Balustrade ab und riss die mit nach unten, die daraufstanden. David und Roberto konnten sich mit einem Sprung auf den steinernen Flurboden retten.

Lisa bekam eine panische Angst und drängte zurück in Enricos Zimmer, stolperte über die Möbel und erbrach sich im Bad. Dann blieb sie dort auf dem Boden sitzen. Alles drehte sich vor ihren Augen und immer wieder sah sie diese verrenkten Körper da unten auf dem Hallenboden. Nach einigen tiefen Atemzügen ging es ihr besser. Sie ging zurück ins Zimmer und sah aus dem Fenster. Ein erstes graues Dämmern kündigte den Morgen an.

Draußen herrschte das absolute Chaos. Schreiend rannten die Menschen auf die Wiesen, in den Garten, die Allee entlang. »Weg vom Haus« schrien die Leute. Lisa sah aber auch kleine Gruppen, die auf dem Rasen knieten und beteten und die schließlich bewirkten, dass die anderen zur Ruhe kamen. Dann stopfte sie Handtücher, Kerzen, Streichhölzer, Verbandsmaterial – einfach alles, was sie finden konnte und was zum Helfen geeignet war, in ihre Reisetasche und lief wieder auf den Flur.

Die meisten Gäste hatten sich in die Zimmer zurückgezogen und saßen ängstlich und erschrocken auf Betten und Stühlen. Eine Gruppe hatte sich im Schlafzimmer der Amarenis versammelt und beriet die nächsten Schritte. Fest stand, dass zuerst die Frauen und Kinder aus dem linken Flügel nach unten gebracht werden mussten. Fest stand aber auch, dass sie ohne Hilfe von außen gar nichts machen konnten. Dann fiel Lisa auf, dass Nico fehlte. Sie lief durch den Flur und kontrollierte die Räume. In Leons Zimmer hockte Lola auf dem Boden und suchte ihre Malutensilien zusammen. »Klopfen Sie gefälligst an, bevor Sie hereinkommen«, schrie sie Lisa an.

»Die Tür steht offen, haben Sie Nico gesehen?«

»Er schläft in der kleinen Bücherei vom alten Amareni da drüben.«

Und dann fand sie ihn. Er lag halb verborgen hinter einer Couch, auf der er wohl geschlafen hatte, und war bewusstlos. Quer über beiden Beinen aber lag ein riesiges Bücherregal. Lisa lief zurück und rief um Hilfe. Während einige Männer vorsichtig das Regal aufrichteten, fühlte sie Nicos Puls. Er war flach und unregelmäßig und viel zu schnell. Sie stopfte ein Kissen unter seinen Kopf und bat die Männer, seine Hose aufzuschneiden, damit sie die Beine untersuchen konnte. Sie waren beide gebrochen, das rechte sogar mehrmals.

Während die Männer Bretter suchten, mit denen Lisa Schienen anlegen konnte, halfen Angela und Carla, die Knochen vorsichtig zu richten. Aber größere Sorge als die Beine machte Lisa die lange Bewusstlosigkeit. Es war zwar ein Segen, dass er die Schmerzen nicht spürte, aber langsam musste die Ohnmacht aufhören. Als die Beine versorgt waren, legten die Frauen mehrere Decken aufeinander und die Männer hoben ihn vorsichtig darauf, so dass man ihn damit tragen und nach unten befördern konnte.

Aus der Halle hörte man energische Männerstimmen. Carlo versuchte, sich in dem Durcheinander Gehör zu verschaffen, und Leonardo beruhigte vor allem die Flüchtlinge oben in den Gästezimmern, die das Haus nicht verlassen konnten und zu denen es keinen Kontakt mehr gab. Lisa schob sich langsam vor bis zum Rand der Balustrade. Männer mit Leitern, Seilen und Brettern kamen herein und begannen eine provisorische Ersatztreppe zu bauen. Marisa und ein paar Arbeiter bemühten sich um die Abgestürzten. Lisa zählte zwei Männer, sechs Frauen und zwei Kinder, die unten liegen geblieben waren, während die anderen aus eigener Kraft das Haus verlassen hatten. Dann wurden die Verletzten auf Türen und Decken gebettet und nach draußen getragen.

Lisa ging zu Nico zurück, setzte sich neben ihn auf den Boden und streichelte seine Hand. Nach einer Weile spürte sie, wie seine Finger zuckten. Sie untersuchte den Puls, er war kräftiger geworden und dann, endlich, öffneten sich seine Augen. Verwirrt schaute er um sich, dann blieb sein Blick an ihrem Gesicht haften. »Lisa?«

»Ja, Nico?«

»Was ist denn los? Warum tun mir die Beine so verdammt weh?«

»Nico, ein Felsbrocken ist gegen das Haus geprallt und das Bücherregal ist auf Ihre Beine gefallen.«

Er presste die Lippen aufeinander und sie sah, dass er große Schmerzen hatte. »Und? Was ist mit meinen Beinen?«

»Sie sind beide gebrochen, ich habe sie notdürftig geschient.«

»Und was ist sonst passiert? Woher kommen dieses Geschrei und das Gehämmer?«

»Die Leute sind in Panik, die Treppe ist kaputt, die Balustrade ist heruntergebrochen und ein paar Menschen sind abgestürzt, weil sie von hinten geschoben wurden.«

»Mein Gott! Leon wird sich die Schuld geben. Er hat die Leute aufgefordert, ins Haus zu gehen, obwohl sie nicht wollten.«

»Ja. Nico.«

»Gibt es Tote?«

»Ich weiß es nicht.«

»Das wäre zu viel für ihn. Tote verkraftet er nicht auch noch.«

»Ich weiß, Nico.«

Vom Flur her kamen Männerstimmen. »Wir sollen einen Verletzten holen.«

»Bitte geben Sie mir die Brieftasche, Lisa, ich hatte sie da drüben auf den Tisch gelegt. Wenn ich fortgebracht werden sollte, muss ich wenigstens meine Papiere und mein Geld bei mir haben.«

Lisa reichte ihm die kleine braune Mappe. »Nico, bitte, wenn die Hubschrauber Sie morgen mitnehmen, versuchen Sie, mit uns Kontakt zu halten, etwas über die Amarenis zu erfahren und über Enrico.«

»Natürlich. Wenn man mich nach Mailand bringen sollte, versuche ich alles, was möglich ist. Von irgendeinem Zeltlazarett aus wird das allerdings nicht möglich sein. Wollen Sie, dass ich Ihre Familie benachrichtige?«

»Ja, bitte.« Lisa schrieb die Adresse und die Telefonnummer ihrer Eltern in Berlin auf einen Zettel und den Text: Ich bin gesund, wir sind abgeschnitten, bitte das Institut benachrichtigen, Gruß, Lisa.

»Nico, ich wäre Ihnen so dankbar, wenn Sie Berlin erreichen könnten.«

»Von Mailand aus jederzeit, verlassen Sie sich darauf.«

Dann kamen Männer mit Seilen, die sie an den Deckenenden befestigten. Vorsichtig trugen sie Nico hinaus und ließen dann die Decke mit ihm hinunter in die Halle gleiten und nach draußen tragen. »Wir sehen uns wieder, Lisa«, winkte er von Weitem.

»Ciao, Nico, bis bald in Mailand!«

Von unten herauf rief Carlo: »Signora, wir brauchen Sie und die anderen Frauen hier bei den Verletzten.«

Dann half man Angela, Carla, Betty und Lisa, über die wackeligen Leitern nach unten zu klettern. Zum Glück lebten die Verletzten, wenn Lisa auch nicht wusste, ob sie einen Transport überstehen würden.

Die Morgendämmerung war in einen grau verregneten Morgen übergegangen und Lisa bat Carlo, Decken und Planen zu besorgen, damit die Leute warm gehalten werden konnten. Gegen zehn Uhr sollten die Hubschrauber kommen. Sie mussten also noch gut zwei Stunden warten. In der Halle wurden inzwischen die Flüchtlinge und dann die Gäste über die Leitern nach unten gebracht. Kein Mensch will im Haus bleiben. Keiner, auch ich nicht, dachte Lisa. Niemand traute mehr Leonardos Beteuerungen über die Sicherheit der alten Mauern, von der er gestern noch so überzeugt gewesen war.

Wie Lisa von Angela hörte, waren Roberto, Leon und zwei Arbeiter inzwischen im Haus unterwegs, um Wände, Decken und Böden auf Schäden hin zu untersuchen. Angela selbst war sehr nervös. Sie hatte gesehen, wie ihr Mann fast abgestürzt wäre, und konnte das Zittern ihrer Hände kaum verbergen. Lisa bot ihr an, gemeinsam auf die Suche nach einem starken Kaffee zu gehen, um sie etwas abzulenken. Sie liefen um das Haus herum zum Wirtschaftshof, aber hier war Marco mit Brotbacken beschäftigt und hatte keine Zeit, Getränke zu kochen. Etwas zögerlich beschlossen sie dann doch, das Haus zu betreten und die Küche aufzusuchen. Sie gingen durch den Hintereingang und die Wirtschaftsräume. Überall herrschte das blanke Chaos. In der Küche waren Neno und Marisa dabei, Regale und Schränke wieder aufzurichten und mit Besen und Schaufeln Scherbenberge zu beseitigen.

Als Marisa die beiden Frauen sah, nickte sie und lächelte: »Also doch zwei, die sich hereintrauen. Meine ganze Truppe weigert sich, das Haus zu betreten.«

»Wir hatten die Wahl zwischen Kaffee und Angst, der Kaffee hat gesiegt«, versuchte Lisa zu scherzen.

»Ich koche gleich welchen, aber Sie müssten mir das Wasser holen. Der Generator ist zum Glück nicht beschädigt, so dass wir etwas Strom haben.«

Angela und Lisa nahmen Eimer und Kannen und gingen zum Brunnen. Draußen trafen sie Roberto, der die Mauern von außen inspizierte.

»Wie sieht es denn aus?«

»Wir haben bis jetzt keine gravierenden Schäden gefunden. Bis auf die Treppe und die Balustrade scheint alles intakt zu sein. Aber in den Räumen ist so ziemlich alles kaputt. Möbel, Türen, Fenster, da sieht es schlimm aus. Und wohin wollt ihr?«

»Wir holen Wasser, komm' nachher in die Küche, da gibt es Kaffee«, versicherte Angela ihrem Mann.

Die beiden Frauen füllten ihre Gefäße und baten Marco auf dem Rückweg um ein paar Brote, die zum Abkühlen unter einer Plane lagen, denn der Regen war stärker geworden.

Ziemlich nass kamen sie bei Marisa an. Während sie Kaffee kochte und Neno in dem alten Kohleherd ein kleines Feuer machte und für Wärme sorgte, schnitten Lisa und Angela die Brote in dicke Scheiben und stellten Dosen mit Olivenöl, Salz und Konfitüre auf den Tisch.

Dann begann der Duft von Kaffee durch die Küche zu ziehen und er zog auch durch die zersplitterten Fenster nach draußen, denn wenig später kamen Roberto, Carlo, David und sogar Marco herein, um ein improvisiertes Frühstück zu sich zu nehmen. Einige aßen das frische Brot mit Öl und Salz, andere mit Konfitüre. Den Kaffee tranken sie aus Tassen ohne Henkel und mit Sprüngen, so, wie sie sie zwischen den Scherben auf dem Boden gefunden hatten.

Gegen zehn Uhr schwebten die großen Transporthubschrauber ein. Es war schwierig, den Rasen als Landefläche für sie frei zu machen, überall lagerten verstörte Menschen. Dann endlich war es so weit. Die Türen öffneten sich und eine Gruppe von Soldaten sprang heraus und begann mit dem Entladen. Leonardo stand inmitten seiner Arbeiter, die beim Entladen mithalfen, gab seine Anweisungen und diskutierte mit den Soldaten. Es war gar nicht so leicht, zwei ebene Flächen zu finden, auf denen die Zelte errichtet werden konnten. Aber dann waren die Fragen geklärt und ein paar Männer begannen mit dem Aufbau, während andere Feldbetten, Luftmatratzen, Metallgeschirr, Decken und anderes Material ausluden. Danach wurden die Verletzten zu den Hubschraubern gebracht.

Außerdem hatten die Piloten den Auftrag, Frauen mit Kleinkindern mit zurückzunehmen. Leer stehende Ferienheime von Mailänder Schulkindern am Comer See standen für sie bereit.

Aber als die Frauen aufgefordert wurden, sich zum Abflug bereitzuhalten, stießen die Helikopterbesatzungen auf großen Widerstand. Viele wollten ihre Familienangehörigen nicht verlassen, einige hatten Angst vor dem Fliegen und andere wollten so schnell wie möglich zurück auf ihre Höfe. Schließlich holte Lisa Marisa aus der Küche und ihr gelang es endlich, die meisten zu beruhigen und zum Einsteigen zu überreden. Es gab tränenreiche Abschiede, so, als sage man sich für immer Lebewohl. Schließlich saßen etwa zwanzig Frauen und Kinder in jeder Maschine. Dicht aneinandergeschmiegt kauerten sie auf dem Boden, Halteseile in den Händen und die Kinder im Arm.

Auch Lola flog mit. Da weniger Flüchtlinge eingestiegen waren als erwartet, war Platz genug für sie. Ihren Vuitton-Koffer in der einen Hand, die andere voller Pinselbündel, kam sie aus dem Haus.

»Ciao, ich male am Gardasee weiter, da ist das Wetter um diese Zeit besser«, rief sie den Zurückbleibenden zu.

»Ich wusste gar nicht, dass Sie so feige sind, Lola Molinari«, erwiderte Lisa erbost. Sie konnte es nicht fassen, dass sie in dieser schrecklichen Situation noch an ihre Malerei dachte.

»Wir werden ja sehen, wer überlebt und dann der lachende Dritte ist.«

»Na, dann viel Vergnügen beim Lachen.«

»Wenn Sie dann noch am Leben sind und wenn Leonardo es erlaubt, lade ich Sie demnächst zu unserer Hochzeit ein. Arrivederci.« Und dann stieg sie ein.

Alle standen da und starrten ihr verblüfft nach. Dann begann Carlo laut zu lachen und schließlich lachten alle, bis ihnen die Tränen in die Augen stiegen. Es war wie eine Erlösung, dieses Lachen, nach all den schrecklichen Stunden, die sie hinter sich hatten.

Kurz vor zwölf hoben die Hubschrauber ab und verschwanden zwischen den niedrigen Wolken.

Als die Zelte aufgebaut und eingerichtet waren, übernahmen Carlo und die Köchin die Belegung. Ein Zelt war für Frauen und Kinder reserviert, das andere für die Männer bestimmt und während die Menschen ihre Feldbetten und Matratzen in Besitz nahmen, stellten alle mit Erleichterung fest, dass es auf dem Vorplatz, im Garten und auf dem Wirtschaftshof sehr viel leerer wurde und die Situation sich wesentlich entspannte.

Marco, der fremde Koch, hatte mithilfe einiger alter Frauen mehrere Kessel voller Reis mit weißen Bohnen und klein geschnittenen Schweinswürstchen gekocht, sein Gehilfe Kannen voller Tee zubereitet und schließlich konnten sich alle aufstellen und eine warme Mahlzeit in Empfang nehmen. Als Krönung gab es für alle einen großen Becher Wein. Leon hatte, wenn auch wegen der Einsturzgefahr widerstrebend, erlaubt, durch das Loch in der Mauer die Kellerei zu betreten, und Carlo hatte mit zwei Gehilfen mehrere 50-Liter-Kanister Wein abgefüllt. Und Lisa dachte im Stillen: Es gibt noch Wein in den Gewölben, nicht alles ist zerstört, Gott sei Dank.

Eine ganze Weile beobachtete Sie Carlo, diesen selbstlosen, treuen Freund Leonardos, der alle eigenen Bedürfnisse zurückstellte, um fremden Menschen zu helfen. Unermüdlich war er im Einsatz, setzte in die Tat um, was Leon anordnete, und war dabei so optimistisch, dass er jedem Mut machte, der mit ihm sprach. Sein Lächeln verlieh seinem unscheinbaren Gesicht einen unerwarteten Charme und dann musterten seine Augen amüsiert die Frau, die ihn beobachtete. Als er bemerkte, dass Lisa ihn betrachtete, nahm er seinen Wein und setzte sich neben sie. »Signora, es kann nur noch besser werden.«

»Ich hoffe, Sie haben recht.«

»Sehen Sie doch die Leute an. Sie kommen zur Ruhe, sie haben ein Bett, ein Dach über dem Kopf und mit einem Schlückchen Wein auch wieder Lebensmut.«

»Und Leon, wer baut ihn auf?«

»Leon muss man nicht aufbauen, er schafft es von selbst. Und er hat Sie.«

Lisa wartete, dass er weitersprechen würde. Sie hatte das Gefühl, dass er mehr sagen wollte, aber er schwieg. Er war ein sehr diskreter Mann, vielleicht mochte sie ihn gerade deshalb. Nach einer ganzen Weile sagte er: »Wird das mit dem Bergabbruch noch lange so weitergehen? Sie sind doch Geologin.«

»Ich weiß es nicht. Wir haben ja gerade erst angefangen, die Berge zu kontrollieren. Ich habe Messungen vorgenommen und Bohrungen durchgeführt, aber ich hatte noch gar keine Zeit, die Ergebnisse auszuwerten und weiterzuleiten.«

»Dann kann jeder Erdrutsch der letzte sein – oder jeder kommende der schlimmste.«

»Ich weiß es nicht«, versicherte Lisa vorsichtig und deprimiert.

Dann sahen sie Leon, der auf sie zukam. Sein unrasiertes Gesicht, die schmutzige, teilweise zerrissene Kleidung, die übermüdeten Augen – für Lisa war er so attraktiv wie nie zuvor. Ob Carlo das Prickeln in ihrem Körper spürte? Mit einem Lächeln in den Augen stand er auf. Als Leon vor ihr stehen blieb, reichte sie ihm die Hand und zog ihn neben sich.

»Ich brauche nicht nur Ihre Hand, Lisa, ich fürchte, ich brauche Sie von Kopf bis Fuß. Ich brauche alle Hilfe, die Sie mir geben können.«

»Ich weiß, Leon.«

»Wie geht es Ihnen?«

»Ich lebe gut mit diesem Gefühl, gebraucht zu werden.«

»Ich habe mich Ihnen gegenüber falsch benommen. Ich möchte mich entschuldigen. Wenn wir Zeit hätten, uns besser kennenzulernen – vielleicht könnten wir Freunde werden, Lisa.«

»Wir haben alle Zeit der Welt, Leon.«

Gegen Abend kam der letzte Hubschrauber und brachte die Wasseraufbereitungsanlage, einen zusätzlichen Generator, ein stärkeres Funkgerät und Kartons voller Reservebatterien, Taschenlampen, Lebensmittel in Dosen, Trockenmilch und Hygieneartikel, vor allem Seife sowie Säcke voller Reis, Mais, Nudeln, Bohnen und Trockengemüse. Immerhin mussten noch sehr viele Menschen täglich versorgt werden.

Der Pilot holte die Soldaten ab und nahm einige sehr alte Leute mit, von denen Leonardo befürchtete, dass sie die beginnenden kühleren Herbstnächte in den Zelten nicht überleben würden.

Roberto und Lisa standen nebeneinander und sahen zu, wie die Maschine abhob.

»Ich habe den Eindruck, dass wir hier sehr bevorzugt versorgt werden.«

»Ja, da haben Sie recht, Lisa.«

»Hat das einen bestimmten Grund?«

Er sah sich um, als wolle er sichergehen, dass niemand zuhört. Dann sagte er: »Die Familie D'Amareni ist sehr bekannt und sehr angesehen im Tessin. Ich weiß, dass es schon im vorigen Jahrhundert Mitglieder dieser Familie gab, die in der Mailänder Landesregierung und im Vatikan bedeutende Posten innehatten und sich immer, oft unter großen persönlichen Opfern, um das Wohl der Menschen in Italien und im Tessin gekümmert haben. D'Amareni, das ist ein sehr guter Name hier bei uns.«

»Das wusste ich nicht.«

»Nein, hier würde auch niemand darüber sprechen. Sie stehen Leonardo nahe?«

»Wir versuchen, Freunde zu werden.«

»Er ist ein großartiger Mensch, ich kenne keinen zweiten wie ihn.«

Lisa sah Roberto an: »Es ist sehr nett, dass Sie das sagen.«

»Es ist die Wahrheit und ich hoffe, Sie beide kommen bald aus diesem Schlamassel hier heraus.«

»Ich fürchte, im Augenblick ist kein Ende abzusehen.«

»Da haben Sie leider recht.«

Sie gingen zum Hof zurück. Wie Lisa im Vorbeigehen sehen konnte, waren die Zelte bis auf den letzten Platz besetzt. Der Regen hatte noch zugenommen und Marco hatte große Mühe, die Feuer unter seinen Kesseln zu erhalten, um alle mit einer warmen Mahlzeit zu versorgen. Ein paar Männer waren nur damit beschäftigt, Holz zu zerkleinern und in die Flammen zu schieben. Im Haus hatte man Feldbetten im Speisesaal und im Kaminzimmer aufgestellt. Die Gäste, die Hausangestellten und einige Flüchtlingsfrauen sollten hier schlafen. Ein gutes Gefühl hatten sie wohl alle nicht beim Gedanken an die nächste Nacht. Andererseits, wo sollten sie sonst unterkommen?

Lisa kletterte über die wackeligen Leitern nach oben. Enricos Zimmer sah schlimm aus. Scherben, Bücher und Kleidungsstücke, alles lag in wildem Durcheinander auf dem Boden verstreut. Lisa raffte ihre Sachen zusammen und packte alles, auch den teuren Laptop, der unbeschädigt aussah, in ihren Koffer. Dann rollte sie Decken und Kissen im Bettlaken zusammen, nahm das Bündel und den Koffer und schleppte beides nach vorn zur Leiter. Unten standen Männer, die die Sachen auffingen und ihr wieder hinunter halfen. Sie brachte ihren Koffer ins Auto. Es war voller Sand und Staub, der von der Felsendecke gerieselt war, schien aber nicht beschädigt zu sein. Dann nahm Lisa das Bettenbündel und legte es auf eine Liege nahe der Terrassentür. Wenn ich schon im Haus schlafen muss, dann wenigstens ganz in der Nähe eines Ausgangs, dachte sie vorsorglich und hatte Angst vor der nächsten Nacht. Es war ein zugiger Platz, denn die Türen waren als Krankentragen benutzt und entfernt worden und die Fensterscheiben waren zersplittert, dennoch, es war ein trockener Ort und das war schon viel wert in so einer Situation.

Marisa und ihre Küche waren zum Zentrum des Hauses geworden, zu einem ruhigen Pol in diesem Durcheinander. Sie hatte ihre kleine Mannschaft wieder beisammen und half Marco nun, da sie nicht mehr für Kleinkinder sorgen musste, bei seinen Versuchen, die vielen Menschen zu verpflegen. Sie kochte auf einer Elektroplatte Soßen, die später Marcos Gerichten zugesetzt wurden, und kochte auf der zweiten Platte pausenlos Brunnenwasser ab. Leon hatte angeordnet, dass nur noch abgekochtes Wasser getrunken werden durfte, bis die Wiederaufbereitungsanlage funktionierte.

Wann immer jemand von den Gästen Zeit hatte, traf er sich mit anderen in der Küche. Man half beim Zwiebelschälen und beim Tomatenschneiden, beim Knoblauchhacken und Kaffeekochen, beim Aufräumen, Abwaschen und Wasserholen. Die Scherben auf dem Boden waren beseitigt, die noch brauchbaren Geschirrteile in die Regale, die Töpfe und Pfannen in die Schränke geräumt worden. Es gab Hocker und Stühle, die Neno im Haus zusammengesucht hatte, und es gab immer heißen Kaffee.

So langsam legte sich bei allen der Schock der letzten Nacht. Sie hatten zwar alle dieses unangenehme, angespannte Gefühl der Angst vor dem nächsten schweren Erdrutsch, aber jeder versuchte, auf seine Weise damit fertigzuwerden, ohne die anderen zu belasten; denn noch immer gab es diese kleineren Erschütterungen, die daran erinnerten, dass sie unter einem bröckelnden Berghang lebten. Einem Berghang, der seit Jahrhunderten das Hochtal beherrschte und behütete, der die Sonne einfing und die Früchte der Weinreben schützte und der nun zerfiel und ins Tal rutschte.

Es war spät, als sie endlich die sogenannten ›Schlafsäle‹ aufsuchten. Während Marisa mit ihrer kleinen Truppe in einem Nebenraum der Küche Feldbetten aufgestellt hatte, gingen die anderen um das Haus herum zum Terrasseneingang und suchten ihre Liegen. Sie standen so eng beieinander, dass man kaum dazwischen hindurchgehen konnte. Viele waren mit Flüchtlingen belegt. Auch die beiden Liegen rechts und links von Lisa waren besetzt und sie versuchte vorsichtig und ohne irgendwo anzustoßen, ihr Bettenbündel zu entrollen und sich hinzulegen. In Erinnerung an die vergangene Nacht zog sie aber nur ihren Regenmantel und die Schuhe aus, die sie neben ihr Kopfende stellte. Die Taschenlampe, die Leon ihr gegeben hatte, legte sie griffbereit neben das Kopfkissen.

Mitten in der Nacht wurde Lisa geweckt. In dem abgedunkelten Schein einer Taschenlampe sah sie Leon, der neben ihrer Liege kauerte. »Lisa, bitte kommen Sie.«

Etwas benommen stand Lisa auf, zog Schuhe und Regenmantel an und folgte ihm durch die engen Gänge zwischen den Feldbetten. Draußen war es ganz still. Der Regen hatte aufgehört, die Wolken waren aufgerissen und im Süden stand eine schmale Mondsichel über den Hügeln.

Leon führte sie zwischen Villa und Wirtschaftshof zu jener Stelle, an der sie in der Nacht zuvor gesessen hatten. Wie sie im Schein seiner Lampe bemerkte, hatte er sich umgezogen und rasiert und sah frischer aus als in den letzten Stunden. Auf dem Gras der kleinen Böschung lag ein Schlafsack, auf den sie sich setzten.

»Lisa, ich muss mit Ihnen reden.« Er nahm ihre Hand. »In der letzten Nacht, als Sie ohne viele Worte einfach für mich da waren, ist mir bewusst geworden, wie dumm und eingebildet ich mich verhalten habe, seit Sie zu uns gekommen sind, wie verkrampft und kurzsichtig. Ich bin Ihnen aus dem Weg gegangen, weil ich es nicht ertragen konnte, Gefühle für eine Frau zu entwickeln. Und dann, gerade als ich angefangen hatte, mich Ihnen zu öffnen, ist diese schreckliche Katastrophe passiert und ich musste alle persönlichen Gefühle zurückstellen. Sie sollen wissen, dass ich von Herzen gern in Ihrer Nähe sein möchte, aber ich muss Sie trotzdem jetzt verlassen.«

Bedrückt entzog Lisa ihm ihre Hand und sah ihn an. Sie wollte etwas erwidern, doch er hielt einen Finger an ihre Lippen und nahm wieder ihre Hand.

»Bevor die Menschen hier wach werden, bin ich fort. Ich muss meinen Sohn suchen und meinen Bruder. Ich muss wissen, ob mein Vater noch lebt und wie es meiner Mutter geht. Ich muss, Lisa, ich muss ganz einfach gehen, ich ertrage die Ungewissheit nicht länger, sie frisst mich auf.«

Lisa sah ihn betroffen an und nickte. Sie konnte ihn gut verstehen, aber sie fand keine Worte, um ihm zu helfen.

»Ich werde versuchen, zu Fuß durchzukommen, da die Straße noch immer blockiert ist«, fuhr er fort. »Vielleicht habe ich Glück und komme danach auf anderen Wegen schneller voran, vielleicht auch nicht, damit muss ich rechnen, diese geliebten Berge sind so unberechenbar geworden.«

Lisa sah hinauf in die schwarze Dunkelheit der Nacht und kämpfte mit den Tränen.

»Lisa, ich möchte, dass Sie in diesem Chaos nicht untergehen. Fahren Sie fort, sobald Sie können. Nehmen Sie die erste Gelegenheit wahr, hier zu verschwinden. Warten Sie auf nichts und niemanden, gehen Sie einfach, und zwar so schnell wie möglich. Das ist es, was ich Ihnen unbedingt sagen wollte. Ich weiß nicht, was Ihr Institut von Ihnen erwartet, aber ich glaube nicht, dass man Sie einer Gefahr aussetzen möchte, die zu einer Todesfalle werden kann. Verlassen Sie dieses Hochtal und bringen Sie sich in Sicherheit, ich wäre sehr froh, wenn ich Sie in Sicherheit wüsste.« Seine Stimme wurde kräftiger, energischer. »Ich wollte so viel, ich hatte so große Pläne, ich hatte Träume, in die Sie, wenn auch noch unbewusst, mit einbezogen waren. Aber das Schicksal zwingt uns jetzt, in verschiedene Richtungen zu gehen, und vielleicht trennen sich unsere Wege hier für immer.«

»Leon, ich verstehe, dass Sie die Menschen suchen müssen, die Sie lieben und die zu Ihnen gehören, ich verstehe Ihre Verzweiflung und den Mut, den Sie brauchen, um jetzt zu gehen. Aber ich verstehe nicht, wie Sie denken können, unsere Wege würden sich hier trennen.« Lisas Stimme war mit jedem Wort, das sie sagte, fester und energischer geworden. »Sie müssen gehen, aber warum zweifeln Sie daran, dass die Zukunft uns wieder zusammenführt? Ich werde hier auf Sie warten, denn Sie werden zurückkommen, glücklich vielleicht, weil Sie alles gefunden haben, was Sie suchen, oder verzweifelt, weil Sie großen Schmerz ertragen müssen – aber Sie kommen zurück, weil das hier Ihr Zuhause ist und weil all die Menschen hier Sie brauchen und auf Sie warten. Und zwischen all diesen Leuten werde ich dann auch stehen. Ich glaube, meine Hand wird Sie ganz einfach festhalten, bis Sie wieder da sind. Und nun gehen Sie.«

Sie standen beide auf und er rollte den Schlafsack zusammen. Lisa begleitete ihn vor das Haus, wo Carlo mit einem gepackten Rucksack wartete.

»Carlo und Marisa wissen Bescheid, sie kümmern sich um alles, ich weiß das Haus und Sie alle in guten Händen.« Leonardo reichte ihnen die Hand, strich zum ersten Mal zärtlich über Lisas Wange, drehte sich um und ging davon.

14

Die Dunkelheit ging über in das bleiche, wässrige Licht der Morgendämmerung. Carlo nahm Lisas Hand und führte sie weg. »Ein neuer Tag, Signora, machen wir uns an die Arbeit.«

Auf dem Hof versammelten sich die ersten Männer vor Marcos Kochstelle. Es gab Brot, Käsestücke und Tee. Wer mit dem Trupp zur Straßenarbeit fahren wollte, bekam eine extra Ration für die Mittagspause. Alfredo, der die Gruppe führte, stellte die Werkzeuge und Anhänger bereit, man wollte so schnell wie möglich weitermachen.

Lisa ging in die Küche. Marisa nickte ihr zu. Sie wusste Bescheid. Wie viele andere auch war sie längst auf den Beinen. Die Nächte waren kurz geworden, jeder war froh, wenn die Dunkelheit vorbei war, denn die Nacht war zu einer Bedrohung geworden.

In zwei großen Pfannen bereitete Marisa Rühreier. Die auf dem Hof lebenden Arbeiterfrauen, denen die Hühner gehörten, hatten einen gemeinsamen Auslauf und Legeplatz für ihre Tiere angelegt und lieferten die Eier in der Küche ab. Zu der duftenden Köstlichkeit gab es das frische Brot, das Marco in der Nacht gebacken hatte, und Lisa fragte sich, wann dieser Mann eigentlich schlief.

Sie setzte sich in eine Ecke und während sie ihr Frühstück verzehrte, dachte sie an Leon. Wie weit mochte er wohl schon gekommen sein? Einer der Hubschrauberpiloten hatte berichtet, dass die Straße im Valle di Vargoletto etwa zwei Kilometer lang unter Geröll verschüttet und dass weiter südlich eine kleinere Brücke eingestürzt war. Das waren sehr schlechte Nachrichten für die Männer, die die Straße wieder passierbar machen wollten.

Und die Lawinen rollten weiter. Kein Mensch hatte damit gerechnet, dass es so lange dauern würde. Leute, die sich aufmachten, über schmale Feldwege oder querfeldein auf ihre Höfe zu gehen, kamen wieder zurück und berichteten von neuen Zerstörungen. Keiner von ihnen war auf Rettungstrupps gestoßen und die Angst stand in ihre Gesichter geschrieben. Auch die Gäste wurden ungeduldig. Die beiden amerikanischen Ehepaare, die sich von ihrer Reisegruppe abgesondert und die Murenabgänge zunächst als Abenteuer gesehen hatten, wurden nervös und gereizt, was man ihnen kaum übel nehmen konnte: Sie hatten kaum noch saubere Kleidung, das Essen war alles andere als exklusiv, sie konnten sich nicht vernünftig waschen, mussten auf Feldbetten in überfüllten Sälen schlafen und hatten Sorge, ihr Rückflug würde verfallen. Aber auch Roberto und seine Frauen wurden mit jeder Stunde ungeduldiger.

Vielleicht lag es daran, dass die ersten hektischen Aufgaben erledigt waren. Ein Mann wie Roberto, der bereit war, sich selbstlos und mit aller Kraft einzusetzen, hatte plötzlich nichts mehr zu tun. Das Gleiche galt für die anderen Gäste. Nur David und Linda hatten sich abgesondert. Sie waren zusammen mit ihren Feldbetten in das kleine Büro mit dem Funkgerät gezogen und bemühten sich rund um die Uhr um Kontakte nach draußen.

»David war früher Amateurfunker«, erklärte Linda. »Da dachten wir, hier könnten wir am besten helfen.«

Das war endlich einmal eine gute Nachricht. »Mit dem neuen, starken Gerät können wir viel mehr erreichen«, sagte David und zeigte Lisa die Anlage und den zusätzlichen Generator.

»Wir haben eine feste Frequenz zur Militärbasis am St. Bernardino und können uns auf Englisch verständigen.«

»Und was hört man?«

»Es gibt Tote und Verletzte, aber Zahlen liegen noch nicht vor. Im Fernsehzimmer läuft ein Radio mit Batteriebetrieb, vielleicht gibt es dort aktuellere Nachrichten.«

Lisa ging hinüber. Mehrere Gäste drängten sich um den kleinen Apparat. Der Bergrutsch stand im Mittelpunkt aller Nachrichten, vor allem die anhaltenden Muren, die sich auch Geologen und Seismologen nicht erklären konnten.

Draußen herrschte eine veränderte, eine seltsame Stimmung. Die Menschen, die in Zelten und im Freien rund um das Haus kampierten, wirkten apathisch und teilnahmslos, so, als hätten sie jede Hoffnung aufgegeben. Sie kauerten, in Decken oder Kleidung gehüllt, auf dem Boden oder auf ihren Liegen und waren kaum dazu zu bewegen, ihr Essen in Empfang zu nehmen. Nur ein paar Kinder spielten mit Bällen auf den Wiesen und störten die Tiere, die dort angebunden waren.

Auch im Haus griff diese Teilnahmslosigkeit um sich. Man setzte sich in kleinen Gruppen zusammen und diskutierte, aber nicht mehr lebhaft und optimistisch, sondern auch hier hatten sich Lethargie und Stumpfsinn breitgemacht. Es war, als fehle all diesen Menschen plötzlich der Mittelpunkt, die Achse, um die sich alles drehte. Ist es möglich, dass die Leute bereits spürten, dass Leonardo fort ist? Kann es sein, dass sein Fehlen sich auf die Atmosphäre hier derart stark auswirkt?, überlegte Lisa und schüttelte den Kopf. Depressionen und Pessimismus sind das Letzte, was wir jetzt gebrauchen können.

Lisa suchte Carlo. Er half beim Einbau der Wasseraufbereitungsanlage. Auch er war ein Mann, der Menschen führen konnte. Er kam zu ihr, als er sie sah.

»Was gibt es, Signora?«

»Wir müssen uns etwas einfallen lassen. Die Leute werden depressiv. Sie brauchen Aufgaben, Carlo, was könnten sie tun?«

Er sah sie nachdenklich an. »Leon fehlt, nicht wahr?«

»Ja.«

»Was können wir tun?«

»Die Leute brauchen Arbeit, richtige, körperliche Arbeit, und ich hätte da auch schon eine Idee.«

»Ja?«

»Als ich Neno gesucht habe, sah ich die Weinberge. Die Stöcke sind durch die Erdbewegung umgefallen. Aber die Früchte sind bestimmt nicht alle beschädigt.«

»Und Sie meinen, man könnte sie ernten? Wo sollen wir denn damit hin?«

»Ich weiß es nicht, es ist eben nur eine Idee.«

»Ich müsste in die Kellerei, um die Schäden zu untersuchen. Der Eingang müsste frei geräumt werden und die Schüttvorrichtungen auch. Gar nicht so schlecht, Ihre Idee, Signora.«

»Aber werden die Leute mitmachen bei solchen Arbeiten? Ich meine, Weinlese bei Murenabgängen?«

»Man müsste die Idee attraktiv machen.«

»Und wie?«

»Sie bekommen Geld dafür oder Hilfe anderer Art. Sie wissen, dass ihnen von den Amarenis geholfen wird, deshalb sind sie ja auch hierhergeflüchtet.«

»Wir können ihnen kein Geld versprechen.«

»Ich weiß. Also versprechen wir Hilfe bei der Reparatur ihrer Häuser. Sobald die Katastrophe vorbei ist, stellen wir Bautrupps aus ihren eigenen Reihen zusammen, die sich gegenseitig beim Aufbau helfen. Das ist nur eine Frage der Organisation.«

»Und Sie meinen, es funktioniert?«

»Wenn man es richtig macht? Wir werden sehen. Erst einmal muss ich die Keller untersuchen, zumindest die vorderen Gewölbe.«

»Seien Sie vorsichtig, Carlo.«

»Natürlich.« Er suchte sich zwei Arbeiter aus, sprach mit ihnen und als sie zustimmend nickten, ging er mit ihnen zur Kellerei. Mit Taschenlampen und Seilen ausgerüstet, kletterten sie durch das Mauerloch in die Gewölbe.

Lisa setzte sich in der Nähe von Marco auf eine Kiste und sah ihm beim Kochen zu. Auch sie war niedergeschlagen und verängstigt. Woran sie auch dachte, überall sah sie nur Fragezeichen, einfach alles war ungewiss. Wie würde ihre Behörde auf dieses Desaster reagieren? Würde man ihr Vorwürfe machen? Hatte sie nicht schnell genug gehandelt, hätte sie durch frühere Warnungen irgendetwas verhindern können? Würde man sie entlassen, weil sie nicht zuverlässig genug war? Unsinn, dachte sie. Ich hätte gar nichts verhindern können. Ein Berg, der in seinem Innersten auftaut, ist nicht zu retten, da helfen auch keine noch so frühen Bohrungen und Messungen. Man hat viele Jahre vor den klimatischen Veränderungen gewarnt, aber niemand hat so richtig fest an die katastrophalen Folgen geglaubt. Jetzt haben wir das Dilemma, aber ich muss nicht die Schuld dafür auf mich nehmen. Nein, ganz bestimmt nicht. Ich habe getan, was ich konnte. Meine Messgeräte steckten in der Wand, die jetzt abgebrochen ist, aber den Abbruch hätte kein Mensch verhindern können. Dumm ist nur, dass ich jetzt keinen Kontakt zu meinen Meldestellen habe. Solange die Handys nicht funktionieren, kann ich keine E-Mails oder Anrufe durchgeben.

Es war fast Mittag, als Carlo mit den Männern aus der Kellerei zurückkam. Erwartungsvoll ging Lisa ihm entgegen.

»Es sieht gar nicht so schlecht aus«, meinte er. »Ich bin ziemlich weit hinten in den Gewölben gewesen, die Decken scheinen zu halten und die Holzfässer haben die Lawinen fast alle überstanden, bis jetzt jedenfalls. Auch die versandfertig gepackten Kisten scheinen kaum beschädigt zu sein. Das ist schon mal ein Potenzial, auf dem Leon aufbauen kann. Schlimm allerdings sieht es weiter hinten bei den Regalen aus, da sind wohl alle Flaschen zu Bruch gegangen. Aber ich bin da hinten nicht sehr weit gegangen, Sie wissen, zu Fuß ist das kaum zu schaffen.«

»Und was ist mit der Kelterei, mit der Verarbeitung der Trauben?«

»Es könnte gehen. Die Pressen scheinen in Ordnung zu sein und der Generator auch. Hoffen wir, dass er genügend Strom liefert.«

»Hat man das nicht berechnet, als man ihn einbaute?«

»Das schon, unter normalen Umständen ganz bestimmt, aber die haben wir nicht.«

»Und was machen Sie?«

»Ab morgen wird Wein geerntet. Heute machen wir den Eingang frei und schlagen zusätzliche Löcher in die Mauern, damit wir Tageslicht bekommen.«

»Das hört sich gut an. Aber Sie müssen noch die Leute überzeugen.«

»Nach dem Essen. Ich lasse Wein austeilen statt Tee, der hebt die Stimmung.«

Lisa beobachtete, wie bereits einige Männer mit dem Freischaufeln des Eingangs begannen. Es war vielleicht ein verrückter Plan, auf einen Schlag drei Probleme zu lösen: mit Arbeit Depressionen zu beseitigen, mit einem Versprechen Hoffnung auf neue Häuser zu wecken und mit dieser ganzen fixen Idee auch noch eine Weinernte zu retten. Aber ganz gleich, was wir schließlich erreichen, erst einmal kommt Bewegung in die Menschen, dachte Lisa zufrieden und sah, dass bereits ein ganzer Trupp vor der Kellerei arbeitete und dass zahlreiche Frauen halfen, mit Eimern und Schubkarren das Geröll fortzuschaffen, bevor Marco das Essen austeilte.

Als sie durch das Haus ging, warf Lisa einen Blick in die unteren Räume. Im Speisesaal und im Kaminzimmer standen die Feldbetten dicht aneinandergerückt, auf der anderen Seite der Halle im Fernsehzimmer mit dem zerstörten Apparat saß eine Gruppe von Gästen zusammen und diskutierte die Lage und aus der Bibliothek hörte sie undefinierbare Geräusche. Als sie ihnen nachging, fand sie Sandro, der die Bücher gegeneinanderschlug, um Schmutz und Staub zu entfernen und sie dann in die Regale einzuordnen. Eine mühsame Arbeit, denn Hunderte davon lagen auf dem Boden.

Als Sandro sie sah, hob er entschuldigend die Schultern: »Es ist Ernesto D'Amarenis Lieblingszimmer, Signora, und wenn er zurückkommt, soll es einigermaßen wohnlich aussehen.« Der gute Sandro! Und dann hatte Lisa eine Idee. »Sandro, warten Sie bitte, ich möchte das Durcheinander fotografieren.«

Verständnislos sah er sie an.

»Wissen Sie, vielleicht kann Signore D'Amareni die Fotos für die Versicherung gebrauchen. Ich weiß zwar nicht, ob man hier gegen Muren versichert ist, aber es kann nicht schaden, die Bilder zu haben.«

Dass ich darauf nicht früher gekommen bin, dachte Lisa und lief zum Auto, holte ihre Fototasche und begann, Zimmer für Zimmer zu fotografieren. Danach kletterte sie in die obere Etage und setzte die Arbeit fort. Dann ging sie nach draußen. Sie fotografierte die Villa, die Umgebung, die Zelte und den Wirtschaftshof mit den eingestürzten Gebäuden sowie die Arbeiter vor dem Kellereieingang.

Nachdem sie auch den Brunnen und die Latrinenanlage aufgenommen hatte, machte sie sich auf den Weg in die nicht verschütteten Weinberge. Sie vergaß die Zeit und das Essen und nützte das Tageslicht bis zum letzten Schimmer. Als sie völlig erschöpft zurückkam, sah sie, dass der Kellereingang bereits benutzt wurde und die Straßenarbeiter vom Einsatz zurück waren.

Wo mag Leon jetzt sein?, überlegte sie und suchte anhand ihrer Autokarte die Umgebung ab. Wäre der Asphaltweg eine wichtige Durchgangsstraße, hätte man vielleicht von anderen Seiten aus mehr an ihr gearbeitet, dachte sie, aber als Stichstraße zur Villa, die kurz hinter der Abzweigung zur Zypressenallee endet, ist sie nur eine Art privater Zubringer und nicht von öffentlichem Interesse.

Also bleiben Leon nur die einzelnen, kleinen Feldwege zwischen den Weinbergen und die kaum sichtbaren Trampelpfade einzelner Schafherden, um einen Verbindungsweg nach draußen zu finden.

Lisa ließ sich von Marco ein Stück Brot und von Carlo einen Becher Wein geben und setzte sich in eine Ecke des Hofes. »Morgen früh geht's los, Signora.« Carlo stellte sich neben sie. »Zuerst bringt der Traktor den Straßentrupp nach unten, dann kommt er zurück und fährt die Anhänger für die Weinlese in die Hügel. Wir haben etwa vierzig Freiwillige, die sich gemeldet haben, das sind beinahe mehr, als wir sonst bei der Ernte haben. Sie werden alle registriert, damit alles seine Ordnung hat.«

»Das hört sich richtig gut an.«

»Ja, und viele sind dabei, die uns früher schon geholfen haben, sie können die anderen einweisen.«

»Wird das Wetter mitmachen? Noch sind die Trauben in Ordnung.«

»Ich denke schon, der heutige Sonnenuntergang sah gut aus, ja, ich denke, das Wetter wird halten.«

Ganz anders als in den Morgenstunden herrschte jetzt überall eine geschäftige Stimmung und vereinzelt hörte man sogar Leute lachen.

Als Lisa in die Küche ging, kam ihr David entgegen. »Lisa, wir hatten da einen ziemlich verzerrten Funkspruch, mit dem wir nichts anzufangen wissen. Da man uns aber noch einmal anfunken will, brauchen wir eine Antwort.«

»Und um was ging es?«

»Ein Riccardo sucht seinen Vater.«

»Das ist ja großartig, David, das ist die beste Nachricht, die wir kriegen können.«

Verständnislos sah er Lisa an.

»Riccardo ist Leons Sohn und Leon ist unterwegs, um ihn zu suchen.«

»Leon ist nicht hier?«

»Nein, er sucht nach Ersatzwegen für den Fall, dass die Straße nicht zu reparieren ist, und hofft außerdem, Riccardo zu finden, der in der Nähe vom St. Bernardino stationiert ist. Aber bitte, das muss unter uns bleiben. Niemand soll wissen, dass Leon weg ist.«

»Ich verstehe, aber was soll ich sagen, wenn die Frage noch einmal durchkommt?«

»Sie müssen Linda einweihen und dann sagen Sie, dass Leon auf dem Weg zum Bernardino ist. Aber bitte, achten Sie darauf, dass sonst niemand zuhört. Nur Carlo und Marisa wissen Bescheid.«

»Geht in Ordnung. Hoffen wir, dass Leon Erfolg hat.«

Lisa lief wieder hinaus, um Carlo von dem Funkspruch zu erzählen.

»Darauf trinken wir ein Schlückchen, das ist einfach wunderbar.« Er holte zwei Becher Wein und sie stießen an. Dann ließ Lisa sich einen zweiten Becher geben. »Der ist für Marisa, sie muss es auch wissen.«

Vorsichtig ging sie durch die Dunkelheit, um nichts zu verschütten.

»Marisa, kommen Sie, wir beide trinken jetzt darauf, dass Riccardo sich gemeldet hat«, flüsterte Lisa. Marisa wurde ganz blass und Lisa sah, wie müde und abgekämpft diese Frau war, die nach außen hin so stark wirkte und die Menschen im Haus zusammenhielt.

»Alles wird gut, Marisa. Ich bin sicher, wir haben das Schlimmste geschafft.«

Sie nickte und wischte sich Tränen aus den Augen.

»Und ab morgen ernten wir wieder Wein!«

»Das ist zwar eine verrückte Idee, Signora Lisa, aber trotzdem einfach großartig! Carlo hat es mir erzählt.« Sie nickte Lisa zu, dann setzten sich die beiden Frauen in eine Ecke und nippten an ihrem Wein, und sicher war es auch sein Verdienst, dass die beidem sich schon bald viel besser fühlten. Kurz vor Mitternacht suchten sie ihre Liegen auf und gingen schlafen.

Der Morgen kurz vor Sonnenaufgang war rau und kühl. Dunst lag über den Bergen und ein paar Schafe standen wie Phantome auf den abgeweideten Wiesen. Dann zuckten erste schwache Sonnenstrahlen durch die Wolken und gaben die Sicht frei auf die Hügel mit den flach liegenden Rebenreihen. Lisa ging in die Küche. Aber kaum hatte sie die ersten Schlucke von Marisas köstlichem Cappuccino getrunken, als Roberto wütend hereinstürmte.

»Buon giorno, Lisa, wo ist Leonardo? Ich suche ihn schon seit gestern. Er kann doch nicht spurlos verschwunden sein.«

»Nein, Roberto, Leon ist zu Fuß unterwegs, um nach Wegen zu suchen, über die man hier mit dem Wagen herauskommen könnte.«

»Er ist allein und zu Fuß gegangen? Aber warum denn, ich wäre doch mitgelaufen.«

»Eben, das wollte er auf gar keinen Fall. Die Strecke ist äußerst gefährlich, er wollte keine anderen Menschen in Gefahr bringen.«

»So ein Unsinn, natürlich wäre ich mitgegangen. Wo könnte ich ihn denn finden, wenn ich jetzt loslaufe?«

»Roberto, er ist schon gestern Nacht aufgebrochen, das ist mehr als vierundzwanzig Stunden her.«

Lisa reichte ihm einen Becher Cappuccino, um ihn zu besänftigen.

»Wann kommt er zurück?«

»Wenn er Erfolg hat.«

»Das kann natürlich lange dauern.«

»Er meldet sich über Funk, sobald er eine Station erreicht.«

»Also, ich werde hier nicht tatenlos herumsitzen und auf ein Wunder warten oder auf einen Funkspruch.« Er war noch immer verärgert. »Ich laufe los und werde mal die Stromleitungen kontrollieren.«

»Sprechen Sie mit Carlo darüber, er müsste wissen, wo die Oberleitung verläuft.«

»Und wo finde ich den?«

»In der Kellerei. Wir machen weiter mit der Weinlese.«

»Sie machen was – ?«

»Wir müssen die Leute beschäftigen.«

Sprachlos sah er Lisa an. »Das ist ja unglaublich!« Und dann lachte er schallend und Lisa zeigte durch das kaputte Fenster auf den Wirtschaftshof, wo sich etwa vierzig Leute versammelten.

»Sie werden gleich losgehen, die Trauben sind einwandfrei, sie liegen nur auf dem Boden.«

Er nahm Lisa in die Arme und drückte sie. »Also, das ist einfach grandios! Und die Verarbeitung?«

»Wir hoffen, es klappt. Die Pressen, der Generator und die Holzbottiche sind in Ordnung.«

Er schüttelte noch immer den Kopf. »Umso dringender brauchen wir Strom. Ich werde das untersuchen, irgendwo muss diese private Oberleitung ja auf die Überlandleitung stoßen und die wird man so schnell wie möglich reparieren. Also, bis später.«

»Nehmen Sie jemanden mit, der die Gegend kennt«, rief Lisa noch hinterher, aber er hatte es so eilig, dass er sie nicht mehr hörte. Wenig später sah sie ihn sichtlich zufrieden mit zwei Männern davongehen.

15

Der Tag verlief ziemlich ruhig. Da so viele Menschen unterwegs waren, kam den Zurückgebliebenen die Villa fast leer vor. Marisa hatte die Hausmädchen und einige Frauen beauftragt, in den unteren Räumen so weit wie möglich Schmutz und Schutt zu beseitigen und Ordnung zu schaffen. Nur im Kaminzimmer und im Speiseraum, wo die Feldbetten dicht beieinanderstanden, konnte nichts gemacht werden. In der Halle waren einige Männer unter Sandros Anleitung damit beschäftigt, die zerstörte Marmortreppe abzutragen, damit sie bei neuen Erschütterungen nicht einstürzte und Menschen verletzte. Andere Arbeiter versuchten, aus Brettern eine behelfsmäßige Treppe zu bauen, damit die Zimmer der oberen Etage gereinigt und wieder benutzt werden konnten.

Marco, der sich zum Schlafen hingelegt hatte, als die Arbeitsgruppen abgerückt waren, begann am frühen Nachmittag mit der Vorbereitung des Abendessens. Ein paar Frauen halfen ihm dabei und auch Lisa stellte sich zur Verfügung. Er schickte sie in den Küchengarten, um frisches Gemüse zu suchen.

»Bringen Sie einfach alles mit, was da ist.«

Im Durcheinander der aufgeworfenen Erde fand sie Tomaten, Zucchini und Auberginen und sie traf Anna, die alte Kräuterfrau, die zwischen Gemüse und Unkraut einen ganzen Arm voller Gewürzpflanzen gefunden hatte.

Marco plante eine Minestra alla Milanese mit allem, was die Frauen im Garten finden konnten, und mit Speck, Öl, Reis und Käse. Dazu sollte es Brot geben, das er schon nachts gebacken hatte, und Wein, mit dem Carlo die Arbeiter belohnen würde.

Die Frauen waren gerade dabei, das Gemüse in kleine Stücke zu schneiden, als Lisa das Knattern eines Hubschraubers hörte. Sie lief hinaus zur Wiese, die man als Landeplatz frei gehalten hatte, und sah, wie ein kleiner, privater Helikopter herunterkam. Die Tür öffnete sich und ein grauhaariger Mann kletterte heraus. Zögernd sah er sich um, dann kam er auf Lisa zu. Gleichzeitig kam auch Carlo um die Hausecke. Die beiden winkten sich zu und begrüßten sich und Carlo stellte sie einander vor.

»Lisa, das ist Signore Molinari, der Schwiegervater von Enrico Amareni und der Vater von Isabella und Lola. Er kommt aus Campione.«

»Haben Sie Nachrichten für uns?«

»Ja, man hat Enrico gefunden. Sehr schwer verletzt. Er ist aus dem Wagen geschleudert worden, weil er nicht angeschnallt war, sonst wäre er wohl verbrannt. Aber er hat mehrere Brüche, Quetschungen und seine Wirbelsäule ist sehr schwer geschädigt.«

Lisa sah, wie der Mann mit den Tränen kämpfte. Carlo legte ihm einen Arm um die Schultern. »Kommen Sie mit, wir setzen uns im Haus irgendwo hin.«

Lisa zögerte, weil sie nicht wusste, ob sie sich ihnen anschließen sollte, aber Carlo bat: »Kommen Sie mit, Signora, wir werden einen starken Kaffee brauchen und Marisa soll dann auch hinzukommen.«

Als Lisa der Köchin erzählte, was sie erfahren hatte, weinte sie. »Mein Gott, ein Mann im besten Alter, der noch ein ganzes Leben vor sich hat.«

Dann brachten die beiden Kaffee in das kleine Fernsehzimmer, das die anderen Gäste taktvoll verlassen hatten, und Signore Molinari fragte: »Wo ist Leonardo?«

Carlo sagte es ihm, dann erzählte der alte Mann, dass man Enrico erst zwölf Stunden nach dem Unfall und nur durch Zufall gefunden habe. »Jetzt liegt er in der Neurochirurgischen Klinik von Professore Ormani in Mailand. Man macht uns Hoffnung, dass er den Unfall überlebt, aber nicht, dass er je wieder laufen kann.« Marisa weinte still vor sich hin und auch Lisa hatte Mühe, die Tränen zurückzuhalten.

»Wie geht es Isabella?«

»Nicht gut. Sie ist sehr verzweifelt. Man hat ihr ein Zimmer in der Klinik zur Verfügung gestellt. Ist Lola hier?«

»Nein, sie wollte an den Gardasee«, erklärte Carlo. Dann erzählte Molinari, dass er auch die alten Amarenis im Krankenhaus besucht habe.

»Signore D'Amareni hat mehrere Bypässe bekommen und liegt noch auf der Intensivstation, aber die Ärzte sind zuversichtlich und wollen ihn sobald wie möglich in eine Rehaklinik verlegen. Seine Frau ist bei ihm, sie ist sehr tapfer und Gott sei Dank auch sehr optimistisch. Von Enricos Unfall wissen die beiden aber noch nichts. Ach ja, und von Nico habe ich einen Brief für Sie, Signora.«

Er nahm ein zusammengefaltetes Blatt aus der Tasche und reichte es Lisa. Sie beschloss, es später zu lesen. Jetzt wollte er erst einmal Genaueres über Leon und die Situation im Haus wissen. Lisa überließ Carlo die Antworten und hörte nur zu, in Gedanken bei Leon, von dem sie nun schon seit mehr als zwei Tagen nichts gehört hatte. Auch Riccardo hatte sich nicht wieder gemeldet.

Dann erzählte Bruno Molinari, wie es ihm unter Mühen gelungen war, den kleinen Hubschrauber für diesen Flug zu chartern; und dass er mehrere Kisten mit Lebensmitteln an Bord hätte, Sachen, von denen Nico gesagt habe, dass sie fehlten.

Als er wieder abflog, waren alle sehr deprimiert: Enrico in der Neurochirurgie, Ernesto auf der Intensivstation, von Leon keine Spur und von Riccardo auch keine Antwort. Als er in die Maschine stieg, bat Carlo ihn noch: »Bitte versuchen Sie alles, damit wir hier Strom bekommen. Wir müssen sehr viele Menschen versorgen. Drei Männer sind unterwegs, um die Leitungen zu kontrollieren, aber wir können nicht selbst daran arbeiten, wir haben keine Spezialisten.«

Dann hob die kleine Maschine ab und Carlo sorgte dafür, dass die Lebensmittel zu Marisa in einen kühlen Kellerraum geschafft wurden, denn sie enthielten vor allem gepökeltes oder luftgetrocknetes Fleisch, Schinken, Speck, Würste – lauter Dinge, die hier inzwischen sehr fehlten, denn mit Reis, Mais, Nudeln, Gemüse und Brot allein konnte Marco die Menschen, die körperlich schwer arbeiteten, nicht wirklich ausreichend versorgen.

Es wurde schon dunkel, als Lisa sich in den Lichtkreis einer Petroleumlampe setzte, um Nicos Brief zu lesen.

Cara Lisa,
ich hoffe, es geht Ihnen einigermaßen gut. Ihre Nachricht habe ich weitergegeben. Bitte melden Sie sich bald wieder bei Ihren Eltern, sie sind sehr besorgt. Sie versprachen, Ihr Institut zu benachrichtigen, sind aber der Meinung, dass man dort Bescheid wisse, denn die Nachricht von dem gewaltigsten Bergrutsch aller Zeiten sei durch alle Nachrichtensender verbreitet worden. Wenig später rief Ihr Geologisches Institut hier bei mir an, weil man Sie telefonisch nicht erreichen konnte. Man hat mich gebeten, Ihnen mitzuteilen, Sie möchten so schnell wie möglich einen ausführlichen Bericht über die Katastrophe und die Gefährdung der Tessiner Alpen liefern und Fotos dazu machen. Aber man möchte keinen Bericht und keine Fotos über zerstörte Kulturdenkmäler oder über die Residenzen reicher Bewohner, sondern über die Menschen, die ihr Hab und Gut verloren haben, ihre Not, ihren Mut, über Hilfsmaßnahmen und Nächstenliebe. Eventuell will man auch eine Hilfsaktion zusammen mit Hamburger Fernsehsendern starten.

Mir geht es ganz gut. Meine Familie holt mich morgen nach Bari zurück. Aber ich weiß, da bin ich mir ganz sicher, wir sehen uns bald wieder! Ich muss schließen, Bruno Molinari hat es eilig, er will zur Villa fliegen. Über die Amarenis wird er selbst berichten, es ist alles sehr traurig.

Ciao, Nico.

Lisa ging um das Haus herum in die Tiefgarage zu ihrem Auto, um den Brief zu ihren Sachen zu legen. Dann setzte sie sich hinein. Es war der einzige Ort, an dem sie allein sein konnte. Müde und deprimiert von den Nachrichten schloss sie die Augen und klappte die Rückenlehne herunter. Es tat gut, sich für eine Weile absondern zu können. Sie dachte an ihren neuen Auftrag. So einen Bericht kann ich schreiben, überlegte sie. Fotos habe ich auch. Den Namen der Villa werde ich aber weglassen und die genaue Ortsbeschreibung auch. Sollen die Leser rätseln, wo sich das Gut befindet, aber Touristen kann Leonardo in Zukunft wirklich nicht gebrauchen.

Draußen hörte sie Stimmen. Sie stieg aus und ging nach draußen. Angela, Carla, Roberto und zwei Männer kamen die Zypressenallee herauf. Anscheinend waren die beiden Frauen auf der Suche nach Roberto gewesen.

»Also, die Haus-Leitung ist bis zum Transformatorenhaus unterhalb der Überlandleitung in Ordnung. Wir haben keine Unterbrechung gefunden. Dass wir keinen Strom haben, muss an der Hauptleitung liegen, und die wird sicher bald repariert.«

»Hoffen wir es. Und wie sieht es sonst da draußen aus?«

»Schlimm, Lisa, schlimmer als hier. Ich glaube nicht, dass Leon passierbare Wege findet.«

Dann erzählte Lisa von dem Besuch Molinaris und von den Nachrichten, die er mitgebracht hatte. Tief betroffen gingen sie alle schließlich ins Haus.

Die Nacht und auch der folgende Tag verliefen ruhig. Es gab kaum noch Felsabgänge und die Menschen gingen ihren verschiedenen Arbeiten nach. Lisa setzte sich wieder in ihr Auto, fuhr es aber diesmal nach draußen auf den Vorplatz, nahm Papier und Kugelschreiber zur Hand und begann, Notizen für den Bericht zu machen.

Um die Mittagszeit sah sie David auf dem Vorplatz. Er schien sie zu suchen. Sie winkte ihm zu, bei dem schönen Wetter hatte sie das Wagendach zurückgeklappt und genoss die warme Sonne, die das Chaos fast vergessen ließ. Er winkte zurück, als er sie sah und kam herüber. »Lisa, Leonardo hat sich gemeldet. Er ist in Bellinzona und hofft, gegen Abend hier zu sein.«

»So schnell? Was hat er gesagt?«

»Er hat eine Möglichkeit gefunden, mit einem Traktor östlich von hier durch die Hügel zu kommen, und will das heute Nachmittag versuchen. Er hat einen Traktor mit besonders breitem Radabstand geliehen und meint, dass er ihn auch in extremen Schräglagen halten kann.«

»Das hört sich sehr gefährlich an.«

»Ja, er ist auch nicht sicher, ob er es schafft. Er hat uns den Weg beschrieben, falls er nicht durchkommt und man ihn sucht.«

»Hat er etwas über den Zustand der Straßen gesagt?«

»Ja, er meint, die Reparaturen hier oben seien aussichtslos, zumal weiter unten auch noch eine Brücke eingestürzt ist. Ab morgen sollen die Männer an den Wegen arbeiten, die er ausgekundschaftet hat.«

»Haben Sie schon mit Carlo gesprochen?«

»Nein, den suche ich jetzt.«

Lisa blieb in ihrem Auto sitzen und holte erst einmal tief Luft: Leon war auf dem Rückweg, Gott sei Dank! Und vielleicht gab es bald neue Wege – der Druck, der auf allen lastete, schien sich langsam, ganz langsam zu lösen!

Unter den Gästen und Flüchtlingen hatte sich Davids Nachricht schnell verbreitet. Immer wieder sah Lisa den einen oder anderen auf dem Vorplatz und in der Allee. Sie warteten, sie horchten, sie schöpften Hoffnung. Und dann, endlich, es wurde schon dunkel, hörte sie das tiefe Brummen eines großen Motors. Sie legte ihre Notizen weg, schloss das Autodach und stieg aus. Kein Zweifel, da kam eine schwere Maschine die Allee herauf. Das erste fremde Fahrzeug seit zehn Tagen.

Leonardo hatte kaum den Motor abgestellt, als er auch schon von Menschen umringt war. Müde und lächelnd kletterte er aus dem Sitz und drückte die Hände, die ihm gereicht wurden. »Ciao, Leon, ciao!«, hieß es immer wieder und wildfremde Menschen umarmten sich, so groß war die Freude, ihn wiederzusehen.

Lisa blieb im Hintergrund, sie konnte warten. Ihre Zeit für die Begrüßung würde kommen. Dabei war sie überrascht, wie sehr sie ihn vermisst hatte, nicht nur seine Art, in der er ihr einmal reserviert, einmal freundschaftlich begegnete, sondern auch seine körperliche Präsenz, die dieses Wohlbehagen in ihr auslöste, hatten ihr gefehlt.

Dann sah er sie und kam herüber. »Lisa!«

Seine Stimme war nur ein Krächzen und seine Augen waren geschwollen und beinahe geschlossen hinter einer Kruste aus Schmutz und Sand. Er legte seinen Kopf auf ihre Schulter. »Gott sei Dank«, flüsterte er, und Lisa legte einen Arm um ihn und stand ganz still.

Die Menschen waren leise geworden, dann bildeten sie eine Gasse und die beiden gingen ins Haus.

»Haben Sie etwas über Ihre Familie erfahren?«

»Ja, ich konnte von Bellinzona aus telefonieren. Es waren traurige Gespräche mit Mailand.«

»Ja, aber sie leben alle noch.«

»Ja, sie leben, aber wie – «

»Ihr Vater und Ihr Bruder sind starke Männer, sie werden kämpfen, sie werden sehr tapfer sein und Ihre Mutter wird dafür sorgen, dass sie nicht aufgeben. Sie ist eine wunderbare Frau, Leon, sie wird ihren Optimismus und ihren Mut auf sie übertragen. Und was haben Sie von Riccardo gehört?«

»Er ist mit seiner Einheit im Valle di Bantoletto im Einsatz. Er wird auf lange Zeit keinen Urlaub bekommen und das Elend, dem er täglich begegnet, nimmt ihn sehr mit. Ich konnte zwei Stunden mit ihm zusammen sein.«

In der Halle kam ihnen Marisa entgegen. »Kommen Sie mit, ich habe Kaffee und Cognac und jede Menge Waschwasser. Signore, Sie sehen aus, als könnten Sie eine gründliche Wäsche gebrauchen.«

Leons Hände zitterten, als er den großen Becher mit dem heißen Getränk an den Mund führte. Die lange Fahrt hatte ihn völlig überanstrengt. Doch er nahm sich keine Zeit zum Ausruhen. Gleich nachdem er sich an Marisas Kaffee gestärkt hatte, verschwand er im Nebenraum, um sich zu waschen und umzuziehen. Und als er in die Küche zurückkehrte, war er bereits wieder voller Tatendrang.

»Lisa, ich möchte gern mit allen Gästen sprechen. Wo machen wir das?«

»Sandro hat die Bibliothek in Ordnung gebracht.«

»Gut, dann wollen wir die Leute zusammenrufen.«

Kurz darauf hatten sich alle versammelt. Als Leon hereinkam, klatschten alle, sie hatten verstanden, was er ihretwegen auf sich genommen hatte.

»Ich möchte Ihnen etwas Hoffnung machen. Sie haben hier schwere und angstvolle Tage erlebt. Sie haben mit uns gelitten und dieses chaotische Leben mit uns geteilt. Vor allem aber haben Sie uns sehr geholfen und dafür möchte ich Ihnen allen danken. Jetzt habe ich eine Möglichkeit gefunden, Sie aus der Villa heraus und zurück in die Zivilisation zu bringen« – alle klatschten begeistert, »aber es ist nur ein kleine Chance, die wir haben, das sage ich ganz ehrlich, der nächste Erdrutsch kann sie wieder zunichte machen. Immerhin, der Versuch würde sich lohnen.«

Er machte eine kurze Pause. »Mein Plan sieht so aus: Morgen früh machen wir uns auf den Weg. Ich nehme den Traktor und einen Anhänger, auf dem Sie mit Ihrem Gepäck Platz nehmen können. Aber bitte, nehmen Sie nur Handgepäck mit, Sie müssen es unter Umständen tragen. Wir fahren meist querfeldein. Streckenweise werden Sie laufen müssen, weil die Gefahr besteht, dass der Hänger umkippt. Nach etwa drei Stunden erreichen wir eine unzerstörte Straße. Wer meint, das nicht durchzustehen, sollte nicht mitkommen. Der Weg ist gefährlich, das muss ich betonen.«

»Wie geht es dann weiter?«

»Es gibt ein paar Busse, die dort verkehren. Aber sie fahren unregelmäßig und auch diese Fahrten sind nicht ungefährlich. Und noch etwas: Die wenigen Hotels sind mit Obdachlosen belegt. Sie werden kaum Übernachtungsmöglichkeiten finden.«

Es wurde lauter in der Bibliothek. Viele berieten sich untereinander. Fragen tauchten auf. »Was wird mit unseren Autos?«

»Was passiert mit dem restlichen Gepäck?«

»Die Wagen müssen hier bleiben. Verstauen Sie alles, was Sie nicht mitnehmen, in den Wagen, irgendwann wird es eine Möglichkeit geben, sie abzuholen, oder meine Leute fahren sie zu einem von Ihnen genannten Ort hier in der Nähe. Leider habe ich auf diese Fragen keine besseren Antworten.«

Einige sahen ratlos aus, andere nickten zustimmend.

Dann stand Roberto auf. »Ich finde, Signore D'Amareni hat eine gute Lösung gefunden. Ich bin dafür, dass wir morgen aufbrechen. Auf eigenes Risiko selbstverständlich.«

Zögernd meldeten sich andere.

»Wir sind mit einem Leihwagen hier«, riefen die Amerikaner.

»Benachrichtigen Sie von unterwegs die Firma, wir bringen den Wagen zur nächsten Station.«

Schließlich meldeten sich alle bis auf David und Linda. »Wir haben Zeit, wir bleiben noch. Hier können wir helfen, bei uns zu Hause fangen jetzt die grauen Wochen mit Regen und Nebel an, da versäumen wir nichts«, erklärte David und paffte an seiner Bruyerepfeife. Dann versicherte er lächelnd:

»Wir wollen morgen versuchen, die beiden Ladestationen für

Handys an den zweiten Generator anzuschließen, wenn es gelingt, kann man wieder telefonieren.«

Welch eine gute Nachricht. Lisa war froh, dass die beiden bleiben wollten, sie mochte sie sehr gern.

Der Aufbruch wurde für sieben Uhr festgesetzt und alle gingen in der Hoffnung auseinander, dass keine neue Mure dem Plan über Nacht ein Ende bereiten würde.

Überall begann man, Sachen zu sortieren und zu packen. Ein reges Hin und Her zwischen der Villa und den jetzt auf der Wiese geparkten Autos begann und viele Flüchtlinge sahen traurig zu, wie sich diese Fremden auf den Heimweg vorbereiteten. Was nützte ihnen ein Heimweg, wenn es kein Zuhause mehr gab?

Schließlich waren Leon und Lisa allein in der Bibliothek. Er sah sich um und fragte dann: »Wo ist eigentlich Carlo?«

»In der Kellerei.«

»In der Kellerei?«

»Wir haben wieder mit der Weinernte begonnen.«

»Sie haben was – ?«

»Leon, wir ernten die Trauben, die auf der Erde liegen und verrotten würden, wenn wir sie nicht aufheben. Carlo hat alle Hände voll mit dem Keltern zu tun.«

Er starrte sie verständnislos an. »Und was ist mit den Gewölben? Wieso laufen die Pressen, und überhaupt, der Eingang – ?«

Bevor Lisa noch etwas sagen konnte, stürmte er an ihr vorbei nach draußen. Sie folgte ihm langsam quer über den Wirtschaftshof. Hier lagerten Männer und Frauen neben den Kochstellen und genossen am Spieß gebratene Schinkenstücke, frisches Brot und den Wein, den Carlo ihnen versprochen hatte. Dann erreichten sie den Kellereieingang. Lisa ließ Leon allein weitergehen. Die beiden Männer hatten sich jetzt viel zu erzählen und Carlo sollte allein die Freude haben, von dem guten Zustand der vielen Weinfässer zu berichten und von der Ernte, die nun hereinkam.

Sie ging zurück in die Küche und half Marisa, kleine, bescheidene Lunchpakete für die Gäste fertig zu machen, denn sie würden morgen während der Tour und auch später keine andere Verpflegung bekommen. Sie packten dicke Brotscheiben, Schinken und Käse ein und Marisas Küchenfrauen kochten Tee, den man in einem großen Kanister mitnehmen und unterwegs kalt trinken konnte.

Lisa hatte sich längst entschlossen, die Gruppe zu begleiten, sprach aber nicht darüber. Sie wollte keine Diskussionen, denn Marisa und Leon würden nicht wollen, dass sie die gefährliche Tour mitmachte. Nachdem die Vorbereitungen in der Küche abgeschlossen waren, ging sie zum Auto und suchte sich im Schein der Taschenlampe Schuhe, Kleidung und ihre kleinste Kamera heraus, die sie in einer Hosentasche mitnehmen konnte. Dann verstaute sie alles unter ihrer Liege und freute sich, dass das Bett links von ihr nicht belegt war. Die vielen Menschen waren so ungewohnt und sie schlief sehr schlecht in dieser Menge.

Etwas später nahm sie im Halbschlaf wahr, wie das freie Feldbett neben ihres geschoben wurde. Sie blinzelte und freute sich, als sie im Schein einer entfernt flackernden Petroleumlampe sah, dass Leon sich neben ihr ausstreckte. War es möglich, dass ein guter Geist die Liegen in dieser Nacht für sie beide frei gehalten hatte? Eine liebevolle Hand, die über Leon wachte?

Am Morgen wurde Lisa wach, als es noch ganz dunkel war. Sie stand leise auf, um Leon nicht zu wecken, und zog sich an. Dann ging sie in die Küche, wo die ersten Gäste bereits ihr Frühstück einnahmen und setzte sich zu ihnen. Nach und nach füllte sich der Raum. Alle waren sehr aufgeregt. Dann versammelten sie sich auf dem Vorplatz und wenige Minuten vor sieben fuhr Leon mit dem Traktorgespann vor. Während die Gäste sich auf bereitgelegte Decken setzten und ihr Gepäck verstauten, ging Lisa zu Leon. »Ich möchte mitkommen. Ich möchte vor allem auf dem Rückweg dabei sein, wenn Sie mit dem Gespann allein sind.«

Zu ihrer Überraschung hatte er nichts dagegen. »In Ordnung. Haben Sie gut geschlafen?« Er blinzelte ihr zu.

»Ja. Wer hat eigentlich in dem überfüllten Raum für zwei freie Liegen gesorgt?«

Er lachte leise: »Aber das wissen Sie doch, ich habe meine guten Geister und die können Gedanken lesen.«

»Dann werde ich den guten Geistern jetzt Bescheid sagen, dass ich mitfahre, sonst vermissen sie mich hier.«

»Das brauchen Sie nicht, ich habe es ihnen schon gesagt.«

»Aber – ?«

»Ich kann auch Gedanken lesen, wussten Sie das nicht? Und nun kommen Sie.«

Es gab ein herzliches Abschiednehmen. Ein paar Tränen gab es auch, aber es wurde auch gelacht. Leon warf den schweren Motor an und Lisa setzte sich zu den anderen auf den Hänger. Ein letztes Winken, dann rumpelten sie die Allee hinunter.

Mit Leon und Lisa waren es zwanzig Personen, die sich im Morgengrauen auf den Weg machten. Auf der Asphaltstraße war die Fahrt noch recht bequem, aber kaum hatten sie die verlassen, wurde es so unruhig, dass man befürchten musste, über den niedrigen Rand geschleudert zu werden. Alle rückten von den Seiten in die Mitte und versuchten, die gröbsten Stöße mit den Armen abzufangen und das Gepäck festzuhalten.

Hier, zwischen Weinbergen, Geröllhalden und großen Felsbrocken, kamen sie nur langsam voran. Ständig ging es bergauf oder bergab. Hin und wieder sahen sie einzelne zerstörte Gehöfte. Kein Rauch kräuselte sich mehr aus den Kaminen, kein Sonnenstrahl verfing sich in den zerborstenen Fensterscheiben. Einmal kamen sie in die Nähe einer kleinen Siedlung. Ein paar Leute versuchten ihren Hausrat aus den Trümmern zu bergen, ein Sieb, ein Sofa, ein paar Töpfe – es war so wenig und doch begaben die

Männer und Frauen sich dafür in Lebensgefahr. Lisa machte einige Fotos. Dann erreichten sie eine Passage, vor der sie absteigen mussten. Leon bat alle, auch das Gepäck mitzunehmen, um den Hänger zu entlasten. Roberto und die beiden Amerikaner stellten sich auf den Tritt des Traktors, um als Gegengewicht zum bedrohlich abfallenden Hang zu wirken. Lisa hatte Angst, denn wenn die schwere Maschine kippte, würde sie Leon unter sich begraben. Sie konnte nicht hinsehen, bis Carla ihr sagte, dass alles vorbei sei.

Gegen Mittag mussten sie Rast machen. Einige Frauen konnten nicht mehr sitzen und sich festklammern. Angela und Carla verteilten die Lunchpakete und den Tee und Lisa sah, dass Leon seinen Becher nicht halten konnte, so zitterten seine Hände. Sie setzte sich neben ihn und fragte leise: »Soll ich helfen?«

Er schüttelte den Kopf. »Es wird sicher gleich besser. Es ist mir unangenehm.«

»Aber jeder hat Verständnis, wir haben doch alle gesehen, wie anstrengend diese Fahrerei ist.«

»Es kommt daher, dass ich völlig verkrampft auf der Maschine sitze. Meine Schultern, die Arme, ich versuche, mit dem ganzen Körper ein Gegengewicht zu bilden, und das ist natürlich Unsinn.«

»Kommen Sie, wir setzen uns so hin, dass Sie sich gegen mich lehnen können. Und dann versuchen Sie, sich zu entspannen.«

Stück für Stück aß Leon von seinem Brot und Lisa hielt den Becher, bis er ihn vorsichtig nahm und die ersten Schlucke trinken konnte.

»Wie weit ist es noch?«

»Eine gute Stunde. Aber die schlimmsten Passagen haben wir hinter uns.«

»Ich hatte solche Angst.«

»Ja, einige Stellen sind wirklich gefährlich. Deshalb bin ich ja auch so verkrampft. Und dann kommt hinzu, dass der Hänger den Traktor ständig bergab zieht. Man kann kaum gegensteuern.«

Nach einer Weile kam Roberto zu ihnen. »Wie weit ist es noch?«, fragte er.

»Eine Stunde etwa.«

»Ich hab' mir das nicht so schlimm vorgestellt. Leider kann ich Sie nicht ablösen, ich kann nicht Traktor fahren und außerdem, also, ich hätte das auch nicht gewagt, muss ich gestehen.«

»Wir haben es fast geschafft.«

»Ja, aber Sie haben den Rückweg noch vor sich.«

»Jede Fahrt vertieft die Traktorspuren, es wird jedes Mal leichter.«

»Nehmen Sie den Hänger wieder mit?«

»Ja, sicher, ich muss ihn vollpacken. Ich nehme alles mit, was ich an Hilfsmitteln kriegen kann. Wer weiß, wann wir wieder durchkommen, und ich muss fast einhundert Leute versorgen, vielleicht noch wochenlang.«

»Glauben Sie nicht, dass die Flüchtlinge bald zurückgehen?«

»Und wohin? Sie haben doch die Gehöfte unterwegs gesehen, da kann kein Mensch den Winter verbringen. Hier oben kann es sehr unangenehm werden.«

»Vielleicht kommen sie in ein Sammellager.«

»Das will ich nicht. Sie sind zu mir gekommen und ich werde für sie sorgen.«

»Geben Sie mir Bescheid, wenn ich helfen kann, Leon. Ich meine es ernst, ich helfe gern. David weiß, wie und wo Sie mich erreichen.«

»Danke, Roberto, es ist gut, Freunde zu haben.«

Die Männer sahen sich an und ein fester Händedruck besiegelte das Versprechen.

Dann wurde es doch fast drei Uhr, bis sie die große Piazza in Camporete erreichten. Kurz vor der kleinen Stadt waren sie wieder auf eine Asphaltstraße gekommen und von dort ging es dann sehr schnell. Zweimal wurden sie von Straßenposten angehalten, denn der Ort war für Fremde gesperrt, aber Leon erreichte ohne Schwierigkeiten die Genehmigung zur Weiterfahrt. Sie kamen durch Straßen, die zerstört waren, und durch andere, die kaum Schäden zeigten. An einigen Stellen stieg Rauch aus den Trümmern, an anderen waren Bagger dabei, Mauerreste zu beseitigen. Sie sahen Suchtrupps mit Hunden und Leute vom Roten Kreuz. Die Piazza selbst zeigte wenig Schäden, war aber voller Lastwagen, Omnibusse, Krankenwagen und Militärfahrzeuge. Leon hielt in einer Seitenstraße und sie verabschiedeten sich von den anderen. Es gab Tränen und Küsschen und Umarmungen. Man tauschte Anschriften aus, versprach, in Kontakt zu bleiben, sich zu besuchen. Und der meist so reservierte Leon drückte fast wehmütig die Hände der Menschen, die rund um ihn herum eine so mutige und hilfsbereite Gemeinschaft gebildet hatten, und lud sie ein, wiederzukommen.

Als alle gegangen waren, kletterten Leon und Lisa auf den Anhänger, setzten sich an den Rand und blickten auf die Häuser auf der gegenüberliegenden Straßenseite. Ein paar Blumentöpfe streuten Farbtupfer in das Grau, Katzen streunten durch die Straße und der Geruch von zubereitetem Abendessen zog in Schwaden über sie hinweg.

»Nun sind sie also fort, die von Ihnen so gehassten Fremden.«

»Ich habe meine Meinung revidiert. Viele sind inzwischen Freunde geworden.«

»Werden Sie das Haus wieder für Gäste öffnen?«

»Ich weiß es nicht, Lisa. Ich weiß nicht, wo mir der Kopf steht, und die Zukunft des Gutes fängt für mich in der Cantina an, nicht in der Villa.«

»Carlo ist sehr zuversichtlich.«

»Ja, irgendwie hatten wir noch Glück. Wenn keine neuen Muren kommen und wenn wir den Weg reparieren, könnten wir die versandfertigen Kisten noch termingerecht verkaufen. Ich brauche dringend Geld, ziemlich viel Geld sogar.«

»Um das Haus und die Cantina zu reparieren?«

»Nein, um einhundert Menschen zu ernähren. Sie sollten mich inzwischen besser kennen.«

»Bekommen Sie keine Zuschüsse oder Darlehen dafür?«

»Von wem und wann? Darauf kann ich nicht warten. Die Leute haben heute Hunger. Vielleicht sind die Sachen, die wir nachher hoffentlich bekommen, noch umsonst, weil sie gespendet wurden. Aber das kann morgen schon anders sein.«

»Ich möchte Ihnen etwas sagen, Leon.«

»Geht es um Ihren Bericht?«

»Ja. Ich habe von meinem Institut den Auftrag bekommen, einen Bericht über die zerbröckelnden Alpen zu schreiben.«

»Und? Werden Sie das tun?«

»Ja, und ich würde gern noch eine Weile in Ihrem Haus wohnen.«

»Ich habe nichts dagegen, aber vermeiden Sie bitte jede Art von Adressenangaben. Katastrophentourismus kann ich jetzt wirklich nicht gebrauchen.«

»Natürlich. Bellinzona wird die einzige nähere Ortsbezeichnung sein«, erwiderte Lisa kühl, ein wenig mehr Interesse an ihrer Arbeit und an ihrem Bleiben hatte sie schon erwartet. Aber er spürte ihre Enttäuschung sofort. Er griff nach ihrer Hand.

»Nicht doch, Lisa, nicht so gereizt, wir hatten doch vor, Freunde zu werden.«

»Ja, das hatten wir vor«, jetzt musste sie lachen, »ja, tatsächlich, irgendwann in grauer Vorzeit hatten wir vor, Freunde zu werden.«

»Und sind wir das denn nicht?«

»Na ja, wenn ich mir viel Mühe gebe, könnte ich ab und zu Anzeichen dafür entdecken.«

Nun lachten sie beide und Leon küsste Lisas Hand. Dann sprang er vom Wagen und sagte: »Nun aber los, wir müssen zusehen, dass wir nach Hause kommen.«

Er reichte ihr seine Hände, um ihr herunterzuhelfen, und sie dachte, ›nach Hause‹, wie gut sich das anhört!

16

Es wurde höchste Zeit zum Aufbruch. Leonardo überlegte: Wir werden zwar nicht mehr weit fahren, dazu ist es inzwischen zu spät, aber wir können die Formalitäten erledigen und die Hilfsmittel aufladen, dann kommen wir wenigstens noch aus dem Ort heraus. Und dann? Wie geht es weiter? Die Ungewissheit ist am schlimmsten. Ich kann nichts planen, ich kann nur von einer Stunde zur nächsten hoffen, und das ist eine verdammt vage Angelegenheit.

Leonardo war ein Mensch, der feste Pläne brauchte, der ein klares Ziel haben musste, doch jetzt musste er jeden Tag aufs Neue improvisieren und Entschlüsse fassen, die nicht bis ins Detail überlegt werden konnten. Er musste Dinge anordnen, für die er kaum Gründe hatte, und Menschen führen, ohne den Weg zu kennen. Und das Schlimmste, die Leute erwarteten das von ihm, sie rechneten fest mit ihm, sie vertrauten ihm und übten damit einen Zwang aus, dem er kaum noch gewachsen war.

Er wandte sich zu Lisa um. Sie fotografierte Sanitäter, die mit einer Trage unterwegs zu einem Einsatz waren. Er legte eine Decke auf den Traktorsitz über dem Hinterrad und half ihr hinauf. Auf der Fahrt hierher hatte sie unbedingt auf dem Anhänger bei den anderen Gästen sitzen wollen, jetzt konnte sie es etwas bequemer haben – wenn man überhaupt von Bequemlichkeit reden konnte.

Leonardo beobachtete, wie sie mit geschmeidigen Bewegungen auf die Maschine kletterte, und trotz der stundenlangen Fahrt schien sie noch nicht müde zu sein. Sie ist eine bemerkenswerte Frau, dachte er, sie ist gleichzeitig zäh und zart und undurchschaubar. Sie ist ein Rätsel für mich!

Er startete und sie verließen die kleine Seitenstraße. Auf der

Fahrt durch den Ort wurde das ganze Ausmaß des Chaos deutlich: Menschen, die ihre Dörfer verlassen hatten, zogen mit ihrem Gepäck durch die Straßen, Rettungswagen mit schrillen Sirenen waren unterwegs und streunende Katzen kreischten auf der Jagd nach Beute. Ein kleiner Bach hatte sich zu einem reißenden Fluss entwickelt, der sich nun im Tal staute und bisher unzerstörte Weideflächen überflutete.

Leonardo lenkte den Traktor mit dem Anhänger zur Verteilerstelle der Hilfsmittel. Es wurde höchste Zeit, denn die Sonne war hinter den grauen Schindeldächern der Häuser verschwunden.

Sie erreichten die Sammelstelle, die etwas außerhalb des Ortes eingerichtet war, und hofften, hier die Bezugsscheine für Hilfsmittel zu bekommen. Dank der Listen, die Carlo in der vergangenen Nacht erstellt hatte, waren schnell alle erforderlichen Unterlagen beisammen.

Carlo hatte dafür gesorgt, dass ein Lehrer in der Nacht alle geflüchteten Leute nach ihren Personalien befragte und in Listen zusammenfasste. Zwei Männer hatten ihm dabei geholfen, sonst wäre diese Arbeit nicht in einer Nacht zu schaffen gewesen. Jetzt dienten die Listen dazu, die Verteilung der Hilfsmittel zu organisieren und, was vielleicht noch wichtiger war, den Verbleib der Menschen nach der Katastrophe zu melden. Man konnte davon ausgehen, dass in kürzester Zeit Hunderte nach ihren Angehörigen suchen würden.

Als sie alle Unterlagen abgegeben hatten, bot man ihnen an, zu duschen und zu telefonieren. Während Leonardo Lisa den Vortritt beim Duschen ließ, rief er in Mailand seine Eltern und Isabella an. Seinem Vater ging es etwas besser und man hoffte, in drei Wochen mit der Rehabilitation in Como beginnen zu können. Der Zustand von Enrico war noch immer sehr kritisch und Isabella weinte, als sie Leonardos Stimme hörte. Sie wollte, dass er zu ihr nach Campione käme, und konnte nicht verstehen, dass das im Augenblick unmöglich war. Leonardo tröstete sie, so gut es ging, und versprach, sofort zu kommen, wenn die Situation auf dem Weingut es erlaubte.

Seinen Sohn konnte er nicht erreichen. Dann rief er Nicos Eltern in Bari an und erfuhr, dass der Freund in einer Spezialklinik lag. Die verschiedensten Transporte und die damit verbundenen Bewegungen hatten den so kompliziert gebrochenen Beinen sehr geschadet.

Nachdem Lisa fertig war, ging Leon in die Duschkabine, die provisorisch in einem Container eingerichtet worden war. Welch ein Genuss, das erste heiße Wasser nach zwölf Tagen auf der Haut zu spüren, die herrlich schäumende Seife zu verteilen und saubere Handtücher benutzen zu dürfen, dachte er. Welch ein Luxus! Von Kopf bis Fuß durchströmt mich ein Gefühl von Wärme und Wohlbehagen. Als er ins Freie trat, hatte auch Lisa ihre Ferngespräche erledigt. Sie hatte das Geologische Institut in Hamburg erreicht, den Auftrag bestätigt und ihre Eltern in Berlin beruhigt.

Mit den Bezugsscheinen mussten die beiden anschließend mit dem Traktor zu verschiedenen Verteilerstellen fahren, um Lebensmittel, Kleidung, Decken, Schlafsäcke, Hygieneartikel und Medikamente einzusammeln. Hier konnten sie auch alle mitgebrachten Mobiltelefone aufladen lassen. Es wurde eine mühsame Fahrt mit dem schweren Gespann durch den überfüllten kleinen Ort. Als sie endlich alles verladen hatten, war die Nacht hereingebrochen und der Wind wehte kühl vom Gebirge herunter.

Kurz vor dem Verlassen von Camporete bekamen die beiden in einem Zelt vom Roten Kreuz heißen Tee und Brot angeboten. Dann fuhren sie weiter. Sie wollten unterwegs etwas schlafen, denn es wäre zu dunkel geworden, um die gefährlichen Stellen der Strecke zu passieren. Der voll bepackte Hänger war sehr schwer zu fahren und Leonardo machte sich Sorgen, ob er ihn tatsächlich bis zum Gut bringen konnte. Andererseits war der Weg, wenn man die Strecke so bezeichnen konnte, inzwischen etwas ausgefahren. Hier gab es ja nicht wie in anderen Gegenden oder Ländern Feld-, Wald- oder Wiesenwege, die man benutzen konnte, hier gab es nur, wenn überhaupt, kurze Zufahrten zu Weinbergen oder beackerten Feldern, die nach wenigen Metern im Nichts endeten. Auf jeden Fall aber brauchten sie Tageslicht für die Weiterfahrt.

Solange sie die kleine Asphaltstraße benutzen konnten, verlief die Fahrt ruhig und problemlos. Lisa saß schräg hinter Leonardo und sah angespannt mit nach vorn. Die Scheinwerfer waren inzwischen die einzige Lichtquelle. Dann kamen sie an die Absperrung vor der eingestürzten Brücke. Ein Posten winkte ihnen zu, als sie rechts auf einen kleinen Feldweg abbogen, um nun östlich von der eigentlichen Straße durch die Hügel zu fahren.

Weit werden wir heute nicht mehr kommen, dachte Leonardo. Die Dunkelheit liegt wie eine schwere Decke über dem Land und die Scheinwerfer blinken so unruhig vor uns auf und ab, dass kaum etwas zu erkennen ist.

Während der Traktor über den unebenen Boden rumpelte, sah sich Leonardo nach Lisa um und erklärte: »Wir sollten hier rasten, der Weg wird mir zu unsicher.«

»Ja«, nickte Lisa einverstanden, »warten wir, bis es wieder hell wird. Die Stelle hier ist etwas windgeschützt, dann wird die Nacht nicht zu kalt.«

Sie hatten einen Hohlweg erreicht. Gestrüpp und anderes Gehölz wucherte rechts und links von ihnen und ein paar Kastanienbäume erhoben sich wie dunkle Schatten am Rande eines Feldes. Leonardo stellte den Motor ab. Absolute Stille umfing sie. Er nahm die Taschenlampe und half Lisa beim Absteigen. Sie streckte sich und massierte ihren Rücken.

»Ich bin ganz steif geworden, ich habe so verkrampft wie auf einem störrischen Pferd gesessen.«

Während Leon noch überlegte, ob er sie in die Arme nehmen und ihr den Rücken massieren sollte, drehte sie sich schon wieder um, lächelte, machte ein paar Übungen und erklärte: »Alles wieder in Ordnung. Wo schlafen wir?«

»Nicht in der Nähe von diesem Gespann. Wenn eine neue Mure kommt, sollten wir abseits liegen.«

Er überprüfte Bremsen und Kupplung und legte ein paar Steine vor und hinter die Räder des Anhängers, damit er nicht ins Rollen kam, wenn die Erde sich bewegte. Lisa holte Decken von der Ladefläche und bereitete ihnen ein Lager inmitten von Brennnesseln und Disteln.

Es war fast Mitternacht, als sie sich hinlegten. Außer den Schuhen hatten sie alles anbehalten und auch die Schuhe stellten sie griffbereit neben sich. So lagen sie lange Zeit einfach da und blickten in die dunkle Unendlichkeit.

»Wie klar der Himmel hier ist und wie nah die Sterne sind.«

»Es ist so still und doch kommt es mir vor, als sei eine ferne Melodie zu hören«, flüsterte Lisa.

Sie horchten in die Dunkelheit. »Der Gesang der Sterne«, sagte Lisa ganz schlicht.

Leonardo rückte etwas näher an sie heran. »Ich hatte mir unsere erste gemeinsame Nacht etwas anders vorgestellt«, sagte er leise.

»Es ist bereits unsere vierte gemeinsame Nacht«, verbesserte Lisa.

»Richtig, wir haben ja schon ein Bett, eine Höhlenwand und eine Liege geteilt.«

»Unsere Nächte sind eben etwas ganz Besonderes.«

»Das kann man so sagen, hoffentlich wird das nicht zur Gewohnheit.«

Lisa rückte etwas näher an den Mann an ihrer Seite und durch den Stoff seiner Kleidung hindurch fühlte Leon ihren wunderbaren schlanken Körper. Und dann merkte er, dass sie eingeschlafen war. ›Der Gesang der Sterne‹, wie schön sie das gesagt hatte, dachte er.

Leon konnte nicht schlafen, er war hellwach und beobachtete die Sichel des Mondes weiter südlich am Himmel, verfolgte einzelne Sternschnuppen und dachte zurück an die ersten Tage ihrer Begegnung: Er sah Lisa vor sich, damals auf der Terrasse, an jenem ersten Abend, wie sie mit seiner Mutter sprach, in dem hübschen, leichten Sommerkleid, in dem der Wind spielte. Sie ist eine schöne, elegante Frau und es hat mir gleich gefallen, wie offen sie auf Menschen zugeht, erinnerte er sich. Dennoch, sie war eine von diesen Fremden, die sich im Haus breitmachten, meine Ruhe störten und der Meinung waren, mich mit ihrem Geld gleich dazukaufen zu können. Ich wollte sie auf Abstand halten, genau wie die anderen, das war damals mein fester Entschluss.

Und dann kam sie auf mich zu und mein Herz geriet völlig außer Kontrolle und begann, wie wild zu schlagen. Ein Zittern überfiel mich, ich war nicht in der Lage, ihr höflich die Hand zu reichen, die ich zwar aus der Tasche genommen hatte, aber nicht ausstrecken konnte, ohne mein Gefühl zu verraten. Und das alles zusammen machte mich erst recht wütend und ich beschloss, dass mir das nicht noch einmal passieren sollte. Ich würde Abstand halten, eine Mauer errichten, mich zurückziehen. Romantische Gefühle zu entwickeln, war das Letzte, was ich wollte.

Einmal und nie wieder hatte ich mich auf Gefühle eingelassen, hatte mich einer Frau geöffnet, mir Emotionen erlaubt und meinen Verstand ausgeschaltet. Nie wieder sollte mir das passieren. Und dieser Doktor Elisabeth Farmsen gegenüber wollte ich umso mehr auf der Hut sein, da sie Geologin ist und nicht nur gekommen war, um bei uns herumzuschnüffeln, sondern, mit ihren Messungen und Mahnungen unser Leben zu beeinflussen.

Sie tat mir fast leid, als ich sie am nächsten Morgen auf dem harten Traktorsitz in die Weinberge expedierte. Aber sie hielt sich tapfer und beschwerte sich den ganzen Tag kein einziges Mal über die Anstrengungen, die ich ihr zumutete. Gegen Abend hatte ich fast ein schlechtes Gewissen.

Schließlich konnte sie ja nichts für meinen Hass Fremden gegenüber. Sie wusste ja nicht, was ich durchgemacht und wie mühsam ich mich wieder aufgebaut hatte. Und dazu kam dieses unkontrollierte Herzklopfen, wenn sie in meiner Nähe war. Ich brauchte sie nur anzusehen und ein Schauer überzog meinen ganzen Körper. Mein Gott, was tat sie mir an?

Leonardo drehte sich zu Lisa um und betrachtete sie. Dann erinnerte er sich wieder: Ich wurde nachdenklich, ich kontrollierte meine Gefühle und dachte daran, wohin mich dieses selbst auferlegte Zölibat eigentlich führen würde. Geformt und gefordert durch die religiöse Erziehung und enttäuscht durch meine missglückte Beziehung zu Franca, war nichts geblieben außer Wut und Verbitterung – und Einsamkeit. Soll das alles gewesen sein?, dachte er. Ist das ein Leben? Ich bin jetzt Mitte vierzig, ich bin ein Mann, ein gesunder Mann mit Gefühlen und mit Wünschen, auch mit sexuellen Wünschen. Soll diese Aversion gegen Frauen eigentlich ein Leben lang andauern? Darf sie mein Leben für immer zerstören?

Das war der Augenblick, an dem ich beschloss, Lisa zu bitten, mich auf der Fahrt nach Morcote zu begleiten, erinnerte er sich. Ich weiß nicht, was ich mir von dieser kleinen Reise versprach, auf keinen Fall ein erotisches Abenteuer, dafür war ich zu ernsthaft. Aber dass sie mich dann für homosexuell hielt, traf mich zutiefst! Diese nächtliche Streiterei, die dann passierte und die irgendwie immer noch zwischen uns steht – es ist einfach alles anders gelaufen, als ich gewollt hatte. Und nun rutscht dieser verdammte Berg mitten in unser Leben und stellt alles auf den Kopf.

Leonardo sah hinauf in die Dunkelheit. Diese wunderbare Person neben mir ist eine Frau von Format, die das Land hier mag, das spüre ich, eine Frau, die vielleicht auch das einfache Leben auf meinem Gut lieben würde, die mit den Menschen umgehen kann und die genug Courage mitbringt, um aus der Hölle ein Paradies zu machen. Schlimm ist nur, dass sie mich nicht mag, und noch schlimmer ist, dass ich daran schuld bin und nicht weiß, wie ich ihre Aversion gegen mich beseitigen könnte. Aber will ich das überhaupt?, überlegte er. Will ich eine Bindung, die ich bisher so strikt abgelehnt habe, vor der ich mich mit Händen und Füßen wehrte?

Er drehte sich wieder auf den Rücken und verschränkte die Hände unter seinem Kopf. In dieser dunklen Stunde wurde Leonardo D'Amareni klar, wie sehr er sich verändert hatte, dass er Gefühle entwickelte, die er nicht mehr für möglich gehalten hätte und die er endlich akzeptieren musste.

Ich liebe diese Frau, dachte er und empfand plötzlich unendliche Freude über diese Gewissheit. Sie ist die Frau, mit der ich mein restliches Leben verbringen will. Ich weiß endlich, was ich will, und nichts und niemand wird daran noch etwas ändern können. Ich werde ihr so viel Liebe schenken, dass sie keine andere Wahl mehr hat, als für immer bei mir zu bleiben. Ich werde sie glücklich machen und ich weiß endlich, dass ich das kann. Mit Mitte vierzig weiß ein Mann, wer er ist, was er kann, was er will. Mir fehlt es nicht an Selbstvertrauen und Willenskraft und vor allem nicht am Mut für einen neuen Anfang. Ich glaube an unsere gemeinsame Zukunft.

Glücklich drehte sich Leonardo zu Lisa um, nahm sie in die Arme und schlief ein.

In dieser Nacht gab es zwei kleinere Erdrutsche. Sie hatten das Traktorgespann zum Glück nicht berührt, aber nach der zweiten Mure konnten die beiden nicht wieder einschlafen. Sie lagen dicht nebeneinander auf dem harten Boden, atmeten den strengen Duft der Brennnesseln ein und warteten auf die Dämmerung.

Lisa lag auf der Seite. Leon nahm ihre Hand und küsste sie. Er wollte vorsichtig sein, er durfte sie nicht überrumpeln, sie wusste noch nichts von seinen Plänen, und dass er sie liebte, wollte er behutsam zeigen, damit sie nicht gleich wieder ihre Stacheln aufstellte.

Es könnte so schön sein, dachte er, so einmalig. Ich habe eine hinreißende Frau neben mir, ich atme den Duft, den ihre Haut verströmt, und ich liebe den Geruch ihrer Haare. Er schob sich noch näher an sie heran und spürte, dass sie leicht zitterte.

»Ist es zu kalt? Frieren Sie?«

»Nein, es ist die Anspannung. Ich erwarte in jeder Minute eine neue Lawine, ich kann einfach nicht abschalten.«

»Beruhigen Sie sich, ich bin ja bei Ihnen, ich sorge dafür, dass Ihnen nichts geschieht«, versicherte Leonardo.

Er hätte viel darum gegeben, mehr als nur dieses Nebeneinander zu erleben. Aber er wagte es nicht. Nicht, weil er fürchtete, die Erde könnte sich unter ihnen auftun und sie verschlingen, sondern weil er nicht wusste, ob Lisa bereit sein würde. Er wollte ihr alle Zärtlichkeit schenken, die er zu vergeben hatte, aber er wollte geduldig auf ihre Signale warten.

Langsam kroch die Dämmerung über die Berge im Osten.

Die Silhouetten vom Monte Lungo und vom Camoghe zeichneten sich ab. Es war so ein wunderschönes Land – es war Leonardos Heimat.

Er legte sich auf den Rücken und streckte sich in einem unbeschreiblichen Gefühl des Wohlbehagens und der Freiheit. Er empfand ein herrliches Gefühl von Vollkommenheit am Morgen dieses Tages, der dann noch so viele Ängste und Probleme für die beiden bereithielt.

17

Dieser neue Tag machte den beiden schwer zu schaffen. Als es hell genug war, um ein paar Meter weit zu sehen, aßen und tranken sie den Rest von Marisas Proviant: hart gewordenes Brot mit Salamischeiben und kalten Tee aus dem Plastikkanister. Aber sie lächelten sich an, als sie auf den trockenen Stücken herumkauten, sie wussten, es konnte nur besser werden, denn in etwa vier Stunden würden sie das Gut erreichen, wenn alles gut ging. Aber das notwendige Quantum Glück fehlte ihnen an diesem Tag.

Es begann damit, dass der Motor nicht ansprang. Da Leonardo in Camporete vollgetankt hatte, konnte es nicht am fehlenden Treibstoff liegen. Er öffnete die beiden Flügel der Motorhaube und untersuchte Zündkerzen, Verteilerkopf, ein paar Verbindungsschläuche und diverse Kabel. Alles schien in Ordnung. Viel mehr konnte er nicht tun, es war eine geliehene Maschine, viel größer als die, die sie in den Weinbergen benutzten, und entsprechend anders sah der Motorraum aus.

So dauerte es fast eine Stunde, bis er ein winziges Kabel entdeckte, das aus einer Halterung herausgerutscht war. Als er es zurückgesteckt und die winzigen Schrauben mit seinem Taschenmesser festgezogen hatte, sprang der Motor einwandfrei an, aber Leonardo war von Kopf bis Fuß mit Öl beschmiert und Lisa lachte laut, als er endlich unter der Motorhaube hervorkam. Mit ihrem Taschentuch und einem Rest von Tee versuchte sie, wenigstens sein Gesicht zu säubern.

Dann entfernten sie die Steine von den Rädern und fuhren langsam an. Etwa eine halbe Stunde später erreichten die beiden mit dem Gespann die erste wirklich kritische Stelle. Der Hang neigte sich nach links herunter, während Leonardo den Hänger rechts bergauf steuern musste, damit sie eine kleine Schlucht umfahren konnten. Er bat Lisa abzusteigen, denn er hatte Angst, dass sie nicht schnell genug abspringen konnte, wenn das Gespann ins Rutschen kam. Meter für Meter wühlten sich die großen Räder durch Sand und Steine. Lisa ging hinter dem Anhänger her und Leonardo versuchte, die größten Steinbrocken zu umfahren. Aber mehr und mehr hatte er den Eindruck, mit den kleineren Vorderrädern in der Luft zu hängen und nicht mehr steuern zu können. Der Anhänger zog vehement nach links herunter und dann stand das Gespann.

Jeder Versuch weiterzukommen scheiterte, die Räder drehten durch und wühlten sich immer tiefer in die Erde. Wenn auch nur zentimeterweise, so rutschten sie doch bei jedem weiteren Versuch ein Stück tiefer bergab. Zum Glück war der Abhang nicht so steil, dass sie umstürzen würden, aber immerhin mehr als hundert Meter lang und Leonardo wusste, von da unten gab es kein Zurück mehr für das schwere Gefährt. Er stieg ab, sicherte die Räder mit Steinen und kuppelte den Hänger ab, damit er nicht den Traktor in die Tiefe zog.

»Leon, nicht weit von hier müssten doch die Gehöfte sein, an denen wir gestern vorbeigekommen sind. Vielleicht könnten uns die Männer helfen, die dort in den Trümmern gearbeitet haben«, versuchte Lisa zu helfen.

»Wir können es versuchen, ich fürchte nur, ein paar Männerarme werden nicht ausreichen.«

»Versuchen wir es trotzdem.«

Mit dem Traktor allein kamen sie gut vorwärts. Zweimal bat Leon Lisa, abzusteigen, weil ihm die Schräglage der Maschine zu steil wurde, dann sahen sie in einiger Entfernung die zerstörten Gehöfte. Aber Menschen sahen sie nicht.

»Es ist sehr früh, vielleicht schlafen sie noch?« Sie fuhren näher heran. Tatsächlich, am Rand eines Trümmerhaufens richteten sich ein paar Leute auf, geweckt von dem Motorenlärm. Benommen sahen sie dem Traktor entgegen. Sie streiften ihre Decken ab, rieben sich die Augen und strichen sich Haare und Kleidung glatt, der man ansah, dass sie die aus den Trümmern gezogen hatten.

»Buon giorno, Signori, ich brauche Ihre Hilfe«, rief Leonardo ihnen zu. Die Männer grüßten zurück, ein bisschen brummig zwar, aber nicht unfreundlich. Die Frauen zogen sich die Decken enger um die Schultern und blieben sitzen.

»Ich habe einen Anhänger mit Hilfsgütern für einhundert Menschen, aber ich bringe ihn nicht über die Kuppe dahinten.«

»Was können wir tun, Signore?«

»Vielleicht könnten wir es schaffen, wenn Sie schieben.«

Die Männer sahen sich an. »Wir werden es gern versuchen, aber wir haben auch ein Problem, Signore.«

»Ja?«

»Wir haben ein Pferd dabei, weil wir dachten, es könnte uns beim Auseinanderziehen der Trümmer helfen. Aber gestern hat es sich da drüben zwischen den Bäumen, wo wir es im Schatten angebunden hatten, fast aufgehängt. Es war in Panik wegen der Mure und nun lässt es keinen mehr an sich heran.«

»Dann werden wir uns als Erstes um das Tier kümmern.« Leonardo hatte zwar keine große Erfahrung mit Pferden – als Junge hatte er, wie das in seinen Kreisen üblich war, im Internat reiten gelernt, aber da ging man gut gekleidet in den Stall und setzte sich auf ein fein geputztes Pferd, um seine Runden zu drehen und um anschließend, noch immer gut gekleidet, ins Internat zurückzukehren – aber damit erschöpfte sich auch schon sein Umgang mit Pferden. Die Zeit, in der im Weingut noch mit Pferden statt mit Maschinen gearbeitet wurde, hatte er nicht mehr erlebt. Aber hier musste geholfen werden, das stand fest.

»Leon, ich kenne mich mit Pferden aus, ich komme mit«, erklärte Lisa sofort. Sie folgten den Männern, während ihnen die Frauen mit ängstlichen Augen nachblickten. Was Leon schließlich sah, gefiel ihm gar nicht. Das Pferd, ein kräftiger Brauner mit einer weißen Blesse, stand mit dem Zuggeschirr auf dem Rücken fast aufgehängt zwischen einigen Bäumen. In seiner Angst hatte er sich mehrmals um die Stämme gedreht und mit Trense und Halfterstrick fast erdrosselt. Schlimmer aber war, dass direkt neben seinem rechten Auge ein Aststumpf aus dem Stamm ragte, der bei jeder Kopfbewegung das Auge auszustechen drohte. Und sobald sich einer dem Tier näherte, bäumte es sich auf und streifte mit dem Kopf diesen Ast. Leon versuchte, mit beruhigenden Worten und ganz langsamen Gesten an das Pferd heranzukommen, aber es verdrehte die Augen, bis sie weiß schimmerten, schlug mit den Vorderbeinen nach ihm und bäumte sich auf.

»Haben Sie Messer dabei?«

Die Männer nickten, zogen ihre Messer aus den Taschen und klappten sie auf.

»Sollte ich das Pferd halten können, schneiden Sie alle Riemen durch, die es fesseln«, bat er die Männer.

Sie nickten, blieben aber in sicherer Entfernung stehen.

»Wem gehört das Pferd eigentlich?« Leonardo hoffte, dass wenigstens der Besitzer ihm helfen würde.

»Wir haben es geliehen.«

Das war natürlich überhaupt keine Hilfe. Und er wusste, dass ein Pferd, das mit den Vorderbeinen ausschlägt, besonders gefährlich ist, denn dann hat man kaum eine Chance, in seine Nähe zu kommen. Und diese Hufe waren auch noch mit kräftigen Eisen beschlagen. Man musste das Tier also vollkommen beruhigen, bevor man es befreien konnte. Er sah sich nach Lisa um, sie war zu den Frauen zurückgelaufen und kam jetzt wieder, ein Stück Brot in der Hand.

»Lassen Sie es mich mal versuchen, Leon. Vielleicht reagiert es auf eine Frauenstimme.«

»Auf keinen Fall. Sie gehen nicht in seine Nähe, das ist Männersache.«

»Ich würde hinter den Stamm gehen, da treffen mich seine Hufe nicht.«

Sie hat recht, dachte er. Trotzdem: »Geben Sie mir das Brot, ich versuche es selbst.«

Aber es hatte keinen Zweck, bei der geringsten Bewegung stieg das Pferd und ließ niemanden in seine Nähe.

»Bitte, lassen Sie es mich versuchen. Sprechen Sie hier mit ihm und ich gehe hinten herum bis zu dem Stamm«, bat Lisa. »Wie heißt das Pferd eigentlich?«

Leon sah sich nach den Männern um. »Come si chiama?«

»Er hat keinen Namen, wir sagen nur Testardo zu ihm, weil er so stur ist.«

Leon grinste Lisa an: »Also, bei dem Namen kann man nichts anderes erwarten, er heißt Dickkopf.«

»Auch das noch. Bitte, lenken Sie ihn jetzt ab.«

Leon riss einige Unkrautbüschel aus und hielt sie Testardo hin, während er mit ihm sprach. Lisa ging in einem großen Bogen um die Baumgruppe herum und dann von der Seite an den Stamm heran. Und dann begann sie mit ihm zu sprechen, leise, ruhige Worte, die Leonardo nicht verstand. Er blieb still stehen und beobachtete das Tier. Zuerst veränderten sich die Augen. Das Weiße war verschwunden und plötzlich hatte das Pferd braune, samtene, aufmerksame Augen, die ruhig um sich blickten. Dann begannen die angelegten Ohren zu zucken, stellten sich auf und spielten in die verschiedenen Richtungen. Aus dem Körper wich die Spannung, man sah, wie die Muskeln schlaff wurden, nur die Beine zitterten noch.

Lisa stand nun direkt hinter dem Baum. Sie flüsterte mit dem Pferd und reichte ihm auf der flachen Hand ein Stück Brot. Die geblähten Nüstern sanken ein, das angstvolle Schnaufen hörte auf. Ganz behutsam, fast zärtlich spielte die Oberlippe mit Lisas Fingern, bevor sie das Brot aufnahm. Lisa streichelte den Kopf, löste gleichzeitig die Schnallen der Trense und den Strick und langsam, ganz langsam streifte sie die Lederriemen vom Kopf des Pferdes. Dann reichte sie ihm ein zweites Stück Brot, klopfte seinen Hals und rief fröhlich: »Nun lauf.«

Aber das Tier blieb stehen, schüttelte sich und rieb seinen Kopf an Lisas Schulter. Es warf sie beinahe um, aber sie lachte nur, kraulte seine Ohren, strich mit der Hand über seine Flanke und kam dann zu den Männern herüber, das frei laufende Pferd dicht hinter sich. Die Männer klatschten Beifall, steckten ihre Messer weg und Leon nahm Lisa einfach in die Arme: »Wie haben Sie das gemacht?«

»Mit Liebe, Leon. Pferde sind nämlich meine ganz große Leidenschaft. Deshalb will ich ja auch im nächsten Urlaub in die Camargue.«

Sie gingen zu den Frauen zurück, die inzwischen ein Holzfeuer entfacht hatten und Reis kochten. An der Wasserstelle, die zur Siedlung gehörte, wuschen sie sich so gut wie möglich und aßen dann zusammen mit den anderen von dem mit wilden Kräutern gewürzten Reisbrei. Und hinter Lisa stand Testardo, der sie mit den Nüstern anstieß, ihr Haar durcheinanderbrachte und zu verstehen gab, dass er weitere Streicheleinheiten erwartete.

Dann brachen alle auf, die Männer, die Frauen und das Pferd, um den Hänger zu holen. Sie nahmen Seile, Spaten und Hacken mit. Als sie den Anhänger erreicht hatten, befestigten sie die Seile an dem Gefährt und die Männer spannten Testardo neben dem Traktor vor den Hänger. Leonardo hatte Bedenken und fragte, ob das Tier nicht durchgehen würde, wenn er den Motor anließ, aber die Männer beruhigten ihn.

»Das Pferd muss täglich in einer Ölmühle arbeiten und ist den Krach gewöhnt«, versicherten sie.

Dann ließ Leonardo den Motor an. Lisa führte das Pferd an der Trense, die Männer schoben, die Frauen zogen an den Seilen und langsam kam das Gespann in Bewegung, zunächst nur zentimeterweise, bald aber in zügigem Tempo und wenig später hatten sie den Abhang hinter sich.

In der Nähe der Siedlung hielten sie und Leonardo bat die Leute: »Kommen Sie mit uns auf das Weingut. Sie können bei uns wohnen, bis die Katastrophe vorbei ist. Sie hätten wenigstens ein Dach über dem Kopf und regelmäßiges Essen. Denken Sie an den Winter, der lässt hier nicht mehr lange auf sich warten.«

»Nein, danke, Signore, wir wollen versuchen, hier zu bleiben. Wir werden aus den Trümmern eine gemeinsame Hütte bauen und ein paar Lebensmittelreserven haben wir noch in den verschütteten Kellern.«

»Aber versprechen Sie zu kommen, wenn es zu kalt wird oder wenn Sie Hilfe brauchen. Wir versuchen, einen Weg hier durch die Hügel anzulegen, dann sind Sie nicht ganz abgeschnitten.«

»Danke, Signore, wir denken daran.«

Dann bat Leonardo sie, sich alles vom Hänger zu nehmen, was sie brauchten. Aber sie waren sehr bescheiden: ein paar Decken, für jeden einen Armeeschlafsack und zwei Männer brauchten Schuhe. Lisa suchte ein paar warme Mäntel für die Frauen heraus und dann fragten die noch nach etwas Salz, Kaffee und Zucker. Und als Leonardo und Lisa sich verabschieden wollten, lachten sie, schüttelten den Kopf und baten sie, wenigstens einen Becher Wein mit ihnen zu trinken.

Obwohl den beiden die Zeit davonlief, nickten sie, setzten sich zu ihnen und tranken deren selbst gekelterten Wein.

Leonardo sah zu Lisa hinüber. Welch eine Frau habe ich da an meiner Seite, eine Frau mit einem Charisma, das nicht nur auf Menschen, sondern sogar auf Pferde ausstrahlt, dachte er. Meine Güte, sogar diesen ›Dickkopf‹ hat sie verführt!

Er wollte sie in die Arme nehmen, hier und sofort, und damit das nicht geschah, stand er auf und rief: »Es wird höchste Zeit, wir müssen weiter.«

Ein paar Abschiedsworte, ein Winken auf beiden Seiten, einer der Männer musste das Pferd festhalten, das hinter Lisa hertrottete, und wenig später waren sie wieder unterwegs. Es war fast Mittag.

Lisa und Leonardo waren froh weiterzukommen. Aber dieser problematische Tag war leider noch nicht vorbei. Etwa eine Stunde später erreichten sie Alfredos Bautrupp. Die ersten Männer winkten ihnen zwar zu, aber sie sahen bedrückt aus und wandten sich ab, als sie näher kamen.

Leonardo drehte sich zu Lisa um, auch sie hatte dieses merkwürdige Verhalten bemerkt. »Sie sehen uns gar nicht an, als wollten sie vermeiden, mit uns zu sprechen«, sagte sie bedrückt.

Leonardo hielt an und rief hinüber: »Hallo, Leute, was ist los?«

Ein paar zuckten die Schultern, einer kam auf sie zu. »Es hat einen Unfall gegeben, weiter vorn, wir wissen aber nicht genau, was passiert ist.«

»Wo ist Alfredo?«

»Das ist es ja, er soll verunglückt sein mit dem Schneepflug.«

»Mit dem Schneepflug?«

»Ja, wir setzen ihn ein, um Sand und Steine an die Seite zu schieben.«

Leonardo startete den Motor wieder und fuhr langsam an. »Kommen Sie bitte alle mit, vielleicht brauche ich Ihre Hilfe.«

Sie schulterten ihre Spitzhacken, mit denen sie hier den Fels lockerten, bevor er weggeschoben werden konnte, und liefen neben dem Traktor her.

Und dann sahen sie den Unfall. Das schwere Gerät war über die Kante talwärts gerutscht und umgekippt. Jetzt lag es, mit den breiten Rädern nach oben, auf einem kleinen Vorsprung und drohte bei der kleinsten Erdbewegung in die Tiefe zu fallen. Um den Pflug herum standen mehrere Arbeiter, diskutierten, gestikulierten und winkten Leonardo herunter, als sie ihn sahen.

»Lisa, bitte bleiben Sie hier oben.«

Sie nickte und er rutschte vorsichtig den Abhang hinunter, etwas seitlich von den Männern, um keinen durch losgetretene Steine zu verletzen.

»Wo ist Alfredo?«

»Hier drunter, Padrone.«

Um Gottes willen, bloß das nicht, dachte Leon. Wie sollen wir ihn jemals da herausbekommen? Als er sie erreichte, traten sie beiseite. Von Alfredo sah er nur ein Bein und einen Arm.

»Ist er bei Bewusstsein?«

»Ja, man kann mit ihm reden.«

Leon hockte sich hin und kroch vorsichtig unter die Eisenstangen.

»Alfredo?«

»Ja, Chef.«

»Wie geht es Ihnen?«

»Ganz gut, aber ich kann mich nicht bewegen.«

»Wir holen Sie da raus, keine Angst.«

»Ich hab' den Männern gesagt, sie dürften die Maschine nicht bewegen, sonst stürzt sie mit mir ab«, keuchte er.

»Ist klar, Alfredo. Wir sichern erst mal das Gerät und binden es oben mit Seilen an den Traktor. Dann ziehen wir es so weit hoch, dass wir Sie da herausbringen können. Haben Sie verstanden, was ich vorhabe?«

»Ja, ist recht, Chef.«

Es war Leonardo wichtig, dass Alfredo genau wusste, was er plante, damit er nicht in Panik geriet oder falsche Bewegungen machte. Es sah so aus, als läge der Pflug mit seinem ganzen Gewicht auf der Brust des Mannes, eine verteufelte Situation, und niemand konnte wissen, was passieren würde, wenn man den Pflug bewegte. Aber was sollten sie tun? Sie mussten es versuchen.

Vorsichtig kletterte Leonardo wieder nach oben. »Wer kann einen Traktor fahren?«, fragte er die Männer.

»Ich vielleicht«, meldete sich ein alter Mann. »Ich bin früher Baumaschinen gefahren.«

Leonardo zeigte ihm die Bedienungshebel und erklärte, worauf es ankam.

»Wenn Ihnen diese Frau hier ein Zeichen gibt, dann fahren Sie an, ganz, ganz langsam. Wenn sie ›Halt‹ sagt, sofort stehen bleiben, wenn sie ›zurück‹ sagt, ganz langsam zurück. Probieren Sie es mal.« Der Mann setzte sich auf den Sitz und nach einigem Stottern hatte er die Maschine im Griff.

»Gut so, die Signora steht neben Ihnen und sagt Ihnen, wie Sie fahren, damit Sie sich nicht umdrehen müssen, um uns zu sehen. Und wenn sie ›stopp‹ sagt, sofort halten, Motor aus, Bremsen rein, verstanden?«

»Si, Signore.«

Die Männer knoteten die Seile fest und rutschten wieder nach unten. Dann befestigten sie die Seile so an dem Pflug, dass er zwar angehoben, aber nicht verschoben werden konnte. Nachdem Leonardo alle Seile noch einmal überprüft hatte, bückte er sich zu Alfredo hinunter.

»Haben Sie irgendwo besondere Schmerzen, eine Stelle, die wir nicht anfassen sollten, wenn wir Sie herausziehen?«

»Nein, ich glaube nicht, nur der Druck auf meinen Brustkorb ist so schwer, ich habe große Probleme beim Luftholen.«

»Schon gut, Alfredo, wir holen Sie da jetzt raus, dann ist der Druck weg.«

Er zeigte drei Männern, wo sie ihn anfassen sollten, und sagte ihnen, dass es ganz schnell gehen müsse. Dann rief er den anderen zu, sich bereitzuhalten, um mit ihren Äxten die Seile zu kappen, sobald sie Alfredo befreit hätten, denn Leonardo hatte Angst, der schwere Schneepflug würde den Traktor mitreißen, wenn er in den Abgrund rutschte.

Dann gab er Lisa das Zeichen. »Anfahren!«

Sie legte dem Fahrer die Hand auf den Arm und nickte ihm zu. Die Seile spannten sich und dann hob sich das schwere Gerät zentimeterweise in die Höhe.

»Langsam weiter, Lisa.«

Auf ein weiteres Zeichen von ihm packten die Männer Alfredo und zogen ihn vorsichtig hervor. Leonardo rief nach oben: »Langsam zurück«, bis die Seile durchhingen, und gab dann den Befehl zum Anhalten.

Die Männer sprangen hinzu, kappten die Seile und der alte

Schneepflug rutschte in die Tiefe. Gott sei Dank, es hatte geklappt. Der Schweiß lief Leonardo über das Gesicht, brannte in den Augen und in den Mundwinkeln.

Er beugte sich über Alfredo, der leichenblass im Gestrüpp lag und mühsam atmete.

»Das Ding war verdammt schwer, Chef«, keuchte er.

»Ja, ich weiß. Bleiben Sie ganz still liegen, wir basteln eine Trage und bringen Sie auf den Anhänger und dann nach Hause. Für heute ist Feierabend.« Er nickte den Leuten zu. Sie bauten aus Decken und Stangen eine Trage und wenig später hatten sie Alfredo auf den Hänger gebettet. Lisa setzte sich zu ihm, kontrollierte seinen Puls und nickte Leon zu.

»Fahren wir, es hat keinen Zweck, länger zu warten, wir müssen ihn richtig lagern und versuchen, einen Arzt zu bekommen.«

Die Männer bestiegen mit ihren Geräten den Anhänger, mit dem sie am Morgen gekommen waren, der alte Mann nahm Alfredos Platz am Steuer ein und langsam fuhren sie in Richtung Weingut, bis sie die Asphaltstraße erreicht hatten. Dann ging es zügig nach Hause.

Viele Menschen umringten die beiden Treckergespanne, als sie auf dem Wirtschaftshof hielten. Leonardo lief sofort los, um nach Alfredo zu sehen. Es ging ihm sehr schlecht und als er Lisa fragend ansah, schüttelte sie traurig den Kopf. Vorsichtig hoben ihn die Männer herunter und brachten ihn in das Kaminzimmer, wo noch immer die Matratzen der abtransportierten Verletzten lagen.

»Ich glaube, seine Rippen sind alle gebrochen und haben sich in die Lunge gebohrt, er bekommt kaum noch Luft.« Lisa hielt Leon am Arm zurück. »Wenn er nicht ganz schnell Hilfe bekommt, überlebt er die Nacht nicht.«

Leonardo rannte ins Büro und rief David zu: »Wir brauchen

einen Arzt oder einen Hubschrauber, wir haben einen Schwerverletzten.«

Linda und David setzten sich sofort mit der Funk-Leitstelle in Verbindung, aber wenig später stand fest, dass sie keine Hilfe erwarten konnten.

David schüttelte verzweifelt den Kopf: »Man kann uns nicht helfen, Leon. Sie sagen, es gibt zu viele Schwerverletzte, die versorgt werden müssten. Tut mir leid, wir versuchen es natürlich weiter.«

Draußen hatte Carlo von dem Unfall gehört. Er machte sich sofort auf die Suche nach Bella, Alfredos Frau, die im Weinberg mitarbeitete. Beide gehörten seit Jahren zu den fest angestellten Arbeitern und wohnten in dem jetzt zerstörten Wohnheim. Als Carlo mit Bella erschien, nahm Lisa sie in den Arm und führte sie zu ihrem Mann. Sie setzte sich neben ihn auf den Boden, streichelte seine Hand und weinte still vor sich hin. Alfredo konnte nicht mehr sprechen, er brauchte seine ganze Kraft zum Atmen. Leon und Lisa und auch Carlo und Marisa setzten sich zu ihm. Draußen wurde es dunkel. Nur wenige Kerzen spendeten Licht in dem Zimmer. Vor dem Haus standen viele Menschen still beieinander. Sie wachten gemeinsam bei Alfredo, bis er um Mitternacht den Kampf aufgab. Die Katastrophe hatte in der Villa ihr erstes Todesopfer gefordert.

Marisa bedeckte den Toten mit einem frischen Leinentuch und nahm Bella in die Arme. Dann ging sie mit ihr und Lisa hinaus. In dem kleinen Raum hinter der Küche, in dem sie ihr eigenes Bett aufgeschlagen hatte, trauerten die drei Frauen, bis der neue Tag anbrach.

Leonardo war erschüttert. Immer wieder fragte er sich, ob es seine Schuld sei, dass dieser Mann gestorben war. Hatte er ihn überfordert, hatte er ihm falsche Anweisungen gegeben, hatte er ihm zu viel Verantwortung aufgebürdet, war dieser ganze Plan einer Ersatzstraße eine unsinnige Idee von ihm? Er wusste es einfach nicht.

Dann bat er ein paar Männer, einen Sarg zu bauen, und ging mit Carlo hinaus in die Dunkelheit. Sie setzten sich auf die Terrassenstufen und Leon fragte ihn: »Was habe ich falsch gemacht, Carlo?«

»Du hast gar nichts falsch gemacht. Du wolltest das Beste für uns alle. Alfredo hat sich freiwillig gemeldet, er wusste, dass es gefährlich ist. Er ist ein fähiger und erfahrener Mann gewesen, er wusste, was zu tun war. Leon, such' die Schuld in der Katastrophe und nicht bei dir. Du hast dein Leben riskiert, um ihm zu helfen. Die Männer haben erzählt, wie du unter den Pflug gekrochen bist, um ihn herauszuholen. Sie sehen in dir einen Helden, Leon, ein Vorbild. Für dich gehen sie durchs Feuer, das weißt du doch.«

Leon legte seine Arme auf die Knie und vergrub sein Gesicht darin. »Genau das ist es ja, Carlo, das ist die Gefahr. Sie würden alles für mich tun, ich könnte sie nicht einmal daran hindern, aber ich trage die Verantwortung. Man zwängt mich in eine Rolle, die ich überhaupt nicht will. Und das Resultat ist dieser Tote nebenan.«

Carlo legte ihm die Hand auf die Schulter und schüttelte ihn. »Wach auf, Leon, was du da sagst, ist einfach völliger Unsinn. Wir werden ein andermal darüber sprechen, wenn du wieder klar denken kannst. Komm jetzt, wir müssen überlegen, wo wir ihn beerdigen.«

»Bei den Familiengräbern hinten im Garten natürlich. Hoffentlich ist der kleine Friedhof nicht auch zerstört, ich bin noch nicht dort gewesen.«

»Der ist in Ordnung, ich war neulich mal da. Aber was wird deine Familie dazu sagen?«

»Gar nichts. Ich ordne es an und damit basta.«

»Ich werde seine Freunde bitten, an der Bestattung teilzunehmen. Heute wird nicht gearbeitet. Übernimmst du die Zeremonie?«

»Natürlich. Dazu wird meine Priesterausbildung ja wohl reichen.«

»Wir müssen ihn begraben, bevor es zu heiß wird. Ich werde Marisa Bescheid sagen.«

Leonardo stellte eine Art Totenschein aus, den Lisa, Carlo, Marisa und er selbst unterschrieben. Bella musste ein Papier in der Hand haben, irgendwann würde die Bürokratie wieder funktionieren und dann brauchte sie eine Bescheinigung für Versicherungen und Ämter. Natürlich kann sie, wenn sie es wünscht, auf Lebenszeit bei uns auf dem Gut bleiben, überlegte Leonardo. Wer bei uns arbeitet, darf sich bei uns auch zu Hause fühlen, bis an sein Lebensende, das haben wir schon immer so gehalten; und daran werde auch ich nichts ändern. Das gehört einfach zu den Pflichten eines Padrone. Außerdem weiß keiner von uns, ob Bella irgendwo Angehörige hat, und fragen werden wir sie jetzt nicht.

Als es hell war, ging Leonardo hinüber zu dem kleinen Friedhof, auf dem mehrere Generationen seiner Familie bestattet waren, und suchte die Stelle für das Grab aus. Auch hier standen alte Kastanienbäume, die den Gräbern und dem Grün auf den Grabhügeln in der Sommerzeit Schatten spendeten. Dann bat er ein paar Arbeiter, die Grube auszuheben. Im Haus hatte man Alfredo bereits in den Sarg gebettet, den Männer aus den schweren Türen eines reich geschnitzten Eichenschrankes gezimmert und mit einem Brokatvorhang aus der Bibliothek ausgepolstert hatten. Einige Frauen hatten eine Girlande aus Weinlaub geflochten und den Sarg damit geschmückt. Ein langer Trauerzug folgte dem Sarg durch den Garten und versammelte sich um das Grab.

Leonardo sprach die Gebete für den Toten, dankte ihm in einer kurzen Ansprache und beendete die Feier mit den vorgeschriebenen liturgischen Ritualen. Nach dem Segen übergaben sie den Toten der Erde und um die Mittagstunde war alles vorbei.

18

Alfredos Tod hatte Leonardo sehr nachdenklich gemacht. Nicht nur, dass er den Tod als persönlichen Rückschlag betrachtete, er musste plötzlich auch an die Flüchtlinge in der Villa denken. Wie ging es ihnen? Hatten sie Tote zu betrauern? Hatten sie ihre Toten begraben können, bevor sie flüchteten? Wie fühlten sie sich bei dem Gedanken, in der Panik vielleicht Verschüttete zurückgelassen zu haben? Wir haben bis jetzt immer nur an die Lebenden gedacht und an ihr körperliches Wohl, überlegte Leonardo, wie aber sieht es in ihren Seelen aus? Ich brauche Lisa, ich muss mit ihr sprechen. Aber wo ist sie?

Er machte sich auf die Suche nach ihr und schließlich fand er sie. Sie saß reglos und aufrecht in der Sonne auf der Terrasse und hatte die Augen geschlossen. Wie schön sie ist, dachte er. Aber sie sieht sehr müde aus. Wann haben wir eigentlich zuletzt eine ganze Nacht durchgeschlafen? Das muss ja eine Ewigkeit her sein. Er ging vorsichtig näher, er wollte sie nicht wecken und setzte sich auf den Boden neben ihrem Stuhl, den Rücken an die Hauswand gelehnt.

Dann schlief Leonardo ein. Auch er war völlig übermüdet. Als er die Augen wieder öffnete, war Lisa fort. Er stand auf und ging zur Balustrade. Sie stand in der Nähe der Zelte und sprach mit einem großen, dunkelhaarigen Mann, den er hier noch nicht gesehen hatte. Als die beiden ihn sahen, kamen sie zu ihm.

»Leon, das ist Signore Marconi aus dem Valle di Montabio.«

Leonardo begrüßte ihn und er stellte sich vor. »Manuele Marconi, Lehrer und Bürgermeister. Ich bin mit meiner kleinen Gemeinde hierhergekommen. Die Leute wollten unbedingt zum Gutshaus.«

»Gut, dass Sie sie herbrachten. Wie sieht es im Valle aus?«

»Schlimm, Signore, kein Stein liegt mehr auf dem anderen. Sogar die Kirche ist eingestürzt, nur vom Turm steht noch ein Rest.«

»Und der Pfarrer?«

»Wir haben schon lange keinen eigenen Pfarrer mehr. Alle zwei Wochen kommt ein Hilfsprediger aus Lugano zur Sonntagsmesse herüber.«

Leonardo sah den Fremden nachdenklich an. Er fand es erstaunlich, dass so ein junger, gebildeter Mann in dieser kleinen Gemeinde gelebt und gearbeitet hatte, und sagte ihm das auch.

»Ich stamme aus der Gegend und wollte schon immer Lehrer werden«, erwiderte er. »Mein Vater hatte eine Schweinemästerei in der Nähe und konnte mir die Ausbildung bezahlen, machte aber zur Bedingung, dass ich in der Gegend blieb. Ich hatte nichts dagegen, aber kaum hatte ich meine Stelle angetreten, starb der Bürgermeister und ich musste das Amt gleich mit übernehmen. Das ist jetzt acht Jahre her.«

»Ich freue mich, dass Sie hier sind, wir können Hilfe gebrauchen.«

»Das ist doch selbstverständlich. Sagen Sie, was ich tun soll, und ich helfe.«

»Ich hätte eine spezielle Bitte an Sie.«

»Ja?«

»Es geht um die Toten.«

Lisa sah ihn einen Augenblick lang erschreckt an, dann hatte sie sich wieder gefasst.

»Gab es Tote in Ihrem Dorf?«

»Ja, vier alte Leute, die nicht schnell genug aus den Häusern kamen.«

»Was haben Sie mit ihnen gemacht?«

»Wir haben sie zusammen in einem großen Grab beerdigt. In der Nähe vom Friedhof, denn der war so verschüttet, dass wir da nicht drauf konnten.«

»War der Pfarrer dabei?«

»Nein, der musste sich um sein eigenes Dorf kümmern. Ich hab' ein paar Worte am Grab gesprochen.«

»Dann war das keine christliche Beerdigung.«

»Nein, nicht das, was man darunter versteht. Sie wissen schon, mit Segen und so.«

»Können Sie sich vorstellen, Listen für mich anzufertigen«?

»Natürlich.«

»Also: Ich brauche die Namen der Toten, ihre Geburtsdaten und ihre Anschriften, geordnet nach den Orten, in denen sie lebten.«

»Ja, ich fange gleich an.«

»Versuchen Sie mit allen Leuten zu reden, damit wir keinen übersehen. Haben Sie irgendwelche offiziellen Formulare oder Stempel retten können?«

»Nein, ich habe ja zu Hause geschlafen, als es passierte. Und das Büro war neben der Kirche, das gab es am Morgen nicht mehr.«

»Und die Kirche? Konnte man da etwas retten? Die liturgischen Instrumente, ein Kreuz oder etwas Ähnliches?«

»Nein, erst krachte das Dach ins Mittelschiff, dann stürzten die Mauern darüber und dann brach auch noch der halbe Turm ab und fiel in das Innere und dann hat die Schlammlawine alles zugedeckt ... Da war gar nichts mehr zu holen, es war viel zu gefährlich.«

»Schlimm! Also, dann zuerst einmal die Listen. Und bitte fragen Sie auch, ob die Leute Angehörige vermissen. Sie wissen schon. Und fragen Sie auch, ob eventuell noch Tote unter den Trümmern liegen, die man nicht bergen konnte.«

»Ich glaube nicht, dass man welche zurückgelassen hat.«

»Trotzdem, ich möchte sicher sein. Wenn es welche gibt, gehen wir morgen los und bergen sie. Das ist wichtiger als der Straßenbau.«

»Ich verstehe, Signore D'Amareni. Aber könnten Sie mir bitte Papier und Stifte besorgen für die Listen, ich konnte so etwas nicht mitnehmen.«

Lisa nickte. »Ich gehe und hole die Sachen. Und wenn Sie mich brauchen, ich helfe auch.«

Wenig später kam sie zurück und gab ihm Schreibblöcke und Kugelschreiber. Leonardo sah ihm nach, als er zu den Zelten ging. Viele Leute lagerten dort und genossen den arbeitsfreien Tag und die späte Nachmittagssonne. Er drehte sich zu Lisa um. »Eigenartig, dass so ein intelligenter junger Mann sich in einer Gemeinde wie Valle di Montabio vergraben hat.«

»Aber gut für uns, dass wir ihn haben. – Haben Sie gut geschlafen?«

»Ja, ich habe nicht gehört, wie Sie gegangen sind.«

»Und ich habe nicht gehört, wie Sie gekommen sind. Übrigens, wie regeln wir jetzt, wo die Hausgäste weg sind, eigentlich die Zimmerverteilung? Ich könnte wieder in eines der Gästezimmer wechseln.«

»Nein, bitte nicht. Ich möchte, dass Sie, wie wir es ursprünglich besprochen haben, in meinem Zimmer wohnen. Ich beziehe das Schlafzimmer meiner Eltern und alle anderen Räume werden für die Flüchtlinge geöffnet. In den Zelten wird es verdammt kalt im Winter.«

»Rechnen Sie damit, dass sie so lange hier sein werden?«

»Ja, wo sollen sie denn hin? Sie können doch im Winter nicht ihre Gehöfte ausgraben. Jetzt kann noch keiner zurück.«

»Hoffentlich wollen sie ins Haus kommen, sie haben bestimmt Angst, es könnte genauso zugeschüttet werden wie ihre Häuser.«

»Ach was, sie haben ja gesehen, das die Muren woanders hinuntergegangen sind. Außer der frei schwebenden Treppe hat alles gehalten.«

»Ich werde mich darum kümmern und auch mit Marisa sprechen.«

Gemeinsam gingen sie zum Wirtschaftshof, wo Marco weiße Bohnen mit Knoblauch, Salbeiblättchen und Hammelfleischstücken kochte. Wie gut, dass einige Flüchtlinge ihre kleinen Schafherden mitgebracht haben, dachte Leonardo. Wir werden die Tiere nach und nach schlachten müssen, um hin und wieder frisches Fleisch zu haben. Marisa führt natürlich eine genaue Liste darüber. Sie bekommen Geld für das Fleisch, woher ich es nehmen soll, weiß ich allerdings noch nicht, grübelte er. Ich hoffe, dass es irgendwann einmal offizielle Stellen geben wird, die so etwas regeln.

Jetzt aber zogen erst einmal duftende Schwaden über den ganzen Hof und die ersten Leute stellten sich zur Essensausgabe an. Gesprochen wurde kaum. Trauer lag über dem ganzen Gut.

Carlo kam zu Leon herüber und nickte. »Die Menschen sind noch sehr bedrückt. Ich werde wieder etwas Wein verteilen, damit sich die Stimmung hebt.«

Er erzählte Carlo, dass er Listen über die Toten und Vermissten aufstellen ließ, und als der ihn fragend ansah, erklärte er: »Wir werden am Sonntag eine Messe für alle Toten feiern, in der sie namentlich genannt werden. Ich glaube, das hilft den Hinterbliebenen. Viele haben ihre Toten in größter Eile und ohne ein Gebet begraben müssen und ich denke, ein bisschen kann ich da helfen. Für irgendwas sollte mein Theologiestudium doch nützlich sein.«

Lisa nickte und auch Carlo stimmte zu. »Wir könnten auf dem Vorplatz einen Tisch als Altar aufstellen. Da ist genug Platz für alle.«

»Bis dahin hätte Manuele auch die Listen fertig. Ich glaube, so eine Messe ist sehr wichtig für diese Leute. Sie sind hier auf dem Lande doch noch tief in katholischen Traditionen verwurzelt.«

»Ganz im Gegensatz zu den Großstädtern«, stimmte Carlo zu. »Kommen Sie mit, ich muss in der Kellerei wegen der Weinausgabe Bescheid sagen.«

»Wie läuft es eigentlich mit der Ernte?« Leonardo sah in die Gewölbe hinunter, in denen heute tiefe Stille herrschte.

»Es geht ganz gut, wir haben Glück mit dem Wetter, aber es wird Zeit, dass die Trauben von der Erde wegkommen. Ein, zwei Tage noch, dann haben wir die umgebrochenen Reben abgeerntet.«

»Und der Generator liefert genug Strom für die Pressen?«

»Ja, ihr habt damals eine besonders starke Maschine angeschafft. Aber ich mache mir Sorgen wegen des Treibstoffs. Wir brauchen bald Nachschub. Nicht nur für die Aggregate in der Kelterei, sondern für alle Apparate, und ich wüsste nicht, wo wir sparen könnten.«

»Hm, die Wasserpumpe muss natürlich laufen, mit Marisas neu installiertem Apparat müssen wir die Gefriertruhen in Gang halten und den kleinen Generator im Büro brauchen wir für die Außenkontakte, da kann man nirgends abschalten. Wir brauchen unbedingt diesen Weg nach Camporete, ich hasse den Gedanken daran, aber wir brauchen ihn.«

Lisa legte ihm beruhigend die Hand auf den Arm. »Er macht doch gute Fortschritte, Leon.«

»Ab morgen kümmere ich mich persönlich darum. Ich fahre mit raus und übernehme Alfredos Arbeit.«

Carlo sah ihn erschrocken an, aber er wusste auch, dass ihn nichts abhalten würde. Dieser Weg war einfach lebensnotwendig und er musste fertig sein, bevor die Regenperiode einsetzte, mit der man nach dem Sommer rechnen musste.

Während Lisa zu Marco ging, um ihm beim Austeilen des Essens zu helfen, stieg Leonardo mit seinem Kellermeister in die Kelterei hinunter. Er zündete ein paar Kerzen an und zeigte ihm die Pressen und die Auffangbottiche für den Most.

»Wir werden so schnell wie möglich den Most in die Fässer abfüllen, damit wir ihn retten. Aber man kann überhaupt nichts tun, um den Gärprozess zu beschleunigen.«

»Ich weiß, lass ihm seine Ruhe, sonst fliegen uns irgendwann die Fässer um die Ohren«, bestimmte Leonardo.

»Das ist ja das Problem.«

»Wie lange reicht der Treibstoff denn noch?«

»Hier unten? Zwei, drei Tage.«

»Gut, dann sind die gebrochenen Reben abgeerntet. Den restlichen Treibstoff nehmen wir später fürs Abfüllen, die übrigen Weinberge müssen warten. Vielleicht hilft das Wetter.«

»In drei Wochen könnten wir schon Nachtfrost haben, Leon.«

»Ich weiß, aber darauf müssen wir es ankommen lassen. Vielleicht haben wir bis dahin den Weg fertig. Gib mir morgen alle Männer mit, die du nicht brauchst, und setze die, die sich drücken wollen, ruhig etwas unter Druck. Der Weg ist schließlich für alle wichtig.«

»Mach ich. Und ihr könnt auch ein drittes Traktorgespann mitnehmen, im Weinberg komme ich jetzt mit zweien aus.«

»Abgemacht. Ich werde Marco sagen, dass wir morgen eine Menge Proviant brauchen. Er muss die ganze Nacht hindurch Brot backen.«

»Ja, und du schläfst mal wieder eine Nacht durch. Du siehst aus, als würdest du jeden Augenblick umkippen.«

»So fühle ich mich auch. Jetzt gehe ich aber erst einmal duschen.«

»Wir haben inzwischen zwei Kabinen neben der Pumpe aufgebaut. Da kommt mehr Wasser raus als im Haus. Das braune Getröpfel da drinnen kann man ja wohl nicht als Dusche bezeichnen.«

Leonardo ging ins Haus, um Handtücher und frische Kleidung zu holen. Er hatte immer noch die Sachen vom Vortag an, stank nach Dieselöl und Schweiß und konnte sich selbst nicht mehr riechen. Wie sehr hatte sich sein Leben verändert!

In der Villa hatte sich erstaunlich viel getan. Die Räume unten und die Zimmer oben waren gereinigt und aufgeräumt. Als er eines der Hausmädchen traf, bedankte er sich für all die Arbeit und bat sie dann, seine Sachen in das Zimmer seiner Eltern zu bringen. Sie sah ihn verständnislos an und er erklärte ihr: »Signora Lisa bewohnt in Zukunft mein Zimmer. Ich benutze in nächster Zeit das große Schlafzimmer.«

Sie nickte, noch immer etwas verwirrt, versprach aber, alles zu arrangieren. Leonardo holte sich frische Sachen, Handtücher, Seife und sein Rasierzeug und ging die Treppe hinunter. Die Männer haben diese provisorischen Stufen wirklich gut angelegt, dachte er und staunte, welchen Erfindungsgeist manche Leute entwickelten, wenn man sie selbstständig arbeiten ließ.

Dann ging er hinüber zu den Duschen. Er brauchte nicht zu warten, da alle zum Essen auf dem Hof waren. Himmel, war das Wasser eisig! Aus welcher Tiefe mochte es kommen? Irgendjemand hatte ihm einmal erzählt, dass der Brunnen von Römern, die hier auf den Hügeln kampierten, angelegt worden sei, und dass die Höhlen, in denen sie jetzt den Wein lagerten, damals als Unterkünfte für ihre Pferde dienten. Er hatte sich noch nie darum gekümmert und dabei war das alles plötzlich so wichtig geworden. Es würde ihm eine Lehre für die Zukunft sein.

Während Leonardo sich bemühte, seine Sachen, die er auf die provisorischen Kabinenwände gehängt hatte, nicht nass zu spritzen, seifte er sich ein und genoss den frischen Duft der Seife, auf deren Qualität seine Mutter immer besonderen Wert gelegt hatte. Meine Mutter, wenn sie das hier alles sehen würde ... Gut, dass sie so weit weg ist, dachte er dankbar.

Zum Abendessen ging Leonardo in die Küche. Er musste sich bei Marisa und den anderen Angestellten sehen lassen. Für sie sollte immer Zeit sein, sie waren gewohnt, dass er kam, und sie warteten darauf. Es war fast wie früher, als er sie um den Tisch herum versammelt sah.

»Guten Abend, ich hoffe, es geht allen einigermaßen gut.«

»Danke, Padrone, wir machen das Beste daraus.«

Er sah in den großen Topf auf dem kalten Herd. Auch hier gab es Marcos Bohnen mit Hammelfleisch. Wunderbar! Er hatte einen Bärenhunger.

»Habt ihr schon gegessen?«

»Nein, wir wollten gerade anfangen.«

»Dann aber nichts wie los.«

Marisa füllte Schüsseln und Teller und Näpfe, alles, was nicht zu Bruch gegangen war, und jeder nahm sich ein Besteck. Dann hörte man außer dem Klappern der Löffel und Gabeln nichts mehr.

»Wo ist Bella?«

»Nebenan, sie möchte nichts essen.«

»Soll ich mal nach ihr sehen?«

»Besser nicht, Padrone, sie schläft vielleicht.«

»Gut, lassen wir sie schlafen. Kannst du sie hier irgendwo unterbringen, Marisa?«

»Ja, da findet sich schon was. Ich habe erst mal ein zweites Feldbett in mein Zimmer bringen lassen und tagsüber kann sie im Haus helfen, das ist schon besprochen.«

»Danke.«

Alle aßen ziemlich still ihr Essen, der Tod von Alfredo beschäftigte sie alle noch sehr stark.

Später bat Leonardo Marisa nach draußen. Sie gingen ein paar Schritte durch die Dunkelheit, dann setzten sie sich auf eine Bank am Anfang der Zypressenallee.

»Marisa, Sie sollten das als Erste wissen, ich werde Signora Elisabeth Farmsen heiraten, irgendwann, wenn das Schlimmste hier vorbei ist.«

»Gott sei Dank, ich habe es gehofft.« Sie lächelte und nickte ihm zu.

»Es gibt nur ein Problem: Lisa weiß noch nichts davon. Ich muss da sehr behutsam sein.«

»Selbstverständlich, Padrone.«

»Lisa bewohnt in Zukunft mein Zimmer, ich schlafe im Zimmer meiner Eltern. Dem Mädchen habe ich schon Bescheid gesagt.«

»Ich weiß, sie hat es mir erzählt. Wir haben alles geordnet.«

»Danke.«

Und im Stillen wusste Leonardo, wie wichtig es war, Marisa zu informieren. Sie hatte die Regie im Haus übernehmen müssen und sie durfte nicht übergangen werden. Dann wünschte er ihr eine gute Nacht und brachte sie ins Haus zurück. Aber er selbst wollte trotz aller Müdigkeit noch nicht so schnell zu Bett gehen. Er suchte Carlo, ließ sich einen Krug Wein und zwei Becher geben und machte sich auf die Suche nach Lisa. Sie saß, und das hatte er sich fast gedacht, auf ihrem Lieblingsstuhl auf der Terrasse.

»Ich liebe diesen Platz, Leon, vor allem abends. Es ist so still und friedlich hier.«

Er holte sich einen Stuhl und setzte sich zu ihr.

»Kommen Sie, trinken wir einen Schluck, wir haben ihn verdient.«

Sie stießen mit den dicken Keramikbechern an. Dann bat er sie: »Würden Sie ›du‹ zu mir sagen, Lisa?«

»Um der Freundschaft willen, die wir hier aufbauen wollten, Leon?«

»Nicht nur, Lisa.«

»Sondern?«

»Weil ich Sie sehr gern habe, weil ich Ihre Hand ständig brauche und eigentlich nie mehr loslassen möchte.«

Sie besah sich ihre Hände, die den Becher umfasst hielten, aber als er schließlich ungeduldig seine Hände um ihre legte, schaute sie ihn an und sagte lächelnd: »Ich würde sehr gern ›du‹ zu dir sagen.«

Leon lehnte sich zu ihr hin und sie küssten sich so behutsam, als hätten sie Angst, dieses erste kleine Glück könnte sofort wieder zerbrechen.

Leon legte den Arm um ihre Schultern und sagte leise: »Lisa, ich wünsche mir mehr als alles andere in meinem Leben, dass du bei mir bist. Könntest du dir vorstellen, dein Leben mit mir zu teilen?«

»Sollte das ein Antrag sein, Leon?«

Er nahm ihr Gesicht in seine Hände, sah ihr in die offenen, ehrlichen Augen, die ihn vom ersten Augenblick an fasziniert hatten, und sagte: »Lisa, ich liebe dich und ich bitte dich sehr herzlich, meine Frau zu werden.«

»Ja, Leon, ich würde gern mein Leben mit dir teilen.«

Wie klar und wie einfach plötzlich alles war. Leon stellte die Becher auf den Boden und nahm Lisa in die Arme. Sie verströmte diese wohltuende tiefe, innere Wärme, in der er sich unendlich geborgen fühlte. Diese zarte, liebenswerte Frau besaß genau jene Kraft, die er jetzt brauchte. Er wollte sie im Arm behalten, die ganze Nacht, er wollte zusammen sein mit der Frau, die ihm alles bedeutete. Er wollte sie streicheln und lieb haben und nie mehr loslassen. Doch obwohl er sich vor Sehnsucht nach ihr verzehrte, musste er behutsam vorgehen. Er hatte Angst, sie zu überrumpeln, und er wollte jedes Gerede im Haus vermeiden. Hier herrschten noch die alten Traditionen von Sitte und Anstand, daran änderten weder das einundzwanzigste Jahrhundert noch modernste Weltanschauungen etwas.

»Komm, lass uns ein Stückchen laufen, hier sitzen wir so auf dem Präsentierteller«, bat er.

Sie standen auf. Vom Garten leuchteten einige kleine Feuerstellen herüber, um die sich Menschen gelagert hatten. Sie gingen über den Vorplatz und die Allee entlang. Der Mond, inzwischen schon halb rund, gab nur ein schwaches Licht, das durch die Äste der

Bäume sanft gebrochen wurde. Der leichte Wind, der von den Bergen herunterwehte, wurde mit jedem Abend etwas kühler.

Eng umschlungen gingen sie langsam bergab, bis vom Haus nichts mehr zu sehen war. Dann zog Leon Lisa seitwärts auf eine Wiese. Sie legten sich auf die noch warme Erde und träumten in kleinen, abgebrochenen, von Wünschen geprägten Sätzen von der Zukunft. »In einer Woche könnte der Weg fertig sein – «

»Ich könnte mithilfe der Mädchen das Haus in Ordnung bringen – «

»Wir würden Nachschub bekommen – «

»Und vielleicht haben wir bald Strom – «

»Bruno Molinari wird sich darum kümmern – «

»Er hat es versprochen – «

»Man kann sich auf ihn verlassen – «

»Vielleicht funktionieren die Telefonleitungen bald – «

»Auf dem fertigen Weg könnten wir nach Mailand fahren – «

»Ich würde gern meine Eltern informieren – «

»Und meine Eltern müssten es auch bald erfahren – «

»Vielleicht kann ich auch mit Alex telefonieren, ich bin es ihm schuldig – «

»Riccardo müsste es auch wissen – «

»Vielleicht ist die Katastrophe bald vorbei – «

»Hoffentlich – «

»Manchmal denke ich, sie wird jeden Tag schlimmer – «

»Vielleicht, wenn sie eines Tages aufhört – «

Und dann stellten sie fest, dass durch all ihre Sätze Worte wie sollten, könnten, müssten, würden und vielleicht geisterten.

Sie verrieten ihre ganze Unsicherheit, ein Dasein, das total infrage gestellt war, in dem man ohne Ziel und festen Grund dahinlebte. Wirklich sicher war nur die Gegenwart des anderen und umso glücklicher waren sie darüber, dass sie sich endlich ihre Liebe gestanden hatten. Sie würden füreinander da sein, was auch immer geschehen sollte.

19

Am nächsten Morgen brachen die Arbeiter bereits in der Dämmerung auf, um die Arbeiten am Ersatzweg fortzusetzen. Carlo hatte fast vierzig Männer gefunden, die nun auf den Anhängern saßen und ihre Arbeitsgeräte in den Händen hielten. Sie hatten alles, aber auch wirklich alles mitgenommen, was sich zum Bau eines Weges eignen konnte. Leonardo musste beinahe lachen, als er daran dachte, mit welcher Akribie und Gewissenhaftigkeit qualifizierte und studierte Straßenbauer an ihre Arbeit gehen und mit welcher Unverfrorenheit sich seine Männer im Gegensatz zu ihnen daranmachten, eine ›Straße‹ zu bauen. Sie schauten nach der Himmelsrichtung, überprüften die Bodenbeschaffenheit, schätzten den Neigungswinkel und schon hackten, gruben und schaufelten sie drauflos.

Der alte Mann vom Vortag – inzwischen wusste Leonardo, dass es sich um Manuele aus Molarino handelte, der im Haus seine Angehörigen gesucht und gefunden hatte – fuhr den zweiten Traktor, sein Sohn Fabio den dritten und Leonardo selbst setzte sich auf die schwere Maschine aus Camporete und übernahm die Spitze.

Kaum krochen die ersten Sonnenstrahlen über die Bergkuppen, hatten sie bereits das Ende der Asphaltstraße erreicht. Als sie schließlich anhalten mussten, weil der bereits ausgebaute Weg endete, fragte er die Männer, wie Alfredo vorgegangen war und sie eingeteilt hatte. Dann wies er die zusätzlichen Arbeiter ein und sie begannen mit der Arbeit. Leonardo selbst ging ganz nach vorn und teilte das wild überwucherte Land so auf, wie er sich den Streckenverlauf vorstellte. Er hielt sich weitgehend an die Traktorspuren der vergangenen Fahrten und markierte den zukünftigen Weg mit Steinen.

Mittags machten sie zwei Stunden Pause, die Sonne brannte auf die Erde und es gab auf diesen baumlosen Hügeln keinen Schatten. Leonardo wollte nicht riskieren, dass die zum größten Teil recht alten Männer in der Hitze umfielen. Dafür arbeiteten sie abends bis zum Einbruch der Dunkelheit.

Zweimal erschreckten sie ferne Murenabgänge, aber der Weg hielt und sie konnten ohne Probleme durcharbeiten. Marco hatte ihnen zwei Säcke mit frischen Broten mitgegeben, dazu Kartons mit Käse und Salsiccia – die sie allerdings kalt essen mussten – und dazu einen großen Kanister mit Pfefferminztee, den sie in einem kleinen Bach kühlten. In drei Tagen hatten sie etwa zehn Kilometer und damit die Hälfte der Strecke geschafft. Es wurde auch Zeit, dass sie fertig wurden. Carlos Generator in der Kellerei war schon abgeschaltet worden und an Strom war immer noch nicht zu denken. Man hatte David, als er endlich über Funk zu den entsprechenden Stellen durchkam, mitgeteilt, dass die Überlandleitungen nicht repariert werden könnten, solange die Erdrutsche andauerten. Das war eine schockierende Nachricht.

Am Sonntag hielten sie die Totenmesse. Bis auf Linda und David, die in der Funkstation blieben, waren alle gekommen, die, die zum Weingut gehörten, und die, die jetzt in der Villa Unterkunft gefunden hatten. Es war ein schöner, warmer Spätsommertag. Arbeiter hatten Stühle und Bänke auf den Vorplatz gestellt, damit wenigstens die Alten und die Verletzten, die noch bei ihnen waren, sitzen konnten. Um sie herum grasten die Tiere auf den Wiesen und vorn, neben der großen Eingangstür, hatten die Frauen einen Tisch als Altar mit weißen Tüchern und Weinlaub geschmückt.

Aus dem Sekretär seiner Mutter hatte Leonardo ein kleines Kruzifix und die alte Familienbibel geholt und Carlo hatte Kerzen und Halter aus der Kellerei besorgt.

Manuele Marconi, der Dorflehrer, kam mit zwei Schulmädchen, die ihre Blockflöten gerettet hatten und versicherten, dass sie einige Kirchenlieder spielen könnten. Sie hätten den Gemeindegesang schon mehrmals begleitet, wenn der Pfarrer zum Gottesdienst in ihr Dorf gekommen sei.

So suchte Leonardo einige alte, bekannte Lieder aus, die die Leute auswendig singen konnten, und stellte fest, dass sie eine beinahe fröhliche Gemeinde waren. Sie feierten einen Gottesdienst zu Ehren ihrer Toten und sie feierten ihn in der Gewissheit, dass sie bei Gott gut aufgehoben waren. Leonardo allerdings nahm das Zelebrieren dieser Messe sehr mit. Zu stark erinnerten ihn die Handlungen an jene Lehrjahre, in denen er sich berufen fühlte, einen kirchlichen Weg zu gehen, und den er dann verlassen musste. Als er jetzt vor diesen Menschen stand, wusste er, dass er ganz allein mit diesem Gefühl fertigwerden musste, innerlich nur unterstützt von einer Frau, die ihn liebte, aber Protestantin war, und von einigen Freunden, die ihm mehr Respekt als Verständnis entgegenbrachten, während mehr als hundert Männer, Frauen und Kinder Trost und Hilfe von ihm erwarteten.

Und dann spürten sie alle, dass Ruhe einkehrte, dass sich Verzweiflung in gesunde Trauer verwandelte und viele ganz behutsam begannen, endgültig Abschied zu nehmen und an die persönliche Zukunft zu denken. Genau das ist mein Ziel, dachte Leonardo, als er schließlich völlig erschöpft und schweißüberströmt den Talar auszog, den seine Mutter immer noch in einer alten Truhe aufbewahrte. Er wusste natürlich, dass er ohne abgeschlossene Ausbildung und Weihe keine Amtshandlungen vornehmen durfte, aber er wusste auch, dass niemand ihm verbieten konnte, Menschen zu trösten. Und mehr wollte er nicht.

Als die Männer am Montagabend vom Straßenbau zurückkamen, fing David Leonardo in der Halle ab. »Ein Gespräch für Sie am Handy, Leon.«

»Für mich, jetzt, so spät?«

»Ja, ein Gespräch aus Mailand.«

Er dachte natürlich an seine Eltern und befürchtete sofort eine schlechte Nachricht. Atemlos stürmte er ins Büro. »Leonardo?«

»Ja.«

»Buona sera, mein Lieber, hier spricht Lola.«

»Lola? Was ist los? Ich denke, du bist am Gardasee.«

»War ich auch. Aber jetzt gibt es hier ein paar Angelegenheiten zu regeln, die mich angehen. Und deine Anwesenheit ist auch erwünscht.«

»Was für Angelegenheiten, wie geht es meiner Familie?«

»Gesundheitlich nicht schlechter, aber leider auch noch nicht besser. Wir haben hier andere Probleme.«

»Drück dich deutlicher aus, Lola.«

»Oh, nein, nicht am Handy.«

»Ich kann hier nicht weg und ich wüsste auch nicht, wie ich nach Mailand kommen sollte.«

»Morgen Vormittag schickt mein Vater den Hubschrauber.«

»Was soll das alles? Ich denke nicht daran, auf vage Telefongespräche hin das Haus zu verlassen, man braucht mich nämlich hier, falls du das vergessen haben solltest.«

»Es gibt da gewisse Dinge, die du erfahren musst – und zwar morgen.«

»Rede nicht in Rätseln, dafür habe ich keine Zeit.«

»Es geht um das Gut und um deine Familie, das sollte wichtig genug für dich sein.«

»Und was hast du damit zu tun?«

»Eine Menge, Leonardo, ich zähle mich sozusagen mit zur Familie.«

»Lass den Unsinn. Du bist hier immer willkommen, aber als Gast, Lola, als nichts sonst.«

»Du irrst dich, mein Lieber, aber wie gesagt, nicht am Telefon.«

Damit legte sie auf. Leonardo starrte den Hörer an. Was sollte das alles? Was waren das für Angelegenheiten und Probleme, von denen er nichts wusste? War das Chaos nicht schon groß genug? Musste sich da auch noch eine Lola Molinari einmischen?

In Gedanken versunken ging er hinaus. Lisa kam ihm entgegen. »Ist etwas passiert, Leon?«

»Hm, Lola hat mich angerufen und merkwürdige Andeutungen gemacht. Ich soll morgen nach Mailand kommen, da würde ich dann alles Weitere erfahren.«

»Vielleicht geht es deinem Vater oder Enrico schlechter?«

»Nein, da hat sich nichts geändert und außerdem müsste ich dann sofort fliegen und nicht erst morgen früh. Sie hat von irgendwelchen Problemen gesprochen, die jetzt gelöst werden müssten, sofort sozusagen.«

»Hat es etwas mit uns beiden zu tun?«

»Nein, unmöglich, niemand weiß bis jetzt von uns.«

»Unterschätze die Intuition einer Frau nicht, Leon.«

»Lola interessiert mich nicht.«

»Aber mich hat sie bedroht.«

»Was?«

»Sie hat mir unmissverständlich gesagt, ich solle die Finger von dir lassen.«

Leonardo musste laut lachen. »So etwas Dummes, wann war denn das?«

»Als ich dein Zimmer beziehen wollte.«

Aber dann verging ihm das Lachen. »Sie hat das doch nicht ernst gemeint?«

»Oh, doch, sie sagte wörtlich: ›Leonardo gehört mir.‹«

Er nahm Lisas Hand. »Komm, setzen wir uns irgendwohin, wo wir allein sind und reden können.«

Sie gingen die dunkle Allee entlang und setzten sich auf eine Bank. »Lola ist eine eigenwillige, komplizierte Frau, das weiß hier und in ihrer Familie jeder. Sie lebte, zum Entsetzen ihrer Eltern, jahrelang in Rom in einer Künstlerkommune, dann heiratete sie einen Bildhauer, der nur auf ihr Geld aus war, und ein Jahr später war sie wieder geschieden. Das ist jetzt drei Jahre her. Dann begannen ihre Fahrten hierher. Zuerst kam sie nur, um ihre Schwester zu besuchen, dann, um die Kinder öfter zu sehen. Aus Wochenendbesuchen wurden schließlich wochenlange Besuche und dann kam sie auch, wenn Isabella gar nicht hier war.«

Er sah, dass Lisa sehr nachdenklich wurde. »Du bist eine angemessene, gute Partie für sie, Leon.«

»Ich habe sie nie ermuntert, Lisa. Gut, ich war stets höflich zu ihr, einfach weil sich das so gehört, aber ich habe ihr niemals das Gefühl gegeben, sie bedeute mir irgendetwas oder sie habe einen Platz in meinem Leben.«

»So ein Gefühl braucht sie auch nicht, sie ist eine Frau, die sich nimmt, was sie will.«

»Dann beißt sie sich an mir die Zähne aus.«

»Hat sie etwas in der Hand, um dich oder deine Familie unter Druck zu setzen?«

»Wir lassen uns nicht unter Druck setzen. Du kennst den Stolz der Amarenis nicht.«

Aber Lisa blieb nachdenklich. »Wirst du morgen fliegen?«

»Auf keinen Fall, ich lass mich doch nicht erpressen.«

»Leon, ich habe ein ganz schlechtes Gefühl.«

»Nicht doch, Lisa, nichts und niemand wird sich zwischen uns stellen, am allerwenigsten Lola.«

»Gut, Leon, dann wollen wir nicht mehr darüber sprechen.«

Leonardo nahm sie in die Arme und hielt sie lange ganz fest. »Wir beide gehören ab jetzt zusammen, daran darfst du nie mehr zweifeln.«

Tief in seinem Inneren spürte er ein unbändiges Verlangen, Lisa zu berühren, das leidenschaftliche Bedürfnis, sich mit ihr zu vereinen. Es war ein überraschendes Gefühl für ihn, denn seit seinem Bruch mit Franca hatte er sich geweigert, ein solches Verlangen an sich heranzulassen. In all den Jahren hatte er nie mehr als ein flüchtiges Interesse für eine Frau empfunden und dieses Interesse nie ausgelebt. Jetzt aber wusste er, dass er eine Frau in seinem Arm hielt, die sein ganzes ›Ich‹ verwandelte. Er spürte, wie sich Lisas Puls beschleunigte, und sah, wie ihre Augen dunkel wurden vor Verlangen. Er wusste aber auch, dass eine Berührung, dass jede Zärtlichkeit, selbst eine körperliche Vereinigung nicht genug für sie beide sein würde. Und während er seinen eigenen kleinen Kampf führte, legte Lisa ihren Kopf auf seine Schulter und ihre Hand an sein Gesicht.

»Lass dich gehen, Leon«, flüsterte sie und schmiegte sich in seine Umarmung.

Er küsste sie. Behutsam eroberte er ihren Mund, spielte mit den weichen Lippen, kostete die Spitze ihrer Zunge und erforschte diesen kleinen, warmen Raum dahinter. Leonardo erstarrte, wagte kaum noch zu atmen, fühlte ihre Antwort und glaubte, sich in dieser Liebkosung zu verlieren.

Dann löste er sich langsam und stand auf. »Komm, Lisa, Zeit zum Gehen.« Als er ihr die Hand reichte, um ihr beim Aufstehen zu helfen, spürte er, wie sie zitterte, und alle Barrieren, die sich um sein Herz herum errichtet hatten, zerbrachen unter dieser kleinen Berührung. Er wusste, dass sie ihn verstanden hatte. Auf dem Weg zurück zum Haus schmiegte sie sich fest an ihn. Als sie vor dem Haus standen, drehte er sie zu sich herum und sagte ernsthaft: »Ich möchte, dass du dir ganz sicher bist, mein Liebling.«

»Ich bin mir sicher, Leon. Wir – « Aber sein Kuss unterbrach sie. Er küsste sie langsam und intensiv und ihre Worte gingen unter in diesem Kuss.

Als sie das Haus betraten, hörten sie einen entsetzlichen Schrei. Tränenüberströmt kam Marisa in die Halle gelaufen und rief ihnen zu: »Sie hat sich umgebracht, sie hat sich einfach umgebracht.«

Leonardo lief zu ihr und hielt sie fest. »Was ist los, Marisa, wer hat sich umgebracht?«

Schluchzend und kaum verständlich sagte sie: »Bella, Bella hat sich erhängt.«

Sie rannten in den Wirtschaftstrakt und fanden Alfredos Frau. Leonardo griff nach einem Hocker, nahm ein Küchenmesser und versuchte, den Strick durchzuschneiden. Andere waren ihnen gefolgt, hatten ein paar Kerzen angezündet und halfen, die Frau von der Schlinge zu befreien. Aber sie sahen sofort, dass jede Hilfe zu spät kam.

Lisa hatte Marisa in den Arm genommen und versuchte, sie zu trösten. »Ich habe nicht genug auf sie aufgepasst. Ich war in der Küche und dachte, sie schläft längst, und dann bin ich in der dunklen Kammer direkt in sie hineingelaufen«, schluchzte die Köchin. Sie bebte am ganzen Körper und Leonardo half Lisa, die Frau zu einem Stuhl zu führen.

Draußen wurde es bereits hell, als sich alle beruhigt hatten und die Beerdigung besprechen konnten. Bella sollte ihre letzte Ruhestätte neben ihrem Mann finden und Leonardo wollte sie in allen Ehren bestatten.

Am nächsten Morgen um neun landete der kleine Hubschrauber, den Bruno schon einmal benutzt hatte. Lisa und Leonardo beobachteten, wie der Pilot den Motor abstellte und die Maschine verließ. Als er sie sah, kam er herüber.

»Buon giorno, Signore D'Amareni. Man hat mich gebeten, Sie nach Mailand zu fliegen und Ihnen diesen Brief zu übergeben.«

»Danke, bitte warten Sie einen Augenblick.«

Lisa folgte ihm in die Bibliothek, wo er den Brief öffnete. Er war von seiner Mutter und sie schrieb:

Leonardo, mein lieber Sohn,
ich muss Dich sehr herzlich bitten, heute nach Mailand zu kommen. Ich weiß, dass Du im Haus gebraucht wirst, aber Dein Besuch hier ist im Augenblick wichtiger. Du wirst meine Bitte, der sich Dein Vater und Dein Bruder anschließen, verstehen, wenn wir miteinander gesprochen haben. Ich erwarte Dich gegen Mittag in unserer Stadtwohnung. Wir werden Gäste haben. Ciao, Leonardo, ich rechne fest mit Dir.

Deine Mutter.

»Verdammt, was soll das?« Ratlos sah er Lisa an.

»Du musst den Wunsch deiner Mutter respektieren.«

»Das ist es ja, das weiß sie ganz genau. Wäre der Brief nicht von ihr, befände sich der Pilot schon ohne mich auf dem Rückflug. Ich begreife das alles nicht. Erst Lola, jetzt meine Mutter – ?«

»Ich sehe darin eine ausgeklügelte Strategie. Flieg hin, Leon, dann weißt du, um was es geht. Das Rätselraten bringt uns auch nicht weiter. Du hast gar keine andere Wahl mehr.«

»Und du verstehst mich?«

»Ja, ich verstehe dich. Und nun zieh dich um, bring diese Probleme in Ordnung und komm so schnell wie möglich wieder.«

Nach einer kurzen Trauerfeier für die verstorbene Bella und nach ihrer Beerdigung bestieg Leonardo den Hubschrauber. Etwas Geld und seine Papiere waren sein ganzes Gepäck. Für einen Tagestrip wird das ja wohl reichen, überlegte er. Von Lisa hatte er sich im Haus verabschiedet. Sie sah nachdenklich und traurig aus und sie würde Carlo und Marisa über seinen Flug informieren. Er gab dem Piloten das Zeichen zum Start und kurz darauf war das Haus in den bereits herbstlichen Frühnebeln verschwunden. Hätte Leonardo gewusst, was ihn in Mailand erwartete, er wäre nicht geflogen. Aber er musste sich diesen obskuren Problemen stellen, von allein würden sie sich nicht lösen.

20

Auf dem kleinen Landeplatz an der Via Scrosese stand ein Mietwagen bereit, der Leonardo in die Stadtwohnung brachte. Er genoss die Fahrt durch die modernen Vororte und dann durch die alten Straßen bis in die Nähe der Scala, in deren Nachbarschaft die Wohnung der Amarenis lag. Er liebte dieses Domizil. Die eleganten Räume in der obersten Etage mit den Dachterrassen, der Blick hinunter zur Piazza Duomo, wo die Straße endete, und dann über die Piazza hinweg, der entfernte Verkehr, der daran erinnerte, dass man in einer Weltstadt lebte; das alles liebte er sehr und hätte sich gewünscht, Lisa hierher mitnehmen zu können.

Andererseits wusste er, dass die Familie sich diese Wohnung schon längst nicht mehr leisten konnte. Der Verkauf der mehr als zweihundert Quadratmeter großen Luxuswohnung hätte ein Vermögen eingebracht, mit dem er das halbe Weingut hätte sanieren können. Aber dieser Gedanke war absurd. Seine Eltern würden nun hier leben wollen und er würde die Zukunft ohne dieses Geld bewältigen müssen. Aber selbst, als er den Lift bestieg, der ihn in die sechste Etage befördern sollte, ahnte er nicht, wie sehr sein ganzes zukünftiges Leben durch diesen Besuch infrage gestellt werden sollte.

Leonardo klingelte und eines der italienischen Hausmädchen, die nur hier arbeiteten, wenn die Wohnung benutzt wurde, öffnete ihm, adrett im schwarzen Kleid mit Schürze und Häubchen, wie seine Mutter das für angemessen hielt. Er musste lächeln, als er an die längst veralteten Prinzipien seiner Mutter dachte. Doch dann betrat er den Salon und stand plötzlich Lola gegenüber, die aufgesprungen war und ihn umarmte.

»Ein lächelnder Leonardo, wie schön, dich zu sehen, ich wusste, dass du kommen würdest.«

Strahlend drehte sie sich um und zog ihn in den eleganten Raum. Leonardo begrüßte seine Mutter mit einem Kuss sowie Bruno Molinari und zwei unbekannte Männer, die höflich aufstanden und ihm die Hand reichten. Wie Bruno ihm erklärte, handelte es sich um zwei Anwälte, die die Familien Molinari und Amareni vertraten.

Irritiert registrierte Leonardo diese seltsame Versammlung. Was wurde hier in Anwesenheit von Anwälten verhandelt?

»Kann mir jemand sagen, was das alles zu bedeuten hat?«

»Selbstverständlich, dazu bin ich hier.« Der Anwalt, der neben seiner Mutter saß, stand auf und kam zu ihm, da Leonardo nicht daran dachte, in den weichen, tiefen Sesseln Platz zu nehmen.

»Es geht um ein finanzielles Abkommen zwischen den Familien Molinari und Amareni.«

»Was für ein Abkommen? Davon weiß ich nichts. Und außerdem habe ich bei solchen Abkommen auch ein Wort mitzureden.«

»Bitte, Leonardo, lass Dottore Albertini ausreden«, unterbrach ihn seine Mutter.

»Also, was für ein Abkommen?«

»Signore Molinari hat sich bereit erklärt, mit einem beachtlichen Geldaufwand das Weingut Ihrer Familie im Tessin zu sanieren.«

»Er will was?«

»Leonardo«, wieder unterbrach ihn seine Mutter in ihrer zwar ruhigen, aber sehr bestimmten Art, die keinen Widerspruch duldete. »Leonardo, Bruno wird das Gut retten, es ist unsere einzige Chance, einen Bankrott abzuwenden.«

»So ein Unsinn! Verzeih, Mama, aber vor dem Erdrutsch war ich auf dem besten Weg, in die schwarzen Zahlen zu kommen. Kein Mensch brauchte mir dabei zu helfen und jetzt, nach der Katastrophe, werde ich auch Wege finden. Wann wurde denn dieser idiotische Plan besprochen?«

»Das ist kein Plan mehr, Leonardo«, unterbrach ihn Lola, »das ist ein von allen Seiten akzeptierter und unterschriebener Vertrag.«

»Ohne mich.«

»Leonardo, beherrsche dich, Lola hat recht, alles hat sich geändert.« Und vor seinen Augen verwandelte sich seine kleine, geliebte Mutter in eine harte Geschäftsfrau.

»Ich habe nichts unterschrieben.«

»Du warst nicht da«, erklärte Lola.

»Wann war ich nicht da?«

»Du warst an dem Tag in Morcote, Leonardo.«

Er sah Lola an: »Na und? Wieso musstet ihr an einem Tag Verträge unterschreiben, an dem ich auf einer Dienstreise war?«

Lola trat neben ihn, legte beide Arme um seine Taille und strahlte ihn an. »Du hast an diesem Tag nicht mich mitgenommen, sondern ein fremdes Flittchen aus Deutschland, mein Liebling.«

Angewidert machte er sich los. »Ich glaube, ihr seid alle verrückt geworden – verzeih, Mama.«

Aber Lola strahlte weiter. »Sieh mal, Liebling, geplant war das alles eigentlich schon länger, man sah ja, wohin das Gut segelte, und so überlegten wir: Vater saniert das Gut und du heiratest mich. Ist doch ein fairer Handel und alles bleibt in der Familie.«

»Du verkaufst dich also?« Leonardo wusste vor Wut und Enttäuschung kaum noch, was er sagte. »Du verkaufst dich einfach? Mach, dass du hier rauskommst, verschwinde!«

Er riss die Tür auf, aber Lola rührte sich nicht.

»Leonardo, ich will dich und ich kriege dich. Möchtest du einen Blick auf die Verträge werfen?«

»Nein, sie interessieren mich nicht, ich habe sie nicht unterschrieben.«

»Das war auch nicht nötig«, mischte sich der Anwalt ein.

»Sie sind überstimmt worden. Die anderen Familienmitglieder waren in der Mehrzahl.«

»Die anderen Familienmitglieder können mir gestohlen bleiben, Dottore, hier geht es um mich und um sonst niemanden. Wir sind schließlich nicht in der Sahara, wo man die Söhne und

Töchter gegen eine Anzahl von Kamelen verkauft. Mich verschachert niemand, damit das ganz klar ist.«

»Doch, Leonardo, ich würde es zwar nicht so ordinär ausdrücken und es geht auch nicht um Kamele, es geht um das berühmte Weingut der Amarenis im Tessin, das seit Jahrhunderten im Familienbesitz ist und für die Familie erhalten wird. Da müssen sich die einzelnen Glieder unterordnen. So einfach ist das«, erklärte Maria D'Amareni kühl und aggressiv.

»Ja, Mutter, das kenne ich schon: Zuerst musste ich Priester werden, weil die Tradition es so wollte. Klar, hab' ich gemacht, gehörte sich ja wohl so. Dann musste ich Weinbauer werden, weil Enrico versagte. Auch das hab' ich getan und jetzt soll ich eine Frau heiraten, die ich nicht liebe, weil das Gut, mein Gut, das ich in mehr als fünfzehn Jahren durch meine Arbeit wieder aufgebaut habe, angeblich in den Bankrott schlittert. Aber da spiele ich nicht mit! Seid ihr denn alle verrückt geworden? Macht, was ihr wollt, aber macht es verdammt noch mal ohne mich!«

Leonardo stürmte hinaus. Er war außer sich. Da der Lift nicht schnell genug kam, lief er die sechs Etagen zu Fuß hinunter, immer zwei und drei Stufen auf einmal nehmend. Er winkte ein Taxi heran und ließ sich zum nächsten Postamt fahren. Hoffentlich bekam er eine Verbindung zur Villa. Und tatsächlich, schon beim zweiten Versuch funktionierte es. Linda war am Handy und er erklärte ihr: »Bitte, nehmt keine Gespräche an, bevor ich zurück bin, Linda. Legt die Hörer daneben und kümmert euch nicht darum.«

»Wird gemacht, Leon, Sie können sich darauf verlassen.«

»Und Linda, wenn ein Hubschrauber kommen sollte, Carlo soll jedem verbieten, unser Grundstück zu betreten, wenn es sein muss, mit Gewalt. Darauf muss ich mich verlassen können, Linda.«

»Ja, Leon, was ist denn passiert?«

»Wir sprechen darüber, wenn ich wieder im Haus bin. Ich mache mich sofort auf den Weg.«

»Sie können ganz beruhigt sein, das Haus ist ab sofort eine Festung.«

»Danke, Linda.«

Danach fuhr Leonardo zu seiner Bank und hob alles Geld ab, das er bekommen konnte. Und dann nahm er ein Taxi und ließ sich nach Hause fahren. Es würde ein Vermögen kosten, aber es musste sein. Hoffentlich kommen wir durch, dachte er und erklärte dem Fahrer, wohin er wollte und wie die Wege zum Schluss aussahen. Der Mann war optimistisch und versprach, alles zu riskieren, aber das letzte Stück musste Leonardo dann doch zu Fuß zurücklegen. Gegen drei Uhr am nächsten Morgen erreichte er das Gut.

In der Halle wartete Carlo auf ihn. Er saß in einem alten Lehnsessel und war eingeschlafen. Leonardo berührte ihn an der Schulter und nickte ihm zu.

»Alles in Ordnung, Carlo?«

»Ja, hier schon, aber was ist in Mailand passiert?«

»Sie wollten mich wie ein Kamel verschachern.«

»Spinnst du?«

»Nein, tatsächlich. Molinari will das Gut sanieren und ich soll Lola heiraten.«

»Sind die verrückt geworden?«

»Das wollte ich auch wissen, aber sie haben Verträge und beide Familien haben sie unterschrieben.«

»Das gibt es doch nicht.«

»Doch, sie waren vor dem Erdrutsch mit ihren Anwälten hier, während ich mit Lisa in Morcote war.«

»Stimmt, deine Eltern hatten Besuch, mehrere Autos, aber ich habe das nur am Rande beobachtet. Besuch ist ja hier nichts Außergewöhnliches. Spätabends sind alle wieder abgefahren.«

»Angeblich bestanden die Pläne schon seit einiger Zeit, an dem Tag wurden sie unterschrieben.«

»Und warum ohne dich? Das können die doch nicht ohne dich machen.«

»Lola muss sie alle irgendwie um den Finger gewickelt haben. Sie wollte sich an mir rächen, weil ich nicht sie, sondern Lisa mit nach Morcote genommen habe.«

»Also, wenn du mich fragst, ist das alles überhaupt nicht haltbar. Du machst da doch nicht mit?«

»Natürlich nicht. Ich liebe das Gut und ich kämpfe darum. Und das gilt auch für Lisa. Ich liebe sie und ich kämpfe um sie.«

»Wenn du schon von Kampf sprichst, Leon, erinnere dich mal an die vergangenen Jahre. Du hast immer gekämpft, nicht nur gegen Schuldenberge, sondern auch gegen deine Familie. Sie haben dir immer und überall Steine in den Weg geworfen, vergiss das nicht.«

»Ich vergesse es nicht, aber ich weiß bis heute nicht, warum.«

»Aber ich weiß es: Du bist zu stark für sie, du warst kaum hier, da warst du bereits der Herr im Hause und alle Arbeiter standen hinter dir. Deine Familie musste sich unterordnen und das verträgt nicht jeder.«

»Aber es ging doch um den Weinberg.«

»Und ihnen ging es um ihr Ansehen. Ich glaube, hinter der Sache mit der rachsüchtigen Lola steckt mehr. Lola als Hausherrin würde dir die Macht wieder entziehen und deine Familie käme wieder ins richtige Licht.«

»Das glaube ich nicht. Mit Lola im Hause gäbe es Krieg und außerdem würde meinen Eltern kaum noch ein Stein des Hauses gehören.«

»Leon, bei aller Achtung vor deinen Eltern, aber ich fürchte, du unterschätzt deine Mutter.«

»Das ist mir gestern in Mailand klar geworden. Carlo, wie ist meine Familie bloß auf diese Wahnsinnsidee gekommen? Wo zum Teufel ist der Stolz der Amarenis geblieben? Sie verkaufen sich, stell dir das vor!«

»Gibt es finanzielle Probleme, von denen du nichts weißt?«

»Mein Gott, ich schufte doch nicht fünfzehn Jahre, ohne zu wissen, wofür?«

»Bist du sicher, dass du immer alles wusstest, was die Finanzen betrifft? Hast du jemals die Bücher kontrolliert?«

»Kann man sich denn nicht mehr auf die eigene Familie verlassen?«

»Nein, wie du siehst. Und wie geht's jetzt weiter, Leon?«

»Ich sperre das gesamte Weingut. Kein Fremder, außer Flüchtlingen natürlich, kommt herein. Alle Telefone werden abgeschaltet, also keine Verbindung hierher. Ich muss mir etwas einfallen lassen, aber ich habe keine Ahnung, was.«

»Leg dich jetzt erst mal hin. Ein paar Stunden Schlaf und du bist wieder klar im Kopf. Ich bleibe hier unten.«

Aber an Schlaf war überhaupt nicht zu denken. Leonardo lag im Bett, beobachtete, wie die Dämmerung durch die Fenster kroch, und zerbrach sich den Kopf, wie es weitergehen sollte. Was um Himmels willen geht hier vor? Wie kann meine Familie uns in dieses Dilemma bringen, wie kann man sich so massiv gegen mich stellen? Wieso haben wir plötzlich Schulden, die wir nicht allein bewältigen können, wo zum Kuckuck ist denn dieses Geld geblieben? Wir hatten doch auch Einnahmen. Wir haben trotz aller Missernten und Rückschläge Wein verkaufen können, wir hatten das Haus voller Gäste und die zahlten nicht wenig. Hm, überlegte er, ich habe mich nie um den geschäftlichen Teil gekümmert, das war Enricos Domäne. War das mein Fehler?

Aber wir haben uns doch immer alle zum Jahresende zusammengesetzt, haben Bilanz gezogen, überlegt, wo wir sparen, wo wir investieren können, und danach haben wir dann gelebt. Der Umbau der Villa hat viel Geld gekostet und ich habe mich mit aller Kraft dagegen gewehrt, aber schon damals war ich überstimmt worden. Doch das war eine familieninterne Angelegenheit, und die Einnahmen glichen dann ja auch langsam die Unkosten aus. Ich wusste auch, dass wir immer unsere Handwerker bezahlt haben, dass die Banken nie auf ihre Zinsen warten mussten und dass immer genügend Geld für die laufenden Kosten da war.

Leonardo konnte das alles einfach nicht begreifen. Er würde sich mit Anna zusammensetzen und die Bücher durchgehen, die sie und Enrico geführt hatten. Und dann musste er mit Lisa sprechen. Was soll ich ihr bloß sagen?, dachte er. Sie ist eine kluge Frau, ihr kann ich nichts vormachen. Ich muss offen und ehrlich zu ihr sein, das bin ich ihr schuldig. Und dann werden wir gemeinsam nach einer Lösung suchen. Oder würde sie mich verlassen, um mir nicht im Weg zu stehen? Aber daran durfte Leonardo überhaupt nicht denken.

Er stand auf und zog sich wieder an. Dann ging er hinüber in sein altes Zimmer. Lisa lag am Rand des breiten Bettes, als hätte sie Platz für ihn gelassen. Sie wurde wach, als ein paar alte Dielenbretter unter seinen Füßen knarrten.

»Leon, da bist du ja. Ich habe gar keinen Hubschrauber gehört.«

»Ich bin mit einem Taxi gekommen und das letzte Stück gelaufen.«

»Und wie war es in Mailand?«

»Schrecklich, Lisa, ganz schrecklich.«

Sie richtete sich erschrocken auf. »Was war los?«

»Lisa, es ist entsetzlich: Meine Familie will mich verkaufen!«

»Was? Machst du Witze?«

»Leider nicht. Aus Gründen, die ich nicht kenne, ist das Gut angeblich bankrott. Bruno Molinari wird es sanieren, wenn ich Lola heirate.«

»Ich habe so etwas geahnt, aber ich kann es trotzdem nicht glauben.«

»Angeblich ist bereits alles vertraglich geregelt.«

»Und jetzt?« Lisa war schneeweiß geworden.

»Und jetzt werden wir kämpfen, mein Mädchen. Wir beide gegen den Rest dieser Familien. Ich mache diesen Blödsinn natürlich nicht mit, aber du musst mir helfen.«

»Du kannst dich auf mich verlassen, Leon. Wie und womit fangen wir an?«

Leonardo war unendlich erleichtert, er hatte ja nichts anderes erwartet, aber Angst vor Lisas Reaktion hatte er schon.

»Das Gut ist für alle gesperrt. Meine Familie ist durch die Krankheit meines Vaters und durch Enricos Verletzung an Mailand gebunden. Die Familie Molinari und die Anwälte beider Familien haben Hausverbot. Es gibt keine Landeerlaubnis für Hubschrauber. Alle Telefon- und Funk-Verbindungen sind abgestellt.«

»Damit allein kommen wir aber nicht weiter.«

»Ich weiß, was schlägst du vor?«

»Du brauchst einen erstklassigen Anwalt, den besten, den du kriegen kannst.«

»Und woher nehme ich den? Die Familien Molinari und Amareni sind ziemlich bekannt, ich weiß nicht, ob sich ein Anwalt gegen sie stellen würde.«

»Jetzt muss Roberto helfen. Er hat es angeboten, er ist dein Freund.«

Lisa stand auf und zog sich an, während Leonardo sich frisch machte und rasierte. Dann gingen sie leise hinunter, um Kaffee zu kochen. Aber in der Küche saßen Marisa und Carlo bereits beim Frühstück. Leonardo weihte Marisa ein und erklärte dann den beiden, was sie vorhatten, denn er wusste, sie waren seine Freunde.

Leonardo bat Marisa, Anna, Enricos Sekretärin, zu wecken. Erschrocken und verschlafen kam sie schließlich in die Küche.

»Anna, wir brauchen Ihre Hilfe. Könnten Sie uns bitte in Enricos Büro begleiten?«

»Ich hole nur den Schlüssel. Das Büro ist verschlossen, wenn Signore Enrico nicht im Haus ist.«

Dann folgten sie ihr durch den langen Flur, der an den Wirtschaftsräumen vorbei zum Büro führte.

Die Tür ließ sich kaum öffnen, ein umgestürzter Schrank versperrte den Eingang. Schließlich schoben sie die Tür so weit auf, dass man sich hindurchzwängen konnte. Ein unbeschreibliches Durcheinander empfing sie. Anna entschuldigte sich. »Ich bin noch nicht wieder hier drinnen gewesen seit dem starken Erdrutsch neulich.«

»Schon gut, Anna, Sie brauchen sich nicht zu entschuldigen. Jetzt helfen Sie uns bitte, Buchhaltungsunterlagen zu suchen. Wir brauchen alle Aufstellungen der letzten Jahre«, erklärte ihr Leonardo.

»Tut mir leid, Padrone, aber diese Bücher gibt es hier nicht. Signore Enrico hat die Geschäfte von Campione aus geführt.«

Leonardo starrte sie an. »Und was hat er hier gemacht?«

»Er hat Bestellungen angenommen und weitergegeben. Er hat mit Firmen und Lieferanten verhandelt, er hat auch für Ihre Mutter den Hotelbereich verwaltet und sich mit ihr um die Haushaltsführung gekümmert.«

»Von finanziellen Transaktionen ist Ihnen nichts bekannt?«

»Nein, Padrone, das Geld wurde schon immer in Campione verwaltet.«

Ratlos sah Leonardo erst Carlo, dann Lisa an. »Und jetzt?«

Der Kellermeister zuckte die Schultern und Lisa schüttelte den Kopf. »So kommen wir nicht weiter.«

Anna sah, wie enttäuscht sie waren. »Wenn Sie mir sagen, um was es geht, könnte ich vielleicht helfen.«

»Es geht um sehr viel Geld, Anna. Bitte räumen Sie hier auf und wenn Sie etwas finden, das mit Einnahmen oder Ausgaben zu tun hat, informieren Sie uns – «

Lisa unterbrach ihn. »Gibt es irgendwelche Unterlagen über Versicherungen? Bitte suchen Sie auch danach.«

»Ich werde jedes Schriftstück kontrollieren, verlassen Sie sich darauf. Wie geht es eigentlich Signore Enrico?«

»Es geht ihm etwas besser, aber er wird noch lange im Krankenhaus sein, deshalb brauchen wir die Unterlagen.«

Anna nickte. Das war verständlich, die Geschäfte mussten weitergehen. Sie ließen sie allein und gingen zurück in die Küche.

»Wie sieht die ganze Sache denn jetzt praktisch aus, Leon? Wie viel Geld haben wir zur Verfügung, wie viele Vorräte? Kannst du irgendwelche Darlehen aufnehmen?«

»Für die nächsten Wochen reicht es. Ich habe alles von meinem Konto abgehoben, was drauf war. Wir können Dieselöl und Vorräte kaufen, aber ob wir uns den besten Anwalt Mailands leisten können, bezweifle ich. Auch Hubschrauberflüge und teure Taxis sind nicht mehr drin.« »Trotzdem«, versicherte Lisa, »wir brauchen den besten Anwalt. Ruf' Roberto an, er wird dir helfen.« In dieser Angelegenheit war Lisa sehr energisch und Leonardo wusste, dass sie recht hatte.

Während Linda in die Küche kam, um zu frühstücken, ging er mit Lisa ins Büro. Carlo wollte jemanden suchen, der sich um den Wegebau kümmern konnte, weil sie beide jetzt ausfielen. »Weißt du«, erklärte er, »wenn der Weg fertig ist, können wir Wein ausliefern, die gepackten Kisten sind ja unbeschädigt. Und mehrere Hundert Kisten von unserer besten Sorte bringen uns vielleicht das Geld für den Anwalt.«

Im Büro hörte David Nachrichten. Die Berge kamen zur Ruhe, aber die Menschen hatten immer noch Angst. Lisa und Leon hatten nun andere, schlimmere Probleme, mit denen sie fertigwerden mussten. Leonardo legte den Arm um Lisas Schulter und sah sie an. »Weißt du, wir werden nicht zurückschauen und nicht die Zukunft planen, wir werden uns nur auf das Heute konzentrieren. Kleine Schritte, etwas anderes bleibt uns nicht übrig.«

»Hauptsache, wir machen diese Schritte gemeinsam, Leon.«

David sah sie an und nickte. »Darf ich mich anschließen?«

»Ja, David, fangen Sie damit an, indem Sie uns mit Roberto in Mailand verbinden.«

»Einen Augenblick, wir haben ihn gleich.«

Kurz darauf meldete sich Carla. »Oh, hallo, nett, von Ihnen zu hören.«

»Carla, Signore D'Amareni möchte mit Ihrem Vater sprechen, ist das möglich?«

»Natürlich, ich stelle ins Büro rüber. Ciao, und grüßen Sie alle von mir.«

»Danke.«

David gab Leonardo den Apparat und dann meldete sich Roberto.

»Leon, wie geht es Ihnen?«

»Nicht gut, Roberto, ich brauche Hilfe.«

»Dafür sind Freunde da. Was kann ich tun?«

»Ich brauche den besten Anwalt, den Sie finden können, einen, der in der Lage ist, gegen die Familien Molinari und Amareni zu intervenieren.«

»Himmel, Leon, was ist denn passiert?«

»Man hat hinter meinem Rücken den Familienbesitz verschachert und mich gleich mit.«

Er erzählte ihm so knapp wie möglich den Sachverhalt und als er endete, sagte Roberto nur: »Leon, damit kommen sie nicht durch. Das werden wir ganz schnell in Ordnung bringen, keine Sorge, ich kümmere mich darum. Ich habe auch meine Beziehungen. Sie können sich darauf verlassen, in einer Stunde rufe ich wieder an. Sind Sie nur über Handys zu erreichen?«

»Ja, wir haben noch keine Verbindung über Fernleitungen. Können wir für unser Gespräch eine genaue Zeit ausmachen? Wir nehmen sonst keine Anrufe an.«

»Sehr vernünftig. Ich rufe um elf Uhr an, einverstanden?«

»Danke, Roberto.«

Dann legte er das Handy beiseite. Leonardo drehte sich um. David hatte das Büro verlassen. Er nahm Lisa in die Arme, küsste sie und sagte dann: »Roberto hilft uns, wie gut, dass du an ihn gedacht hast.«

21

Nach all der persönlichen Aufregung musste sich Leonardo jetzt erst einmal um das Weingut kümmern. Sobald der Weg fertig war, konnten sie Kraftstoff holen, dann würde der Generator in der Kelterei wieder laufen, die Weinernte würde fortgesetzt und dann ginge auch das Leben irgendwie weiter. Kleine Schritte haben wir uns vorgenommen, aber auch die werden eines Tages in die Zukunft führen, dachte er dankbar.

Lisa half Anna im Büro. Wenn sie einen Anwalt fanden, brauchte er Unterlagen. Leonardo ging hinüber in die Kellerei zu Carlo. Sie mussten eine Bestandsaufnahme machen, eine mühsame Arbeit zu Fuß in den riesigen dunklen Hallen zwischen den vielen zerstörten Regalreihen und den Scherbenhaufen. Die flackernden Kerzen gaben kaum Licht, aber sie konnten doch sehen, dass die Fässer kaum beschädigt waren.

»Da haben wir verdammtes Glück gehabt, Carlo«, stellte Leonardo erleichtert fest.

»Ja, aber wir brauchen Tausende von neuen Flaschen, um den Wein abfüllen zu können. Unsere Flaschenvorräte sind alle kaputt.«

»Ich weiß, ich gebe die entsprechenden Bestellungen raus, damit die Flaschen geliefert werden, sobald der Weg fertig ist«, versicherte Leonardo dem Freund.

»Sag den Lieferanten, um was für einen Weg es sich handelt, sonst drehen sie um.«

»Natürlich. Und sie müssen auf eigenes Risiko fahren, dafür machen sie ein großes Geschäft. Sag mal, wer hat eigentlich die Adressen und Bestelllisten unserer Kunden? Wenn die auch in Campione liegen, können wir nichts verkaufen.«

»Keine Sorge, Leon, die habe ich. Als ich damals hier mit der

Arbeit begonnen habe, war eine meiner Bedingungen, dass alles, was mit dem Wein zusammenhängt, über mich läuft. Enrico hatte zwar die Kontakte und machte die Geschäfte, aber ich habe Kopien aller Bestellungen und eine eigene Buchhaltung über jede Flasche, die das Gut verlassen hat.«

»Gott sei Dank.«

»Ja, aber da fällt mir etwas anderes ein. Wenn die Verträge in Mailand rechtsgültig sind und ein Anwalt nicht schnell genug für uns eingreift, gehört ab sofort alles den Molinaris. Auch unser gesamter Weinvorrat. Was machen wir dann? Sie können kommen und die Kellerei versiegeln.«

Leonardo wurde ganz blass, es war, als zöge ihm jemand mit aller Gewalt den Boden unter den Füßen weg. Er setzte sich auf ein umgestürztes Regal und sah Carlo an.

»Das wäre dann das Ende. Ein Polizeihubschrauber wird sich kaum um unser Landeverbot kümmern.«

»Nein. Glaubst du, sie gehen so weit?«, fragte der Kellermeister besorgt.

»Ich weiß es nicht. Ich habe Bruno Molinari immer für einen rechtschaffenen Mann gehalten, wie konnte er sich so verändern?«

»Vergiss nicht, es geht um die Zukunft seiner schwierigen, rachsüchtigen Tochter. Wer weiß, was sie ihm alles erzählt hat.«

»Und dafür wird er zu einem korrupten Mann?«

»So sieht es aus, Leon.« Und wie recht Carlo behalten sollte, stellten sie ziemlich schnell fest.

»Leon, es ist gleich elf Uhr, du musst ins Büro. Sag Roberto, wie brisant die Lage ist.«

Der Anruf kam pünktlich. Roberto war sehr optimistisch und beruhigte ihn sofort. »Ich habe einen hervorragenden Anwalt gefunden. Er übernimmt Ihren Fall und kommt morgen Vormittag in die Villa. Er ist gegen zehn Uhr dort. Heute hat er Sitzungen und kann nicht weg.«

»Roberto, es ist noch ein Problem aufgetaucht: Wenn die Verträge rechtsgültig sind, gehört bereits alles den Molinaris, auch der Wein. Wir haben hier Hunderte von versandfertigen, unzerstörten Kisten, die bereits bestellt sind und verkauft werden könnten.«

»Schaffen Sie die sofort weg.«

»Aber wohin und womit? Und ohne Straße – «

»Wie weit ist der Weg denn fertig?«

»Zwei Drittel sind passierbar.«

»Lassen Sie mich nachdenken – kann man das letzte Drittel zur Not befahren?«

»Vielleicht, wenn keine neue Lawine herunterkommt.«

»Also, Leon, ich habe da einen Freund mit einer Spedition in Ascona. Wenn ich den erreiche und wenn der mitmacht, wird Ihr Wein heute Nacht nach Ascona gebracht. Ich rufe euch in einer halben Stunde an.«

Ein Wettlauf mit der Zeit! Leonardo lief in Enricos Büro und bat nur ganz kurz: »Ich brauche auch alle Unterlagen über Weinbestellungen und die Anschriften von Lieferanten für Flaschen und Kisten.«

»Geht in Ordnung, Leon.« Lisa stand inmitten von Papierbergen und versuchte das Durcheinander in den Griff zu bekommen, während Anna sich mit umgestürzten Regalen abmühte.

Leonardo rannte zurück zu Carlo. »Wenn wir Glück haben, geht der Wein noch heute Nacht nach Ascona.«

»Das sind noch mindestens zehn Stunden, in denen ein Hubschrauber hier landen könnte.«

»Was machen wir?«

»Wir verbarrikadieren den Eingang zur Cantina. Einen Trümmerhaufen kann man nicht versiegeln.«

»Aber die Männer arbeiten alle am Weg.«

»Wir haben die Frauen hier. Leichtes Holz und Wellblech können die auch tragen. Wir nehmen die Bretter vom eingestürzten Stall und von den Schuppen und packen sie vor den Eingang. Ganz leicht nur, so dass man sie auch schnell wieder wegtragen kann. Neno soll die Frauen holen, er wartet schon lange auf eine Aufgabe.«

Roberto rief wie vereinbart an: »Alles in Ordnung, Leon. In einer Stunde macht sich ein Konvoi von kleineren Lastern auf den Weg. Die Spedition ist absolut zuverlässig, die Männer fahren seit Jahren meine Transporte. Sie müssten nur einen Posten an die Asphaltstraße stellen, damit man die Abzweigung findet. Ich denke, die Wagen sind zwischen drei und vier Uhr heute Nachmittag dort.«

»Wir werden sie erwarten, Roberto.«

»Rufen Sie mich an, wenn Sie mich brauchen. Übrigens, der Anwalt morgen heißt Rodolfo Tenerebbo, er ist der beste.«

Leonardo verschlug es für einen Augenblick die Sprache. »Dottore Tenerebbo? Meinen Sie den berühmten Tenerebbo? Mein Gott, wie haben Sie das geschafft?«

»Auch ich habe Freunde. Er sagte, es sei ihm ein Vergnügen, Ihnen zu helfen, nachdem ich ihm erzählt habe, wie Sie für Hunderte von fremden Menschen nach der Katastrophe gesorgt haben.«

»Danke, Roberto.«

»Nichts zu danken, Leon. Ich rufe morgen Mittag wieder an und erkundige mich nach dem weiteren Verlauf.«

Leonardo war zum Weinen zumute: vor Verzweiflung, vor Erleichterung und vor Erschöpfung. Aber Schwäche konnte er sich nur leisten, wenn Lisa bei ihm war. Und er spürte zum ersten Mal so richtig, was sie ihm bedeutete: Ich brauche sie und für sie würde ich sogar meine Heimat und das Gut aufgeben, wenn es nötig ist, dachte er dankbar. Er wollte und konnte ohne sie nicht mehr leben.Aber jetzt war nur David bei ihm und der sah genau, was in Leonardo vorging. Er legte ihm beruhigend die Hand auf die Schulter und nickte. »Schon gut, Leon, wir schaffen das, keine Sorge, wir schaffen das wirklich.«

Leonardo informierte Carlo, der bereits alle Hände voll damit zu tun hatte, etwa fünfzig Frauen und Kindern zu erklären, wo Bretter und Blech gestapelt werden sollten. Dann nahm Leonardo den Jeep und fuhr zum Straßenbautrupp. Nach einigem Suchen fand er Manuele Marconi, den Lehrer, und bat ihn, ihn auf der restlichen Strecke zu begleiten. Während der langsamen Fahrt machte er ihn auf alle Schwierigkeiten des Weges aufmerksam und zeigte ihm, wie die gefährlichsten Passagen umfahren werden konnten. Zum Schluss bat er ihn, an der Asphaltstraße auf den Lastwagen-Konvoi zu warten. Dann fuhr er so schnell wie möglich zurück.

Unterwegs sah Leonardo in einiger Entfernung die Männer und Frauen mit Testardo, die in der Nähe ihrer zerstörten Gehöfte einen solide aussehenden Schuppen errichtet hatten. Vielleicht können sie tatsächlich den Winter hier verbringen, dachte er und nahm sich vor, bei nächster Gelegenheit ein paar Lebensmittel für sie mitzunehmen. Er hupte und winkte und sie winkten zurück; und dann lag schon der nächste Hügel zwischen ihnen.

Der Nachmittag verlief ruhig. In Mailand beriet man vermutlich die nächsten Schritte. Wahrscheinlich rechnete dort keiner mit einem so massiven Widerstand. Umso besser für Leonardo, Zeit war jetzt bares Geld.

Gegen acht Uhr abends kamen die Arbeiter vom Wegebau zurück. Müde, schmutzig und hungrig. Der Koch verteilte als Erstes das Essen und so viel Wein, wie jeder mochte. Dann erklärte Leonardo ihnen, dass sie eine Nachtschicht einlegen mussten.

»Leute, ich weiß, Sie sind müde und kaputt, trotzdem muss ich Sie um Hilfe bitten. Wir müssen Wein verladen, der morgen früh in Ascona sein muss. Vom Erlös des Verkaufs kann ich Vorräte und Kraftstoff für den Winter kaufen. Morgen haben dann alle frei.«

Ein paar Männer murrten, er konnte sie verstehen, aber die meisten nickten. Dann suchten sie sich in den Zelten oder einfach auf der Wiese einen Platz, auf dem sie bis zur Ankunft der Lastwagen schliefen.

Als sie das erste Motorengeräusch hörten, ließ Carlo die Trümmer vom Eingang beseitigen und Neno weckte die Männer. In weniger als zehn Minuten standen acht mittelgroße Lastwagen auf dem Wirtschaftshof und die Arbeiter begannen mit dem Verladen der Kisten. Alle Menschen hatten sich auf dem Platz versammelt und halfen. Die Frauen hielten Petroleumlampen und Kerzen, um für das nötige Licht zu sorgen, Marisa und ihr Team teilten immer wieder Brot und Wein aus, während Neno mit witzigen Sprüchen die Leute bei Laune hielt.

Kurz nach Mitternacht waren alle Kisten verladen. Sie würden in einer Speditionshalle in Ascona gelagert, bis die Käufer sie dort abholten.

Als der Konvoi fertig für die Rückfahrt war, übernahm Carlo im Jeep die Spitze, um die Wagen bis Camporete zu begleiten. Leonardo selbst fuhr mit dem schweren Traktor hinterher. Sie wollten nicht riskieren, dass ein Wagen stecken blieb. Aber es ging alles gut und Leonardo war stolz auf die Männer, die unter widrigsten Bedingungen einen fast perfekten Weg gebaut hatten. In zwei, drei Tagen würden sie mit dem letzten Drittel fertig sein, und dann konnte er Kraftstoff für die Generatoren und für die Traktoren bestellen und sie würden wieder Wein verarbeiten können. Und Strom würde es auch bald geben. Kleine Muren rollten zwar noch immer, aber sie waren kaum noch spürbar, vielleicht hörten sie bald ganz auf. Dann würde das Leben auf dem Gut wieder normale Formen annehmen, vorausgesetzt, sie lebten dann noch in der Villa. Und dann fiel Leonardo dieser ganze Ärger mit der Familie wieder ein.

22

Leonardo hatte sich gerade gewaschen und umgezogen, als er den Hubschrauber hörte. Es war eine große Maschine, das musste der Anwalt sein, der um zehn Uhr eintreffen wollte. Leonardo lief hinaus, um ihn zu begrüßen. Rodolfo Tenerebbo war ein Hüne, eine imposante Erscheinung. Er kannte ihn aus dem Fernsehen und aus Zeitungen, aber in natura war er noch weit beeindruckender. Er wurde von Freunden, aber auch von Feinden als ehrenhaft, kompetent, glaubwürdig und zuverlässig bezeichnet und Leonardo hatte allen Grund, dankbar zu sein, dass er seinen Fall übernehmen würde.

Nach ihm stiegen noch zwei Männer aus, die er als Mitarbeiter vorstellte, während er Leonardo die Hand schüttelte und schmunzelnd sagte: »Und Sie will man verkaufen? Das gäbe eine großartige Schlagzeile in der ganzen europäischen Presse ›Kameltreiber-Allüren in der High Society‹. Man sollte diese Idee durchaus in Betracht ziehen. Aber keine Sorge, so weit kommt es gar nicht erst«, beruhigte er seinen Mandanten sofort wieder.

Leonardo mochte diesen Mann. Er strahlte so viel Selbstbewusstsein und Vertrauen aus, dass man nur Sympathie für ihn empfinden konnte.

»Also, mein lieber Amareni, machen wir uns an die Arbeit. Meine Mitarbeiter würden gern alle finanziellen Unterlagen über das Gut, die Villa, den Weinverkauf und auch die Hotelbilanzen durchsehen. Ich weiß, dass Sie kaum Papiere hier haben, trotzdem, meine Leute sind Experten, lassen wir sie arbeiten.«

Dann sagte Leonardo David auf Anweisung von Tenerebbo, dass die Telefonblockade aufgehoben sei. »Nehmen Sie ruhig Gespräche an, es könnten wichtige Nachrichten für das Haus sein; und wenn die Familie oder deren Anwälte am Telefon sind, legen

Sie einfach auf«, hatte er erklärt und Leonardo informierte David entsprechend.

Er führte die beiden Mitarbeiter in Enricos Büro. Dem Anwalt hatte er einen Platz auf der Terrasse angeboten, wo Marisa sie mit Kaffee bewirtete, denn da draußen waren sie einigermaßen ungestört.

»Meine Güte, wie viele Leute versorgen Sie denn immer noch?«

»Achtzig gehören zum Gut, etwa hundert sind Obdachlose aus der Umgebung. Aber fast alle Frauen mit Kleinkindern und die vielen Verletzten konnten wir ausfliegen lassen. Vor ein paar Tagen waren noch etwa zweihundert Personen hier.«

»Ich habe davon gehört, aber vorstellen konnte ich mir das nicht. Und wie lange bleiben diese Leute noch?«

»Ich glaube nicht, dass sie den Winter in ihren zerstörten Gehöften verbringen können.«

»Das bedeutet, sie bleiben hier?«

»Ich denke, ja.«

»Beachtlich, was Sie da leisten.«

»Es ist so üblich bei uns. Die Leute kommen, wenn ich Hilfe brauche, und ich helfe, wenn sie Hilfe brauchen. Außerdem, ich habe Freunde und gute Mitarbeiter, sonst wäre es kaum zu schaffen. Schwierig wird es nur finanziell, da muss sich die Regierung in Bern bald etwas einfallen lassen. Mein Budget reicht nicht mehr lange.«

»Finanzieren Sie das etwa alles alleine?«

»Bis jetzt, ja.«

»Meine Hochachtung. Aber nun zu Ihrem persönlichen Dilemma. Erzählen Sie mir möglichst wörtlich, was in Mailand gesagt wurde. Die Namen der Anwälte habe ich bereits.«

Leonardo berichtete.

»Haben Sie die Verträge gesehen?«

»Nein, ich war viel zu wütend, ich war außer mir.«

»Kann ich verstehen. Nun zu den praktischen Dingen, damit Sie wissen, wie ich vorgehe. Ich habe einen Mitarbeiterstab, der seit gestern für Sie tätig ist. Wir haben bereits eine einstweilige Verfügung erlangt, die unerwünschten Personen das Betreten des Geländes hier verbietet. Sodann habe ich eine richterliche Anordnung, die uns erlaubt, Einsicht in die Buchführung Ihres Bruders in Campione zu nehmen. Meine Mitarbeiter sind seit heute Morgen um acht Uhr dort an der Arbeit.«

Leonardo war sprachlos. Was für eine Maschinerie setzte dieser Mann für ihn in Bewegung. Und welch ein Juwel war Roberto, der ihn gefunden hatte. Tenerebbo fuhr fort: »Ebenfalls seit heute beschäftigen sich meine Mitarbeiter mit Signora Lola Molinari. Die Dame ist in Mailand für einen sehr lockeren Lebenswandel berühmt, wussten Sie das?«

»Nein, davon ist mir nichts bekannt. Ich bin hier sehr beschäftigt und komme selten nach Mailand. Außerdem verkehre ich nicht in den Kreisen, die Lola bevorzugt.«

»Wussten Sie übrigens« – es ging wirklich Schlag auf Schlag mit den schlechten Nachrichten – »wussten Sie, dass Signore Molinari für sehr waghalsige Börsengeschäfte bekannt ist? Erstaunlicherweise hat er viel Glück mit seinen Spekulationen. Seine Olivenplantagen könnten ihm nicht das Vermögen liefern, über das er verfügt.« Er sah mich fragend an: »Wussten Sie davon?«

»Nein, auch das ist mir nicht bekannt und ich nehme an, meiner Familie auch nicht.«

»Sind Sie da sicher?«

» – nein, jetzt eigentlich nicht mehr.«

»Wir werden sehen! Wäre es möglich, dass Ihre Familie sich an den Spekulationen beteiligt und dabei viel Geld verloren hat? Dass man das vor Ihnen verheimlichen wollte?«

»Vorgestern hätte ich das für absolut unmöglich gehalten. Heute weiß ich überhaupt nichts mehr.«

Leonardo lief es heiß und kalt über den Rücken. Mein Gott, was für Absurditäten kamen da auf ihn zu?

»Regen Sie sich nicht auf, Amareni, es gibt Schlimmeres, das können Sie mir glauben. Was denken Sie wohl, was in der sogenannten feinen Gesellschaft alles passiert, was sich da in vielen Familien abspielt? Ich kenne mich aus, ich verdiene schließlich viel Geld damit.«

»Wissen Sie, Dottore, was Sie mir hier erzählen, ist schlimmer als jede Mure. Es zerstört einfach alles, vor allem meinen Glauben an die Rechtschaffenheit einer uralten, ehrbaren Familie – meiner Familie.«

»Das ist schlimm, ich weiß. Aber Ihr Glaube an diese ehrbare Familie sollte nicht erschüttert werden. Es gibt überall und in jeder Generation schwarze Schafe. In wenigen Tagen ist Ihr Problem überstanden, das garantiere ich Ihnen.«

»Und wie geht es jetzt weiter?«

»Ich bin heute sehr früh aufgestanden, weil ich das allein erledigen wollte, und war zuerst in der Klinik, in der Ihr Bruder liegt. Aber obwohl ich den leitenden Arzt der Abteilung persönlich kenne, war es mir nicht möglich, ein Gespräch mit Ihrem Bruder zu führen. Zwar wurde mir versichert, dass er durchaus ansprechbar sei, aber ein ganzes Ärzteteam hätte seine Zustimmung geben müssen. Dann habe ich versucht, Ihren Vater zu sprechen. Aber auch das wurde nicht erlaubt, obwohl er sich bereits gut erholt hat, wie mir versichert wurde. Ich denke, wir müssen die Entscheidungen der Ärzte respektieren. Sollte sich jedoch herausstellen, dass die gegnerischen Anwälte dieses Besuchsverbot arrangiert haben, werden wir etwas dagegen unternehmen. Meine Leute arbeiten bereits daran.«

»Sie denken an alles, Dottore, nicht wahr?«

»Das ist meine Pflicht. Halbe Sachen kommen nicht infrage.«

»Wie viele Mitarbeiter haben Sie eigentlich?«

»Ach, wissen Sie, das variiert. Je nachdem, für welchen Fall ich Leute brauche, hole ich mir dann die Spezialisten. Sie werden erstklassig bezahlt und leisten erstklassige Arbeit – und sie sind absolut vertrauenswürdig. Sie wissen, Schlampereien und Vertrauensbrüche gibt es bei mir nicht.«

»Ich beneide Sie um Ihre Selbstsicherheit.«

»Aber ich bitte Sie, Ihre Leute gehen doch auch für Sie durchs Feuer, wie man mir erzählt hat.«

»Ja, das stimmt.«

»Na also, ohne Vertrauen geht gar nichts und letzten Endes garantiert es den Erfolg. Und den nächsten Erfolg, mein lieber Amareni, werden wir beide gemeinsam feiern.«

Er stand auf und reichte ihm die Hand. »Ich muss weiter, meine Leute lass ich abends abholen. Sie hören von mir. Ciao!«

Leonardo begleitete ihn zum Hubschrauber, in dem Carlo inzwischen einen Karton mit erstklassigem Wein deponiert hatte, und winkte ihm nach. Er war ungeheuer erleichtert, aber auch tief betroffen. Was hatte er da alles erfahren: Spekulationsgeschäfte mit vermutlich hohen Verlusten? Die Ehrenhaftigkeit der eigenen Familie nichts als Lug und Trug? Freilich, nichts war bewiesen, aber es stand im Raum und allein das war furchtbar.

Er setzte sich auf die Terrassenstufen und starrte dem Hubschrauber nach, der in den tief hängenden Wolken verschwand. Dieser Mann würde ihm helfen, das wusste er, aber die Wunde, die er aufgerissen hatte, konnte er nicht heilen.

Lisa kam heraus und setzte sich neben ihn. Sie nahm seine Hand und sagte: »Er hat dir weh getan, nicht wahr?«

»Vor mir tun sich wahre Abgründe auf.«

»Wird er dir helfen können?«

»Ja, er ist absolut kompetent und glaubwürdig. Deshalb ist alles, was er mir erzählt hat, auch so beängstigend.«

Und dann berichtete er Lisa von dem Gespräch. Sie schwieg lange. »Das alles hat nichts mit dir und deiner Rechtschaffenheit zu tun, Leon. Du bist überhaupt nicht betroffen.«

»Es ist aber mein Name, der in den Schmutz gezogen wird.«

»Ja, ich weiß und ich weiß auch, was dir dieser Name bedeutet. Aber letzten Endes kommt es immer auf die Person an, die dahinter steht. Und wer dich kennt, weiß, dass er es mit einem ehrlichen Menschen zu tun hat.«

»Und ich wollte, dass du diesen Namen trägst, Lisa, einen guten, ehrenhaften Namen und nun – «

»Und nun werde ich diesen Namen auch tragen. Für mich ist und bleibt er der schönste Name, den ich mir wünschen könnte. Und jetzt sei nicht mehr so traurig, ich habe nämlich gute Nachrichten für dich.«

»Die kann ich gebrauchen.«

»Wir haben im Büro Versicherungsurkunden gefunden. Das Weingut und das Haus sind gegen Witterungseinflüsse, Erdbeben und Muren versichert. Die beiden Mitarbeiter deines Anwalts haben per Handy sofort mit ihren Kollegen in Enricos Büro in Campione telefoniert und man hat dort festgestellt, dass die jährlichen Beiträge regelmäßig bezahlt wurden. Alle Einzahlungsbelege sind vorhanden. Außerdem haben sie die eventuelle Auszahlung einer Versicherungssumme sofort storniert. Niemand kommt also an das Geld heran, bevor die Eigentumsrechte geklärt sind. Leon, wenn das Geld an dich ausgezahlt wird, kannst du das Gut sanieren. Welch ein Glück, dass ich die Fotos gemacht habe, sie können jetzt alle Zerstörungen belegen.«

»Wann hast du denn Fotos gemacht?«

»Gleich am zweiten Tag. Ich habe alles fotografiert: die zerstörten Weinberge, den Wirtschaftshof mit den kaputten Gehöften, das Haus. Einfach alles, bis auf die Kellerei, da ließ man mich nicht hinein. Aber die Versicherungsexperten können sich da drinnen ja selbst umsehen, ich glaube nicht, dass ihr dort schon aufgeräumt habt.«

Leonardo fiel nicht nur ein Stein vom Herzen, ein ganzer Berg setzte sich in Bewegung und gab ihm endlich wieder Luft zum Atmen. Und nun war es für ihn auch ganz leicht, vier Worte auszusprechen.

»Lisa, ich liebe dich.«

»Ich weiß, Leon.«

Dann kam David auf die Terrasse: »Leon, ein Mitarbeiter vom Elektrizitätswerk hat sich gemeldet. Die Überlandleitungen und die Telefonleitungen werden repariert. Wir sollen jemanden zum Transformatorenhaus schicken, damit die Arbeiter wissen, wo unsere Leitungen abgehen und den Anschluss herstellen können.«

Noch eine gute Nachricht!

»Lisa, komm, wir beide fahren jetzt dorthin. Ich muss einfach mal raus hier.« Und zu David gewandt: »Wir sind schon unterwegs, sagen Sie das bitte weiter. Und: Keine Besucher hier auf dem Gelände, Befehl vom Anwalt.«

Bevor er den Jeep startklar machte, rief er Lisa zu: »Besorge uns bitte ein Picknick, ich habe seit Tagen kaum etwas gegessen, und nimm auch ein paar Decken mit, wer weiß, wie lange wir warten müssen. Und noch etwas, lass dir von Marisa ein paar Vorräte geben für die Leute mit dem Pferd. Zucker, Salz, Kaffee, Bohnen, Reis, du weißt schon, was sie gebrauchen können.«

Während Leonardo Carlo über das Gespräch mit dem Anwalt informierte und ihm von den Versicherungen und vom Strom erzählte, packte Neno mehrere Kartons mit Lebensmitteln in den Jeep. Dann holte Lisa die Decken und Leonardo lief in sein Zimmer. Dort, in dem immer noch nicht ausgepackten Koffer von der Morcote-Reise, lag das Kaschmirtuch, das Lisa wiederhaben sollte. Jetzt würde sie es gern nehmen, das wusste Leonardo. Dann fuhren sie los. Es wurden die vierundzwanzig glücklichsten Stunden seines Lebens.

23

Frisch wehte der Wind um ihre Köpfe, als sie in Leonardos Jeep nach Süden fuhren. Die Zypressenallee, die glatte Asphaltstraße, der neu gebaute Weg durch wildes Land – sie waren fast fröhlich und genossen das Alleinsein, als sie schließlich über die rumpeligen, unebenen Strecken fuhren, die die Männer gebaut und die ihnen so viel Angst, Ärger und Trauer bereitet hatten.

Dann tauchten die Ruinen und mit ihnen die Menschen auf, die hier zu leben versuchten. Sie fuhren zu ihnen hinüber und die Leute winkten und freuten sich, Leonardo und Lisa zu sehen. Die beiden wollten als Erstes die Lebensmittel für sie abladen, damit sie kühl gestellt werden konnten. Etwas abseits stand Testardo an einen Holzpfosten gebunden. Er wieherte, als er Lisas Stimme hörte. Sie ging zu ihm hinüber, in jeder Hand ein paar Zuckerstücke, die sie Marisa abgeschmeichelt hatte, und reichte sie dem Pferd. Er stupste sie so liebevoll, dass sie fast das Gleichgewicht verlor. Sie tätschelte ihm Hals und Flanken und ließ sich gefallen, dass er mit weichen Lippen ihre Stirn berührte. »Er hat mich wiedererkannt«, rief sie vergnügt und kraulte ihn zwischen den Ohren.

Diesmal ließen Leon und Lisa sich nicht mit Wein zum Bleiben verführen. »Wir müssen weiter, tut uns leid«, erklärte Leonardo, »wir müssen sehen, dass wir Strom bekommen, und wenn wir zu spät am Transformatorenhaus sind, ist der Arbeitstrupp weg.«

Da der Stromanschluss nicht an ihrem Weg, sondern weiter östlich auf dem Hochplateau lag, mussten sie bald abbiegen und quer über das Land fahren. Leonardo orientierte sich an den Strommasten und versuchte so gut wie möglich in ihrer Nähe zu bleiben. Aber dann wurde das Gelände so uneben, dass sie nur zu Fuß weiterkamen. Lisa nahm die Decken, Leonardo den Picknickkorb und das Päckchen mit der Stola und dann ging es weiter. Die Sonne stand schon weit im Westen und die Schatten, die vor ihnen herwanderten, wurden immer länger.

»Hoffentlich kommen wir nicht zu spät.«

»Man weiß, dass wir unterwegs sind, die Männer werden schon warten.«

»Hoffentlich.«

Der Weg wurde immer mühsamer. sie kämpften sich durch dorniges Gestrüpp, in dem Trauben schwarzer, überreifer Brombeeren hingen, durch stechende, fast mannshohe Brennnesselflächen, über Steinhalden mit violett blühenden Disteln und durch wilden Ginster, aber sie blieben immer in der Nähe der Masten und sahen, dass die Leitung, die von einem zum anderen Pfosten führte, unzerstört war.

»Ich bewundere Roberto, der diese Strecke für uns abgelaufen ist. Das war keine Kleinigkeit für einen Mann in seinem Alter«, erklärte Leonardo, entfernte eine Brombeerranke von seinem Hemd und sah Lisa an. Auch sie kämpfte mit der Wildnis. Schweiß lief ihnen über die Gesichter und ständig hatten sie Sand in den Schuhen.

Und dann sahen sie endlich die hohen, grauen Eisenmasten der Überlandleitung. Ganz plötzlich, durch einen Hügel bis zum Schluss verdeckt, tauchten sie vor ihnen auf und mit ihnen auch das kleine Haus aus gelben Ziegeln. Leonardo konnte keine Spuren anderer Menschen oder Fahrzeuge entdecken und so nahmen sie an, dass noch niemand hier gewesen war. Während Lisa die Decken ausbreitete und das Picknick richtete, kletterte Leonardo auf eine kleine Kuppe und sah sich die Umgebung an. Aber von Arbeitern war nichts zu sehen. So setzten sie sich – müde, hungrig und durstig – und genossen ihr Essen. Marisa hatte frisches Brot und scharfen Käse, getrocknete, in Olivenöl marinierte Tomaten, harte Eier und Schinken eingepackt. Dazu gab es lauwarmen Rotwein, dem der Transport nicht besonders gut bekommen war. Aber das störte die beiden nicht.

Sie waren fast fertig, als sie Motorengeräusche und Männerstimmen hörten. Der Bautrupp kam mit einem Geländewagen und bestand aus drei Arbeitern, die sich mit Begeisterung über die Reste von Marisas Picknick hermachten. Dann ging es an die Arbeit. Mit einem großen Vierkantschlüssel öffneten sie die Verriegelung der Eisentür, prüften die einzelnen Kabelverbindungen, verbanden verschiedene Leitungen, kontrollierten mit einem Zählgerät die Verbindungen und die Stromstärke und erklärten schließlich: »Signore D'Amareni, Sie haben wieder Strom in der Villa.« Leonardo atmete tief durch. Damit war der größte Teil seiner Probleme gelöst: Sie konnten wieder alle Maschinen einsetzen, arbeiten, heizen, kühlen, hatten Licht und vor allem die Wasserpumpen würden wieder laufen. »Sie werden kaum verstehen, wie dankbar ich Ihnen bin«, erklärte Leonardo und reichte den Männern zum Abschied die Hand.

»Oh, doch! Wir wissen, wie abhängig man heute vom Strom ist. Und dann so ein Betrieb wie das Gut mit all den Flüchtlingen. Wir können uns sehr genau vorstellen, was das heißt. Deshalb haben wir zuerst diese Überlandleitung repariert, die anderen müssen noch ein paar Tage warten. Wissen Sie, es hat sich nämlich herumgesprochen, was Sie für fremde Leute getan haben, Signore«, fügte ein anderer grinsend hinzu.

Dann setzten sich die Männer in ihren Wagen und rumpelten davon.

Leonardo nahm Lisa in die Arme: »Das haben wir geschafft. Gott sei Dank.«

Sie nickte. »Alles wird gut, Leon.«

»Für den Heimweg ist es zu spät, wir werden hier übernachten. In der Dunkelheit können wir nicht zurücklaufen.« Und im Stillen dachte er, das ist genau das, was ich wollte.

Lisa sah sich um. »Da drüben ist eine Mulde ohne Disteln und Brennnesseln. Ich werde die Decken hinüberbringen.«

Er half ihr und dann gab er ihr das Päckchen mit der Stola. Fragend sah Lisa ihn an.

»Mach es auf, es gehört dir.«

Sie befühlte das Papier, lächelte und sagte: »Danke! Du glaubst gar nicht, wie leid es mir getan hat, es vor deine Füße fallen zu lassen, das Tuch ist so wunderschön.«

Leonardo legte ihr die Stola um die Schultern, drückte sie an sich und erklärte leise: »Es ist nur der Anfang, Lisa, ich werde dir die Welt zu Füßen legen, wenn man mich lässt.«

»Die ganze Welt? Leon, das wäre mir zu viel.«

»Dann aber die Sonnenseite des Lebens.«

Sie lachte. »Die nehme ich gern.«

Sie bereiteten sich ihr Nachtlager neben dem mächtigen Stamm eines Kastanienbaumes. Viel war ja nicht zu tun mit nur zwei Decken, aber sie suchten den Boden nach Steinen, Zweigen und Ameisen ab, bevor sie die ausbreiteten.

Die Sonne war im Westen verschwunden und die Dämmerung breitete sich schnell aus. Sehr weit entfernt läutete eine Glocke von einem Turm, der die Katastrophe offenbar überstanden hatte. Zwischen den grauen Eisenmasten tanzten ein paar Fledermäuse, doch bald war es zu dunkel, um sie zu beobachten. Leonardo legte sich neben Lisa und sah sie an. Wie schön sie war mit diesem offenen Gesicht und den klaren Augen, in denen sich ihre Gefühle so deutlich spiegelten.

»Woran denkst du, Leon?«

»An dich, nur an dich. Diese Nacht gehört uns, Lisa, nur uns.«

»Ich weiß gar nicht mehr, wie es ist, romantische Gefühle zu entwickeln, irgendwann sind sie mir abhanden gekommen.«

Leonardo nahm sie in die Arme, zog sie an sich und streichelte zärtlich ihr Gesicht, ihr zerzaustes Haar, ihre Arme, die Schultern. Behutsam öffnete er die kleinen Knöpfe ihrer Bluse, küsste ihren Hals und strich mit den Fingerspitzen zärtlich über ihre Brust, die so seidenweich und warm war. Langsam ertastete er den Körper, von dem er so lange nur geträumt hatte.

Lisa schob ihre Hände unter sein Hemd. Ihre Finger strichen über seine Schultern, seine Brust, fanden Zonen, die seinen ganzen Körper erbeben ließen. Sie öffnete die Perlmuttknöpfe und strich sein Hemd zurück und dann spielten ihre Lippen mit ihm; und er brauchte seine ganze Kraft, um nicht laut aufzuschreien. Es war ein wundervoller Abend, eine atemberaubende nächtliche Stunde, es war fast die Vollendung aller Träume, niemals hatte er etwas Ähnliches erlebt, niemals an Dinge wie diese zu denken gewagt.

Langsam wurden sie ruhiger. Die Erregung, diese fast nicht zu ertragende Erregung ließ nach. Ihr Atem ging langsamer, der Herzschlag wieder gleichmäßig. Sie lagen da und genossen das herbe Aroma trockenen Grases, verdorrter Wildblumen, den strengen Geruch des Ginsters und den einzigartigen Duft des geliebten anderen Körpers.

»Sagtest du nicht, romantische Gefühle seien dir abhanden gekommen?«

»Ach, Leon.«

Er nahm ihre Hand. »Mein Liebling, du wirst noch viel über romantische Gefühle lernen, aber glaube mir, ich bin der allerbeste Lehrer, den du dir wünschen kannst.«

Sie lagen da, beobachteten den Himmel, an dem kaum Sterne zu sehen waren, weil der Mond so hell schien, und genossen diese wunderbare Ruhe. Dann sagte Lisa leise: »Wann fängst du denn an mit dem Unterricht, Herr Lehrer?«

Leon drehte sich zu ihr um, beugte sich über sie, nahm ihren Kopf in beide Hände und sagte: »Jetzt, mein Liebling.«

Die Nacht war viel zu kurz. Leonardo war berauscht von Gefühlen, die er niemals für möglich gehalten hatte. Er erlebte Höhepunkte und Tiefen, die ihn zu zerreißen drohten Er musste fünfundvierzig Jahre alt werden, um zu erleben, was es heißt, ein Mann zu sein, ein glücklicher Mann.

Sie liebten sich, sie schliefen ein, sie liebten sich wieder und schliefen wieder ein und viel zu früh kroch das Morgenlicht über die Hügel, verdrängte die Intimität der Dunkelheit, öffnete ihnen die Augen für den Tag und alles, was er bringen würde. Dennoch ließen sie sich Zeit. Wer konnte wissen, wann sie wieder so ungestört zusammen sein konnten? Sie tauschten noch immer Zärtlichkeiten aus und dachten doch schon an die Zukunft.

»Ich möchte dich so schnell wie möglich heiraten, Lisa, ich möchte der ganzen Welt zeigen, dass wir zusammengehören.«

»Fürchtest du, man könnte über uns reden, wenn wir unser Zusammensein nicht legalisieren?«

»Nein, nach dieser Nacht, mein Liebling, fürchte ich gar nichts mehr, aber ich weiß, dass man auf uns achten wird, und ich möchte dich keinen Gerüchten aussetzen.«

»Es würde mir nichts ausmachen, ich bin stolz darauf, zu dir zu gehören.«

»Die Menschen hier sind sehr an alte Traditionen gebunden. Damit meine ich nicht meine Familie, sondern vor allem die einfachen Leute, meine Arbeiter, die Flüchtlinge, für sie haben die Menschen im Haus eine Vorbildfunktion.«

»Ich weiß, was du meinst. So eine Verbindung wird eben doch nicht nur im Himmel geschlossen, sondern durch Menschen mit Stiften und Stempeln. Was machen wir also?«

»Das genau ist das Problem, mein Liebling. Du wirst auch deine Familie benachrichtigen wollen.«

»Natürlich, ich möchte meine Eltern nicht vor vollendete Tatsachen stellen. Sie sind mir immer mit Achtung begegnet und waren stets tolerant, sie haben es verdient, an meinem Glück teilzunehmen.«

»Du musst sie bitten, die erforderlichen Papiere zu besorgen, und dann musst du sie natürlich einladen.«

»Aber ich möchte keine große Hochzeit, Leon, ich möchte, dass alles schnell und in kleinem Rahmen geschieht. Jetzt ist nicht die Zeit, große Feste zu feiern.«

»Wir werden in Mailand zum Standesamt gehen, da bin ich mit meinem zweiten Wohnsitz gemeldet. Anschließend könnten wir dort auch kirchlich heiraten. Es sei denn, du möchtest in Deutschland heiraten. Auch das wäre mir recht.«

»Wir können jetzt nicht fort, Leon. Und ich würde dich sehr gern in Mailand heiraten. Aber du weißt, ich bin protestantisch.«

»Ich habe Freunde im Vatikan, ehemalige Mitstudenten, die denken sehr ökumenisch. Heute ist eine ökumenische Hochzeit überhaupt kein Problem mehr. Wir könnten die Trauung mit einem Priester und einem evangelischen Pastor arrangieren.«

»Carlo und Marisa könnten unsere Trauzeugen werden.«

»Sie haben es verdient, das ist eine gute Idee, Lisa.«

Es wurde hell. Leonardo legte sich auf den Rücken, streckte sich und gab sich dem Gefühl eines Wohlbehagens hin, wie er es noch nie erlebt hatte. Zum ersten Mal in seinem Leben fühlte er sich frei und dennoch ganz geborgen. Ein herrliches Gefühl von Vollkommenheit und Gelassenheit am Morgen eines Tages, der noch so voller Ärger stecken sollte. Als die beiden mittags zurückkamen und den Jeep auf dem Hof abstellten, kam ihnen Carlo aufgeregt entgegen. »Deine Mutter ist gekommen, Leon. Wir konnten ihr den Zutritt natürlich nicht verwehren. Sie sitzt auf der Terrasse. Marisa hat ihr Kaffee angeboten.«

»Danke, Carlo, ich gehe zu ihr.«

»Ich bleibe hier«, Lisa setzte sich zu Marco und ließ sich einen Rest des Mittagessens auffüllen. »Es ist besser, du sprichst allein mit ihr.«

Leonardo holte tief Luft und ging auf die Terrasse. Irgendwie tat ihm seine Mutter leid, wie sie da saß, allein, und doch zu Hause.

»Mutter?«

»Ich habe mit dir zu reden. Wie konntest du mich so lange warten lassen«, fragte sie aufgebracht.

»Ich war unterwegs und du hast dich nicht angemeldet.«

»Das fehlte noch, dass ich mich in meinem eigenen Hause anmelden muss.«

An ihrem Ton merkte Leonardo, wie aufgebracht sie war. »Bitte, Mutter, was willst du?«

»Pfeif deine Hunde zurück, Leon, sofort.«

»Es gibt keine Hunde, die ich zurückpfeifen könnte.«

»Du weißt, was ich meine.«

»Nein.«

»Du hast diesen unwürdigen, berüchtigten, unverschämten Tenerebbo auf uns gehetzt. Auf die ehrenwerte Familie Amareni. Wie kannst du uns so in den Schmutz ziehen? Dein Vater würde vor Kummer sterben, wenn er das wüsste.«

»Du vergisst, wer diesen Schmutz aufgewühlt hat, Mutter.«

»Wir haben zum Wohl der Familie und des Besitzes einen Vertrag geschlossen, an dem nicht mehr zu rütteln ist.«

»Der in diesen Stunden – von meinen Hunden, wie du sie nennst – zerrissen wird, Mutter.«

»In welchem Ton sprichst du eigentlich mit mir? Ich kam her, um dir in Ruhe alles zu erklären und dir die Verträge zu zeigen. Aber du legst anscheinend keinen Wert darauf.«

»Nein, Mutter, die Erklärungen habe ich schon von anderer Seite bekommen und diese Verträge interessieren mich nicht, sie sind wertlos. Nur eines wüsste ich gern: Wo ist das Geld geblieben, das ich erarbeitet habe?«

»Das geht dich nichts an. Vergiss nicht, der Herr im Hause ist dein Vater und sein Stellvertreter ist dein Bruder Enrico. Dann erst kommst du, mein Sohn.«

»Demnach hast du selbst überhaupt nichts zu sagen, Mutter?«

Sie sprang empört auf. »Du wirst von uns hören. Bruno hat seinen Teil des Vertrages eingelöst. Unsere Bankverbindlichkeiten sind getilgt. Das Gut gehört sozusagen Lola. Sorge dafür, dass es uns erhalten bleibt. Was du zu tun hast, weißt du.«

»Die finanziellen Transaktionen des Signore Molinari werden

zurzeit vom Finanzamt überprüft. Sei nicht so sicher, dass du deine Schulden los bist, Mutter. Im Übrigen, Lola kann sich die Reise hierher sparen: Ich bin für sie nicht zu sprechen.«

»Du wirst Lola empfangen und zwar wie ein Ehrenmann. Schließlich erwartet Lola dein Kind.«

»Was erwartet sie?« Das durfte doch alles nicht wahr sein. »Was hast du gesagt, Mutter?«

»Lola erwartet deinen Sohn, den Stammhalter unserer Familie.«

»Du vergisst Riccardo«, erwiderte Leonardo außer sich. »Und Lola kann gar kein Kind von mir erwarten. Diese Lüge ist der absolute Höhepunkt dieser ganzen verdammten Intrige.«

»Riccardo zählt nicht, du warst nie mit seiner Mutter verheiratet. Du wirst als Gentleman Lola zur Seite stehen.«

»Stell dahin, wen du willst, Mutter, aber nicht mich. Lola hat einen ziemlich lockeren Lebenswandel gepflegt, wie ich erfahren habe, und das ganze dubiose Vermögen ihres Vaters wird nicht reichen, sie von ihrem schlechten Ruf zu befreien.«

Leonardo drehte sich um und ging weg. Ihm war zum Erbrechen übel. Vom Kaminzimmer aus sah er später, wie sie zum Hubschrauber zurückging. Zweimal knickte sie auf ihren hohen Absätzen um und es tat ihm fast weh, ihr nicht helfen zu können. Aber sie ist schuld an diesem Zerwürfnis, dachte er verärgert, sie muss jetzt ohne mich auskommen. Na ja, irgendwann werde ich sie auch wieder in die Arme nehmen, sie ist schließlich meine Mutter, dachte er etwas versöhnlicher. Sie weiß vermutlich selbst nicht, wie sie in diesen ganzen Schlamassel geraten ist.

Leonardo setzte sich auf eines der Feldbetten und starrte vor sich hin. So also sieht meine Familie meinen Sohn. Mein Gott, dachte er verärgert, was so alles ans Licht kommt, wenn die oberflächlichen Verbindlichkeiten zu bröckeln beginnen. Was für ein Schmutz verbirgt sich hinter der aufgesetzten Fassade der Wohlanständigkeit meiner Familie? Er stand auf, ging in Enricos Büro und bat Tenerebbos Mitarbeiter, die morgens aus Mailand zurückgekommen waren, Kontakt zu ihren Kollegen in Campione aufzunehmen. »Bitte versuchen Sie herauszubekommen, ob und wie viel Geld Molinari auf die Konten meiner Eltern eingezahlt hat, und unterrichten Sie den Dottore davon.«

Wenig später erreichte sie ein Anruf aus Mailand. David nahm das Gespräch an und gab Leonardo den Hörer: »Es ist Dottore Tenerebbo.«

»Hier Amareni.«

»Also, mein Lieber: Zu den Transaktionen des Signore Molinari haben wir leider keinen Zugang, noch nicht, aber die Konten Ihrer Familie wurden heute Morgen tatsächlich ausgeglichen. Die Summe fällt unter das Bankgeheimnis. Aber ich habe vorsichtshalber das Finanzamt informiert, man wird nachforschen. Außerdem habe ich eine gute Nachricht für Sie: Die Verträge sind natürlich ungültig. Der Staatsanwalt bekam einen Lachanfall, als ich ihm die Sachlage erklärte. Wir überlegen sogar, ob wir nun einen Strafantrag wegen versuchten Menschenhandels stellen sollen.«

»Um Himmels willen, nein.«

»War ja auch nur ein Scherz, Amareni. Sie sollten das alles als Scherz betrachten, es macht die Sache einfacher.«

»Und der Verkauf des Gutes?«

»Ist natürlich genauso ungültig. Die Sache überlassen wir dem Finanzamt. Wenn es sauberes Geld ist, bekommt Molinari es zurück, ist es schmutzig, wird er Probleme bekommen.«

»Danke, Dottore. Die Gegenpartei ist übrigens entsetzt, dass ich Sie eingeschaltet habe.«

»Kann ich verstehen«, er lachte laut, »es gibt schon ein paar Leute, die Angst vor mir haben, und das ist gut so. Also, Kopf hoch, Amareni, in zwei, drei Tagen ist alles vorbei.«

24

Lisa und Leonardo liefen ein Stück den Weinberg hinauf. Schräg fiel die späte Sonne auf die Hügel und hüllte alles in das weiche, warme Licht, wie es hier für die Stunde vor dem Sonnenuntergang typisch ist und das von Malern so geschätzt wird. Hummeln umschwirrten die letzten Unkrautblüten und erschreckte Eidechsen huschten unter Steine. Sie schwiegen beide. Über den Hügeln hing ein vager Hauch von Depression und irgendwie hatte er auch sie erfasst. Die Stille zwischen beiden fühlte sich tiefer an als sonst, trauriger, aber auch sicherer. Sie litten gemeinsam an einem Unrecht, das sie nicht verdient hatten. Gefühle konnte nur noch Lisa in Leon wecken, im Übrigen kam er sich wie abgestorben vor, müde und erstarrt vor Zorn und Enttäuschung.

Lisa beobachtete den Mann an ihrer Seite sehr genau. Sie strich ihm sanft über die Stirn. »Du hast richtige Sorgenfalten bekommen. Woran denkt du, Leon?«

»Ich begreife meine Mutter nicht, wie konnte sie sich so verändern? Diese liebenswürdige, fröhliche Frau, ich kenne sie überhaupt nicht wieder.«

»Wir wissen nicht, was sie durchgemacht hat.«

»Aber, mein Gott, was hat sie denn erlebt? Bis zum Erdrutsch war doch alles in Ordnung. Sie war eine freundliche Frau, höflich zu allen Leuten, liebevoll zur Familie. Gut, sie hat schon immer Enrico mehr gemocht als mich, dafür hatte ich Vater auf meiner Seite, schon weil wir zusammen am Wein gearbeitet haben, aber jetzt?«

»Vielleicht hat sie die Schäden nicht verkraftet, die die Katastrophe angerichtet hat.«

»Nein, da muss etwas anderes passiert sein. Und das viele Geld ging ja auch nicht erst in diesen letzten Tagen verloren. Ich bin sicher, dass der ganze Ärger mit diesen diffusen Schulden zusammenhängt.«

»Vielleicht hat dein Vater tatsächlich an der Börse spekuliert und verloren.«

»Mein Vater? Niemals! Er ist viel zu rechtschaffen und traditionell, um sich auf ein Lotteriespiel einzulassen.«

»Und Enrico?«

»Das wäre möglich. Er steht schon lange unter dem Einfluss der Molinaris. Und er hatte immer ein großes Interesse an extravaganten Sachen: teure Autos, Markenkleidung, ein überdurchschnittliches Outfit eben. Aber dafür treibt man doch kein Weingut in den Ruin.«

»Vielleicht weiß deine Mutter mehr und will ihn in Schutz nehmen oder ihn decken.«

»Das könnte sein. Nur keine Schande für die Familie Amareni, das war seit jeher ihr Motto.«

»Weißt du, irgendwie könnte ich sie sogar verstehen. Sie ist unglaublich stolz auf die Familie, in die sie eingeheiratet hat. Das habe ich aus all ihren Geschichten herausgehört.«

»Aber auch sie stammt aus einer guten Familie. Dieses ganze Getue um den Ruf einer Familie halte ich sowieso für Unsinn. Jeder einzelne Mensch ist so gut oder so schlecht, wie er sich macht. Aber leider ist das hier im Süden anders, da ist der Ruf einer Familie von großer Bedeutung.«

»Das ist in bestimmten Kreisen bei uns auch so, aber vielleicht ist das der Grund für ihre Veränderung. Vielleicht wächst ihr das alles über den Kopf und dein Vater hat überhaupt keine Ahnung von dem ganzen Chaos innerhalb der Familie. Vielleicht musste sie diesen Pakt mit Molinari schließen, um wieder Boden unter die Füße zu bekommen.«

»Möglich wäre das, aber warum um Gottes willen auf meine Kosten?«

»Wenn es um den geliebten Erstgeborenen geht, kämpft eine Mutter schon mal mit Zähnen und Krallen.«

»Es hört sich an, als wolltest du sie in Schutz nehmen.«

»Nein, dafür hat sie dich zu sehr verletzt. Ich versuche nur, ihr verändertes Verhalten zu verstehen.«

»Wenn man wenigstens mit Enrico reden könnte.«

»Irgendwann wird das möglich sein. Dein Anwalt kümmert sich doch darum.«

»Und inzwischen geht mein Leben in die Brüche – zum Ruhm der Familie.«

»Nein, Leon, niemals, dafür bist du viel zu stark.«

»Ach – Lisa!«

»Doch, mein Lieber, du bist ein Mann, an dem man sich die Zähne ausbeißt. Ich habe das gemerkt, als ich dich das erste Mal sah.«

»Nein, ich war nur unendlich verlegen und schämte mich, weil mir so etwas noch nie passiert war. Ich wusste nicht, damit umzugehen.«

»Das glaube ich dir nicht. Du warst versnobt und in höchstem Maße verärgert. Aber mich hat das nicht gestört.«

»Nein?«

»Nein! Du siehst doch, was daraus geworden ist.«

»Du bist ein kluges Mädchen. Was hast du heute gemacht? Ich habe dich vermisst.«

»Ich habe gearbeitet. Nachdem mein Notebook Strom hatte, habe ich meine Reportage über den zerbröckelnden Berg geschrieben. Die Bilder habe ich über den Chip eingefügt und anschließend über E-Mail nach Hamburg und Zürich geschickt.«

»Ist das nicht eine große Datenmenge, die dann jetzt unterwegs ist?«

»Ja, und deshalb wäre ich dankbar, wenn ich alles vorsichtshalber noch auf dem Postweg verschicken könnte.«

»Mach' doch zwei Umschläge fertig. Morgen kommt Dottore Tenerebbo, der kann sie mitnehmen.«

»Das wäre gut. Bittest du ihn darum? Mich kennt er ja nicht.«

»Morgen mache ich euch bekannt.«

Die Sonne war untergegangen und es wurde kühl. Sie drehten um. Leonardo legte Lisa den Arm um die Taille und küsste sie. Ihr Mund war warm und schon so vertraut. Sie schloss die Augen und lehnte sich an ihn.

»Morgen rufe ich meine Eltern an und sage ihnen, dass ich in den nächsten Tagen nach Berlin komme. Sie können schon mal die Papiere für mich besorgen.«

»Und ich bitte einen Freund, sich nach einer Kapelle für die Trauung umzusehen. Mit dem zuständigen Standesamt kann Tenerebbo die Verbindung aufnehmen.«

»Und du meinst, er macht das alles für uns?«

»Er hat seine Leute dafür und ich bezahle sie. Liebling, wir werden in der nächsten Zeit von der Hand in den Mund leben, aber du bist mir das wert.«

»Was meinst du mit ›von der Hand in den Mund leben‹?«

»Ich verkaufe den Inhalt eines Weinfasses und kann den Anwalt bezahlen und dann verkaufe ich wieder ein Fass und kann die Stromrechnung bezahlen und dann Lebensmittel, Gehälter, die Telefonrechnung und so weiter.«

»Das wird ja richtig abenteuerlich. Wie viele solcher Fässer hast du denn da unten in der Cantina?«

»Ich hoffe, es reicht fürs Erste.«

»Ach, Leon, es macht mir überhaupt nichts aus, mit dir am Hungertuch zu nagen, Hauptsache ist, wir beißen am gleichen Stück Stoff herum.«

Sie küssten sich noch einmal, leicht, frei und fröhlich und die depressive Stimmung war verschwunden, als sie zurück ins Haus gingen und ihre getrennten Zimmer aufsuchten.

Am nächsten Tag gegen Mittag, Rodolfo Tenerebbo war gerade abgeflogen, kam der Tankwagen mit dem ersten Treibstoff für die kleine Tankstelle. Es war nur ein mittelgroßer Wagen, die Fahrer trauten dem Weg noch nicht, aber er brachte genug Treibstoff für die Traktoren, Geländewagen und verschiedene Motoren; und man versprach Leonardo eine zweite Lieferung für die nächsten Tage.

Im Schatten des Tankwagens war ein Landrover auf den Hof gekommen, den keiner gesehen hatte. Erst als Lola ausstieg, merkten die Angestellten, dass sie nicht wachsam genug waren. Lola lief über den Hof, winkte und tat, als sei das die normalste Sache der Welt. Sie war sehr elegant gekleidet und sah aus, als käme sie direkt vom Einkaufsbummel in der Mailänder Galeria. Hoch erhobenen Hauptes kam sie über den Hof.

Lisa, die neben Leonardo in der Tür zu den Wirtschaftsräumen stand, sah ihn fragend an.

»Ich denke, jetzt werden wir Ärger bekommen. Willst du hier bleiben oder lieber gehen?«

»Ich bleibe natürlich, ich bin viel zu neugierig, um diesen Auftritt zu verpassen.«

Leonardo sah, wie Neno und Sandro auf Lola zugingen und ihr den Weg verstellten, aber sie scheuchte sie mit einer Handbewegung weg wie lästige Insekten und kam zum Haus herüber. Leonardo spürte, dass die beiden Männer verärgert waren. Er musste einschreiten, damit sie vor den anderen Arbeitern nicht ihr Gesicht verloren. Lola verzog den Mund zu einem unangenehmen Lächeln, als er ihr den Weg abschnitt.

»Danke für den freundlichen Empfang. Man sagte mir, ich dürfe hier nicht landen, also bin ich gefahren. Zum Glück kam der Laster und hat mir den neuen Weg gezeigt. Ich brauchte mich nur anzuhängen.«

»Was willst du?«

»Mit dir reden, was sonst?«

»Wir haben nichts zu besprechen, das solltest du inzwischen wissen.«

»Du irrst dich, wir müssen eine Menge bereden. Ich schlage vor, unter vier Augen, es wäre sonst zu peinlich für dich.«

»Ich weiß allein, was gut für mich ist. Lisa bleibt.«

»Müssen wir hier in einer zugigen Türöffnung stehen?«

»Wir werden nirgends stehen, denn du fährst jetzt wieder ab.«

Sie zuckte nur mit den Schultern. »Du wiederholst dich, mein Lieber«, damit drehte sie sich um und ging zu den Bänken unter den Kastanienbäumen. »Nun komm schon, meine Zeit ist begrenzt.«

Leonardo drehte sich um, nahm Lisas Hand und ging mit ihr ins Haus. Aber Lisa war damit nicht einverstanden. »Vielleicht könnte sie alles aufklären, Leon, sie weiß auf jeden Fall mehr als du.«

»Du könntest recht haben.«

Während sie noch in der Halle die nächsten Schritte überlegten, kam Lola ihnen nach. »Ich denke, ich muss dir mal die Augen öffnen, Leon. Zunächst einmal, das Gut gehört jetzt mir. Mein Vater hat es gekauft. Rechtmäßig. Er hat alle Schulden bei euren Banken getilgt, die dein Bruder in den letzten Jahren durch Fehlspekulationen gemacht hat. Diese Verhandlungen laufen seit Wochen und dein Vater hat ihnen zugestimmt, lange bevor er krank wurde.«

Leonardo wollte sie unterbrechen, aber sie hob die Hand und schrie ihn an: »Lass mich gefälligst ausreden. Und jetzt zum zweiten Punkt: Ich bin nämlich nicht die schamlose Person, für die du mich hältst, die du in deinem Hochmut verachtest und in den Schmutz zu ziehen versuchst. Ich bin eine Frau, die liebt und die geliebt wird und die nun die Folgen dieser Liebe in ihrem Bauch herumschleppt – den ersehnten Stammhalter der Amarenis.«

Als Leonardo mit wütenden Schritten auf sie losgehen wollte, hielt Lisa ihn fest. »Lass sie ausreden.« Und ohne Rücksicht auf die Männer, die sich, von dem Geschrei angelockt, in der Halle versammelten und mit offenen Mündern Lolas Geschwätz anhörten, fuhr die fort: »Nein, du bist nicht der Vater, sondern dein

Bruder hat dieses Kind gezeugt, dein Bruder, der nun ein hilfloser Krüppel ist und der vor fünf Jahren meine unscheinbare, dümmliche Schwester heiraten musste, weil sie vergessen hatte, die Pille zu nehmen und ihre Liaison mit der Geburt von Zwillingen krönte. Dass es nie zu einer Trennung kommen wird, dafür sorgt mein Vater. Und Enrico, der immer nur mich geliebt hat, muss damit leben – von jetzt an auch noch im Rollstuhl. Und nun und weil ich es in diesem Sommer so wollte, erwarte ich sein Kind. Er ist der leibliche Vater, aber der offizielle Vater wirst du sein, Leon. Und wenn du dich weigerst, werde ich mit der Behauptung, von den Amareni-Brüdern vergewaltigt worden zu sein, an die Öffentlichkeit gehen. Und das, mein Lieber, wird den feinen Amarenis das Genick brechen. Eine entsprechende Notiz für die Presse liegt bei meinem Rechtsanwalt, nur für den Fall, dass du dich sträubst oder dass mir etwas passieren sollte.«

In Leonardo staute sich ein solcher Zorn auf, dass er Angst hatte, handgreiflich zu werden. Lisa, die ihn beobachtete, hielt ihn am Arm fest. Gleichzeitig spürte er, wie sie sich, wahrscheinlich unbewusst, von ihm entfernte, erst innerlich, dann auch äußerlich. Sie ließ seinen Arm wieder los und ging zur Seite. Mit einem Schritt war Leonardo neben ihr. Er legte ihr den Arm um die Schultern und brüllte Lola zu: »Raus, verlass sofort mein Haus und lass dich hier nie wieder sehen! Geh an die Öffentlichkeit und erzähl der Presse deine Lügen, aber komm mir niemals wieder unter die Augen. Nichts und niemand wird meine Ehre in den Dreck ziehen, am allerwenigsten du.«

Aber sie lachte nur und rief: »Hast du vergessen, dass dieses Haus jetzt mir gehört?«

Er drehte ihr den Rücken zu und sah zu den Männern hinüber, die mit Wut, Erstaunen und Entzücken die Szene beobachtet hatten. Er nickte ihnen zu: »Bringt sie weg, sofort und so weit wie möglich.«

Das ließen die sich nicht zweimal sagen. Sie nahmen Lola in die Mitte und brachten sie zu ihrem Wagen. Sie wehrte sich nicht, aber im Hinausgehen rief sie über ihre Schulter: »Es wird dir noch leid tun, ein unbekanntes, fremdes Flittchen mir vorzuziehen.«

Lisa war tief verletzt und total verwirrt, das sah Leonardo sofort. Er nahm ihre Hand und brachte sie hinauf in sein Zimmer, in dem sie jetzt wohnte, und setzte sie in seinen geliebten alten Ledersessel. »Bitte beruhige dich und vergiss die Worte dieser rachsüchtigen Frau.«

Aber Lisa schüttelte den Kopf. »Leon, sie hat recht, du kennst mich doch wirklich nicht.«

»Liebling, ich kenne dich besser als irgendeinen anderen Menschen auf der Welt. Ich habe dich als liebenswürdigen, bescheidenen, geselligen Gast gesehen und als eine fleißige Frau, die ihre Arbeit mit Händen und Füßen verteidigt. Ich habe dich in Todesangst erlebt und als einen Menschen, der sich durch einen ganzen Berg wühlte, um mir zu helfen und um zu überleben. Ich habe gesehen, wie du geholfen, geheilt, getröstet und gebetet hast. Und ich durfte dich als glückliche, lachende Frau in meinen Armen erleben, als starke und doch sensible Frau, die mich liebt, die zu mir steht, die mit mir kämpft und mir vertraut. Was meinst du denn, Lisa, muss ich noch erleben, um dich zu kennen?«

Er zog einen Stuhl heran, setzte sich vor sie und nahm ihre Hände: »Lisa, ich brauche dich. Ich kann und möchte ohne dich nicht mehr leben. Nur weil ich dich an meiner Seite weiß, habe ich die Kraft, aus diesem Sumpf herauszukommen. Meine ganze Welt ist in die Brüche gegangen, du siehst es ja täglich vor dir und eigentlich dürfte ich dich gar nicht in dieses Chaos hineinziehen, aber ich kann nicht anders, ich brauche dich so sehr. Nichts, Lisa, nicht die Loyalität einem guten Namen gegenüber, nicht einmal die Verantwortung meinen Leuten gegenüber kann mich dazu bringen, auf dich zu verzichten. Ich bin immer mit meinem Ehrgeiz und mit meinem Fleiß gut gefahren, beide haben mich auf der kirchlichen Karriereleiter weit nach oben gebracht und schließlich, wenn auch spät, mein Ansehen, ein guter Weinbauer zu sein, gefestigt. Ehrgeiz und Fleiß haben mein Leben geprägt, es interessant und sinnvoll gemacht und mich gefordert und jetzt, Lisa, werden sie mir helfen, dieses Chaos in den Griff zu bekommen. Aber das geht nur mit deiner Hand in meiner Hand.«

Leonardo streichelte ihre Hände und sah, dass sie weinte. Da nahm er sie in die Arme und legte sie aufs Bett und dann liebte er sie – sehr behutsam und sehr zärtlich.

Als er sie leise verließ, lag der stille Raum im Zwielicht, das bald in die Dunkelheit übergehen würde. Lisa war eingeschlafen. Behutsam schloss er die Tür. Die ganze Belastung war von ihm gewichen. Die körperliche Entspannung in Lisas Armen hatte ihn von einem ungeheuren Druck befreit.

Auf dem Hof lief Leonardo dem Kellermeister über den Weg. Er sah ihn fragend an, dann grinste er und erklärte: »Man sieht's dir an, es geht bergauf, stimmt's?«

»Ich könnte Berge versetzen.«

»Dann tu' es, es wird höchste Zeit.«

Leonardo klopfte ihm auf die Schulter: »Mach mit der Weinernte weiter, das ist und bleibt unsere Basis. Lass die Cantina in Ordnung bringen, damit wir wieder richtig arbeiten können, und halte die Leute bei Laune. Ich kümmere mich um einen Marketing-Berater, der den Betrieb hier auf Vordermann bringt und der uns bei der Suche nach einem fachlich versierten Geschäftsführer hilft.«

»Und Enrico?«

»Er war nie mit dem Herzen bei der Sache. Ihm war Olivenöl immer wichtiger. Er soll sich in Zukunft um Molinaris Plantagen kümmern. Ich denke, das ist es, was er schon immer wollte. Und das kann er auch vom Rollstuhl aus, wenn ihm der nicht erspart bleiben sollte.«

»Und die Besitzverhältnisse hier? Lola hat ja laut genug herumgeschrien.«

»Kein Problem für meinen Anwalt, verlass dich drauf.«

»Na, auf jeden Fall weißt du jetzt, woran du bist und wo das Geld geblieben ist.«

»Ja«, erwiderte Leonardo leise, »das hat mich schwer getroffen. Nicht einmal so sehr der Verlust als vielmehr die Tatsache des Vertrauensbruchs in einer Familie, die ich für so stabil gehalten habe.«

»Wirst du zurechtkommen? Ich meine, mit den immensen Schulden?«

»Ja, das schaffen wir – natürlich nur mit deiner Hilfe.«

»Dann weht hier also ein ganz frischer Wind?«

»Ja, Carlo, hier wird ein Orkan für frische Luft sorgen. Aber verlass dich drauf, deine Arbeit ist davon nicht betroffen. Ich weiß, dass ich keinen kompetenteren Kellermeister finden könnte. Und keinen besseren Freund.«

25

Nur wenige Tage später hatten Leonardo und Lisa das Familiendrama zum größten Teil überstanden. Rodolfo Tenerebbo hatte recht gehabt, als er sagte: »Kopf hoch, in drei Tagen ist alles vorbei.« Nur, die inneren Schäden, die Leonardos Seele betrafen, würden vielleicht nie heilen. Unter dem Druck Tenerebbos und dann auch ihrer eigenen Anwälte erklärten Molinari und seine Mutter die Verträge für ungültig. Seine Mutter musste die Banken bewegen, die Gelder an Molinari zurückzuzahlen, und Molinari musste sich vor dem Finanzamt offenbaren und mit Untersuchungen rechnen.

Dottore Tenerebbo erzählte auch, dass Lola nach Brasilien abgereist sei und für längere Zeit bei Freunden in Recife bleiben wolle.

Für Leonardo ging die Arbeit im Weingut weiter, für Lisa die Arbeit mit den gefährdeten Abhängen der Berge, aber die chaotische Hektik der vergangenen Wochen und die ständige Angst vor der kommenden Nacht und dem nächsten Tag gab es nicht mehr. Vieles normalisierte sich. David und Linda reisten nach England zurück und Enricos Sekretärin Anna bat darum, auf dem Weingut arbeiten zu dürfen. Sie wollte nicht nach Campione in das Büro der Molinaris. Sandro richtete mit zusammengesuchten Möbeln einen Wohnraum für Leonardo und Lisa ein und mit den engsten Mitarbeitern verbrachten sie die kühlen Abende am Grillfeuer unter dem Kastanienmond und diskutierten die Zukunft.

Leonardos Vater war zur Rehabilitation in eine Klinik nach Lugano verlegt worden und seine Mutter wohnte dort in einem benachbarten Hotel. Leonardo wusste, dass er hinfahren, mit ihnen sprechen und die Hand zur Versöhnung ausstrecken musste, er wusste aber auch, dass er seiner Mutter noch nicht begegnen konnte, zu sehr hatte sie ihn verletzt.

Und dann kam Riccardo. Den wohlbekannten Krach des alten Motors hörte Leonardo zuerst. Er lief nach draußen und sah die Scheinwerfer des klapprigen Jeeps, die sich langsam die Allee herauftasteten. Der Vater stand bereits neben seinem Sohn, als der ausstieg, und dann nahm er ihn in die Arme. Endlich: Sein Sohn war wieder da! Leonardo winkte Lisa zu, die ihm gefolgt, aber in der Tür stehen geblieben war, und dann ging er, den Arm um die Schultern seines Sohnes gelegt, mit ihm hinein in die Dunkelheit, in der sie allein sein konnten.

»Unsere Einheit hat eine Woche Urlaub bekommen«, erklärte Riccardo. »Gott, bin ich froh, hier zu sein! Wie geht es euch? Was gibt es Neues?«

Der Vater erklärte ihm den Zustand des Gutes und die Situation mit den Fremden, die sie beherbergten, und dann so emotionslos und schonend wie möglich die Probleme in der Familie.

Der junge Mann hörte zu und unterbrach ihn nicht. Schließlich sagte er: »Du hast viel durchgemacht. Ich habe das sofort gesehen, als du da im Licht der Scheinwerfer gestanden hast. Aber dass es so schlimm ist, hätte ich nicht gedacht. Vater, wir bringen das in Ordnung, wir beide schaffen das.« Und plötzlich war nicht Leonardo derjenige, der ihm besorgt und liebevoll den Arm um die Schulter legte, sondern der Sohn legte seinen Arm tröstend um den Vater. Welch ein wunderbares Gefühl! »Wir fahren zusammen nach Lugano, Vater, wir reichen den Großeltern die Hände. Wir verzeihen und irgendwann vergessen wir auch, was gewesen ist. Sie haben etwas Furchtbares erlebt und damit meine ich nicht nur die Katastrophe mit dem Berg und die Krankheit, damit meine ich vor allem das finanzielle und das rufschädigende Desaster der letzten Monate.«

Leonardo schüttelte den Kopf. »Du hast ja recht, Riccardo, aber warum haben sie mich ausgeschlossen, warum haben sie mir nicht vertraut?«

»Vielleicht aus Scham, Vater, vielleicht hat Molinari sie erpresst, vielleicht verlangte er dieses Schweigen, weil er wusste, dass man mit dir nicht feilschen kann. Großmutter ist eine liebevolle Frau, sie muss sehr gelitten haben, um so hart zu werden.«

»Riccardo, du darfst mich nicht für gefühllos halten, irgendwann wird es mir gelingen zu verstehen und zu verzeihen, aber im Augenblick ist es mir unmöglich, ihr meine Hand zu reichen.«

»Vater, wozu so viel Zeit vergeuden? Hast du schon vergessen, wie schnell das Unglück hereinbrechen kann? Nein, wir werden nicht warten, wir werden morgen nach Lugano fahren und von dort aus nach Campione. Du musst dich auch um Enrico kümmern, er ist dein Bruder und er braucht dich jetzt.«

Am schönsten war, dass er immer von ›wir‹ sprach, dass er sich mit einbezog, dass er einfach in Leonardos Nähe sein und ihm helfen wollte. Es war ein unbeschreibliches, stärkendes Gefühl.

Auf dem Weg zurück zum Haus erzählte er ihm von Lisa. Riccardo kannte sie vom Sehen und er musste kaum etwas erklären. Riccardo stieß ihm den Ellenbogen in die Seite und grinste. »Wurde aber auch langsam Zeit für meinen alten Herrn, dass er sich auf seine Männlichkeit besinnt. Ich befürchtete schon, du ziehst das Zölibat dem Glück an der Seite einer Frau vor. Mal ehrlich, Vater, gibt es etwas Schöneres als die Umarmung einer Frau?«

Überrascht blieb Leonardo stehen. »Sprichst du etwa aus Erfahrung?«

»Na klar«, lachte Riccardo, »aus Söhnen werden auch mal Männer.«

Verblüfft und auch ein wenig erschrocken schwieg der Vater, aber Riccardo verstand ihn auch ohne Worte. »Keine Angst, Vater, Lella und ich, wir haben alle Zeit der Welt. Wenn ich bei den Soldaten fertig bin, studieren wir zusammen, weil wir uns mögen. Später sehen wir weiter. Schließlich muss man Erfahrungen sammeln.«

Leonardo nickte. Der Sohn hatte recht. Ihm fehlten damals

die Erfahrungen und sein Liebesleben endete in einer Verzweiflung, die ihm fast das Herz gebrochen hatte. Er drückte den Sohn an sich und sagte nur: »Ich wünsche dir alles Glück der Erde.« Dann gingen sie zurück ins Haus und Leonardo stellte ihn Lisa vor.

Noch in dieser Nacht zog er um. Er bewohnte wieder sein altes Zimmer und er bewohnte es zusammen mit der Frau, die er liebte, und alle sollten es endlich wissen.

Aber in dieser Nacht schliefen sie nicht. Lisa lag in seinen Armen und gemeinsam träumten sie von der Zukunft. Und ihre Sätze waren nicht mehr von Worten wie ›vielleicht‹ oder ›wenn‹ geprägt und sie endeten nicht mit einem Fragezeichen. Sie waren klar und sicher und zielbetont.

Am nächsten Morgen fuhren sie zu dritt nach Lugano. Sie nahmen Lisa mit, damit sie etwas einkaufen und sich nach Abflugzeiten für Berlin-Flüge erkundigen konnte. Später würden sie sich im Restaurant Bellevue am Kai von Paradiso treffen.

Leonardo und Riccardo suchten zunächst seine Mutter im Hotel Belvedere auf und hatten ein langes, klärendes Gespräch. Als Leonardo ihr von seiner geplanten Hochzeit mit Lisa erzählte, nickte sie zustimmend, und als er ihr sagte, dass er fest damit rechne, dass sie und Vater wieder in der Villa wohnen würden, weinte sie vor Erleichterung.

Dann besuchten sie den alten Herrn, der gepflegt und sorgsam in einen eleganten Hausmantel gehüllt in einem kleinen Salon vom Sanatorium den täglichen Besuch seiner Ehefrau erwartete und sich sehr freute, Riccardo und Leonardo zu sehen. Und als er seine Hand zum Abschied drückte, wusste Leonardo: Alles wird gut!

Der Besuch in Campione verlief nicht so positiv. Der alte Molinari war noch immer sehr verärgert und aufgebracht und wollte ihnen verbieten, sein Haus zu betreten. Aber Enrico, der ihre Ankunft beobachtet hatte, bestand darauf, die Gäste zu sehen. So wurden sie schließlich in die Bibliothek gebeten und konnten den Mann im Rollstuhl begrüßen, der sehr niedergeschlagen und krank aussah. Leonardo lud den Bruder ein, wieder nach Hause zu kommen, aber der lehnte ab.

»Ich habe zu viel vermasselt, Leon, ich kann mich im Gut nicht mehr wohlfühlen«, erwiderte er und drehte den Stuhl so, dass sie sein Gesicht nicht sehen konnten. Aber die zuckenden Schultern verrieten, dass er weinte. Sie störten ihn nicht.

Als er sich gefangen hatte, meinte er: »Ich gehöre jetzt hierher. Auch dieser Familie habe ich viel Kummer bereitet, du weißt, weshalb Lola abgereist ist, jetzt habe ich meiner Frau und meinen Kindern gegenüber viel gutzumachen. Lass mich hier, es ist besser so.«

Rodolfo Tenerebbo drängte auf Klärung der Eigentumsverhältnisse. »Sie wissen, die Versicherung zahlt erst, wenn die Rechtslage klar ist. Sorgen Sie dafür, dass die Familie Ihnen den gesamten Besitz überschreibt. Die Formalitäten erledige ich, aber die familieninternen Fragen müssen Sie lösen, und zwar bald. Ich kann mir gut vorstellen, wie dringend Sie Geld brauchen, da helfen ein paar verkaufte Weinfässer nicht viel.«

Leonardo wusste, wie recht er hatte. Allein der Kauf Tausender neuer Flaschen hatte sein restliches Geld fast aufgebraucht. Aber sie mussten den Wein abfüllen und verkaufen, um wenigstens etwas Bargeld in die Hände zu bekommen. Zum Glück lief der Versand der Kisten, die sie in Ascona gelagert hatten, langsam an, aber es würde Wochen dauern, bis die ersten Rechnungen beglichen wurden.

In dieser Zeit saß Leonardo oft nächtelang vor dem Computer und den Listen mit all den Ausgaben, die in kürzester Zeit auf sie zukamen. Und dabei wollte er Lisa so gern eine kleine positive Bilanz vorlegen, bevor sie zu ihren Eltern reiste.

Um das Haus herum hatte sich das Leben weitgehend normalisiert. Die Flüchtlinge, die vor dem Winter nicht zurück in ihre verschütteten oder zerstörten Häuser konnten, hatten sich in den Großraumzelten wohnlich eingerichtet und durch das Aufhängen von Planen abgetrennte Räume geschaffen. Der Speisesaal und das Kaminzimmer sowie die ehemaligen Gästezimmer oben im Haus dienten nach wie vor als Schlafräume für die Arbeiter des Gutes und ihre Familien und die privaten Zimmer der Familie hatte Leonardo bis auf sein Zimmer und das Schlafzimmer seiner Eltern den Hausangestellten und engsten Mitarbeitern abgetreten.

Nur für die Tiere, die nach wie vor auf den längst abgegrasten Wiesen vor dem Haus standen, hatten sie kein Dach über dem Kopf. Die Bauern, denen sie gehörten, würden sie im Winter in den Kastanienhain treiben, wo sie wenigstens etwas Schutz hatten. Zurzeit waren ihre Besitzer täglich mit Sensen und Sicheln unterwegs, um in den Hügeln vertrocknetes Gras und Unkraut zu mähen und an die hungrigen Tiere zu verteilen. Auch die Futterfrage für den Winter wurde zu einem finanziellen Problem!

Einige der früheren Hausgäste waren gekommen und hatten ihre Autos abgeholt. Die Verleihfirma schickte einen Mitarbeiter, der ihre Wagen zurückholte, und die restlichen Autos brachten seine Arbeiter wieder in die Tiefgarage, bis geklärt war, wohin seine Leute sie bringen sollten. Das hatte Leonardo versprochen.

Zwei Wochen später brachte er Lisa zum Flughafen nach Mailand. Sie wollte nun zu ihren Eltern nach Berlin fliegen, anschließend das geologische Institut und ihre Wohnung in Hamburg aufsuchen und dann in das französische Skigebiet von Tignes reisen, wo sie ihren Verlobten zu treffen hoffte. Keine leichte Reise für sie, das wusste Leonardo und wünschte, er hätte sie begleiten und ihr helfen können. Aber sie sagte: »Weißt du, da muss ich allein durch. Ich bin Alexander dieses Gespräch schuldig. Wir kennen uns schon so lange und so gut, da sollte man ehrlich und offen miteinander umgehen. Ich weiß längst, dass unsere Beziehung Risse hat, die zum Schluss nur noch mit großen Anstrengungen gekittet werden konnten, trotzdem bin ich nun diejenige, die sie beendet, und das will ich auf eine saubere Weise tun.«

Leonardo verstand sie gut. Es war so typisch für sie, offen und ehrlich mit anderen Menschen umzugehen. Er spürte aber auch, wie ungern sie abreiste. Sie war längst nicht so optimistisch und unbeschwert, wie sie nach außen zeigte. Und auch für ihn war es schwer, ihr Fehlen zu verkraften, er hatte sich so sehr an sie gewöhnt. Aber sie hatte versprochen, so schnell wie möglich wiederzukommen, und darauf wartete er nun.

Von Berlin aus rief sie ihn am ersten Abend an. Er spürte sofort, dass sie sehr bedrückt war, aber sie überspielte es geschickt und bevor er nachfragen konnte, beendete sie das Gespräch mit ein paar lieben Worten. Kurz darauf rief sie von Hamburg aus an und Leonardo hatte den Eindruck, dass sie enttäuscht und traurig war. Aber sie erklärte, alles sei in Ordnung, sie müsste nur zwei Tage länger bleiben und er solle sich keine Sorgen machen. Und dann flog sie nach Frankreich und dann hörte er nichts mehr von ihr …

26

Dicht und grau verhangen war der Himmel über Deutschland, nachdem die Maschine die Alpen überquert hatte. Die Reisenden flogen zwar im Sonnenschein über den weißen Wattemeeren der Wolken, aber der Pilot kündigte für die Landung in Berlin Regen und kühlere Herbsttemperaturen an. Dann tauchte die Maschine beim Landeanflug in das rüttelnde Grau der Schlechtwetterfront und bei der Landung in Tegel goss es in Strömen.

Lisa fror in ihrem leichten Sommerkostüm. Nur gut, dass sie Leons Stola bei sich hatte. Eng schlug sie das Tuch um die Schultern und fragte sich, ob nur das Wetter an ihrem Frösteln schuld war. Da Lisa nur eine Reisetasche bei sich hatte, brauchte sie nicht am Gepäckband zu warten und kam als einer der ersten Passagiere in die Ankunftshalle. Auf der Suche nach ihren Eltern, die sie immer abholten, sah sie sich zögernd um. Waren sie gekommen? Wie würden sie die Tochter empfangen?

Lisa hatte kein sehr gutes Gefühl, wenn sie an das Telefongespräch mit den Eltern dachte. Sie hatten sehr zurückhaltend reagiert, als sie von ihren Plänen berichtete und um die Besorgung der Papiere bat. Und nun, hier im verregneten Berlin, war Lisas vom italienischen ›dolce far niente‹ geprägter Optimismus leicht gedämpft. Und dann sah sie Michael, ihren älteren Bruder, groß, braun gebrannt, dunkelhaarig und elegant stand er etwas abseits und winkte sparsam zu ihr herüber. Sein ernstes Gesicht verriet nicht viel Freude über das Wiedersehen und Lisa fragte sich, was er in Berlin machte. Was hatte ihn bewogen, aus Stockholm hierherzukommen und Firma, Familie und Sportsfreunde zu verlassen? Er machte das höchst ungern, das wusste sie genau.

»Hallo, Kleines«, er umarmte die Schwester kurz, wie es seine zurückhaltende Art war, und sah sich um. »Wo ist dein Gepäck?«

»Ich habe nur diese Tasche. Danke, dass du mich abholst.«

»Ist doch selbstverständlich.«

»Aber was machst du in Berlin?«

»Man hat mich herbeordert.«

»Wer?«

»Na, Vater natürlich.«

»Und weshalb?«

»Ich würde sagen, es gibt so etwas wie ein Familiengericht.«

»Warum das denn?«

»Soviel ich weiß, steht deine Zukunft auf dem Spiel.«

»Du meine Güte, dafür musstest du herkommen?«

»Ich sag's dir lieber gleich, sehr rosig wird dein Empfang zu Hause nicht ausfallen.«

»Das hat mir gerade noch gefehlt.«

Sie fuhren im Taxi quer durch die Stadt nach Zehlendorf. Der Regen rann über die Scheiben, die ersten Lampen spiegelten sich im nassen Asphalt, die Scheibenwischer klappten in rhythmischer Monotonie von einer Fensterseite zur anderen und mit jedem Kilometer verwandelte sich Lisas sowieso gedämpfter Optimismus in Missmut und Bedauern, hergekommen zu sein.

Die beiden sprachen wenig. Lisa erkundigte sich nach Christiane, Michaels schwedischer Frau, und nach seinen beiden Söhnen, nach seiner Arbeit und schließlich nach dem Grund der schlechten Stimmung in ihrem Elternhaus.

»Du wirst es nicht leicht haben, Lisa. Du musst sie verstehen, sie wollen dich einfach hier in der Nähe behalten.«

»Aber aus dem Alter bin ich doch längst raus. Sie sehen mich doch jetzt auch nur in großen Abständen.«

»Du bist nun mal ihre einzige Tochter.«

»Auf welcher Seite stehst du?«

»Auf der Seite der Vernunft, Schwesterchen, und nach allem, was ich da so höre, machst du einen großen Fehler. Lisa, du bist doch sonst so vernünftig.«

»Also stehst du nicht auf meiner Seite.«

Sie hatten die stillen Straßen am Rande des Grunewalds erreicht. Der Garten am Abhang, ein paar Steinstufen hinunter zum Eingang, die schwere braune Eichentür, daneben im Windschatten die große Vase mit dem bunten Herbstlaub. Michael hatte den Fahrer bezahlt und kam mit Lisas Tasche die Stufen herunter. Sie wartete, bis er neben ihr stand, dann klingelte sie. Hella, das Hausmädchen, wie immer adrett mit Häubchen und Schürze gekleidet, öffnete und ließ die Geschwister herein.

Leicht und schwungvoll, wie es ihre Art war, kam Lisas Mutter auf sie zu. Ihre siebzig Jahre sah man ihr nicht an. Sie nahm die Tochter in die Arme. »Gott sei Dank, da bist du ja.«

»Hallo, Mutter, schön, euch wiederzusehen.«

»Das waren Wochen voller Angst und Schrecken, mein Liebling.«

»Jetzt sind sie überstanden.«

»Hoffentlich, man hört Erschreckendes über die Alpen, genau wie über den Kaukasus.«

»Ja, aber erst einmal ist es vorbei.«

»Komm herein, leg die nassen Sachen ab, der Tee ist fertig.«

Lisa musste lächeln, bei ihrer Mutter konnte die Welt untergehen, Tee würde es immer geben. Sie drückte Lisa noch einmal, dann ging sie vor ihr her in den Wintergarten, wo inmitten ihrer geliebten Grünpflanzen der Tisch auf echt englische Art mit kleinen Köstlichkeiten gedeckt war.

»Wo ist Vater?«

»Er telefoniert, aber er kommt sofort.«

Lisas ungutes Gefühl nahm zu. Es sah ihm gar nicht ähnlich, sie warten zu lassen, dazu war er ein viel zu spontaner Mann. Lisa freute sich einerseits, zu Hause zu sein, denn sie liebte ihre Eltern, andererseits hatte sie den Eindruck, langsam auf eine Anklagebank geschoben zu werden, ohne zu wissen, weshalb.

Dann kam der Vater herein: etwas kleiner als die Mutter, mit leichtem Übergewicht, wie Lisa jetzt feststellte, und mit der kerzengeraden Haltung eines alten Gardeoffiziers, die ihr schon immer imponiert hatte. Lächelnd ging sie auf ihn zu, er sollte nicht denken, er habe es mit einer ängstlichen oder gar reuevollen Person zu tun. »Vater, wie schön, dich zu sehen.«

Ein kurzer Händedruck, mehr gab es nie zur Begrüßung, dann nahmen sie Platz. Die weiß gestrichenen Korbstühle knarrten, ein Geräusch, das Lisa nicht mochte. Niemals würde sie sich Möbel anschaffen, die die kleinste Unruhe durch ein Knistern und Quietschen verrieten. Die Unterhaltung war etwas mühsam. Alles drehte sich um den zerbrochenen Berg und um Lisas Arbeit. Aber sie wusste, das war nur ein Vorgeplänkel; und bevor es sich noch länger hinzog, beendete sie das Hin und Her mit der Frage: »Habt ihr meine Papiere besorgen können?«

Die Mutter schwieg, Michael rutschte unruhig im Stuhl herum und der Vater räusperte sich: »Darüber wollten wir erst einmal mit dir sprechen, Elisabeth.«

»Über meine Papiere?«

»Über deine geplante Hochzeit, Elisabeth.«

»Was gibt es da zu besprechen? Ich habe einen Mann kennengelernt, wir lieben uns und wir werden heiraten.«

»Du musst verstehen, dass wir besorgt sind«, warf ihre Mutter ein und der Vater fuhr fort: »Es gibt eine Menge Gründe, deinen Entschluss zu überdenken.«

»Vater, ich bin dreißig Jahre alt. Ich weiß, was ich will.«

»Du bist aber auch ein Teil dieser Familie, die dich liebt und beschützt, ganz gleich, wie alt du bist.«

»Und ihr meint, ich brauche Schutz, wenn ich in die Schweiz gehe?«

»Ja, schon, die Menschen im Süden haben eine ganz andere Mentalität.«

»Und Michael, musste da auch eine Mentalität berücksichtigt werden, als er nach Schweden ging?«

»Das kann man nicht vergleichen.«

»Vater, wo lebst du eigentlich? Ich dachte, du seiest ein Weltbürger, allein dein Dienst als Diplomat hat doch geholfen, innere Grenzen zu beseitigen, und nun richtest du sie in deiner Familie wieder auf? Mentalität! Welch ein an den Haaren herbeigezogener Grund.«

»Elisabeth, lass mich ausreden. Es ist nicht nur die andere Mentalität. Du willst in eine Familie einheiraten, die du kaum kennst. Wer sagt dir denn, dass du willkommen bist?«

»Ich glaube nicht, dass ich mich oder die Familie D'Amareni hier rechtfertigen muss, Vater.«

»Diese Familie steht vor dem Bankrott, ist bis aufs Blut zerstritten, hat Schulden in kaum errechenbarer Höhe, Weinberge, die zu zwei Dritteln zerstört sind, und ein Haus, das innen ein Trümmerfeld ist und von mehr als hundert Obdachlosen bewohnt wird. Das, Elisabeth, ist der Rahmen, in dem du leben willst. Und da sollen wir nicht überaus besorgt sein?«

Lisa fehlten die Worte. Sie starrte von einem zum anderen. Sie konnte es nicht fassen. »Habt ihr mir nachspioniert? Habt ihr Spürhunde eingesetzt?«

»Lisa, wir lieben dich, wir wollen dich schützen«, beschwichtigte ihre Mutter. »Vater hat Freunde in Lugano, ein paar Telefongespräche und vor uns entfaltete sich dieses schockierende Bild.«

»Und diesen Telefongesprächen messt ihr größere Bedeutung bei als meiner Menschenkenntnis, als meinen Gefühlen?«

»Eben, mein Kind, wegen deiner Gefühle. Du darfst dich nicht nur vom Herzen leiten lassen, du musst deinen Verstand gebrauchen, bevor du einen solchen Schritt erwägst.«

Die Mutter nahm ihre Hand, sie hatte Tränen in den Augen. »Glaub mir, mein Liebling, wir meinen es gut mit dir. Überdenke alles noch einmal, mehr wollen wir doch gar nicht. Und dass du die Realität berücksichtigst. Sie ist nun einmal so, wie dein Vater sie beschrieben hat.«

Lisa hatte das Gefühl, ihre ganze Welt geriete ins Wanken. Sie war nicht in der Lage zu antworten. Sie wusste natürlich, dass die Eltern recht hatten, sie wusste aber auch, dass sie unabänderlich zu Leonardo gehörte und damit zu dem ganzen Chaos dieser Familie und dem zerstörten Besitz in der abgelegenen Region vom Valle Vargoletto.

Lisa saß da und schaute stumm vor sich hin – lange. Keiner sagte ein Wort. Ab und zu klirrte das feine weiße Porzellan des Teegeschirrs. Irgendjemand nahm hin und wieder einen Schluck. Sie sah auf die Terrakottafliesen zu ihren Füßen, die mit ihrem zartgrünen Muster so gut in diesen Raum passten.

Dann sagte sie leise: »Ich weiß, dass ihr recht habt, aber ich bin zutiefst enttäuscht über euer fehlendes Vertrauen. Ich kenne das Chaos und die finanziellen Probleme der Amarenis, ich habe darüber nachgedacht, lange, bevor ich euch meinen Wunsch mitgeteilt habe, und ich kann eure Bedenken verstehen. Trotzdem weiß ich, dass ich dorthin gehöre, an die Seite dieses starken, ehrlichen, fleißigen Mannes, der mich liebt und den ich liebe. Nichts und niemand wird uns trennen. Wir werden heiraten, so schnell wie möglich und dann werden wir um unsere Zukunft kämpfen, Schritt für Schritt. Und jetzt entschuldigt mich bitte, ich bin müde.«

Lisa stand auf und bat, ein kurzes Telefongespräch führen zu dürfen. Sie wusste, dass Leonardo darauf wartete, aber sie wusste nicht, was sie ihm sagen sollte. Sie war so deprimiert und so enttäuscht von der Einstellung ihrer Eltern, dass sie kaum ein paar liebe Worte für ihn fand. Und sehr schnell, bevor er viel fragen konnte, beendete sie das Gespräch.

In grauen Strähnen lief das Regenwasser über die Scheiben. Lisa ging hinauf in das Zimmer, das immer für sie reserviert war, und wusste, dass die Familie unten noch stundenlang diskutieren würde. Ihre Eltern machten es sich nie leicht, wenn es um das Wohl ihrer Kinder ging, umso ernster musste Lisa ihre begründeten Bedenken nehmen.

Aber heute war sie dazu nicht mehr in der Lage. Sie zog sich aus, nahm ein Bad und legte sich hin. Sie hatte einen langen Tag hinter sich, einen sehr langen Tag und Leon war so weit fort – zu weit, um sie zu trösten und ihre Ängste zu vertreiben.

Am nächsten Morgen schien die Sonne. Lisa stand auf und machte sich fertig. Unten im Esszimmer war der Frühstückstisch gedeckt, Hella hantierte in der Küche. Von der Familie war noch niemand zu sehen. Lisa bummelte durch das Haus, schob die Terrassentür auf und ging in den regenfeuchten Garten. In großen Stauden standen Herbstblumen in den Rabatten, aber die bunten Blüten ließen die wasserschweren Köpfchen hängen. Nur ein paar späte Rosen an der geschützten Hauswand prahlten mit ihren leuchtenden Farben im Morgenlicht.

Lisa hatte keine echte Beziehung zu diesem Haus. Die Eltern hatten es gekauft, als der Vater pensioniert wurde und sie längst eine eigene Wohnung in Hamburg hatte. Es war kein Haus, das für sie Geborgenheit ausstrahlte oder Erinnerungen beherbergte, es war ein modernes, hübsches und praktisches Gebäude, in dem sich ihre Eltern wohlfühlten.

Dann kam die Mutter in den Garten und hakte sich bei Lisa ein. Einen Augenblick sahen sie hinüber zu den dichten grünen Kronen der Grunewaldbäume, dann fragte die Mutter: »Was wirst du jetzt machen?«

»Ich fahre nach Hamburg, ich muss mich im Institut zeigen und in der Wohnung nach dem Rechten sehen. Dann fliege ich nach Süd-Frankreich, um mit Alexander zu sprechen. Danach geht's zurück ins Tessin. Mutter, ich wünsche mir so sehr, dass du mich verstehst.«

»Aber ich verstehe dich doch. Wir haben eben Angst um dich.«

»Du hättest keine Angst mehr, wenn du Leon kennen würdest. Man kann ihn kaum beschreiben, er ist stark und fair, ein Mann mit großem Charisma.«

»Begibst du dich da nicht in eine starke Abhängigkeit?«

»Nein«, Lisa lächelte, »Mutter, ich bin stärker als er, das habe ich längst ausprobiert, Leon weiß es nur noch nicht.«

»Kleine, leise Machtkämpfe also?«

»Aber nein, wir lieben uns, wir brauchen uns, ohne den anderen geht da gar nichts mehr. Verstehst du das?«

»Nun ja, ich gebe mir jedenfalls Mühe.«

»Und Vater? Was denkt er? Ihr habt doch noch lange über mich gesprochen.«

»Weißt du, im Grunde ist er ungeheuer stolz auf dich, vor allem, weil du dich ihm gegenüber durchgesetzt hast. Er schätzt es, wenn du die Zähne zusammenbeißt und dich nicht unterkriegen lässt, weder von ihm noch von schwierigen Ereignissen oder von Menschen, die eine andere Meinung haben.«

»Werdet ihr zu meiner Hochzeit kommen?«

»Ja, meine Kleine, aber du musst damit rechnen, dass Vater deinen Leon auseinandernimmt und wie ein Löwe um dich kämpfen wird, wenn ihm etwas nicht gefällt.«

Sie mussten beide lachen bei diesem Gedanken, umarmten sich und gingen zurück zum Haus.

»Was ist mit meinen Papieren?«

»Die Geburtsurkunde haben wir. Aber ein polizeiliches Führungszeugnis und eine – ich glaube, so heißt das Papier – ›Ehe-Unbedenklichkeits-Bescheinigung‹ musst du in Hamburg besorgen, wo du deinen Wohnsitz hast und polizeilich gemeldet bist.«

»Meine Güte, welch ein Umstand.«

»Du heiratest ins Ausland und jedes Land hat seine Bestimmungen. Was wird aus deiner Wohnung?«

»Das hat alles Zeit, Mutter. Ich muss erst einmal mit Alex sprechen, vielleicht übernimmt er das Appartement.«

»Verrätst du mir etwas?«

»Ja, was denn?«

»Warum habt ihr es so eilig mit der Hochzeit? Erwartest du ein Baby?«

»Nein, Mutter, aber wir halten nichts von einer unnötigen Wartezeit. Wir sind uns einig und wir wollen zusammenleben.«

»Und wie sieht es nun wirklich aus in dieser Villa? Ich weiß ja nur das, was dein Vater erzählte.«

»Es ist ein großes, kultiviertes, wunderschönes Haus voller Menschen, die kein Heim mehr haben. Sie helfen uns jetzt beim Wiederaufbau und bei der Weinernte und wir helfen ihnen im Frühjahr, wenn sie zu ihren Höfen zurückkehren und ihre Häuser neu bauen.«

»Und die Familie Amareni?«

»Es ist eine alte und angesehene Familie im Tessin. Eine Familie, die eine kurze Zeit zerstritten war und nun wieder versöhnt ist. So etwas kann überall vorkommen. Bis auf den Bruder, der bei den Schwiegereltern wohnt, werden wir alle wieder in der Villa leben. Sobald die Flüchtlinge in ihre Dörfer zurückkehren, wird unser Leben in geordneten Bahnen verlaufen.«

»Und du? Wirst du weiterarbeiten?«

»Ich weiß es noch nicht. Es hängt von meinen Gesprächen in Hamburg ab.«

»Und die finanzielle Situation? Entschuldige meine Neugier, aber ich mache mir halt Sorgen.«

»Das verstehe ich doch. Die Schäden sind durch Versicherungen gedeckt. Und die Familienschulden wird Leonardo abarbeiten. Enrico wird da nur wenig helfen können, seit dem Unfall ist er an den Rollstuhl gefesselt und nur noch eingeschränkt arbeitsfähig. Wir müssen arbeiten und rechnen, Mutter, aber wir schaffen das. Und wenn ein Baby unterwegs ist, erfährst du es als Erste.«

Lisa drückte ihr einen Kuss auf die Wange und dann setzten sie sich an den Frühstückstisch.

Mittags brachte Michael die Schwester zum Zug. »Du hast ganz schön Glück gehabt, Schwesterchen. Du hättest Vater sehen sollen, bevor du kamst. Der war regelrecht außer sich. Aber du konntest ihn ja schon immer um den Finger wickeln.«

27

Drei Stunden später war Lisa in Hamburg. Ein frischer Nordostwind schob kleine weiße Wolkenbündel über den Himmel und versprach gutes Wetter. Die für Hamburg so typischen Kastanienbäume am Straßenrand hatten schon ihr braunes Herbstkleid angelegt und hin und wieder prallte eine glänzende Frucht auf das Taxidach. Es war keine lange Fahrt bis zu Lisas Wohnung und sie legte ein gutes Trinkgeld auf den Fahrpreis, damit der Fahrer nicht enttäuscht war. Die Maisonettewohnung in der fünften und sechsten Etage eines Neubaus empfing sie im hellen Licht dieses schönen Tages und als sie die Tür zur Dachterrasse öffnete, verschwand auch der leicht staubige Geruch, der sich über Wochen in den ungelüfteten Räumen eingenistet hatte.

Hier war Lisa zu Hause. Diese achtzig Quadratmeter gehörten ihr, hier fühlte sie sich wohl. Sie setzte die Kaffeemaschine in Gang, suchte die neue Dose mit den Keksen, wischte Tisch und Stühle auf der Terrasse ab und machte es sich draußen in der Sonne gemütlich. An diesem Abend wollte sie in der Nähe in einem China-Restaurant essen, morgen das geologische Institut im Grindelviertel aufsuchen, danach bei Alexanders Kollegen seine Anschrift in Tignes erfragen und dann so schnell wie möglich weiterreisen. Es lohnte sich nicht, Lebensmittel zu kaufen, sie würde sich nur wenige Stunden in der Wohnung aufhalten.

Allerdings musste sie packen. Sie rief eine Speditionsfirma an und bestellte Kleiderkisten, die dann direkt in die Schweiz geschickt werden sollten. Sie selbst würde nur einen Koffer mit warmer Kleidung mitnehmen, immerhin begann in den französischen Alpen die Skisaison.

Lisa rief das Institut an und vereinbarte einen Termin am nächsten Vormittag in ihrem Fachbereich, einen zweiten bei Alexanders

Fernsehsender und einen dritten bei ihrem Friseur. Abends wollte sie dann ihre vier Freundinnen ins ›Vapiano‹ zum Essen einladen – italienisch natürlich. Kurz nach den Gesprächen kam auch schon der Lieferwagen mit den Kleiderkisten und das Faulenzen auf der Terrasse war zu Ende.

Während oben in Alexanders Zimmer absolute Ordnung herrschte – seine Pedanterie ging Lisa manchmal richtig auf die Nerven –, sah es in ihrem Schlafzimmer bald aus wie in Sodom und Gomorrha. Sie sortierte, probierte, packte ein und packte aus und war bis zum Abend voll beschäftigt.

Lisas Besuch im Institut verlief frustrierend und enttäuschend. Mit dem ersten Blick sah sie, dass es kein guter Tag war. Genau genommen war es sogar ein außerordentlich schlechter Tag. Überall traf sie auf lustlose Gesichter und übellaunige Leute. Irgendetwas war hier falsch gelaufen und sie platzte mitten hinein. Man war zwar begeistert von ihren Berichten und Beobachtungen und anhand der ausgedruckten Ergebnisse konnte sie sehen, dass sie gute Arbeit geleistet hatte und auch die Fotos sehr bewegend und gut ausgewählt worden waren, aber ihre zukünftige Arbeit war absolut infrage gestellt. Wie sie schließlich von einer Kollegin erfuhr, plante die Institutsleitung, komplett in die Hafencity umzuziehen und eine ganze Reihe von Mitarbeitern zu entlassen, und das stieß verständlicherweise überall auf Widerstand.

Martin Kessler, der zuständige Professor, war mürrisch, kramte angestrengt in irgendwelchen Papieren auf seinem Schreibtisch und sah Lisa kaum an. Als sie ihm ihre persönlichen Pläne geschildert hatte, sagte er: »Da sehe ich leider für unsere Zusammenarbeit keine Chance. Und da Sie bereits für die Züricher Kollegen tätig waren, sollten Sie sich an die wenden.«

Lisa konterte: »Das verstehe ich nicht. Sie arbeiten doch mit dem Schweizer Institut auf das Engste zusammen. Ich bin dann direkt vor Ort, da ist es doch von Vorteil, die Berge im Auge zu behalten, ohne weite Reisen unternehmen zu müssen.«

»Sie sind freie Geologin, Frau Doktor Farmsen, aber mit einer engen Bindung an unser Institut. Das steht auch in Ihrem Vertrag. Wenn Sie jetzt komplett in die Schweiz umziehen, sehen wir diese enge Bindung in Gefahr. Wir raten Ihnen, sich mit dem zuständigen Institut in Zürich in Verbindung zu setzen. Die Kollegen dort haben Ihnen ja bereits mit unserer Zustimmung den vergangenen Auftrag vermittelt.«

»Aber bisher haben Sie doch immer akzeptiert, was ich vorgeschlagen und gemacht habe.«

»Frau Farmsen, wir schätzen Ihre Arbeit, das wissen Sie, aber wir wollen Sie auch in Zukunft hier haben. Wir wollen, dass Sie an Konferenzen teilnehmen, ihre Untersuchungen und Reisen gemeinsam und im persönlichen Gespräch mit uns planen und vorbereiten. Wir wollen einen ständigen Gedankenaustausch. Offen gesagt: Ich will eine Zusammenarbeit am runden Tisch und dann erst die Ausführung notwendiger Forschungen. Ich will meinen Mitarbeitern in die Augen sehen, wenn ich mit ihnen rede und bevor ich sie losschicke.«

»Ich wäre bereit, einmal im Monat nach Hamburg zu kommen.«

»Das genügt nicht, manchmal geht es um Stunden. Ein gefährliches Projekt wartet nicht, da kann man nicht auf einen monatlich festgelegten Termin warten, da kann man nicht einmal die Reisedauer vom Tessin nach Hamburg abwarten, Frau Farmsen. Sie wissen doch, wie das läuft: ein Anruf, ein Flugticket, eine Beschreibung von Reiseroute und Ziel und ab geht es.«

»Sie widersprechen sich, Herr Kessler, wo bleiben bei dieser Darstellung Ihr runder Tisch und Ihre ausgeklügelte Planung? Und außerdem, das war noch nie mein Stil. Bisher habe ich die Aufgaben selbst erkannt, ausgesucht und durchgeführt.«

»Das eben ändert sich in Zukunft und wenn Sie diese Änderung nicht akzeptieren, sehe ich keine Chancen mehr für unsere Zusammenarbeit.«

»Dann, Herr Kessler, fürchte ich, ist diese Zusammenarbeit hiermit beendet.«

Lisa war zwar enttäuscht, aber nicht niedergeschlagen. Sie hatte bereits Andeutungen aus Zürich bekommen, wo man an einer Zusammenarbeit mit ihr interessiert war. Sie liebte ihre Arbeit und wollte sie nicht aufgeben, schließlich hatte sie viele Jahre ihres Lebens in ihre Ausbildung investiert. Sie konnte auch vom Tessin aus Aufgaben planen und durchführen, nicht so viele wie bisher, aber doch die eine oder andere, die sich lohnen würde und die helfen konnte, die marode Haushaltskasse ihrer zukünftigen Familie aufzubessern. Aber in Hamburg wollte man das nun nicht mehr.

Natürlich zeigte sie ihre Enttäuschung nicht. Sie stand auf, nahm ihren Aktenkoffer und hob ihren Kopf so hoch wie möglich. »Sie werden verstehen, Herr Professor, dass ich, natürlich nach Rücksprache mit der Institutsleitung, meine Mitarbeit nun anderweitig zur Verfügung stelle. Guten Tag.«

Sie winkte auf der Straße ein Taxi heran und ließ sich ins Verwaltungsgebäude in der Innenstadt fahren. Ohne viel zu überlegen, ging sie in das Hauptsekretariat und ließ sich einen Termin beim Institutsdirektor für den nächsten Tag geben.

Bevor Lisa sich abends mit ihren Freundinnen traf, rief sie Leonardo an. Sie spürte sofort, dass er sich Sorgen um sie machte. Aber sie beruhigte ihn, bestätigte, dass es ihr gut ging, und sagte nur, dass sie zwei Tage länger in Hamburg brauchen würde, um berufliche Fragen zu klären. Sie wusste, dass er von ihrem Wunsch weiterzuarbeiten nicht begeistert sein würde, aber das waren Probleme, die sie später lösen konnten. Deshalb fiel auch dieses Gespräch kürzer und distanzierter aus, als ihr lieb war. Sie sagte Leonardo, wie sehr sie ihn vermisse und wie sehr sie sich auf die Rückkehr freute, und legte auf. Er war so furchtbar weit weg!

Dann setzte sie sich hin und kündigte in einem Stapel von

Einschreibebriefen laufende Verpflichtungen wie Abonnements, Strom-, Wasser- und Telefonanschlüsse und Versicherungen. Sollte Alex die Wohnung übernehmen, musste sowieso alles unter seinem Namen laufen. Danach ging sie zur Bank und stornierte Abbuchungen und Daueraufträge und bat, ihre Konten auf den Geldtransfer in die Südschweiz vorzubereiten, sobald sie von dort ein neues Konto angeben konnte. Und dann endlich ging Lisa zum Friseur, ließ sich verwöhnen und schüttelte für ein paar Stunden alle Probleme einfach ab.

Abends traf sie ihre vier Freundinnen im ›Vapiano‹. Die fünf Frauen kannten sich seit Jahren und waren eine eingeschworene Truppe, die Freud und Leid miteinander teilte. Die Frauen waren natürlich neugierig, wie es Lisa im Tessin ergangen war, und hörten sich mit offenen Mündern ihre Erlebnisse an; und erst, als sie Leonardo erwähnte, teilten sich ihre Meinungen. Während zwei begeistert waren und Lisas Freude teilten, waren die anderen beiden entsetzt und fragten, ob sie jede Art von Vernunft über Bord geworfen hätte.

Wie erwartet gab es heiße Diskussionen unter den vier Frauen, in die sich Lisa gar nicht einmischen musste. Sie machten das Pro und Kontra unter sich aus, entschieden allein für und gegen sie, während sie dasaß und sich amüsierte. Als Lisa nach etlichen Flaschen Prosecco später fragte, ob sie denn zu ihrer Hochzeit kommen würden, nickten alle vier mit Begeisterung und das Thema war erledigt.

Am nächsten Tag bestellte Lisa ihre Papiere im Bezirksamt und man versprach ihr, sie bis nachmittags fertig zu haben. Ihr Gespräch mit dem Institutsdirektor fiel nicht so aus, wie sie erhofft hatte. Dr. Möller, ein hagerer, grauhaariger Mann mit gepflegtem Bart, war sehr freundlich und sehr reserviert. Lisa hatte einen Teil ihrer Untersuchungen und Berichte als Belegexemplare mitgebracht, denn sie konnte nicht erwarten, dass er bei mehr als hundert Mitarbeitern im Institut die Arbeit jedes einzelnen kannte, sah aber gleich, dass er sich nicht zu irgendeiner Zusage entschließen würde. Das Gespräch war fast beendet, als er fragte: »Was haben Sie in der nächsten Zeit vor?«

Sie schilderte ihm kurz ihre Situation, betonte, dass sie auch im Tessin jederzeit erreichbar sei und, wenn nötig, zu Gesprächen nach Hamburg kommen würde.

»Jetzt fliege ich von hier aus aber erst einmal nach Frankreich. Eine private Reise in das Skigebiet von Tignes.«

»Was ist los in Tignes?«

»Die deutsche Damenmannschaft startet von dort aus in die Skisaison.«

Seine Augen bekamen jenen ganz besonderen Glanz, den Lisa schon oft bei Männern erlebt hatte, wenn sie meinten, einer ganz ausgefallenen Geschichte auf die Spur zu kommen. »Na bitte, das wäre doch was. Schauen Sie sich die Gletscher in der Gegend an. Bringen Sie uns eine gute Story mit, interessante Fotos, sprechen Sie mit Bergführern und Bauern, ach, Sie wissen schon, was wir brauchen.«

»Doktor Möller, um Ihren Anforderungen gerecht zu werden, brauche ich eine komplette Mannschaft von Vermessungs-Ingenieuren, Geochemikern und Geografen. Damit würden wir den französischen und den schweizerischen geologischen Instituten gewaltig in die Quere kommen. Das will ich nicht und das werde ich nicht tun.« Und bevor Lisa sagen konnte, dass sie sich dort überhaupt nicht aufhalten wollte, dass sie nur ein Gespräch führe und dann weiterreisen würde, winkte er ab.

»Schreiben Sie einfach einen guten Bericht, damit kommen Sie niemandem in die Quere und dann sehen wir weiter. Eine Probe aufs Exempel sozusagen. Nicht, weil ich Ihren Stil oder die Qualität Ihrer Fotos und Messungen prüfen will, die kenne ich ja durch Ihre bisherigen Arbeiten, ich will sehen, wie schnell Sie reagieren, wie selbstständig Sie arbeiten, wie die Dinge laufen, wenn wir Ihnen telefonische Aufträge erteilen.«

Lisa nickte. Zu Wort ließ er sie nicht kommen.

»Machen Sie sich auf den Weg in die Rechnungsstelle. Ich benachrichtige den Leiter. Wenn Sie dort ankommen, weiß er schon, um was es geht. Einzelheiten erfahren Sie von ihm. Wir sehen uns, wenn Sie die Arbeit abliefern. Dann entscheiden wir über eine weitere Zusammenarbeit. Guten Tag.«

Er stand auf, gab ihr die Hand, bat seine Sekretärin, ihr die Anschrift der Geschäftsstelle zu geben und ein Taxi zu rufen, und schon stand Lisa draußen vor der Tür.

Da habe ich mir ja etwas Schönes eingebrockt, schimpfte sie unzufrieden mit sich selbst. Ich will zurück in die Schweiz, lieber heute als morgen und dieser Umweg über Tignes gefällt mir überhaupt nicht, und nun diese Geschichte mit den Gletschern. Da muss ich recherchieren, Hintergrundmaterial und Ortsbeschreibungen besorgen, Terminpläne und jede Menge bereits veröffentlichter Berichte über die südfranzösichen Alpen und die Probleme mit dem Permafrost studieren. Und all das muss ich in meinem Kopf speichern, Interviews vorbereiten, Stichpunkte festlegen, Termine absprechen. Und das in der vagen Hoffnung einer weiteren Mitarbeit in diesem Institut. Einer sehr vagen Hoffnung! Und wie wird Zürich reagieren, wenn ich für Hamburg und die Schweiz arbeite? Gibt es da Zuständigkeitsbereiche, die gepflegt, aber nicht überschritten werden dürfen?

Ach was, dachte Lisa, im Tessin habe ich ja auch für beide Institute gearbeitet. Die Gefahr für die Alpen sollte höher bewertet werden als die entsprechenden Zuständigkeiten. Aber bei all den Plänen muss ich mich wirklich ernsthaft fragen, was mir wichtiger ist: das Leben mit Leon auf dem Gut, der Aufbau dort, bei dem ich so gern helfen möchte, die Betreuung der Obdachlosen und das Zusammensein mit guten Freunden, die auf mich warten; oder meine Karriere, die kurz vor dem Aus steht, meine Arbeit, die ich liebe, die mir Spaß macht, für die ich wirklich jahrelang gelernt und geschuftet habe, überlegte sie .Vom Herzen her weiß ich, wohin ich gehöre, und mein Verstand sagt mir, dass ich mich immer für Leon entscheiden würde. Aber mein Ehrgeiz lässt nicht locker und eine von Enttäuschung geprägte Stimme flüstert mir zu, diese eine Untersuchung zu machen, nur diesen einen Bericht, und dann wäre ich bei Leon und nur noch hin und wieder unterwegs. Aber was wird Leon sagen, wie wird er reagieren, wenn ich meine Arbeit in den Vordergrund stelle und ihn allein lasse, diesen introvertierten Mann, der mit Sicherheit zu stolz sein würde, seine Enttäuschung zu zeigen.

Nach den Gesprächen in der Rechenstelle fuhr Lisa, ausgestattet mit Flugtickets für die Strecke Hamburg–Frankfurt–Turin und zurück, mit dem Buchungsbeleg für einen Geländewagen am Flughafen von Turin und mit der Hotelreservierung für Tignes in der Hand nach Hause. Ihr reichte es für diesen Tag.

Sie packte ihren Koffer, versorgte ihre Wohnung, indem sie alle Geräte abschaltete, ihren Wecker auf vier Uhr stellte, den telefonischen Weckdienst zusätzlich aktivierte, und ging ins Bett. Sie musste morgens die erste Maschine nehmen, um die Anschlüsse nach Mailand und Turin zu erreichen. Leon rief sie nicht an, sie hätte nicht gewusst, was sie ihm sagen sollte.

Vierundzwanzig Stunden später lag Lisa in einem eleganten Hotel in 2000 Metern Höhe in einem fremden Bett und dachte zurück an diesen verrückten Tag.

Die zwei Flüge verliefen planmäßig, sie war mittags in Turin und der geländegängige Wagen, auf einen solchen hatte sie wegen der Bergstrecken bestanden, stand für sie bereit. In dem kleinen Tignes mit seinen knapp 1500 Einwohnern hatte sie sich schnell orientiert und fand ohne Probleme das Hotel, in dem ein Zimmer für sie reserviert war. Es war ein elegantes, im alpinen Stil eingerichtetes Haus und Wintersportgästen vorbehalten, während die Skiläuferinnen mit ihren Betreuern in einem nur für sie reservierten Hotelkomplex und die Medienvertreter in einem dritten Hotel untergebracht waren. Lisa kam es sehr gelegen, nicht mit Alex unter einem Dach zu wohnen. Sie musste sich auf ihre Arbeit konzentrieren und hatte nicht vor, ihm nach dem Gespräch ständig über den Weg zu laufen. Sie war, nachdem sie sich in ihrem Zimmer eingerichtet hatte, hinüber in sein Hotel gegangen, um ihn zu suchen. Aber er war mit seinem Kamerateam noch oben am Lac de Tignes unterwegs, wo in 3500 Metern Höhe das eigentliche Skigebiet lag. So hinterließ sie an der Rezeption nur die Mitteilung für ihn, er möge bitte anrufen, sobald er zurück sei.

Lisa war gerade im Begriff, ins Bett zu gehen, als sein Anruf kam. Sie verabredeten sich zum Frühstück in Lisas Hotel und sie legte sich schlafen, seine wohlbekannte, leicht atemlose Stimme im Ohr und im Kopf die Gedanken an das Gespräch am nächsten Tag. Leon rief Lisa wieder nicht an, sie war einfach zu befangen nach diesem Telefonat mit Alex. Sie musste jetzt erst einmal und unbeeinflusst die Trennung von Alexander hinter sich bringen.

Ein sonniger, freundlicher Tag weckte Lisa. Irgendwie war es ein helleres, sauberes Licht, das hier von den Bergen herunterkam. Sie stand schnell auf, sie war begierig, die Berge im Sonnenschein zu sehen, die sich gestern, als sie ankam, nur im Grau der Dämmerung gezeigt hatten. Ein Weißbirkenwäldchen mit leuchtenden Stämmen, das ihr die Aussicht auf den Ort unten verdeckte, lag noch im Dunkel. Innerhalb einer Stunde würde die höher steigende Sonne auch den Birkenblättern ihr leuchtendes Herbstgold zurückgeben. Über dem Ort aber erhoben sich majestätisch die Spitzen der Berge im prallen Sonnenlicht, weiß und rein und so verlockend. Lisa öffnete die Balkontür und ließ die kühle Morgenluft herein. Sie kam direkt von den Schneefeldern herunter zu ihr und umspielte ihr dünnes Nachthemd. Schnell trat sie zurück und zog sich an: dunkelblaue Hose, weiße Bluse, hellblauer Pulli, Lisa wollte natürlich gut aussehen, wenn sie Alex traf. Sie hatten sich länger als ein halbes Jahr nicht gesehen. Die modisch geschnittenen Haare – nicht umsonst hatte Lisa ein paar Stunden bei ihrem Friseur verbracht – ein Hauch von Make-up, sie war mit sich zufrieden.

Als sie den Frühstücksraum betrat, sah sie Alex am Fenster. Er blickte nach draußen und hatte sie noch nicht bemerkt. Einen Augenblick beobachtete sie ihn, wie er dort stand: groß, schlank, mit den Händen in den Taschen und dem hellblonden Haarschopf, der kaum zu bändigen war und fast bis auf die Schultern reichte. Auf eine attraktive Weise wirkte er sensibel und leicht schwermütig, eine gefährliche Kombination für Frauen. Dabei war er absolut sportlich, durchtrainiert und extrovertiert in seinem Wesen.

Lisa ging auf ihn zu und sprach ihn an, bevor sie ihn erreicht hatte. Er drehte sich rasch um und wie immer tat er so, als habe er keine Ahnung, wie gut er aussah und welchen Aufruhr er beim weiblichen Geschlecht verursachte.

»Lisa, da bist du ja.« Er umarmte sie, küsste sie auf beide Wangen und schob sie wieder zurück, um sie anzusehen. »Gut siehst du aus. Schön, dass du da bist. Was machst du hier?«

»Komm, setzen wir uns. Ich bin natürlich hier, um dich zu sehen, aber ich habe auch dienstlich hier zu tun. Vor allem aber wollte ich mit dir sprechen.«

»Muss ich ein schlechtes Gewissen haben?«

»Aber nein.«

Sie setzten sich und bestellten Kaffee. Zum Glück hatte man sich auch hier an internationalen Gepflogenheiten orientiert und ein reichhaltiges Büfett aufgebaut. Das obligatorische französische Frühstück mit Croissant und Milchkaffee hätte Lisa wenig gereizt. Die beiden bedienten sich und nahmen wieder Platz.

»Jetzt schieß mal los.«

Lisa erzählte von ihren Gesprächen im Institut und von ihrem Auftrag hier in der Nähe. Alex hörte interessiert zu, schüttelte ein paar Mal den Kopf, als er von den Murenabgängen im Tessin hörte und von der Gefahr, in der die Alpen sich befanden, und sagte schließlich: »Aber du wolltest mich nicht nur deshalb sprechen?«

»Ja, Alex, ich wollte über uns und unsere Beziehung mit dir reden.«

»Ja?«

»Ich denke, sie geht zu Ende.«

Als er nichts sagte, fuhr Lisa fort: »Weißt du, wir kennen uns schon so lange und so gut, da spürt man, woran man ist, und ich finde, wir sollten uns nichts vormachen. Unsere Wege führen einfach auseinander.«

»Findest du?«

»Ja.«

»Wir sind beide beruflich sehr eingespannt, Lisa.«

»Das ist es nicht. Wenn wir wirklich wollten, würden wir Wege finden, um uns öfter zu sehen.«

»Und du meinst, wir wollen das gar nicht mehr?«

»So ist es. Wir haben unsere gemeinsame Basis verloren, Alex.«

»Was meinst du damit?«

»Wir lieben uns nicht mehr genug. Da ist etwas abgestorben, was nicht mehr zu reparieren ist.«

»Sprichst du von dir oder von mir?«

»Von uns beiden. Ich mag dich sehr, ich war glücklich mit dir, eine lange Zeit hindurch, aber das ist nun vorbei und ich weiß, dir geht es ebenso.«

»Du hast wahrscheinlich recht. Irgendwann ist mir die Kraft abhandengekommen, die mich früher so sehr zu dir hinzog. Aber ich weiß überhaupt nicht, weshalb.«

»Siehst du, das meine ich, mir geht es doch auch so. Ich würde sagen, unsere Gefühle sind einfach müde geworden. Wir sind Partner, wir sind Freunde, aber wir sind keine Liebenden mehr, die ein ganzes Leben miteinander teilen wollen. Lass uns Freunde sein, aber in Zukunft getrennte Wege gehen. Um dir das zu sagen, bin ich hergekommen, und um dich um Verständnis zu bitten.«

»Gibt es einen anderen Mann, Lisa?«

»Ja, Alex.«

»Und das sagst du mir so einfach ins Gesicht?«

»Ja, einem Freund kann man das sagen.«

»Ich kann es kaum glauben, aber ich kenne deine Ehrlichkeit und deine bewundernswerte Fairness. Ich danke dir. Du hast eine gute Lösung für uns gefunden und ich akzeptiere sie. Auch in meinem Leben gibt es ein Mädchen, dem ich sehr nahestehe.«

Es klang auf fast jungenhafte Art erleichtert, als er fortfuhr: »Sie sitzt in der Halle und wartet auf mich.«

»Dann geh und hole sie.«

Während er aufstand und hinausging, sah Lisa ihm nach und verglich ihn mit Leon: Alexander war ein liebenswerter Junge und Leonardo war ein begehrenswerter Mann – dieser Eindruck sagte alles.

Mittags fuhr sie mit Alex und seiner Begleiterin auf über 3000 Meter Höhe. Seilbahnen und Sessellifte beförderten die Rennläuferinnen, die Betreuer, Kameraleute, Sportredakteure hinauf in die Schneeregion. Im Hotel hatte man ihr einen wattierten Skianzug zur Verfügung gestellt, als man hörte, wohin sie wollte, und sie fühlte sich sehr wohl in der warmen Verpackung.

Nach der gemeinsamen Rückkehr bei Einbruch der Dunkelheit blieb Lisa mit einigen Sportredakteuren zusammen in einem französischen Gasthaus und es war fast Mitternacht, als sie wieder in ihrem Hotel ankam, umringt von einer Gruppe fröhlicher Männer, die sie alle begleiten wollten. Für einen Anruf bei Leon war es leider zu spät.

Auch der nächste Tag verging wie im Flug. Vormittags eine Fahrt in die Nähe eines Gletschers und Gespräche mit Einheimischen, nachmittags Fotos und Gespräche mit Hotelbesitzern, die Angst um ihre Geschäfte mit den Gästen hatten, wenn die Berge zur Gefahr wurden. Es waren sehr interessante Stunden und Lisa war Dr. Möller dankbar, dass er sie in diese Alpenregion geschickt hatte. Sie würde gut eine Woche bleiben, dann hoffte sie mit ihrer Arbeit fertig zu sein.

Gleich nach dem Abendessen ging sie in ihr Zimmer. Sie musste endlich Leon anrufen. Aber in der Villa erreichte sie nur Anna und sie sagte ihr, dass Leonardo für ein paar Tage verreist sei. »Er ist heute Mittag weggefahren, aber ich weiß nicht, wohin.«

Sie tauschten ein paar höfliche Redensarten aus und Lisa bedankte sich für ihre Auskunft. Vermutlich war Leon nach Campione gefahren oder nach Lugano. Er musste dringend mit den Eltern sprechen, mit Banken und Versicherungen verhandeln und mit seinem Anwalt reden. Lisa wusste, dass er diese Fahrt schon lange vor sich her schob. Gut, dass er endlich die Zeit dafür hatte und im Haus abkömmlich war. Müde von der ungewohnten Höhenluft und enttäuscht, weil sie Leon nicht erreicht hatte, ging sie zeitig schlafen.

Der nächste Tag präsentierte sich mit einem grauen Morgen und die Wolken reichten bis in die Täler hinein. So hatte Lisa Zeit, ihre Bilder zum Entwickeln in den Ort zu bringen und ihre Notizen zu ordnen. Nach dem Mittagessen setzte sie sich in den mit den modernsten technischen Geräten ausgestatteten Schreibraum des Hotels und begann, ihren Bericht in ihr Laptop einzugeben. Im Institut brauchte man dann nur noch die Texte und die Bilder abzurufen. Lisa hatte fast drei Stunden durchgearbeitet, als sie spürte, dass der Schwung verloren ging und es immer mühsamer wurde, passende Worte, richtige Zahlen oder treffende Beispiele zu finden. Sie hatte eine Pause und einen Café Crème verdient, speicherte ihren Text, druckte die Seiten als Beleg aus und schaltete den Laptop ab. Morgen war auch noch ein Tag!

In der Hotelhalle suchte sie sich einen gemütlichen Platz, von dem aus sie das Entree und die Rezeption sehen konnte und gestand sich selbst, dass es ihr Spaß machte, an- und abreisende Gäste zu beobachten. Sie bestellte ihren Kaffee. Es ging lebhaft zu in diesem Foyer, es war die Zeit der ankommenden Gäste, die alle eine lange Anreise hinter sich hatten und froh waren, kurz vor Eintritt der Dunkelheit ihr Ziel zu erreichen.

Lisa hatte sich gerade einen zweiten Kaffee bestellt, als sie wieder hinüber zum Eingang sah. An der Rezeption stand ein Mann und drehte ihr den Rücken zu: Er war groß, schlank, dunkelblond und zeigte die überlegene Contenance eines Menschen, den sie nur zu gut kannte. Sie musste überhaupt nicht nachdenken oder überlegen. Ein Gefühl unglaublichen Glücks durchströmte ihren Körper, alles in ihr bebte und ihr wurde fast schwarz vor Augen. Sie war nicht in der Lage, aufzustehen und hinzugehen. Leonardo war gekommen!

Ein Angestellter zeigte ihm ihren etwas versteckten Platz und er kam auf sie zu. Mühsam erhob sie sich und dann standen sie sich gegenüber und Lisa sah in seinen Augen Angst. Vor allem Angst, aber auch Freude, Unsicherheit und viele kleine Fragezeichen. Sie fiel ihm wortlos in die Arme und seine Hände hielten sie ganz fest, während er flüsterte: »Was hast du mir angetan?«

Lisa befreite sich aus seiner Umarmung, setzte sich und zog ihn neben sich auf das kleine Sofa. Sie hielten sich an den Händen und sahen sich an. Und alles, was Lisa jetzt in seinen Augen sah, gefiel ihr: Freude, Glück, Verlangen und Zufriedenheit; sie zeigten so sehr seine Empfindungen, dass die beiden keine Worte brauchten.

Schließlich fragte sie: »Wie hast du mich gefunden?«

»Lisa, für einen Mann, der vor Liebe beinahe den Verstand verliert, gibt es keine Hindernisse. Als kein Anruf mehr von dir kam, habe ich telefoniert und nach einer knappen Stunde wusste ich, wo du bist. Ich habe mich ins Auto gesetzt und bin hergefahren. So einfach war das. Wie geht es dir, mein Liebling?«

»Jetzt wunderbar.«

»Wann können wir zurückfahren?«

Lisa zögerte kurz. Er spürte es sofort und drückte ihre Hände.

»Was ist los?«

»Ich muss hier eine Arbeit beenden, ich habe es versprochen, Leon. In zwei Tagen bin ich fertig.«

»Aber das ist doch schön. Wir haben zwei Tage ganz für uns allein in diesem kleinen Paradies. Weshalb bist du besorgt? Denn das bist du, du kannst dich nämlich nicht verstellen.«

»Willst du die Wahrheit hören?«

»Natürlich.«

»Ich hatte Angst, dass du mit meiner zusätzlichen Arbeit nicht einverstanden bist.«

Erschrocken sah er sie an. »Wie kannst du davor Angst haben? Ich liebe dich doch, ich will alles Glück der Welt für dich, und wenn zu diesem Glück deine Arbeit gehört, dann ist mir auch das recht. Wie kannst du vor mir Angst haben? Wir gehören doch zusammen. Du wirst auch vieles akzeptieren müssen, was mich betrifft, aber mit Liebe ist das doch zu schaffen.« Er stand auf. »Komm, ich muss ein Zimmer buchen und dann möchte ich endlich irgendwo allein mit dir sein.«

Sie gingen zur Rezeption, wählten ein Zimmer auf Lisas Etage und holten sein Gepäck aus dem Wagen. Gemeinsam packten sie seine Sachen aus. Dann nahm Lisa seinen Hausmantel, seinen Pyjama und den Kulturbeutel und erklärte: »Diese Dinge werden bei mir deponiert. Ich habe ein riesiges King-Size-Bett.«

Lachend nahm er Lisa in die Arme. Es ist so wunderbar, diesen vitalen, starken Mann neben sich zu haben, dachte sie dankbar. Er strahlt so viel Glück und so viel Sicherheit aus, dass ich mich vollkommen geborgen fühle. Und vergessen waren die leichten Zweifel, die seit dem Gespräch mit den Eltern an ihr nagten, die kleinen Bedenken, als sie glaubte, eine Wahl zwischen Karriere und diesem Mann treffen zu müssen, die Angst, den Boden unter den Füßen zu verlieren. Alles, aber auch alles war vergessen. Sie war glücklich und sie wusste, dass sie auf dem richtigen Weg in die Zukunft war.

Leon nahm ihre Hand. »Komm, lass uns ein Stück laufen, ich habe stundenlang im Wagen gesessen.«

Sie zogen sich warm an und gingen hinaus. Die Wolken hatten sich verzogen, klar und ganz nah blinkten die Sterne. Vom Schneegebirge kam die eisige Kühle der Nacht herunter, und sie schmiegten sich aneinander, während ihre Schritte auf dem gefrorenen Boden knirschten. Ab und zu schob Leon Lisas Kapuze zur Seite, drückte ihr einen Kuss ins Haar und flüsterte: »Ich bin so froh, dass ich dich gefunden habe.«

»Wie bist du überhaupt hergekommen?«

»Ich bin auf der Autostrada über Milano nach Torino gefahren. Da habe ich bei Freunden übernachtet und den Aufenthalt gestern Abend und heute Morgen zu geschäftlichen Besprechungen genutzt. Wir verkaufen ziemlich viel Wein in diese Region. Mittags bin ich dann aufgebrochen und hergefahren.«

»Schön, dass du da bist.«

»Hast du mit Alexander gesprochen?«

»Ja. Es war genauso, wie ich vermutet hatte. Auch er hat eine neue Beziehung und wir haben uns in Freundschaft getrennt.«

»Endgültig?«

Spürte Lisa da noch eine leichte Sorge? »Ja, endgültig. Er hat mir hier noch geholfen, Leute kennenzulernen, und das war alles.«

Leon legte ihr den Arm um die Schultern. »Komm, drehen wir um. Weißt du was? Ich habe Hunger.«

»Ich auch.«

Sie gingen zurück, sie hatten sich doch ein ganzes Stück vom Ort entfernt. Niemand begegnete ihnen. Es war ganz still. Einmal blieben sie stehen, atmeten die saubere Frische dieser Bergluft tief ein und sahen hinauf zu dem sternenübersäten Himmel.

»Weißt du noch? Eine andere Nacht, ein anderes Land. Du hast den Gesang der Sterne gehört.«

»Wir lagen zwischen Brennnesseln und Disteln – «

» – es roch nach wilder Minze und trockenem Gras.«

»Und der Berg hat sich bewegt.«

»Und ich wagte nicht, dich zu berühren – «

» – und ich hatte es mir so gewünscht.«

»Komm, lass uns gehen.«

Sie zogen sich zum Abendessen um. Der Speisesaal war gut besucht, aber sie bekamen einen Tisch am Fenster mit einem hübschen Blick hinunter auf den beleuchteten Ort. Leon bestellte und Lisa bewunderte ihn, er sprach perfekt Französisch und kannte sich in Speisen und Getränken bestens aus.

»Wie viele Sprachen sprichst du eigentlich?«

»Mit Griechisch, Hebräisch und Latein, die brauchte ich für mein Studium, sind es sechs. Deutsch ist leider nicht dabei.«

Und dann begann er wieder, liebevoll das Essen für Lisa anzurichten. Mein Gott, wie lange ist es her, dass er das zum ersten Mal für mich gemacht hat, dort in dieser Fischerhütte bei Morcote, erinnerte sich Lisa, damals, als wir uns noch so fremd gewesen waren, als wir unseren schrecklichen Streit hatten, damals vor dem Chaos, das uns dann überrollte. Sie dachte nach. Es waren noch nicht einmal fünf Wochen vergangen, ihr aber kam es vor wie eine Ewigkeit.

»Woran denkst du? Ich sehe Wolken und Sonne über dein Gesicht huschen.«

Wie genau mich dieser Mann kennt, dachte sie. »Ich denke an unser erstes Essen.«

Er lächelte. »Meine Hände zitterten so, dass ich kaum das Besteck halten konnte. Ich habe dich so geliebt und ich wusste nicht, wie ich es verbergen sollte.«

»Damals schon?«

»Vom ersten Augenblick an und dabei war ich so wütend auf dich und auf mich selbst.«

»Und jetzt?«

»Jetzt bin ich nicht mehr wütend«, er lachte, »aber meine Hände zittern wieder.« Er hob sie hoch und ließ sie absichtlich zittern.

»Aber Leon, weshalb denn jetzt?« Lisa lachte, hörte aber wieder auf, als sie in seine Augen sah. Da nahm sie seine Hände und streichelte sie und beruhigte diesen sensiblen Mann.

»Ich danke dir, Leon, denn du hast mir meine Entscheidung sehr leicht gemacht: Morgen schicke ich die letzten Berichte und Auswertungen und meine Kündigung nach Hamburg.«

Erschrocken sah er Lisa an. Aber sie fuhr fort: »Ich habe meinen Weg an deiner Seite gefunden. Wir werden gemeinsam unsere Zukunft aufbauen, Leon. Ich will helfen, die Schäden zu reparieren, und dann, denke ich, werde ich dafür sorgen, dass deine Eltern wieder ihr Heim haben, dass Riccardo weiß, wo sein Zuhause ist, und unsere Freunde, wo sie jederzeit willkommen sind. Wir werden keine fremden Gäste mehr bedienen und keine Touristen bewirten. Ich respektiere deinen Wunsch und ich werde deine Mutter davon überzeugen. Und wenn wir das alles geschafft haben, Leon, werden wir unser ganz privates Leben genießen.«

Er lachte fröhlich, nahm Lisa in die Arme und erklärte: »Ich denke nicht daran, so lange zu warten. Ich will ab sofort mein Leben mit dir genießen und alles andere muss warten.«

Nach einem kleinen Drink an der Bar gingen sie hinauf. Lisa beobachtete, wie andere Frauen stehen blieben, Leon nachschauten und miteinander flüsterten. Sie fühlte sich großartig: Dieser Mann gehört mir, dachte sie. Dieser außerordentliche, aufsehenerregende Mann hat den Arm um meine Schultern gelegt. Ich muss gestehen, ich genieße den Neid der anderen!

Sie hatten kaum die Tür geschlossen, als Leon sie in die Arme nahm. Zärtlich küsste er ihr Gesicht. Wie ein Hauch streiften seine Lippen über ihre Haut, während er ihren Kopf hielt und mit den Händen in ihrem Haar spielte. Dann streifte seine Zunge ihren Mund, schmeichelte und lockte und während er ihre Lippen liebkoste, begannen seine Hände, ihre Kleidung abzustreifen. Sie ließen sich Zeit, gehorchten ihren Gefühlen, sie spielten zärtlich mit dem anderen und genossen diese innige Vertrautheit. Es waren wunderbare, wonnevolle Stunden, die Lisa und Leon sich schenkten.

Die morgendliche Dämmerung breitete sich schon aus, als sie schließlich eng aneinandergeschmiegt einschliefen, erschöpft, besiegt von unbeschreiblichen Gefühlen und über alle Maßen glücklich.

Als Lisa ein paar Stunden später aufachte, war Leon fort. Er hatte sie zugedeckt, die Balkontür etwas geöffnet und seine Kleidung mitgenommen. Lisa reckte und streckte sich in dem behaglichen Gefühl, geliebt zu werden, und überlegte, ob sie aufstehen oder noch etwas faulenzen sollte. Aber bevor sie sich entschlossen hatte, klopfte es und Leon kam herein, zusammen mit einem Schwall kühler Winterluft, die in seiner Kleidung hing.

»Wo warst du?«

»Ich brauchte unbedingt etwas Bewegung«, und lächelnd fügte er hinzu »und eine gewisse Abkühlung.« Er legte den Mantel ab und setzte sich zu Lisa auf den Bettrand. Sie stellte fest, dass sie noch immer nackt war, und zog sich die Decke bis unters Kinn.

»Versteckst du dich etwa vor mir?«

Sie nickte und er lachte. Dann zog er ein Päckchen aus der Tasche, öffnete es und streifte ihr einen schlichten goldenen Ring über den Finger.

»Lisa, ich ernenne dich hiermit zu meiner Frau«, sagte er fröhlich, »die Formalitäten holen wir später nach«. Und Lisa vergaß diese lästige Bettdecke und schlang ihre Arme um ihn; und sie besiegelten seine Worte mit einem langen, innigen Kuss. Dann besah sie sich den kleinen Ring. Eigentlich waren es zwei Ringe, die ineinander verschlungen eine feste Einheit bildeten.

»Lies, was drinsteht.«

Sie streifte den Ring ab und fand die Worte Lisa und Leonardo und dazu das heutige Datum.

»Aber woher und wieso – ?«

»Ich habe ihn gestern vor meiner Ankunft unten im Ort bei einem Juwelier bestellt und jetzt abgeholt.«

»Und du wusstest, du würdest ihn genau heute brauchen.«

»Genau heute! Ich war mir ganz sicher, mein Liebling, so sicher, wie ein Mann nur sein kann.«

»Leon, ich liebe dich.« Lisa umarmte ihn noch einmal und er streifte den Ring wieder über ihren Finger. Er passte sehr gut und es war genauso ein Ring, wie sie ihn mochte, ein Ring, den man immer tragen kann. Tag und Nacht.

Leon streichelte ihr Gesicht. »Weißt du, Lisa, für Brillanten reicht das Geld dann später einmal.«

»Um Himmels willen, nein, Leon, niemals. Ich brauche keine Brillanten. Sie liegen bloß im Safe herum und wenn man sie wirklich einmal trägt, stören sie nur. Versprich mir: niemals Brillanten.«

Er lachte laut, umarmte sie noch einmal, stand auf und erklärte: »Ich habe Hunger. Wenn wir noch frühstücken wollen, müssen wir uns beeilen.«

Nach dem Frühstück überredete Lisa ihn, hinauf ins Skigebiet zu fahren und bei den ersten Abfahrtsläufen zuzusehen. Sie konnte dann in Ruhe ihre Arbeit beenden und sie hatten den restlichen Tag für sich.

Am nächsten Morgen reisten sie sehr früh ab. Zunächst in zwei Autos, denn Lisa musste ihren Leihwagen nach Turin zurückbringen, und dann in Leons Rover. Von Turin aus schickte Lisa auch ihr Rückflugticket nach Hamburg – sehr erleichtert, das alles hinter sich zu haben. Dann machte sie es sich neben Leon bequem. Später löste sie ihn für eine Stunde ab. Wir wollen alles, Freude und Leid, Glück und Sorgen, Arbeit und Freizeit miteinander teilen, warum sollen wir nicht auf dieser Heimfahrt damit beginnen, dachte sie glücklich.

Epilog

Am 28. Dezember heirateten Doktor Elisabeth Farmsen und Dottore Leonardo D'Amareni in Lugano, morgens standesamtlich, mittags in einer kleinen Kapelle. Und während die Geistlichen beider Konfessionen ihren Segen erteilten, sahen Lisa und Leon sich an. Sie hatten ihren ganz persönlichen Segen in der Nacht des 22. Oktobers in Tignes empfangen, denn seit genau siebenundsechzig Tagen wuchs ein Wunschkind in Lisa heran.

Ihre Eltern waren zur Hochzeit gekommen, ihr Vater führte die Tochter zum Altar, Enrico und Isabella mit den Kindern waren dabei, Lisas vier Freundinnen kamen aus Hamburg und ihr Bruder mit seiner Familie war aus Stockholm angereist. Marisa und Carlo waren ihre Trauzeugen. Roberto hatte mit Angela und Carla das anschließende kleine Fest organisiert und Rodolfo Tenerebbo war ihr Ehrengast. Außerdem waren ein paar Freunde von Leon gekommen und die beiden Pfarrer, die sie getraut hatten, feierten auch mit ihnen. Es war ein schöner, harmonischer Tag, dieser Beginn ihrer gemeinsamen Zukunft. Noch in der gleichen Nacht fuhren die beiden zurück zur Villa. Sie wollten nach Hause.

Die Sonne ging auf, als sie auf dem provisorischen Weg an der zerstörten Siedlung vorbeikamen und Rauch aus einem Kamin in die kalte Winterluft stieg. Sie sahen sich an, sie konnten nicht einfach vorbeifahren. Leon hupte und sie stiegen aus und wurden überaus freundlich empfangen. Aus ihren selbst gebauten Schuppen kamen die Leute hervor, lachten, winkten, gratulierten und luden sie zum Frühstück ein. Und wieder einmal gab es heißen Reisbrei mit Kräutern und irgendwo an einem Kastanienbaum festgebunden wieherte Testardo, als er Lisas Stimme hörte.

Lisa und Leonardo waren angekommen, lange bevor sie das Weingut erreichten.